中国芯传奇

孙博　曾晓文　著

百花洲文艺出版社
BAIHUAZHOU LITERATURE AND ART PRESS

图书在版编目（CIP）数据

中国芯传奇 / 孙博, 曾晓文著. -- 南昌 :百花洲文艺出版社,2019.5
ISBN 978-7-5500-2666-7

Ⅰ.①中… Ⅱ.①孙…②曾… Ⅲ.①长篇小说－中国－当代 Ⅳ.①I247.5

中国版本图书馆CIP数据核字（2019）第032593号

中国芯传奇

孙博　曾晓文 著

出 版 人	章华荣
责任编辑	胡青松　许　复
书籍设计	黄敏俊
制　　作	何　丹
出版发行	百花洲文艺出版社
社　　址	南昌市红谷滩世贸路898号博能中心一期A座20楼
邮　　编	330038
经　　销	全国新华书店
印　　刷	江西千叶彩印有限公司
开　　本	720mm×1000mm　1/16　　印张　23.75
版　　次	2019年5月第1版第1次印刷
字　　数	380千字
书　　号	ISBN 978-7-5500-2666-7
定　　价	48.00元

赣版权登字　05-2019-41

邮购联系　0791-86895108
网　　址　http://www.bhzwy.com
图书若有印装错误，影响阅读，可向承印厂联系调换。

目 录

第一章　漂泊雾迷蒙

1

旧金山早春的墓园，风虽不肃杀，却有些凄寒。一群人立在红杉树下，肤色各异，但都身着黑衣，面色凝重。在他们面前的墓穴里，安放着一具栎木棺材，旁边的墓碑上刻着一行字："David Black（大卫·布莱克）1940–1993"。

一位年长的白人牧师手执《圣经》说："大卫·布莱克教授生前是位好父亲、好儿子。他倾注心血教书育人，投身慈善，愿他在天堂里安息。让我们一起为他祈祷……"众人低头祈祷。一只蜂鸟从他们的头顶倏忽飞过，似乎替布莱克教授的灵魂领受祭奠。

留学生袁焜和艾珊站在人群中静默无言。袁焜身材颀长，相貌斯文。艾珊长发披肩，面容清秀。葬礼结束后，他们跟随在布莱克的亲属身后，把手中的鲜花一一放进了墓穴，又抓起一把泥土丢进去，以象征掩埋。两人慢慢踱到人群之外，来到一条小径上低声交谈。布莱克教授是袁焜在斯坦福大学的导师，上星期还兴致勃勃地和袁焜讨论芯片研究计划。三天前他赶着去学校上课，因为风雨交加，不幸在高速公路上出了车祸。

袁焜的脸上愁云密布。布莱克教授一走，他便失去了学费和助研收入，一夜间回到了起点。这学期快结束了，申请下学期给其他教授当助研或助教已经太迟。斯坦福大学人才济济，怎么会有空缺的位置呢？他准备打电话让女友刘倩蓉寄些钱来，支付生活费。倩蓉是艾珊的表妹，目前住在北京。

艾珊问："倩蓉什么时候能来美国？"袁焜叹口气说："要过一段时间了，计划不如变化快。命运真像变幻无常的轮盘赌，谁知道会停在哪个格子里。"

2

刘倩蓉在首都师院自己的办公室里接到了袁焜的电话。挂断电话后，懊恼了好一阵儿。思来想去，她决定去找赵达川，袁焜在清华读书时的师兄。

她来到达川工作的科维公司，在食堂里找到了他，面无表情地坐到他的对面。达川生得浓眉大眼，只是发型和穿着稍土气了些。他立即露出笑脸："今天怎么有空？要不要给你打份饭？"她杏眼圆睁，纹丝不动，也不说话。达川变得小心翼翼地："直瞪着我干吗？打攻心战？"她的眼神愈发锐利，似乎要穿透他的心思。

达川终于败下阵来，垂下头交代实情："那笔钱真砸了。做生意有风险，以前跟你说过的。电脑组装生意不是人人都能做的，你以为跟倒卖水果那么容易吗？"

倩蓉终于说话了："我当初相信你的能力！"

"好马也有失蹄的时候，再说又不是我具体做的。"达川替自己辩解。

倩蓉把面临的困境和盘托出。她和达川合股做生意的钱是袁焜从美国寄给她的，最近袁焜的导师出了车祸，袁焜断了助研经费来源，急需钱。达川故作惊讶地问："他要你寄钱去美国？那不是颠倒过来吗？美国遍地都是黄金呀。他没钱怎么把你办到美国去啊？你不是天天做美国梦吗？"倩蓉生气地站起身说："他还在读书，到哪儿去淘金呀？你少讽刺我们！"说罢离开了。

倩蓉来到杨树胡同，找到袁焜的父亲袁清哲老师家。门上挂着锁，锁上落满灰尘。倩蓉向隔壁的大爷打听，才知道袁清哲一个月前在澡堂里突发心脏病，昏迷不醒，把邻居们都吓坏了，后来在海淀医院经抢救总算醒过来了，但病情一直不稳定。爱人走得早，独生子袁焜又在美国读书，袁清哲一直一个人生活。他不愿麻烦别人，所以没通知倩蓉。

倩蓉急忙赶到医院，找到了袁清哲的病房。袁清哲看见倩蓉有些惊讶，又见她满脸焦虑，立即安慰她说自己脱离危险了，很快就能出院，还一再嘱咐不要把住院的事儿告诉袁焜。袁焜在学校里和美国学生竞争压力大，不能给他添加烦恼。倩蓉犹豫片刻，终于点点头，劝袁清哲安心养病。

倩蓉离开病房来到住院部。住院部的工作人员，一位中年女人告诉她，袁清哲预交了 5 万块钱押金，住了一个月的院，现在只剩几百块了。倩蓉吓了一跳，抱怨医院收费太高。工作人员很不客气："心脏病不同于头疼脑热，花5万块还便宜了他！我怎么看你像恶媳妇啊，人都病成这样还舍不得花钱！赶紧的，你要是老头的亲人，快把下一期的住院押金补上！"

倩蓉无奈，第二天下班后直奔科维公司销售部，又去找达川想办法。门大开着，里面传出说笑声和划拳声，原来达川正和一群同事在喝啤酒。办公桌上的酒瓶都被倒空了，达川从地上拿起一箱啤酒摆到桌子上，豪爽地嚷道："来，把这一箱也打开。今天非要一醉方休！"

达川的同事大强子喝得有点高，舌头开始磕绊，但不停地夸奖达川的业绩，就像士兵讲述英雄军官的战绩般骄傲。刚进入90年代的中关村，众多电脑销售商绞尽脑汁设法和美国阿尔法电脑建立起合作关系。阿尔法电脑价位高，却是紧俏商品。北京人不在乎多花几个钱，只求质量过硬。哪家买到一台阿尔法电脑就像娶了个洋媳妇，在左邻右舍间炫耀。达川抢占商机，为科维公司争到了代理权，给公司种下了一棵摇钱树，刚被提拔为销售部经理。

达川举起酒瓶说："你们放心吧，咱们的生意会越做越火，有财一起发！各位劳苦功高，我敬你们一杯！"

这时大强子注意到了站在门口的倩蓉，目光立即发直，嘻嘻笑道："这是哪家美女呀？"

达川转过头去，看到倩蓉，咧嘴笑了："您玉驾光临，怎么不事先打个电话我好到楼下恭候？"

倩蓉扑哧一笑："你什么时候学会贫嘴了？你出来我和你说点事儿。"达川放下啤酒瓶向门口走去。大强子冲着达川的背影高声嚷了一句："赵经理，您今天走了官运又走桃花运！"

倩蓉和达川在花坛的石阶上并排坐下。倩蓉不无羡慕地说："恭喜你荣升了！你现在整天和美国公司打交道，前途无限光明呀。"

达川雄心勃勃："机会来了墙都挡不住。鸟枪换炮，占了一个巨大平台，这下可以大干一场了。不过我不像你那么崇洋媚外，我要利用老外。"

倩蓉趁机说："有你吃的肉，总该有老同学喝的汤吧。上回投资电脑生意的那笔钱还有没有得挽救？你当初说做电脑组装周期短、利润高，又因为你和袁焜的关系好，我才放心地把那笔钱投给你，要不存到银行里吃利息也旱涝保收。现在这笔钱在人间蒸发总得有个交代吧。袁焜没收入了，他爸又得病住院，把家里的5万元积蓄花了个精光。"

达川惊讶地问："袁老师住院你怎么不早跟我说？他得的是什么病？"

倩蓉说："心脏病，医院逼我付下期的住院费呢。你说我怎么办？不厚着脸皮追你要那一万美元我去投井？咱不带这么赶尽杀绝的好不好？"

达川说："你不用动这么大的肝火。我知道你体谅袁焜，还想早点去美国和他团聚。其实在国外不那么好混，刷盘子的中国人满地都是。当洋奴有什么意思？再说他现在自身难保。"倩蓉沉默了。达川答应她再想办法，起身回办公室接着喝酒。

一个星期后，达川替袁老师交上住院费。又过了一个星期，还和倩蓉一起接他出院。

达川上大学时家里生活困难，经常到袁焜家蹭饭，这次总算有机会回报一下。袁清哲一再向他道谢，还感叹年纪一大，人就不中用了，得了一场病，就花了六七万，还拖累孩子。达川立即安慰，钱是人赚的，只要老人康复，晚辈们看到了心中就温暖。倩蓉仍然心事重重。她向袁焜隐瞒了袁老师生病的事情，还不知道下一步到哪儿去为他筹钱。

3

袁焜迫于生计，从斯坦福大学附近的高级公寓搬出来，搬进了一套廉价房，与南方人老董分租。老董做小商品批发生意，有一个名字气派的公司："大西洋经贸"。老董40岁左右，衣着邋遢，额头上有一条刺眼的蜈蚣状红疤，但为人挺热情。廉价房内光线暗淡、空间狭窄，袁焜不得不强迫自己适应生活的落差。

那天袁焜放学回家，看到老董坐在餐桌旁数一堆小型计算器，就好奇地拿起一个："这是中国制造的！"

老董嘿嘿一笑："这世界上除了天和地是上帝造的，其他都是中国制造！你别小看这些东西，搞到美国来利润可肥了。"他做这一行好几年了，对行情了如指掌，侃侃而谈。中国人工比美国人工便宜，货价当然低。在中国卖一块钱人民币的东西，在美国卖一美元，等于八块多人民币！这是天赐的发财良机！他的一个朋友刚到美国时穷得半死，后来搞小商品生意发了财，现在坐拥一家公司、两幢房子、两辆名车。他的这一番话，引起了袁焜的浓厚兴趣。袁焜问怎么打通销售渠道，老董说卖给零售商。他正要去外地推销产品，托袁焜送20个计算器到HD商行。

第二天袁焜把货送到了HD商行，一个墨西哥裔的男店员爽快地付给他1000美元。老董出差回后，分了400美元给他。20个计算器进价加运费才200美元，老董一共赚了800美元，见面分一半！这一本万利的生意让袁焜动了心。老董的表弟在深圳一家小型电器厂当销售经理，能把大宗计算器低价卖给老董，老董正琢磨怎么扩展生意呢，问袁焜有没有兴趣合股。袁焜有些意外："合股？我没有资金呀。"老董拍着胸脯说："你想办法借些钱，肥水不流外人田嘛。只要你和我老董齐心协力，我保你发财！"

袁焜拨通了倩蓉的电话，跟她讲了自己的生意计划，但倩蓉说做电脑生意的钱收不回来了，他很失望，嘱咐她从自己父亲那儿先借五万块钱急用。如果没有五万，三万也可以，他很快就能想办法挣到一笔钱。但倩蓉最关心的是他什么时候办她去美国。他十分为难："现在条件不成熟啊，你也知道我目前的状况。再等等吧。"倩蓉不客气地打断他："等？说得容易！你以为等的日子那么好过吗？"说罢挂断了电话。他愣了一下，放下电话，来不及多想，就被老董叫出门帮忙搬货。

这时艾珊驾着一辆二手车来了。她在门口停了车，埋怨袁焜搬家没通知她一声。她走进出租屋，打量室内的简陋陈设，不由得皱起了眉头。

袁焜向老董介绍艾珊。艾珊是加州大学伯克利分校的高才生。一年前，美国东部的几所普通大学录取了她，还给她奖学金，但她选择了没有奖学金的伯克利分校。留学，就要"留"历史悠久的名牌大学，这是她坚持的信念。老董对名校表示崇拜，说以后等他儿子来美国后一定拜艾珊和袁焜为师。他儿子13岁，和他妈妈一起住在国内。他整天忙着做生意，省吃俭用，一心想着存够了钱把他们接出来，一家团圆。袁焜和艾珊听了，有些感动。

艾珊为了支付昂贵的学费，给李声、罗丽雨夫妇当住家保姆。李声夫妇出生于台湾，移民美国十几年，合开一家金融理财公司。他们中年得子，儿子小迪刚满两周岁。老董听了，更是艳羡万分："他们在华人社区可是有头有脸的人物！他们公司的广告都上了电视。啧啧，有豪宅名车，实现了美国梦。佩服！"

袁焜拍拍老董的肩膀："你这笔计算器生意要是成功了，就实现了美国梦的第一步。"

老董笑眯眯地建议道："艾珊，你让李声夫妇投一笔钱进来，保管他们也大赚一笔。"

硅谷的中国人都有一个美国梦，艾珊想，对老董说："李声夫妇常说的一句话就是，入市有风险，投资须谨慎。对进入陌生的行当，他们从来都是很谨慎的。即使投资，也要经过大量的市场调研。"

老董大笑："我都搞了几年了，调什么研啊。他们要不愿直接参与，你们俩可以借他们的钱投资。要学会借鸡下蛋，借别人的钱生钱。你看那些西装笔挺的美国人，个个都欠一屁股债。住房欠几十万、汽车欠几万，有时买西装都要分期付款，但他们的日子过得滋润，这叫消费文化！"

袁焜调侃："看不出老董你对美国文化了解得还挺透彻。"心里被"发财"两字诱惑着。有了钱，他就可以安心读书，也可以把倩蓉申请到美国来。

艾珊起身道别，袁焜送她出门。艾珊担心地说："我看那个老董不靠谱。说不出来到底是为什么，总觉得那人透着一股阴气。他脸上的疤是怎么回事儿？我看离这样的人远点儿好。"袁焜觉得她的担心纯属多余："我去老董的公司看过，还帮他送过货，一下就赚了400美元呢。真金实银，哪能是假的？我们不要以貌取人，再说他是我的室友。"

艾珊摇摇头说："暂时的，别把这儿当成你的家。"

没过多久，老董又催促袁焜，问国内的钱什么时候寄过来，计算器生意马上就要结款了，没有钱打过来可不能算投资，也不能分红。袁焜又给倩蓉打电话，再三追问才问出实情。他的爸爸刚生了场大病，不但没钱还欠了债。老董听了叹口气："唉，不早不晚，偏偏这个时候。"他听了，有些生气："你怎么说这样的话？至少我爸身体恢复了，命比钱重要啊。我不能回去看他，够上火的了！"老董立即解释："我是替你惋惜。人生就是一场豪赌，你不把握机会，过了这村儿可就没这店儿了。"

　　袁焜面临的更大危机是如何保留在美国的学生身份。按移民法的规定，他每学期必须至少注册三门课才能维持学生身份，但他付不起下学期的学费。他来到学校的国际学生中心咨询求救，接待他的是一位穿着优雅的白人女性。她爱莫能助，还提醒他若不能继续读书，恐怕必须离开美国。他听了，如遭五雷轰顶，面色变得惨白。功亏一篑，他多年来为留学付出的心血即将付之东流。

　　袁焜离开国际学生中心来到街上，听到流浪艺人凄凉的小提琴声。他失魂落魄，不小心撞在迎面而来的一个黑人身上，似乎惊醒了，低声说："对不起。"谁料到那黑人突然一掌把他推到墙边，抓住他的衣领，冲着他的脸上打了一拳，并愤怒地说："你这个倒霉蛋！我讨厌你这张黄脸！"

　　袁焜踉跄着并未反抗，他既不说话也不看对方。黑人见他魂飞天外，便开始对他搜身，从他的裤袋里摸出了一个钱夹，从里面翻出一张斯坦福大学的图书证，扔到地上："我进不了斯坦福，你倒混进去了！"袁焜仍一言不发。黑人终于翻出20美元，骂了声："穷鬼！"随后把钱夹丢还给他，扬长而去。

　　袁焜回到出租屋，沮丧地坐在桌前。桌上乱糟糟的，堆着积满红油的快餐盒和一碟花生米、几听啤酒。他打开一听啤酒往嘴里倒去，喝光后又打开一听。他打开桌上廉价的收音机，里面传出黑人摇滚乐，立即换了个台，依然是嘈杂的摇滚乐。他气愤地扯断电线，把收音机摔到地上……

　　第二天早晨，袁焜勉强睁开眼，发现自己在床上和衣睡了一夜。老董端着一碗热腾腾的快餐面走进来，殷勤地说："昨晚你喝醉了，吐了。我知道一大早醒来你肯定会饿，尝尝我煮的牛油方便面！"袁焜问："你一天到晚吃方便面，营养够不够啊。"老董拍拍他的肩膀说："李嘉诚白手起家的时候，也天天吃方便面。哦，那时候可能还没有方便面，只是打个比方。英雄莫问出处，硅谷藏龙卧虎。说不定你今天落魄，日后变成《财富》杂志的封面人物。世上的事儿，不怕做不到，就怕想不到。只要你拼命想，办法一定有的。"袁焜疑惑重重地看着他。

　　这时电话铃声响了。袁焜接起电话，对面传来艾珊和悦的声音："你周末待在那间屋子里，要长霉了，明天和我，还有李声一家去野餐吧，我早上10点来接你。"袁焜犹豫片刻，答应了，心情再糟，他仍然向往到公园里晒晒阳光。

4

第二天果然阳光明灿。袁焜和艾珊来到公园，见到了李声、罗丽雨夫妇，还有他们的儿子活泼的小迪。袁焜和他们一见如故。李声中等身材，谈吐行为都很有教养。他的父亲在北京出生，1949年去了台湾。李声自称半个北京人，甚至还和在北京土生土长的袁焜说起了方言。丽雨生得细眉细眼，举止优雅，说一口台湾普通话，轻声慢语。李声忘了带饮料，就叫上袁焜一起去买，两人也好边走边聊。

他们离开后，艾珊在炉前烤肉，丽雨坐在草坪上，一边照看小迪一边和她聊天。小迪不小心放飞了手里的气球，大叫起来："妈妈，我的气球！"丽雨站起身去追气球。小迪蹒跚着跟丽雨身后，走到草坪边上的一条小径上。这时一个八九岁的美国男孩骑着一辆自行车飞速驶来。艾珊见状，扔下手中的铁铲，飞快地扑向小迪，把他抱起来，不料却踩到一块鹅卵石，脚底一滑，跌倒在地，但她把小迪紧紧抱在怀里。美国男孩的自行车碾过了她的脚，她不由得发出一声惨叫，小迪也吓得大哭起来。丽雨闻声转头飞奔而来，接过小迪，扶起艾珊。跌倒在一旁的美国男孩站了起来，嘟囔了一句"对不起……"

袁焜和李声抱着一堆饮料回来了。李声从丽雨怀里接过小迪，惊慌地问："小迪，你怎么啦？"袁焜看到艾珊的脚已经出血，要立即送她上医院。艾珊摇摇头说："不用了，过几天就好了。"丽雨喊道："一定要上医院！所有的费用我们来出。"袁焜扶着一瘸一拐的艾珊上了李声的汽车。美国小男孩胆怯地问可不可以离开，艾珊冲小男孩点点头，并嘱咐道："下次骑车小心点！"

到医院后经检查，艾珊的脚没有骨折，几个人才松了一口气。

艾珊受了伤，还坚持去上学。周五那天，因为腿脚不便，又忙功课，放学后回到家已经很晚了。她轻轻走进小迪的卧室，看到丽雨正坐在小床旁。丽雨对艾珊说："你不回来，小迪就瞪着大眼睛不肯睡。"艾珊俯身摸摸小迪的脸："乖宝宝，快睡觉。"小迪立即伸出小手紧紧抓住她的一根手指，冲她微笑。艾珊被小迪的温暖而特别的依恋感动了。

小迪终于入睡了。丽雨和艾珊离开他的卧室，走进了餐室，在桌旁坐下来喝茶。丽雨前些年一直怀不上小孩，看了中医看西医，几乎绝望。没想到40出头却有了小迪，体验到了生活中巨大的喜悦。她劝艾珊尽早找个归宿，一个女孩子在国外生活不容易，还说袁焜蛮出色，可惜是倩蓉的男友。艾珊端起茶杯时有点心不在焉，竟把茶水泼到了桌上。丽雨追问她是不是有心事，她说出了实情。袁焜白天给她打过电话，说他最近到处借学费和生活费，急得要命。在美国借钱太难了。她硬着头皮问："你能借5万美元给袁焜让他完成学业吗？我愿意替他担保！"丽雨认真地看了她一眼："你拿什么担保呀？"她语气坚决："我给你多打几年工，不拿工钱。"丽雨听了，十分惊讶，明显地受了感动，说："我们刚脱手一些股票，倒是有现金，不过我得和李声商量。"

　　几天后，袁焜走进出租屋，见老董一个人正坐在客厅的桌前抽烟。老董问："钱都准备好了吗？"他并不回答，而是先把门小心翼翼地关好，然后郑重地从口袋里拿出支票说："正好5万美元，你给我写个收据。"他从没经手过这么大一笔钱，紧张得手心都出了汗。老董接过支票，露出笑容。袁焜嘱咐他："你一定要小心。我借到这笔钱不容易，是艾珊做了担保。你绝对不可出差错。"老董立即猜出是艾珊从李声夫妇那里借的钱，耸耸肩膀说："不要这么紧张嘛！这钱对李声来说也就是九牛一毛。你跟他们说做什么用了吗？"袁焜不得不承认："交学费，我可不敢说拿这钱来生钱。"老董说："好，就凭你这份担当，你将来的成就绝不亚于李嘉诚。"

　　袁焜好奇地问："你脑袋上那块疤是怎么落下的？"

　　老董摸了一下那块疤说："有一年我在港口搬错了货，被人打得头破血流！"

　　袁焜有些不放心："你千万不要再和人打架！公司的事儿你就放心吧，我会搞定的。"

　　老董亲密地拍拍袁焜的肩膀："放心啦，我当然知道赚钱的事儿最重要。你这么信任我，我不会让你失望的！我过两天就回国，一到深圳就直接去玩具厂。等玩具运到你就大把大把地数美钞吧！"

　　一个月后，一艘货轮慢慢地靠近了旧金山港口。一群亚裔工人从货轮上搬下一些印有"Made in China（中国制造）"字样的木箱，然后把它们送到袁焜和老董租下的仓库。老董买这批货花了两万元，答应袁焜用剩下的钱进下一批货。

　　袁焜和老董的生意就在仓库里开张了。每当有顾客走进来，袁焜就立即拿起一个计算器用英语介绍，还演示："你们看看，这是中国制造的，价廉物美。"一些人拿出信用卡买货，袁焜动作利落地刷卡、打印收据，老董就把一箱一箱的计算器送到顾客的车上，乐得合不拢嘴："怎么样？袁焜，我说得没错吧？货一到，数钞票！"很快又有几位新顾客走了进来。袁焜见了自然是喜上眉梢。

有一天袁焜下课后错过了公共汽车，就打电话求艾珊开车送他去仓库。艾珊这才知道袁焜把 5 万美元都投资到计算器生意上了，立即生气地问："你怎么不和我打个招呼呀？"

他低下头嘟囔道："我知道你不会同意。"

"那你是明知故犯了？"艾珊声调严厉，"我发现你骨子里很喜欢冒险！你怎么不想想，我替你担的保呀！你以为我当保姆容易吗？我一年都没睡过几个安稳觉！"

"我得搏一次，把倒霉的运气扳过来。我赚了钱，立即把钱还给李声夫妇，不会拖累你。"袁焜神情固执，"我看准的事儿，不会错。"

艾珊不以为然："如果赚钱那么容易，人人都成百万富翁了，怎么美国还有那么多流浪汉呢？"她手中的方向盘有些摇晃，"我是希望你专心读书。你是来留学的，不是来淘金的！倩蓉知道了也会生气！"

两人争执了一路，终于来到仓库。

袁焜打开大门，惊讶地发现里面空空荡荡，满地都是包装纸。有人连夜把公司的货搬空了！他如遭雷击，声调颤抖地叫道："艾珊，你先不要走……"艾珊走进仓库，惊讶得目瞪口呆。两人站在仓库中央面面相觑，茫然失措。过了一会儿，袁焜醒过神来，叫道："快去找看仓库的保安。"两人立即向保安的办公室跑去。

保安是个年老的华人。他坐在椅子上一边嚼茶叶，一边津津有味地看电视里的武打片。他说是老董搬走了货物，但对老董的行踪一问三不知。袁焜高声嚷了起来："那些货几乎都是我的，他怎么可以独吞？"艾珊也气愤地附和："这简直是在光天化日之下抢劫！"

保安翻翻白眼，并不理会，继续看电视，甚至用遥控器把声音放大。袁焜走过去"啪"的一声关掉电视，把桌上的茶杯、报纸全摔到地上。他嚷着要立即去找老董，艾珊要陪他一起去，但他不肯。她该立即回去照看小迪，那是她的工作，不能让丽雨姐等急了，袁焜说完转身向门外跑去。艾珊冲着他的背影担心地喊道："你一定要小心啊！"

袁焜先跑到了HD商行。墨西哥裔店员听说老董失踪了耸耸肩膀："上次他让我高价买下你的计算器，我就知道他要算计你。"袁焜恼怒万分："你既然知道，为什么当时不告诉我？"店员一脸漠然："那不关我的事。他给钱，我就照他说的办。你去旧金山唐人街的烧腊馆找找，老董请我在那儿吃过一顿饭，他好像和里面的人都很熟。"

袁焜去了唐人街的每一家烧腊馆，都不见老董的踪影。到了夜里，他饥饿难忍，就买了一份叉烧饭快餐，坐到街心花园的长椅上，准备休息一下。他打开饭盒，立即嗅到了叉烧肉的香气，这时两道目光灼灼地照过来。他抬起头，看到一个流浪汉坐在不远处，正眼神发直地盯着自己的饭盒。流浪汉是个白人，50岁左右年纪，头发黏结，全身肮脏。他可怜兮兮地说自己已经三天没吃饭了。

袁焜把饭盒盖儿撕下来，分了一半叉烧饭给他。他一边立即狼吞虎咽起来一边含糊地说："上帝保佑你，你这么好心的人我一定会为你祈祷的。"

袁焜问："你没有家吗？"

他说："我们这些人，处处为家。"

袁焜不无悲哀地想自己今夜无法回家，离流浪也只有一步之遥了。

天亮后，他又一家店铺接着一家店铺地问过去，像追逐一个鬼魂。饿了，买个面包充饥；困了，就在超级市场的屋檐下打个盹儿。

到了第五天傍晚，他茫茫然地走进一家乌烟瘴气的赌馆，见里面三男一女正在搓麻将。他声音早已沙哑："请问，你们看见老董了吗？就是大西洋经贸公司的老板，额头上有块疤的那个。"

一个年轻的男赌客打着赤膊，有些不耐烦地问："你找他干吗？"

"他卷走了我的钱！我找他算账！他骗我入股做生意，前几天他把公司里的货全运走了。"

年轻赌客并无同情之意："实话告诉你，找他的人不止你一个。他还欠我赌债呢！这世上再没有老董这个人了，也许他早改名叫老张或老王了，你就死了这份心吧。"

"我已经找他五天了，累得快坚持不住了。如果你们知道他的下落，就不要瞒我了。"袁焜几乎是在哀求。

一个年长的赌客看袁焜一副学生模样，受了骗怪可怜的，心里有些不忍，就说："你到云凤楼按摩院去找，前一阵子老董常去那儿。那个王八蛋吃喝嫖赌抽，五毒俱全。"

袁焜两眼猩红，困兽般地闯入云凤楼按摩院。浓妆艳抹的老鸨满面堆笑地迎上来。他并不理会，直截了当地问："老董在这儿吗？大西洋经贸公司的老板，额头上有块疤。"她说："到我们这儿来的客人都是老板，我哪里记得住呀？"

袁焜冲过去拍打一个又一个房间的门，嘴上反复嚷道："就算他躲到地洞里，我也要把他挖出来！"老鸨变了脸色，上前扭住他的手臂："你不要乱闯！你以为这是什么地方，购物中心吗？你想上楼就上楼？"袁焜欲推开她："有人说他在这里！"老鸨恼火了，尖声叫道："保安！保安！"

几个彪形大汉疾步走来，揪住袁焜的胳膊把他拖到门外。老鸨指着袁焜的鼻子大骂："你这个王八蛋！敢破坏我今天的财运，我就打扁你！"

袁焜跌坐在按摩院门口，愤怒、劳累交加，冷汗淋漓，心突然绞痛起来，捂着心口满地打滚。一群人前来围观。有人叹息道："唉，这么年纪轻轻的。"一位穿西装的中国男子问："你怎么了，是不是得了心绞痛？要不要叫救护车？"袁焜急忙摆摆手："别，我付不起钱。"西装男子又建议："要么叫你家人来接？"袁焜吃力地从口袋里掏出一个小电话号码本，指着其中的一个号码说："请你帮我找艾珊……"

街边一个卖小吃的华侨老大妈给袁焜端来了一碗热豆浆，说："孩子，趁热喝了吧，你的脸色很难看。"

袁焜一口气喝完豆浆，眼睛里闪动着泪光："对不起，大妈，我身上没钱，只好先欠你了。"

她声调温和地说："这是送你的，不收钱。记住大妈的一句话，命比钱金贵。"

袁焜鼻子一酸，泪险些落进了碗里，感激地说："大妈！我一辈子都忘不了您这碗豆浆。"说完全身一软，倒在地上昏迷了过去……

艾珊接到西装男子的电话立即开车上路。远远的，看到了唐人街的中文招牌。她兜了几圈，终于找到了云凤楼。看到前面一群人堵着路，她按了两声喇叭。人群散开了些，露出中间躺在地上的一个人。艾珊听到了人群的议论：

"一定是心绞痛。要得不到及时救助，恐怕性命有危险。"

"他昏迷过去了，打911了。只怕听说是唐人街来的速度不会那么快。"

艾珊跳下车，拨开人群，向躺在地上的那人跑去。她终于看清了他的面孔，立即扑过去抱起他的头，心急如焚地叫道："袁焜！"

这时传来了一阵刺耳的警笛声，众人立即散开。一辆警车开路，一辆救护车飞驰而来，停在了袁焜的身边。两个人高马大的救护人员迅速跳下车，把袁焜抱上救护车。艾珊奔过去嚷道："我是他的朋友，能陪他一起去医院吗？"救护人员点点头："动作要快！"艾珊立即跳上救护车。人群中有人冲她喊道："你把车停在这儿，会被警察拖走的！"她并不理会，关上了救护车的后门。

救护车鸣笛疾驶。两个救护人员紧张万分地给昏迷不醒的袁焜输氧。司机一边开车一边通过无线电话和一家医院联络："昏迷病人一名，原因不详。男性，亚裔，10分钟内抵达！"对方急救室接线员回答："一辆旅游巴士翻车，急救室人满为患，请速联络下一家最近的医院。"

司机又拨通另一家医院的号码，对方接线员清晰地回答："立即准备！"车内的几个人稍微松了一口气。艾珊焦灼地问："他有生命危险吗？"救护人员说："现在还说不好，到了医院才知道。"艾珊注视着袁焜，心如刀绞，喃喃道："我不该埋怨你的。你醒醒！"袁焜一动不动。她的眼泪涌了出来："赔点钱算什么？咱从头再来！我求你，你醒醒呀……"

第二章　硅谷陷低谷

1

艾珊在医院急救室门外踱来踱去，在等待中受煎熬。她的手脚冰凉麻木，时间似乎停滞。

急救室的门终于开了，一位西裔男医生走出来，她立即迎上去问："医生，请问焜怎么样？"医生说："脱离危险了，救护车到得及时。心绞痛引发急性心肌梗死，导致休克和昏迷。他以后一定得注意休息，避免劳累和重大精神压力。"艾珊如释重负。

这时罗丽雨气喘吁吁地跑来了，听说袁焜已脱离危险，过一两天就可以出院，她松了一口气。她责怪艾珊："唐人街有些地方很乱的，你怎么不打电话叫李声跟你一起去找袁焜，你遇到危险了怎么办？"艾珊再也忍不住，哭了起来："当时情况那么紧急，我哪能想那么多呀。我差点儿再也见不到他了……"丽雨抓起她的手，安慰道："现在他醒过来了，你也不要太难过了。"因为袁焜的住宿条件不好，她还建议让袁焜出院后到她家里休养几天，也方便照顾。艾珊自是感激："丽雨姐，那给你添麻烦了。"

两天后，艾珊扶着袁焜来到李声夫妇家。他们刚一走进起居室，丽雨抱起小迪慌忙起身迎接。小迪看到头发蓬乱、消瘦憔悴的袁焜，吓得哭起来，艾珊连忙安慰："不要怕，他是袁叔叔，你不认识了吗？"

袁焜摸摸自己的脸："我变得这么可怕吗？"

丽雨难过地说："不要说小迪，我都快认不出你了。老董竟然忍心骗你这么一个单纯的学生！"

袁焜无奈地摇摇头："我找不到老董，但愿他已经下地狱了……我什么都没有了，还负债累累。丽雨姐，我真没脸见你。"

丽雨安慰他："别这么说，没有人责怪你。"

袁焜捶胸顿足："可我恨自己！知人知面难知心，没想到老董有这么恶毒的一手！"

艾珊建议道："先到我的房间去休息吧。"

袁焜吃力地走进了艾珊的房间。他洗了个澡，头仍然昏沉。他穿上艾珊从李声那里借来的浴袍，倚着床头坐下了。艾珊端来了一碗热气腾腾的鸡汤。他立即大口大口地喝起来。随后停下来，感叹道："很久没喝过这么好的汤了。"

艾珊用哄小孩般的语气说："慢慢喝，别呛着了，我煮了一大锅，都给你留着。"

"我妈煮的鸡汤也这么香。她去世后，我和我爸试过，可怎么都煮不出那么香的味道……"袁焜脸上露出哀伤的神色。

艾珊也回想起自己去世的妈妈："我妈活着的时候总对我说，天下没有过不去的火焰山。以后你想喝鸡汤了就打电话给我。"

袁焜感动地说："那天在唐人街，第一个想到的就是你……"

艾珊给倩蓉打了几个电话找不到她，叫他给倩蓉打电话，说完，就离开了房间。袁焜默默地注视着她离去。

袁焜咬咬嘴唇，终于鼓足勇气拨通了倩蓉的电话。他的声音有些哽咽，简短地讲了被老董骗钱的经过。倩蓉听了，立即埋怨："你是搞科研的，哪有做生意的头脑？再说你怎么不事先和我商量？现在你捅出这么大一个窟窿，拿什么去堵呀？你去了美国，大家都以为你掉进了福窝，结果却跳进了火坑。"他小心翼翼地解释："我想给你一个惊喜……倩蓉，你给我一点时间，这些都是暂时的。"倩蓉不客气地打断了他："好了，别多说了，电话费这么贵！"说罢挂断了电话。袁焜举着电话听着里面嗡嗡的蜂音，心情愈发失落。

艾珊走进厨房，看到丽雨正在做饭立即动手帮忙，用榨果汁机做柠檬汁。丽雨担心袁焜受骗，心理上承受不了这么沉重的打击，从此一蹶不振。可艾珊对他仍有信心。丽雨心想，袁焜赔了钱大走霉运，但有艾珊这位"天使"一直守候在他身边，不停地送去温暖和微笑，真是不幸中的万幸。

在吃晚饭时，李声夫妇的朋友华商会会长打来了电话，说大家都找不到老董，他大概不会再露面了。袁焜余怒未消："被他骗的人不止我一个，他如果出现，一定会被人打扁，我也不会放过他。"李声立即阻止："你可不要做傻事，打人是犯法的，再说打他也没用。他五毒俱全，可能早把你的钱挥霍光了。"

艾珊一边给众人倒柠檬汁一边说："就算交了一笔学费吧。"

李声引经据典："天将降大任于斯人也，必先苦其心志，劳其筋骨，饿其体肤，空乏其身，行拂乱其所为，所以动心忍性，增益其所不能……"他喝了一口柠檬汁，对袁焜说，"你尝尝，艾珊做的柠檬茶很地道。其实人在老天面前不是完全被动的。当老天给你一个酸柠檬时，你得想办法把它做成甜甜的柠檬汁。"

袁焜气愤地说："老天太不公平了！我以后再做生意，不会相信任何人了。"

丽雨劝慰道："没必要走极端，这世上毕竟可以信任的人占多数。"

李声的脸色变得严肃了："诚信的分量没有秤来衡量。你从我们家贷款说是交学费，结果投资到莫名其妙的生意上，这也是失信！"

丽雨制止道："李声，你不要这样责怪他！"

袁焜的脸色突然大变，他放下碗筷，站起身冲出门去。

李声生气地说："不怕犯错误，就怕不接受教训！他得反省自己！他居然和我耍脾气！"

艾珊忙替袁焜解释："他太急于求成了。我早就说过，他不适合做贸易，但他不是故意要骗你的。"

艾珊和丽雨走出来，看到袁焜坐在门口的台阶上，也在他身旁坐下。丽雨慢声细语地说："李声脾气是有点大，其实他是希望你少走弯路。他当年刚开始卖保险时，见了30多个中国客户都没卖出一份，急得睡不着觉，吃不下饭，半年多入不敷出，差点改行。后来，他逐渐赢得了美国客户，才算坚持下来，终于成了硅谷著名的理财顾问，实现了美国梦。他上当受骗还不止一次呢。商场上到处都是陷阱，关键是要想办法绕过去，还要学会观察人……"

艾珊安慰袁焜："我看你还是把心收回来，别耽误了学习。不要担心生活上的困难。别忘了，还有我呢！”

丽雨也体谅地说：“就当什么都没有发生过。借我们的钱，等以后有了工作再还也不迟。”

袁煜站起身说：“我一会儿就回家去。我必须去面对现实。在你家能逃避到什么时候呢？”

袁煜回到自己的出租屋几个星期了，也没和艾珊联络。艾珊不放心，找了个借口去看望他。她进门后看到凌乱的厨房，不禁皱起了眉头。袁煜没心情收拾，他一进这个屋子，就想起老董。老董像一个鬼魂般在屋内转来转去，给他留下了双重后遗症：身体上的，是心绞痛；精神上的痛，是悔恨和屈辱。

艾珊脱掉外衣走到洗碗槽旁，拿起碗利落地洗起来。她问：“你怎么把电话都关掉了？倩蓉写信给我，说你好久没给她打电话了。”

袁煜赌气地说：“关了电话省钱。有什么好说的？出门在外都是报喜不报忧，没有喜事儿，不想打电话惹她不开心。”

“她万一误会了你的意思怎么办？你没必要特地考验她。两个人，隔洋跨海的不容易。”艾珊说罢，用力地擦起油腻的锅台来。袁煜看不过去了，说：“还是我来擦吧。”艾珊温柔地说：“你休息一下，一会儿我再帮你做点好吃的。心情越不好的时候，越得吃好。”

2

倩蓉自从了解了袁煜的现状后，一直郁郁不乐。她接到达川的电话，约她到北京饭庄吃饭。她也正想找他问问她投资的事儿，诉诉苦，就答应了。

到了北京饭庄，她看到达川，几乎有些认不出他了。他戴一副酷酷的墨镜，身穿簇新的衬衣，一扫农村人的土气。他见倩蓉心事重重，就小心翼翼地问询原因。她忍不住把袁煜做生意赔钱的事儿抖落了出来。他夸张地一个劲儿地摇头，说：“唉，袁煜进了美国名牌大学怎么就不好好读书呢？不说对不起他家老爷子，也对不起你呀！”

他点了一桌子的菜，全是她喜欢的。饭后，他递给她一个黑帆布包。她打开一看，娇俏的脸上立即绽出笑容，里面装着八万八千元，全是新崭崭的票子。她说：

"我知道凭你的聪明脑瓜儿不会赔本的。"达川正色道："赔是真赔了，我那傻哥们买的零件都是假货，装出来的电脑根本不能用！我最近得了几笔奖金，都拿给你了。我不忍心你受损失啊！"

"你怎么拿这么多奖金啊？"倩蓉好奇地问。

达川在拿到阿尔法电脑的代理权后，把生意做得越来越精了。他带领手下大强子和华哥给贸易公司的张经理送去两台簇新的阿尔法电脑，请他和局长试用，还给了张经理充分的接受理由：使用新技术，和世界接轨，经理得带头啊；尤其在涉外部门，即使不用，摆在办公桌上也起典范作用。达川预见采购部门经理很快就会给他打电话。这变相送礼的办法，屡试不爽。领导们会把电脑搬回家，或者拿出去套现金，办法多着呢，转过头再向科维公司购买。果然没出两个星期，达川就接到了贸易公司的大订单，令大强子和华哥佩服得五体投地。达川自信心满满："谁跟着我，前途都会绝对光明！过不了多久，我在中关村东街跺跺脚，西街就得抖三抖！"

倩蓉有些犹豫："但我不能拿你的钱啊。"

达川一脸真诚："算我资助你。为了你，我什么都舍得！其实你不用那么担心袁焜。你表姐去美国一两年了，还不能帮帮他吗？这笔钱怎么用，你好好想想。到什么时候，女人都要给自己留条后路。"

倩蓉若有所思。

几天后，达川请倩蓉去看话剧。倩蓉迷话剧，欣欣然地答应了。话剧散场后，达川又请她到家里参观。

倩蓉走进赵达川全新的三室一厅，才知道他早已鸟枪换炮。在北京能住上这样的房子，至少要正处级。达川研究生毕业时被分到国家电子研究所，惹得好多同学眼红，但他并不满足。研究所里老研究员们用简陋的设备吭哧吭哧地搞研究，住在黑洞洞的筒子楼里，有的还用煤油炉做饭，他从他们身上看到了三十年后的自己，发誓要换一种活法。他辞职到民营企业当推销员，摔碎铁饭碗，抱起泥饭碗，让人忍不住替他捏把汗，但他满怀信心，坚信早晚有一天，泥饭碗会变成金饭碗。他是从山东乡下进城的，穷棒子闹革命，本来一无所有，也就不怕失去。

那天他送倩蓉出门时，说自己刚买了一台录像机，约她周六来看美国大片。她犹豫了一下，答应了。

周六那天，骤雨突袭，天地昏暗。倩蓉刚走进达川家附近的一条偏僻小路，就被两个男青年截住了。其中一个长发青年摸了摸她的脸蛋说："真挺漂亮的，交个朋友吧。"

倩蓉躲闪着摇摇头。另一个留小胡须的青年把尖刀顶在她的脸颊下："你要不识抬举，别怪我不客气。我划了你的脸，再没人要你。"倩蓉吓得连大气都不敢出一声。

就在这时，达川出现了。他猛地从背后踢了一脚小胡须青年的下身，对方发出一声惨叫，扔掉了尖刀。长发青年立即扑过来和达川厮打。倩蓉揪住长发青年的一只手臂，达川趁机挥拳打了他一个满脸花。两个家伙抱头鼠窜。长发青年一边逃跑，一边气急败坏地喊道："你等着，后会有期！"

达川说他左等右等不见倩蓉的人影，就出来看看，正遇上两个小青年调戏她。她披头散发，全身都湿透，手也被抓破了，委屈地哭了起来。进了家门后，达川让她先去洗个热水澡。

待倩蓉裹着浴巾从浴室里走出来，又恢复了鲜润妩媚，让达川看得有些失神了。过了一会儿，他才清醒过来，赶紧挥挥手里的纱布和酒精，开始给她包扎伤口。倩蓉的眼神有些异样，问："你怎么对我这么好？"他深情地俯视："这还用问吗？我从见到你的第一天起就喜欢你。我决不允许任何人欺负你！只要你和我在一起，没人再敢动你一根手指头！"

达川从书桌的抽屉里取出一条24K的金项链递给她。倩蓉先是拒绝，但耐不过他的执意。她试着戴上项链，手有些抖，挂不上挂钩。达川从她手里拿过项链，走到她背后，替她戴上，然后吻她裸露的脖子。她一阵战栗，慢慢转过头。两人开始了漫长而忘情的亲吻……达川喃喃地说："现在我什么都不管了，没有你，我真的活不下去。"

从那以后，两人几乎天天厮守在一起，春宵苦短。他们的行踪被大强子和华哥注意到了。那天他们三人和外贸公司的张经理聚在一起打麻将。达川说："我喜欢打麻将，不喜欢下棋。人生就像打麻将，看不到对方的牌，不可预测，更有刺激性；而下棋呢，对方的一举一动都在眼前，没多大意思……"

大强子感叹道："川哥真是深不可测呀，神不知鬼不觉地就撬了师弟袁焜的女朋友。"

达川似乎并不惭愧："机会来了，就要像狼一样地扑过去，不管是在商场上，还是情场上。"

华哥倒有些担忧："袁焜说不定哪天就回来找倩蓉，他可是留美博士，竞争力强呀。即使袁焜不回来，其他男人也会盯着她，美女人人爱嘛。"

大强子摔出一张"白板"："搞对象这事儿就像做生意，夜长梦多，不能白忙一场。川哥你不但要把她搞定，还要把她锁定！"

华哥猜出张经理在做大牌，正想提醒达川，不料达川"啪"地甩出一张牌："东风！"张经理放声大笑，利落地推翻自己面前的牌说："借的就是你赵经理的东风！七小对！不想当将军的士兵不是好士兵，不想做大牌的赌家不是好赌家！"

达川快速地从包中拿出一个大信封，递给张经理："您今天是大赢家，我可输惨了。"其实他不过是以输钱的方式给张经理送礼。

张经理哈哈大笑："你赌场失意，可情场得意呀！"

不久，达川向倩蓉求婚。倩蓉犹豫："会不会太匆忙了？"达川热情地说："不匆忙。感情一旦发生，就像火山爆发，谁也挡不住呀。"

她担心地问："可我怎么向袁焜解释呢？他会恨我的！"

"他现在是泥菩萨过河自身难保，你跟了他，能有安全感吗？我这么疼你，你不嫁我嫁谁呀？"他伸出手紧紧箍住她，"不要想那么多了。人不为己，天诛地灭，说到底，我们都该为自己活着。"

3

老董带给袁焜的噩梦，还没有结束。一位不速之客敲响了他的房门。那是一位中年白人，从前的客户。他听看仓库的保安说袁焜住在这里，就找来了，抱进来两个装满计算器的纸箱，要求退货："这些计算器质量不过关，根本看不清液晶显示。以前别人说中国制造的东西质量差，我还不相信，现在领教了！"

袁焜从纸箱里拿出一个计算器，按了几下，又拿出几个——按下去，最后羞愧万分地说了声"对不起"。他现在没有钱，请求写欠条。美国人起初不肯，后来见他窘迫万分，一脸真诚，心软下来，同意了。

袁焜立即给深圳厂家打电话，对方没听他说几句话，就粗暴地把电话挂断。袁焜决定回国去找，没准儿还能打听到老董的下落，再说他惦记父亲、思念倩蓉。他负笈远行，对孤身一人的父亲原本就有深深的惦念，前一段时间父亲得了重病，他却不在身边，惦念中又增添了负疚的沉重。他面临的困难是没有回国的机票钱。思来想去，只好又向艾珊求援，艾珊答应帮他想想办法。第二天早晨，艾珊打电话给他，说凑够了买机票的钱，还请在旅行社工作的朋友帮他买到了一张便宜的退票。袁焜听了，很受感动。

在飞往北京的班机上，袁焜坐在靠窗的座位上，拿出随身带的一本书读起来。一张照片从书中滑落到膝盖上。他拾起照片，那是他和艾珊、倩蓉、达川四人在北京大学礼堂前的合影。他仔细端详，心生许多感慨，眺望窗外飘浮的白云，陷入了回忆。

在北京大学的一个礼堂里，"大学生戏剧节"的剧目正在上演。袁焜、艾珊和赵达川兴致勃勃地坐在台下，等待首都师范学院演出莎士比亚的《仲夏夜之梦》。帷幕徐徐掀起，露出森林场景。倩蓉身穿16世纪英式长裙，戴着金色假发，窈窕多姿地出现在舞台上。她扮演赫米娅，朗诵起精彩的台词："既然真心的恋人们永远要受折磨似乎已是一条命运的定律，那么让我们练习着忍耐吧；因为这种折磨，正和忆念、幻梦、叹息和哭泣一样，都是可怜的爱情缺少不了的随从……"

一幕终了，观众热情地叫好、鼓掌。

散场后，袁焜、达川随着艾珊在后台找到了倩蓉。倩蓉已摘下金发套，露出轻俏的短发，面容愈显娇艳。艾珊向倩蓉介绍说："这是我在参加演讲比赛时认识的清华研究生赵达川，特地请他来给你捧场。这位是他的师弟袁焜。"倩蓉向两人问好，随后好奇地问袁焜："你的名字是昆仑的昆吗？"袁焜摇摇头："火字旁，加一个昆仑的昆，闪亮的意思。"倩蓉咯咯地笑起来："那就直接叫'袁闪亮'呗！"四个年轻人笑起来。

艾珊从书包里拿出一个相机："我们到礼堂门口和明星倩蓉合个影吧。"

就这样，四人留下了这张青春气息飞扬的合影。

不久，袁焜和倩蓉坠入爱河。在他出国的前一天晚上，两人躺在袁焜房间的床上，缱绻不尽。在此之前他们的亲密只停留在亲吻和爱抚上，但隔洋跨海的分别像魔水，让激情之花在一夜之间绽放。两人在黑暗中相互探索，探索着伊甸园苹果树下隐藏的原始秘密，终于在揭秘后享受如醉如痴的惊喜。

他从床头柜里拿出一个礼品盒，递给她。她好奇地打开，从里面拿出一个精致的电动小木船模型。船身上刻着花体的英语单词：May flower（五月花）。这是他亲手做的，倾注了爱心。第一批登陆美国的新移民，坐的就是"五月花"号。三百多年前，一群英国清教徒为了逃避宗教迫害，乘坐"五月花"号在海上漂泊了很久，最后终于来到了美国。"五月花"号代表了多少移民的梦想啊。倩蓉喜爱极了，发誓一定永远把小木船带在身边。

她像小猫似的依偎在袁焜的臂弯，担心地问："你去了美国，不会把我忘了吧？"

他说："我到哪儿去找像你这样的女孩？又聪明又漂亮。"她更深地依偎到他的怀里："焜，我现在才明白什么叫春宵苦短。我真不愿意做留守女士。"他又吻了吻她的额头："忍耐一下，时间会过得很快。等你也去了美国，我们就天天在一起了。"

空姐来到袁焜的座位旁，问他要什么饮料，把他从回忆中唤醒。

袁焜一到北京，满怀热忱地直奔倩蓉的宿舍。倩蓉见到他吃了一惊，却没有表现出预料中的热情。他叫她陪自己回家，她有些勉强地答应了。

袁清哲见到袁焜有些惊讶，但心里还是欢喜。他一再说身体好多了，没必要为他牵肠挂肚。他下厨，给儿子做了一桌丰盛的饭菜。

晚饭后，袁焜拉着倩蓉的手走进卧室，关上了房门，立即拥吻她。她却挣扎着想推开他。他似乎被兜头泼了冷水，奇怪地问："你怎么啦？"她抱怨道："你前一段时间不给我打电话，怎么突然就回来了？"他梦呓般地倾吐心声："我不想惹你生气、让你失望，我真的每天都想你。我被别人骗光了钱物，但至少还有一线光明，那就是你……别对我这么冷淡。你要不理我，我的生活就一片黑暗了。只要你还爱我，我就还有信心，还可以拥有这个世界……"

倩蓉受了感动，怀恋起旧情，慢慢开始回应他的热情。两人躺倒在床上，似乎回到了他们的初夜，重温激情，把彼此推向了快乐的顶峰……

　　第二天，袁焜来到清华园看望自己的导师曹钟望，两人在"水木清华"一边散步一边聊天。曹老仍是记忆中的样子，身材高瘦，举止儒雅。曹老一直把袁焜当作自己最得意的门生。袁焜是科研天才，又能在美国名校读书，应该在科研上更进一步。袁焜坦白地向曹老说出了自己面临的经济困难，曹老表示他会想办法帮忙，他会给自己留美同窗的高足、斯坦福大学的知名教授罗伯特·墨菲写封信，推荐袁焜当研究助理。袁焜听了，心生感激。

　　当天晚上，袁焜刚进家门，倩蓉就来了。她从背包里拿出一沓钱，递给他。他惊讶地问："你怎么会有这么多钱？"她说："你不要管了。这些钱够你在美国生活一段时间了，你快回去上学吧。"他迟疑地收下了钱。她继续催促："你早点回美国吧。读书比什么都重要。要是你爸知道你做生意赔钱的事儿，会受不了的。"袁焜说自己还要办其他的事情。倩蓉口气变得僵硬，但很坚决："你一定要听我的！我学校里还有事，先走了。"说罢匆匆转身离开了。

　　袁焜风尘仆仆地来到深圳附近，找到了生产计算器的乡镇工厂。他走进了销售经理的办公室，一个农民模样的男人正对着电话吆喝。办公室里肮脏凌乱，摆满了各式小型家电产品。好不容易等这位经理放下电话，袁焜立即向他打听老董，对方说他不认识老董。袁焜从背包里掏出几个计算器："老董从你们厂买了十几万人民币的计算器，在美国卖出了一部分，结果都被退货了。"

　　经理狡辩说："你怎么肯定他是在我们厂买的？"

　　袁焜义正词严道："上面有你们厂的商标！你们的产品质量不过关。你给我退钱！"

　　经理看了看，似乎默认，不过立即又找借口："你们是不是把计算器沾水啦？要不就是运输时被摔坏了？卖出去的货就是泼出去的水，我们从不退钱，也不保修！"

　　袁焜气愤地叫道："岂有此理！难怪美国人瞧不起中国制造的产品。"

　　经理不屑地问："你是中国人还是美国人？别到我这儿来装假洋鬼子！你走，我忙着呢！"

　　袁焜愤懑地离开了。

4

　　袁焜回到北京后，去倩蓉的宿舍找她，想和她说说一肚子的委屈。开门的却是倩蓉的室友王琳，一位戴眼镜的教师。王琳看到他吃了一惊，咬咬嘴唇，说出了实情，"你选了一个最糟糕的日子来找她，她今天出嫁。"

　　袁焜如遭晴天霹雳："胡说！你怎么跟我开这样的玩笑？"

　　"你要不相信，自己去王宫饭店看看。"她瞥了一眼手表，"如果我没记错的话，再过半小时婚礼就要开始了。"

　　袁焜声音颤抖了："她和谁结婚？"

　　王琳一字一顿地说："赵——达——川。"

　　袁焜身子抖了一下，喃喃地说："这怎么可能？这怎么可能……达川是我师兄，我的哥们儿……"

　　王琳说："最亲近的朋友有时就是最大的敌人呀。"

　　袁焜转身离开。他到了街上，看不到一辆出租车，就以最快的速度向王宫饭店跑去。他一路上推开众人，在过天桥时跌倒了，又爬了起来。

　　在王宫饭店的豪华单间里，达川坐在倩蓉的身边。她面色苍白，看上去娇弱无力。他悄声提醒："你脸色不太好，再补补妆？"她反问："嫌我不够漂亮吗？"他立即甜蜜地回应："我是希望你更漂亮，让所有的女人都嫉妒你。"

　　倩蓉补了妆，随达川走进了宴会厅。厅里高朋满座，笑声喧哗，墙上大红喜字醒目耀眼。当这一对新人站在台上准备喝交杯酒，婚礼司仪拖长声调高声喊道："此刻一杯交杯酒，今生两情到白头——"袁焜风尘仆仆地闯了进来。

　　一位接待小姐走近袁焜，热情地询问："请问你是新娘的朋友还是新郎的？"他满面惊愕，一时竟无言以对。

　　倩蓉端着酒杯怔住了，嘴里喃喃地说："达川，你看谁来了……"

　　达川一惊，把杯中酒洒到了西装上："天哪，怎么偏偏在这个时候！"

　　全场霎时变得鸦雀无声。众多客人从饭桌旁站起身来观看。袁焜冲到达川和倩蓉面前，怒目圆睁，双唇颤抖，指着达川痛斥："姓赵的，我把你当朋友，没想到你在我背后狠狠地捅刀子！"

达川安抚道："袁焜，你冷静点儿！"

袁焜反问："你要是我，会冷静吗？"

倩蓉可怜兮兮地说："袁焜，你把以前的事儿都忘了吧。"

袁焜转向倩蓉，提高了声音："倩蓉，你太虚伪了！"

倩蓉听了，突然间泪眼婆娑。达川急忙上前："有火冲我发！我随你打骂，不要怪倩蓉！"

袁焜转身向门口走去。倩蓉追出门喊道："袁焜，你等一下，听我解释……"袁焜奋力推开她，夺门而出。

袁焜来到马路上，心绞痛复发，瘫坐在路边，痛得冷汗淋漓。行人不停地从他身边走过，疑惑地看着他。过了一会儿，他终于挣扎着站起身，摇晃着离去。

到了夜晚，月光如水。他独自躺在小月河边的长椅上，失魂落魄。不远处一位男青年正弹着吉他，曲调忧伤郁闷。一位年轻母亲牵着一个六七岁的小女孩，从他身边走过。小女孩问他："叔叔，你病了吗？"年轻母亲问："要不要帮忙？"他苦涩地一笑："谢谢，不过，没人帮得了我。"

此时，倩蓉呆坐在客厅里的沙发上，无法入睡。袁焜没通知她突然回国，是想给她一个意外惊喜，却遭受了意外打击。她知道袁焜很难接受这个现实，他的自尊心太强了。

达川从卧室里走出来，问："这么晚了你怎么还不睡？"她说："我想去和袁焜解释一下，免得他痛恨我一辈子。"达川点点头表示理解："如果你觉得有必要，就找他谈谈。我当然不希望你再和他见面，把羊羔送回到狼嘴里。"她立即替袁焜辩护："他不是狼。"达川夸张地说："他白天在婚礼上的那眼神，和发狂的狼没什么区别。不过，你得给他一个说法，让他彻底死心！"她叹了口气："其实，我不知道该说什么。"达川耸耸肩："就实话实说好了。不管他是什么态度，你都不要和他吵。"她慢慢地依偎到他的怀中："你真体贴。"他故作轻松地说："娶这么漂亮的老婆，我要是不体贴，天理不容。再说，我也不愿意在新婚之夜独守空房啊。"

翌日，倩蓉来到袁焜家向他解释、道歉。袁焜摆摆手："你有选择的权利和自由，何必还来解释？想用一个道歉就换取心理平衡？你也太自私了！"

她劝慰道："事到如今，你也要接受现实。感情这东西，覆水难收。"

袁煜提高了嗓音，"谢谢你给我上了一课。我也想送你一句劝告，每个人都得对自己的命运负责。你好自为之。"

她并不示弱："我会把握自己的命运的。"

袁煜走到门口，打开房门："请吧，赵夫人！"

倩蓉走后，袁煜到书店里买了一些电脑方面的书准备带回美国。他回到家里，父亲递过一沓钱，说是达川来过，让他转交这些钱。他埋怨道："爸，您怎么随便收人家的钱？"

袁煜找到达川家时已经是傍晚。他敲开门见到达川，表情严肃地从口袋里掏出一沓钱塞到达川的手上："你以为你们是谁？施舍我吗？这是你和刘倩蓉给我的钱，一分不差地拿回来给你们！"

达川说："我诚心想帮你。不至于把我当仇敌吧？你总要听我解释。"

袁煜讥讽："你真是做了魔鬼又要当天使！我已经听倩蓉解释过了，难道你还有什么新鲜说法吗？"

"我从来没想过要伤害你。当初我和你在后台同时看中倩蓉，可我没跟你争，我不愿为一个女孩丢了哥们儿。"达川替自己辩解。

袁煜抓起达川的衣领冲他的鼻子一拳打去："人你都娶到手了，还说这么虚伪的话，真是欠揍！"

达川的鼻孔立即流出血来，但他捂住鼻子并不还手。

这时倩蓉下班回来，惊讶地大叫一声："袁煜，你疯了？"他冷漠地看了她一眼，转身准备离开。她匆忙上前拉住他的胳膊："我求你，把过去的事儿都忘了吧……"袁煜毫不犹豫地甩开了她。

袁煜疲惫不堪地走进了家门。袁清哲坐在沙发上闭目养神。他睁开眼睛，看看颓丧的袁煜，露出恨铁不成钢的神情，问："你还在为那个倩蓉难过，是不是？我看不惯你这副英雄气短、儿女情长的样子。"

袁煜说："爸，感情的事儿，不像您想象的那么简单。"

"有什么复杂的？我早看出来了，你和倩蓉不合适，强扭的瓜不甜。为一个女孩子一蹶不振，太没出息了！"

"我真不服这口气！那个赵达川不就是靠贩卖电脑发了点儿小财吗？他就比我更有本事？"

袁清哲拍拍袁焜的肩膀："不要这么说。做男人，不管在商场还是情场，都得输得起。"袁焜沉默了。父亲说："好了，不多说了。是后天的机票吗？你整理东西吧。不要胡思乱想。你妈要是活着，看你现在这样子也放心不下。"

袁焜走进自己的房间。躺在床上，他久久不能入睡……

5

袁焜回到了美国，但一直振作不起精神，也没和艾珊联络。

在一个灯火迷蒙、细雨霏霏的夜晚，金门大桥下海水滔滔。艾珊在桥上疾走，终于看到了坐在栏杆旁的袁焜。他全身被雨淋湿，却浑然不觉。她气喘吁吁地说："总算找到你了！"

袁焜看了她一眼，又掉过头去说："看来北京有人给你打电话了。我现在还不上你的钱，也不想见任何人。"

她情绪激动起来："我担心的不是钱，是你的精神状况！我知道这是世界著名的伤心之地，但你不觉得痛苦在这儿太渺小了吗？你们学校有免费的心理辅导师，你最好去见见他。你需要与人交谈。"

他的声音像此刻的雨一般寒冷："你不要管我！别干涉我的生活！倩蓉背叛了我，我和你也没关系了。我不需要你的怜悯！你根本什么都不懂！走开，走开呀！"

她吃惊地看着他，双唇颤抖："你怎么说出这种话来？我一直把你当朋友。"说罢伤心地跑开，脸上的泪水和雨水交织在一起。

他转过头，忧伤地望着远方的天水交界处……

第三章　情缘花开

1

袁焜接到罗丽雨的电话，才知道艾珊病了，就立即赶到了李宅。

艾珊坐在餐桌前喝板蓝根，嗓音哑哑地说："我是自己淋了雨，只是感冒，没什么大不了的。"

他垂下头低声说："对不起，前天在金门大桥，我对你的态度有点过分。你真以为我会自杀吗？"

艾珊说："我怕你想不开。那天等你回家了，我才离开的。"

难怪她得了感冒，袁焜想，心里有些感动。

艾珊冷淡地问："你不是说和我没有任何关系了吗，还来找我干吗？"

"我想告诉你，我见过学校的心理辅导师了。他说，不要因为一朵花的枯萎就拒绝整个春天。"袁焜说，"你会不会觉得我被抛弃了，很可怜？"

艾珊直视着袁焜的眼睛说："不会。如果可怜你，就等于轻视你，但我不想轻视你。你们的缘分不是终生厮守的那种。"

袁焜叹了一口气："局外人当然可以很超脱。尤其像你这样的女孩子，只可能折磨人，不可能被人折磨。"

艾珊不置可否地一笑。她站起身，从自己的房间里捧出一个木盒，从木盒里面拿出一个发黄的信封递给了他。他迷惑地接过信封，从信封抽出一张薄薄的发黄的信纸，展开，看到一行暗红色的歪歪扭扭的字："江盛华：我依然爱着你！珊。"

袁焜抬眼诧异地看着她，手有些发抖："这……这是一封血书……"

　　艾珊咬了咬下唇，点点头，说起初恋往事。江盛华是她的高中同学，但只考上一所普通大学。艾珊在北大读书时一直打算毕业后回老家，一心一意地想和他永远厮守在一起。大三那年，江盛华提出分手，因为他喜欢上了大学同班的一个女孩。他说他喜欢简单的女孩，但艾珊有点儿复杂。大概简单的女孩总让有些男人感到轻松吧。艾珊为此大病了一场，一个星期没出过宿舍楼……后来她咬破手指，给他写了这封血书。

　　袁焜好奇地问："那你为什么没寄给他呢？"

　　艾珊凄然一笑："写完了，就解脱了，流点儿血也值得。"她抬眼望着窗外，"有时候我还有些庆幸。如果江盛华不离开我，我就不会来美国，也就没机会看到外面这精彩的世界了。"

　　袁焜若有所思地望着她。她的脸庞在灯光下线条柔和，神色愈发沉静。她的淡定在无形中安抚了他的浮躁和愤懑。他吐露了自己的真实感受："也许我把失恋的痛苦夸大了。受打击的不只是我的感情，还有自尊心。我看到刘倩蓉和赵达川喝交杯酒，觉得他俩全都背叛了我。不过后来我把赵达川的鼻子打出了血，心里就痛快了很多。"

　　艾珊忍不住笑起来："我还不知道你是决斗完了才回美国的呢！"

　　袁焜不好意思地笑起来，随后却有些凄凉地说："我以前一直计划等倩蓉来了就买一辆车，带她好好看看这里的风景。"

　　艾珊拍拍他的肩膀说："好了，不要这么感伤了，Tomorrow is another day！（明天又是新的一天！）"

　　没过多长时间，赵达川寄了1万美元给艾珊，让她想个巧妙的办法转交给袁焜。艾珊犹豫再三，还是把真相告诉了袁焜。袁焜态度十分坚决，叫她立刻把钱退回去，1万块钱能买回多年的友情吗？艾珊答应了。末了，他还严厉地提醒："我知道赵达川是你的朋友，但你以后也要提防他！"

　　袁焜为了支付学费，开始到一家比萨店打工。他在黄昏时离开风景如画的校园，走进狭窄昏暗的比萨店，总禁不住扪心自问，究竟什么是真实的？是在斯坦福大学的留学生活，还是在"老爸比萨店"的打工生涯？他在比萨店门口稍停片刻，以适应生活场景的迅速转换。

那天比萨店里照例坐满了客人。几个肤色各异的工人扎着肥大的红围裙，在开放式的厨房里穿梭忙碌。意大利裔的老板隔着柜台探出壮实的上半身，冲着袁焜叫道："还傻站着干什么？等着看脱衣舞娘吗？到厨房来拿比萨！"袁焜回过神来，冲进厨房，戴上手套，打开烤箱，拿出一个热气腾腾的大号比萨，又迅速地装盒，把比萨盒装进写有Pop's Pizza（老爸比萨店）字样的大包，再把包挎到肩上，跑步出了店门。老板在他背后喊了一句："哎，中国小子，快去快回！我又接了好几单了！"老板永远记不住他名字的发音，索性一直叫他"中国小子"。

袁焜跨上单车，迅速融入硅谷繁忙的车流。大约十分钟后，他拐入一条破败的街道，停在一栋房子前，吃力地辨认着门上模糊的号码。几个黑人少年从旁边的房子里大摇大摆地走出来，嗅到了比萨的香气，立即叫道："哇，好香啊！哥儿们，把比萨留下！"

袁焜见势不好，骑上单车急忙逃离。黑人少年张牙舞爪地起身追赶。袁焜把车蹬得飞快，终于甩开了他们。当他气喘吁吁地停下来，用衣袖擦了擦满头的汗，发现自己竟置身于一条完全陌生的街道。

他向行人问了路，掉转车头，终于找到了客人的地址，按响门铃，一个高大肥胖的美国人嘟嘟囔囔地打开门。

他问："你是奥登先生吗？"

美国人点点头。袁焜如释重负地松口气，把比萨盒递给奥登："谢天谢地！我总算找到你家了。"

奥登打开比萨盒，面露不悦说："早凉了。"

"对不起，我迷路了。"袁焜提醒道，"一共是39块8毛3。"

奥登冷冷地看着他反问："你还指望我付钱给你吗？"说罢，"嘭"的一声关上了家门。

袁焜急了，又敲门，但再也无人理睬。

他沮丧万分地回到比萨店。老板劈头盖脸地问："你把比萨送到纽约去了吗？你想要我破产吗？我已经推掉好几单生意啦！过来先结账！"

他期期艾艾地说："我迷路了……对不起……客人不肯付钱。"

老板用拳头砸了一下柜台，声音盖过了抽油烟机的噪音："什么？你真是一个废物！以前让你做比萨，你做不成个样子，现在送比萨又找不到门。中国人都像你这么笨吗？"

客人们停止了谈笑，转过脸来看他们。袁焜被激怒了："你骂我也就算了，干吗骂中国人？别忘了，比萨还是中国人发明的！"

老板不客气地打断他："就算比萨是中国人发明的又怎么样？我听说很多中国人连饭都吃不上，从没见过比萨！"

袁焜愤怒地反驳："现在都90年代了，中国不像你想象的那么惨！"

老板讥讽地问："中国要是很富，你干吗还到美国来讨生活？"

"我不是来讨生活的，是来读书的！"

"你这个杂种，还挺傲慢！"

袁焜向老板逼近一步："你嘴巴干净点，小心我给你点颜色看看！"

"你敢把我怎么样？"老板跳脚喊起来，"我要炒你的鱿鱼！你现在就给我滚！"

袁焜摘下比萨包，拼力摔到柜台上："别以为我在美国活不下去！"说罢，重重地推开店门，愤怒地离去。

老板在他背后竖起一根蔑视的中指。

袁焜离开比萨店，骑上单车，在马路上飞驰起来。风把他浓黑的发吹得张扬起来。

2

袁焜怀着忐忑不安的心情来到罗伯特·墨菲教授的办公室。秘书告诉他，罗伯特在斯坦福大学的纪念教堂里。他走进了教堂，看到罗伯特正坐在那儿沉思冥想，便悄悄坐到了他后排的位置上。

过了一会儿，罗伯特转过头来，袁焜立即做了自我介绍。罗伯特50多岁年纪，头发有些花白，一双蓝眼睛散发出睿智的光彩。他看了看手表，说："对不起，我忘了时间。我累的时候，就在这儿坐一坐，感受安宁。这里是我的精神驿站。"教堂正面有四幅精美的壁画，分别代表love（爱）、hope（希望）、faith（信义）、charity（博爱）。这四个词是斯坦福大学创立者利兰·斯坦福和简·斯坦福的精神写照，也是罗伯特执着不悔的信念。

罗伯特和袁焜离开教堂，来到学校中心区的纪念铜牌前，铜牌上镌刻着利兰·斯坦福和简·斯坦福的名字。罗伯特给他讲起斯坦福夫妇的创校往事。

利兰·斯坦福在19世纪60年代曾是加州州长，他和夫人简·斯坦福育有独子小利兰·斯坦福，不幸的是小利兰不到16岁时就夭折了。有一天深夜，利兰因为失去爱子整夜失眠，对简说，他们再没有机会为孩子做些什么，从此要把全加州的孩子当作自己的孩子。为了纪念儿子，他们倾其家产，几经波折，创办了斯坦福大学。回馈社会永远比向社会索取更高尚。斯坦福大学建立后，很快就闻名世界。近些年，学校周围又开满了世界上最顶尖的高科技公司。在斯坦福，英才济济，连空气都是特别的，想平凡都难。

听完罗伯特的一席话，袁焜表示自己会加倍努力，多积累知识，为社会做贡献。而罗伯特语重心长地说："其实积累知识不是目的，学有所用才是目的。斯坦福夫妇把财富变成了知识，今天的斯坦福学生把知识转变成财富，为人类发展创造奇迹，那才是他们最希望看到的。"

袁焜随罗伯特来到他的办公室。罗伯特说他仔细读了袁焜的简历、论文和曹老的推荐信。袁焜在中国读研究生时就得过电子科学论文奖，还在国际学术刊物上发表过论文，科研功底扎实。他已经决定做袁焜的指导教授，还聘他做助研，拨出项目基金支付他的学费和生活费。

袁焜兴奋地说："我终于等到这个好消息了！谢谢你，墨菲先生，你今天改变了我的生活，给我带来了幸运！"

"博士学位是世界上的最高学位，你跟我读博士是我的荣幸。你有志向，也喜欢思考。虽说'人类一思考，上帝就发笑'，可上帝还是垂爱喜欢思考的人。"

"不过，仅仅善于思考，擅长研究还不够，我还得学习管理。我想同时读MBA。我会节约一些生活费，再打点儿工，就能支付MBA的学费了。"袁焜说。

同时读两个毫不相关的学位是非常了不起的，罗伯特欣赏袁焜的勇气，于是慷慨地说："我多拨些项目基金给你你就不用打工了。你要专心读书、搞科研，把自己的才能发挥到极致。"

袁焜从书包里掏出一个小巧精致的红木算盘，说是从中国带来的一个小礼物。

罗伯特惊喜地接过算盘看着："好精致！中国的老祖宗真了不起，发明了算盘。"他把算盘放到电脑顶端，风趣地说："要是我的电脑死机了，我就要靠这个算盘了。"

袁焜说："那是往日的荣耀了，现在我必须向你学习先进技术。"

这时罗伯特的学生岳东敲门走进来递交论文，见到袁焜立即热情地打招呼。半年前，袁焜在电子工程系的一间教室里认识了来自香港的岳东，两人谈得很投机。罗伯特说："你们俩原来就认识，那太好了！袁焜是我的新学生，以后和你一起工作。"

岳东竟不由自主地说起中文："欢迎你！"

袁焜也用中文回答："以后还请你多多指点。"

罗伯特幽默地打断他们："在我的研究室里英语是官方语言，我担心你们用中文说我的坏话。"

三人哈哈大笑。

那是一个几乎完美的瞬间。袁焜清醒地意识到，这一天是他生活中的转折点。他站在了更高的阶梯上，拥有了更高的梦想，而最重要的是，他将有机会选择一片飞翔的天空。

3

倩蓉的生活也发生了转折。

她傍晚回到家，因为路上走得急，满面绯红。达川急不可待地把她拉到沙发上，嘴唇火辣辣地贴过去。她挣脱开他，惊慌地说："有件事儿我得跟你说一下。"

他沉醉在亲吻中不情不愿地停下来。她从包里掏出化验单递给他："我……我有了，我没想到……"

达川一看惊讶地叫道："这……这太突然了！"神情迅速地转为兴奋，他拍拍自己的胸脯，"我这么棒吗？我太为自己骄傲啦！咱们怎么办？"

倩蓉期待地问："你说呢？"

达川双手按住她的肩膀："当然要生下来！"

七个月后，倩蓉产下一女，取名蕾蕾。

转眼间一年多过去，蕾蕾进幼儿园了，开始蹒跚学步。有一天，幼儿园老师打电话给倩蓉，语气惊慌，说蕾蕾从中午就开始流鼻血。倩蓉放下电话，就立即赶到了，看到蕾蕾正不停地哭叫，鼻子旁残留着斑斑血迹。

倩蓉抱着蕾蕾火速来到医院检查。一位年长的女医生拿到了验血报告后，立即告诉倩蓉："蕾蕾需要输血，但她的血型很少见，AB型Rh阴性，1000个亚洲人中只有3个人是这种血型。"倩蓉惊讶地说："什么？AB型Rh阴性？大夫，您没有搞错吧？我是A型，孩子的爸爸是O型，孩子怎么可能是AB型呢？"女医生用责怪的眼光看着她："那就只有一种可能了……"她震惊地呆住了。过了好一会儿，才颤抖地说："天哪！那绝不可能，这是一个天大的误会！"

女医生费了一阵周折，从血库里为蕾蕾调到了存血，解了燃眉之急。

倩蓉抱着蕾蕾走出医院时，百感交集，精神恍惚。

她与达川的矛盾慢慢显现出来。达川变得油嘴滑舌，整日以谈生意为借口，与各种人厮混于声色和酒场中。他很少陪伴女儿，甚至错过了女儿的生日晚宴。

倩蓉对他产生了怀疑，开始跟踪他。有一天晚上，她悄悄尾随他走进了王宫饭店的卡拉OK厅。厅里坐满了西装革履的生意人和穿着时尚的年轻女子。一个风韵犹存的歌厅女老板走上台说："下面请科维公司的赵经理和邵小姐为各位合唱一曲《选择》，大家欢迎。"众人热情地鼓掌。

风度翩翩的达川和性感的邵小姐来到台上。达川笑容满面地说："朋友们好！今天能和美丽动人的邵小姐同台是我的荣幸。邵小姐是美国阿尔法电脑公司亚洲地区营销总经理。她这次来北京考察，和我们讨论下一步的合作计划，使科维公司蓬荜生辉。今天我们的合唱，只是合作的开始，在各位面前献丑了！"音乐声起，他潇洒地举起话筒唱道："风起的日子笑看落花。"邵小姐声音甜美："雪舞的时节举杯向月。"达川意味深长："这样的心情。"邵小姐立即接上："这样的路。"两人合唱："我们一起走过……"

倩蓉坐在角落里瞪圆了眼睛，气愤地望着台上的一对。

合唱仍在继续："希望你能爱我到地老到天荒，希望你能陪我到海角到天涯，就算一切重来我也不会改变决定，我选择了你你选择了我，喔……"众人鼓掌叫好，一时把室内的气氛推向高潮。

赵达川和邵小姐两人唱完歌后，一前一后走出卡拉OK厅，进了一个包间。倩蓉悄悄随着一位端着果盘的女服务员走近包间门口。女服务员敲门，达川喊了一声："进来！"

在门被打开的那一瞬，倩蓉看清了包间内的情景：邵小姐坐在达川的怀里，达川一只手搂着她的肩膀，另一只端着酒杯和她碰杯，亲热无比。倩蓉气得双眼冒火，冲进去，把邵小姐从达川的怀里拽出来，不容分说地扇了她一个耳光。邵小姐捂着脸，委屈地望着达川。达川急忙站起身阻拦，一把拉住倩蓉说："倩蓉，你疯了？"倩蓉啐了他一口："你连老婆孩子都不管不顾，你才疯了！"说罢转头离开。

倩蓉后悔嫁给了不负责任的达川。在对他失望的时候，袁焜的身影又在脑海中浮现。与达川相比，袁焜的教养、风度、个性就显露出魅力。她打电话给艾珊，得知袁焜在美国已走出低谷，享有丰厚的奖学金，还搬回到高级公寓里。她拿出了袁焜当年送给她的"五月花"船模，夜不能寐。

夜半时分，醉醺醺的赵达川回到家，在黑暗中摸索着打开灯，看到满地废纸，一片凌乱，不由得叫道："倩蓉！蕾蕾！"没有人回应。他冲开卧室的门，卧室里空空如也。他沮丧地瘫坐在地板上。

倩蓉带着蕾蕾离家出走后，投宿到首都师院王琳的宿舍。她给躺在床上的蕾蕾盖好被子，疲惫地坐到了王琳的对面。王琳说："我当初就不赞成你和他结婚，可你说什么他为你连命都舍得，是你最可以依靠的人。"

倩蓉低下头："我很蠢的。结婚前他把我当成了一朵花，等把花摘下来放到家里，死活都不关他的事儿了。"

王琳又说："袁焜就不会这样对你。"

倩蓉被王琳一语戳到心痛，她的声音颤抖起来："求求你，不要和我提他的名字，提起来我就难过。"

王琳说："为什么不可以提？这说明你还想念他！"

正说着，突然传呼电话响了，里面传出达川焦急的声音。倩蓉急忙摆手，王琳只好支走了赵达川。

没过多久，倩蓉在中关村租了一间小平房，住了进去。她抓紧每一分钟空闲学习英语。晚上蕾蕾躺在床上睡熟了，她就戴上耳机随着录音机练习听力，还常常拿出"五月花"船模陷入沉思。几个月后，她顺利地通过了GRE考试，并被硅谷的一家大学录取。虽然没有争取到奖学金，但她还是决定漂洋过海。

倩蓉在出国之前来到她和达川曾经的家。达川不在，这并不令她感到意外。她拿出钥匙打开门，坐到了沙发上。夜半时分，达川带着满身刺鼻的酒气回来，意外地发现了她，惊讶地叫道："坐在角落里也不开个灯，吓了我一跳！"

她冷冷地问："心里要是没有鬼，怕什么？"

达川有些不耐烦："不要含沙射影。你以为男人创业容易吗？我们也要强装笑脸，逢迎别人。你能不能不吵不闹？"

她从鼻子里"哼"了一声："喜新厌旧，还要冠冕堂皇地打出创业的幌子，你真虚伪！不过恭喜你，再没有人和你吵闹了。我下个月就去美国留学了！告诉你，女人要是被人逼急了，也会爆发出惊人的力量！"

他吃了一惊，愣愣地看着她，沉默片刻，终于颇带醋意地问："你是为了去找袁焜吧？对他旧情难忘嘛！"

"我去找谁，和你无关。"

他急了："你口口声声说你多么爱蕾蕾，现在居然这么自私这么狠心地扔下她。你走了谁来照顾她？"

她说："我早想过这个问题了。你也有抚养义务。你要是工作太忙顾不上孩子，就让我父母带。我爱女儿，才必须暂时离开她。等我在美国安定下来，就回来接她。"

他立即强烈反对说："算了吧，你父母小市民气十足，整天因为钱吵架，蕾蕾去了日子不会好过。把女儿送到山东乡下我母亲家，我才会放心。那儿的人淳朴，空气也新鲜。"他酒醒了几分，转念想想，又觉不妥，语气稍有缓和，"我觉得你为了孩子再认真地想想。出国有什么好？多少人在国外打工活得不人不鬼的？就算我有错，我以前对你可不薄啊。难道我们就不能再一起生活下去了吗？"

她斩钉截铁地说："你了解我的脾气，什么事儿一旦打定主意就绝不改变。"

他又被激怒了："你以为靠一张漂亮脸蛋就可以走遍天下吗？"

　　她几乎咬牙切齿地说："我就要走遍天下给你看看！"说完摔门而去。

　　几天后，达川把蕾蕾送到了山东乡下自己的母亲家，答应每月寄钱回来。赵母连连叹息。达川离开时，赵母抱着蕾蕾挥手告别。蕾蕾望着达川的背影突然大哭起来。达川一步三回头，最后硬着心肠走远。

4

　　袁焜的生活恢复了学校和公寓的两点一线。

　　有一天他放学回到家，打开电脑，里面传出一个悦耳的女声："You've got a E-mail！（你收到了新电子邮件！）"电子邮件是艾珊寄来的，他惊喜地发现内容竟是艾珊写的一首诗：

　　　　走得出冬的苍凉
　　　　走不出春的迷惘
　　　　裸露的心被你的凝视灼烤得温暖
　　　　又抽打得疼痛
　　　　心头那青春无悔的等候
　　　　阳光下安然地开成一朵花
　　　　在你意味深长的沉默里
　　　　我守护着不醒的梦想

　　　　走得出漂泊的沙漠
　　　　走不出回归的海港
　　　　柔情的发被你的旋律吹拂得飘扬
　　　　又弹拨得忧伤
　　　　心底那长相厮守的盼望
　　　　夕阳下无声地融入一片帆
　　　　在我今生今世的航程里
　　　　你闪动着不变的星光

袁焜注视着屏幕动情地轻声呼唤："珊……"他立即动手，为她精心制作了一组三维动画：晴空下，海水闪动着迷人的蔚蓝，一艘深蓝色的大船慢慢地靠岸，身穿白色长裙的艾珊踏上甲板。这时他从船舱里走出，把手中的一束红玫瑰递给她，深情地说：I Love You！到了早晨，他通过E-mail把动画传给了艾珊。

半小时后，有人急切地敲门，仿佛命运在用激情的魔指敲打他的心鼓。他立即扑过去开门，看到了面孔绯红的艾珊，便把她揽入怀抱。埋下头，寻到了她清甜的唇。他没有想到，在经历了一个酸涩的长夜后，等待他的竟是如此醉人的甘洌。她含泪说："给你寄了E-mail后我好紧张，担心你不回应……"

他轻拂着她的头发："我以为你这么敏感，早明白了我的眼神。"

她委屈地说："我不敢确定……你怎么不先说出来，为什么让我等这么久？你不是一向很自信？"

"在你面前，我就没有了自信。你这么特别、这么美丽。珊，你比我更有勇气。"

"你什么时候开始喜欢我的？"

他拍了一下脑袋："我还真想不出一个明确的瞬间。喜欢，就这么一点一滴地，像春水融入荒地，突然有一天，眼前已是芳草青青了。"

她惊喜地问："原来你也会写诗？"

他笑笑："不会，但心里有诗情。我喜欢你写的那句，'走得出漂泊的沙漠，走不出回归的海港'，我们这些人，谁不向往一个港湾？"

她喜极而泣："你是我最向往的！"

爱情来临时，风都是甜的。在斯坦福大学的校园里，大道两旁的椰子树随风摇曳，他牵着她的手散步，突然停下来端详她，她脸一红："看什么？我脸上长字了吗？"他说："我在读一首诗呀……我要早一点拿到学位，赚很多钱，让你过舒适的生活。""一切会慢慢好起来的，我对你有信心。"她说，"但你不用发誓，不要给自己施加压力。再说我可以自立，不想当你的花瓶啊。"

他把她的手牵得更紧。上帝向他关闭了一道门，却给他打开了一扇窗，世界通过这个窗口向他展示美景和温情。

5

倩蓉在旧金山机场见到艾珊，眼泪忍不住落下来了。艾珊出国时，倩蓉还是个待字闺中、陶醉于梦幻的大学生，现在却成了母亲，还被迫把女儿留在了大洋彼岸。

艾珊搂着她的肩膀走出机场，随后驾车把她载到一幢公寓楼旁。艾珊以便宜的价格租的这间公寓，离她的学校很近，交通方便。她走进公寓，打开窗户望着窗外，兴奋地嚷道："我终于到美国了！我等这一天等很久了！这里的空气真好，我有重获自由的感觉！"

艾珊半开玩笑地说："你也是'生在新社会，长在红旗下'的，难道有人虐待过你？"

倩蓉的语气有了几分沧桑："你还没结婚，没有体会，婚姻有时候就像监狱……我还是少说两句吧，我知道你崇尚婚姻，免得你将来婚姻不幸福怪我影响你。"

艾珊做了一顿丰盛的晚餐给她接风洗尘。在饭桌上，倩蓉说起女儿蕾蕾，虽然不舍得让蕾蕾住到山东乡下，但也没有更好的办法。临别时她抱着女儿几乎哭了一整天，最终还是硬着心肠看着蕾蕾被达川带走……艾珊安慰倩蓉，答应帮她去办理社会保险号和入学手续、开银行账号、买教材等等，希望她早点安顿下来，以后拿到学位，找份工作，就可以接蕾蕾出来。

倩蓉向艾珊要袁焜的电话号码，艾珊犹豫地说："这……我得先征得袁焜的同意。"

倩蓉埋怨道："不要这么美国化了。不管怎么说，他也是我的初恋情人，总不至于连个电话号码都不肯给我吧？"艾珊无奈，给她写下了袁焜的电话号码。

倩蓉本想给袁焜打电话，但担心被他挂断，思量再三，决定到斯坦福大学去找他。艾珊向她提起过，袁焜有时在学校的快餐厅里吃午餐，她就到那里去等。不一会儿，袁焜果然出现了。他买了午餐，坐到了一张餐桌旁。倩蓉端着快餐盘来到他面前，指了指他对面的空座位说："我可以坐在这儿吗？"

他见到她，显然吃了一惊："你什么时候来美国的？"

"前些天。来留学。"

"哦，是这样。"

"你怎么对我冷冰冰的？"

"想让我捧着鲜花欢迎你吗？"

"你这几年性格一点儿都没有变。还在恨我吗？"

他不屑地说："要是因为一个女人的负情我就改变性格，那我也太脆弱了。如果我恨你，说明我还记得你。"

她摇摇头："我不相信你会完全忘记我，我们以前的感情是很好的。"

他说："可当初你毁灭那份感情时，一点儿都没有手软。"

她的眼泪几欲涌出："我很后悔。我不能再和达川过下去了。"

他讽刺道："看来英雄和美人也不能白头偕老。"

"不要讽刺我好不好？我想和你谈一件事儿，对你我都很重要……"她几乎哀求。

他站起身，打断她的话："我和你没什么好谈的。"说罢转身离开。

傍晚，艾珊开车来到袁焜的住处。袁焜已经好几天没给她打电话了，她原本有些放心不下，现在又杀出个倩蓉，她更是惴惴不安。袁焜打开门："你怎么突然跑来了？"

她有些心事重重："来看看你……"他坐回到电脑旁，一边看着电脑屏幕一边向她解释，他正在编程，明天早晨要交给计算机语言课的教授。最近学习压力越来越大，很快要交经管学的论文，统计学马上又要考试，每天睡五个小时，时间还是不够用。她问："这就是你不打电话给我的原因吗？"他立即说："你体谅一点，我门门课一定要拿A的，这样才能保证每学期都有奖学金。"她叹了口气："但愿这是你不来看我的真正原因……倩蓉来到硅谷，你真的无动于衷吗？"

袁焜拉住她，在她嘴角吻了一下说："不要胡思乱想了，回去好好睡觉。等我忙完了陪你去看电影，随你选片子，古典片，《情感与理智》之类，我都奉陪。"

"等你去看电影电影院早倒闭了。"艾珊说，随后期期艾艾地问，"你到底喜不喜欢我？"他反问："怎么突然变得这么不自信？好了，我必须做作业了。"

艾珊神情失落地离开……

倩蓉遭到袁焜的冷落后，回到公寓一直心绪不佳。

有一天夜里，隔壁传来两个男人激烈的争吵和摔酒瓶的声音，接着是震耳的摇滚乐。她躺在床上翻来覆去睡不着，只好爬起来，睡眼惺忪地穿好衣服敲响了邻居的门。一个红发、浓妆艳抹、穿吊带裙的非洲裔男人打开门，问："你是谁？"

倩蓉说："隔壁邻居。你可不可以把音乐声放低一点？我睡不着觉。"

红发男人轻蔑地说："那关我屁事？到药店去买安眠药。"

这时另一个非洲裔男人从卧室里走出来。他高大健壮，胳膊上刺着墨黑的苍鹰，肆无忌惮地从头到脚打量倩蓉："你凭什么干涉我的自由？我告诉你，我就是喜欢把音乐声开到最大，这才酷，才过瘾！谁都别想阻拦我们！"

倩蓉回敬道："你们这样做太自私、太不讲道理了！"

刺青男人嚷道："你这条母狗！还敢骂人？我今晚要把音乐一直放到天亮，看你能把我怎么样！"

倩蓉气得有些哆嗦："你，你……"

刺青男人挥挥自己的拳头："你再敢敲我的门我就砸破你的门，把你扔到街上去！"随后搂起红发男人的腰说，"不要理她！"说罢"嘭"的一声关上门。

倩蓉惊慌地逃回公寓，一不小心绊倒了门口的金属衣架，被衣架砸伤了腿。她打电话给袁焜，哭泣着说道："袁焜，救救我……"

第四章　美国酣梦何时醒

1

　　袁焜接到倩蓉的求救电话，赶到了她的公寓。倩蓉一见到他，立即投入了他的怀抱，又忍不住哭起来："我好怕……"他轻轻推开她："不要这样。"她委屈地问："他们凭什么这样对我？"他告诫她在美国不要随便去敲邻居的门，有时会有危险。天知道里面住的是黑帮还是毒贩子。凡事要冷静，不可以情绪冲动。

　　说话间隔壁的音乐声一浪高过一浪，愈发震耳欲聋，他决定打电话向警察求助。

　　一刻钟后，一男一女两位警察就到了。警察们听了他的讲述，立即带领他和倩蓉敲响了邻居的门。男警察谴责红发男人和刺青男人惊扰邻居，说如果邻居抱怨超过三次，他们就得搬走。红发男人极不情愿走到音响前调低了音乐声。男警察接着要求他们学做一个绅士，向刘女士道歉。刺青男人有些不满地说："我已经放低了音乐，干吗还要道歉？"

　　袁焜说："你影响了她休息，还骂了她，必须道歉，而且要保证类似的事情不再发生。"

　　刺青男人无奈地小声嘀咕："对不起，刘女士，我以为你这么年轻，一定也迷恋摇滚乐呢。"

　　倩蓉说："我明天早晨要上学，休息好对我很重要。"

　　警察走后，袁焜陪倩蓉回到她的公寓，安慰了她几句，便准备告辞。她的脸色仍然苍白，抖抖颤颤地问："你说他们会不会报复我？等你一走，就砸门恐吓我？

你今晚就住在这里，行吗？"

袁焜想了想，给艾珊打电话，想叫她来陪倩蓉，可无人接听，猜想她已经睡了。

倩蓉说："算我求你。我的脚受了伤，万一邻居来骚扰，我跑都跑不掉。"他犹豫片刻，动了恻隐之心，答应留下来睡在沙发上。她露出了笑容。趁机从桌子上拿起一张蕾蕾的照片，给他看："这是我的女儿蕾蕾。你看她的眉毛、眼睛、鼻子……多好看！她是个乖孩子！"他不由自主地赞赏道："这名字很配她，花一样的小女孩。"他的赞美无形中鼓励了她。她挨着他坐下撒起娇来："焜，我知道你不是铁石心肠，你还心疼我，我们缘分未尽。我以前犯过错误，但金无足赤，人无完人，人都会犯错误。我忘不了你，请你再给我一次机会……"

他听了，立即站起身，有些恼怒，脸色变得严峻："对不起，我已经爱上了别的女孩。"

"你不能原谅我，你这么说是为了报复我。"她醋意十足地问，"你告诉我，你爱上了谁？"

"艾珊。她是我见到过的最美丽、最特别的女孩！"

"艾珊！为什么偏偏是她？"她不无绝望地问，仍不甘心，"以前你也说过我漂亮。"

"我说过你漂亮，漂亮和美丽有本质区别。你不过空有一张漂亮脸蛋儿。艾珊和我共患难过，你怎么能和她相比呢？"

"可是……可是我和你之间有更强的纽带……我比她更应该和你在一起啊！"倩蓉仍顽强地替自己争取。

袁焜被她讲得一头雾水，口气转为强硬："你和我之间什么都没有了！我和艾珊已经订婚了！"

她抽泣了起来，抓起自己的头发喃喃低语："命运为什么这样惩罚我？"她站起身，向卧室走去，终于哭出声来，"为什么不肯再给我一次机会？"

他冲着她的背影说："因为你没有资格和命运讨价还价！"

第二天早晨，艾珊敲响倩蓉公寓的门。她给倩蓉买了一个二手微波炉，顺便送过来。倩蓉身穿性感睡衣，打开了门，惊讶地叫道："艾珊！"艾珊走进房间，看到袁焜坐在客厅的沙发上，惊讶至极："袁焜？你怎么会在这儿？"袁焜一时还没有反应过来，艾珊已把微波炉重重地放到桌子上，气愤地摔门而去。他急忙追出门去，一直追到楼下。艾珊已跳入车内，启动了汽车。

他焦急地拍打车窗："艾珊！别误会。你等一下！"艾珊并不理会，开车急速离去。

倩蓉出现在袁焜背后，冷冷地说："你看，她根本就不相信你。"袁焜叫道："闭嘴！你不要像个魔鬼似的跟着我！"

艾珊开车在高速公路上疾驰。一辆警车从她背后追赶上来。警察拉响警笛，闪动红灯，示意她立即在路边停下来。她无奈地把车停在高速公路的路肩上，警车也随即停到了她的车后。一个高大英俊的男警察下了车，走到她的车旁，要她拿出驾照和汽车保险。她无奈地从命，但忍不住大声地问："我做错了什么？"

男警察口气严厉："在时速限定65英里的路段上开80英里，你犯了法！"

她从皮包里掏出支票本："说吧，我该付多少钱的罚单，我马上开支票给你。好吧，我什么都不在乎啦。"

男警察警告道："你冷静一些。"

她愈发激动起来："冷静？说得好轻巧！如果你处在我的位置上，你能冷静得下来吗？"

男警察耸耸肩膀："我听得多了。每一个超速司机都有自己的故事，个个理由充分，家里失火、赶着要参加祖母的葬礼……让我听听你的理由。"

她的声音开始哽咽："我爱的男人被别的女人抢走了……"这时眼泪簌簌落下，"他是我唯一的爱，没有他，我的生活一片黑暗。"

男警察轻轻拍了拍车窗："你的故事感动了我。好吧，坐在车里不要动，我去查查你的驾驶记录……"说罢回到警车上。

艾珊打开了汽车的收音机，里面传出邦·乔维唱的爱情歌曲《你给爱一个坏名字》：

　　　　你露出的是天使笑容
　　　　你承诺给我天堂，却把我放逐到地狱

我被爱所捆绑

当激情成牢狱，就不能重获自由……

一刻钟后，男警察又回到她的车旁，递给她一张警告单："这次我不开罚单，只给你一个警告。小心开车。照顾好自己！"

她开车缓缓回到高速公路上，可泪水一次次模糊了视线。

她一整天没去上学。到了晚上，忍受不住心中的郁闷，向丽雨讲了早晨发生的事情。

丽雨有些不解，当初是倩蓉先离开袁焜的呀，这种女人，怎么翻来覆去的？艾珊长叹一口气："旧情总是难忘。以前倩蓉伤了袁焜，现在又要主动靠近，袁焜大概想要胜利感吧。"

"为胜利感勉强自己的感情，是不是有点蠢？"丽雨叹口气，"你和他是多般配的一对！"

这时电话铃响起。艾珊立刻关照，如果是袁焜就说她睡了。丽雨拿起话筒，对方果然是袁焜。袁焜白天去学校找过艾珊，但没有找到，埋怨艾珊不听自己的解释。丽雨并没有把话筒交给艾珊。

翌日一大早，袁焜就来到李家，径自走进艾珊的房间，讲了倩蓉和邻居冲突的前前后后。艾珊不动声色地说："你的故事编得好像挺合情合理的。但是倩蓉让你留下陪她，你就陪，说明你很疼她。"他耐心地解释："她单身在美国不容易啊。当时的情况太特殊，如果我扔下她不管，我也太不近人情了。"

"单身女孩在美国有很多，你个个都要疼吗？"艾珊声音颤抖地质问。她只要一闭上眼睛，就看到袁焜坐在倩蓉家的沙发上："我猜你想再一次征服倩蓉，她是你的初恋。"

袁焜真诚地拥住她："初恋能说明什么，你才是我的Soul Mate（灵魂伴侣）！"

"焜……我真怕失去你！"艾珊终于相信了他的真情，投入了他的怀抱。

袁焜话锋一转："不过有件事儿，我得向你坦白……"艾珊松开手臂，脸色倏地变得惨白。他微微一笑："前天晚上我没经你同意，就向倩蓉宣布，我和你订婚了！"她更热烈地拥抱他："你可以向全世界的人宣布！"

第二天袁焜迫不及待地向岳东报告自己的喜讯，岳东给了他一个熊抱，追问婚期。袁焜目前的生活简直如顺风行船，沿途风景如画。他有了奖学金，终于可以全心读书。他希望确定一个研究方向，早日拿到学位，毕业后找一份稳定的工作，有了固定的经济收入后，才和艾珊结婚。说到底，他是婚姻理想主义者。这令岳东不解，有些女人要的不是银行账号，而是一个温暖的家。岳东对理论研究没多大兴趣，他的几个朋友都退学去办公司了，可他还在这里啃书本，感觉有点悲哀。比尔·盖茨就是从哈佛退学的。搞IT这一行是吃青春饭，要不早点动手创业，就很快会被新生代超过。在袁焜看来，比尔·盖茨是一个特例，他成功，不是因为退学，而是因为天才和勤奋。磨刀不误砍柴工，他和岳东正在斯坦福大学磨炼本领。这里有最优秀的研究人才、最先进的思想，还有追求创新的风气。斯坦福是创业的温床，他们得等机会成熟。他说："中国有句俗语，心急喝不了热锅汤。"

岳东说："心急喝不了热锅汤，有点意思。我又跟你学国语了。你的北京话真好听，舌头一卷一卷的，地道。"岳东感叹，"我老婆是美国人，我天天得和她讲英语，吵架总输给她。"

袁焜笑起来："那你不就有机会狂练口语了吗？"

"也不是这种练法。"岳东摇头叹息。

看来婚姻也是一门功课，袁焜想。

2

两年后，袁焜终于在斯坦福大学取得了博士学位。

毕业典礼结束之后，袁焜头戴博士帽、身穿博士服，和艾珊一起走出礼堂，在阳光下意气风发。李声、丽雨和小迪快步迎上来，小迪还递给袁焜一大束鲜花，祝贺他。袁焜抱起小迪，在他的脸蛋上亲了一下："谢谢小迪！你好可爱哦！"

李声赞叹道："袁焜，你同时拿下电子工程博士和MBA，好棒喔！"

前几天李声一家刚参加了艾珊的毕业典礼。艾珊将留在伯克利大学当教育学老师，下个月就开始讲课了。李声夫妇这几年目睹袁焜和艾珊经历风雨，现在苦尽甘来，由衷地为他们高兴。小迪挣脱开袁焜的怀抱奔向艾珊："我还要祝贺艾珊阿姨！给她一个拥抱！"艾珊蹲下来，和小迪搂成一团。

李声有些失落地说："艾珊要工作了，没人当小迪的家庭教师了。"小迪不满地叫嚷起来："你在说什么？她绝不会离开我！"艾珊安慰道："以后我每星期去看你一次，好不好？"小迪撒娇地说："你必须信守Promise（诺言）！"

袁焜毕业不久，就把简历寄给了硅谷的多家高科技公司，包括SVT。SVT是一家拥有百年历史的知名企业，员工多达万人。不出一个星期，他接到了面试通知。

面试他的是SVT负责技术开发的副总裁弗兰克·格雷。弗兰克有一双蓝眼睛，一头麦秸色的头发，穿着讲究，谈吐礼貌，却流露出微妙的居高临下的态度。他在了解了袁焜的学历和技术专长后，问袁焜："假如SVT投资500万美元，让你创建一家公司，你将做什么生意？你的生意目标是什么？"袁焜对这样的未来在心中早有描画，胸有成竹地说："我将研发百万门级超大规模专用数码摄像处理芯片，因为这种芯片目前在世界上还是空白，但它的应用领域非常广泛，涉及工业、天文、医疗，以及交通、银行、通讯等许多方面，我要抢占产业链的制高点。"

弗兰克接着问："在以后的5年里你会争取得一项什么奖？"袁焜说："刚才在SVT大楼走廊里看到'SVT发明创造奖'得主的照片，很受鼓舞。他们不仅为SVT，甚至为世界的IT业都做出了贡献，我发誓要成为他们中的一员。"

下一个是智力急转弯问题："在一只鱼缸里有200条鱼，其中99%是古比鱼，需要拿出多少条古比鱼才能使鱼缸中98%的鱼都是古比鱼？"这问题难不倒袁焜，他答道："自然要拿出100条古比鱼，而且只拿古比鱼。如果拿到了其他种类的鱼，我就会把它放回去。这样非古比鱼的总数保持不变，古比鱼维持在98%的比例。"

弗兰克露出隐约的微笑："谢谢你来面试，我会在三天之内打电话通知你结果。"袁焜和他握手告别，感谢他在百忙中面试自己。

三天后袁焜被SVT个人电脑事业部录用，实现了职业生涯中的第一个梦想，进入世界500强企业工作。

弗兰克在袁焜上班的第一天，兴致勃勃地向工程师们一一介绍，宣称选他是万里挑一，他将成为SVT的"Golden Boy（前程似锦的年轻人）"。他有天赋、有才干，懂得追求，而机遇偏爱那些懂得追求的人。他还分给了袁焜一间办公室，说："美国是梦想家的乐园，在这里，你会实现一个又一个梦想。"

　　袁焜有了足够的经济能力，给予艾珊稳定的生活，正式向她提出举办婚礼。她毫不犹豫地说"Yes"。

　　他们的婚礼是在硅谷的一个教堂举行的。在教堂里坐满了衣着光鲜、喜气洋洋的人们。婚礼进行曲缓缓响起，艾珊挽着李声的手臂走进教堂，伴娘、伴郎、小迪和一个美国小女孩紧随其后。按西方习俗，艾珊的父亲应该伴她走进教堂，但她的父亲已去世，李声荣担此任。袁焜目不转睛地望着向自己缓缓走来的艾珊。她把长发盘起，身着白色婚纱，透出优雅高贵的气质，光彩照人。礼堂里静极了，全场的人都屏住呼吸，注视着她。

　　李声和艾珊在袁焜身边停下来，李声微笑着轻声说："我把新娘给你带来了。"

　　"谢谢李大哥。"袁焜说完拉起艾珊的双手。

　　神父手执《圣经》，诵读了祝福祷告，随后说，请新娘新郎交换结婚戒指。

　　袁焜给艾珊戴上戒指，轻声问："问世间情为何物？"艾珊应道："直教人生死相许。"艾珊也给袁焜戴上戒指，"在天愿作比翼鸟……"袁焜应道："在地愿为连理枝。"

　　神父含笑问袁焜："焜，你愿不愿意以此女人为你合法妻子，与你共同生活在圣洁的婚姻中？你愿不愿意在病中、在平时爱惜她、护佑她、照料她、尊敬她，并摒弃一切，唯以她为依靠，共度今生？"袁焜语气坚决地回答："我愿意！"全场的人含笑望着这一对新人，唯有倩蓉流露出嫉妒的神情。

　　神父又转向艾珊："珊，你愿不愿意以此男人为你合法丈夫，与你共同生活在圣洁的婚姻中？你愿不愿意在病中、在平时爱惜他、护佑他、照料他、尊敬他，并摒弃一切，唯以他为依靠，共度今生？"艾珊一脸幸福地回答："我愿意！"神父最后说："我现在宣布你们为夫妇，并祝愿你们幸福！"众人起立，开始热烈地鼓掌，倩蓉却悄悄地离开了教堂。

　　一对新人手牵着手走到人群中间。李声拍拍袁焜的肩膀："找一个好女人不容易啊，你要珍惜。"袁焜笑着说："别担心。我们袁家祖辈疼老婆，我身上有遗传基因。"丽雨拥抱艾珊："祝贺你们，有情人终成眷属！"随后刮刮她的鼻子，"现在你不用再担心袁焜被人抢走了。"李声摆摆手说："艾珊还会担心的。女人从结婚第一天起就恨不得把男人锁进保险柜，还要既防火又防水的那种。"

不久，赵达川给艾珊打电话，向她和袁焜表示祝福，还希望她能劝劝倩蓉回心转意。艾珊约了倩蓉在星巴克咖啡馆见面。

下午，艾珊容光焕发哼着歌曲走进咖啡馆。倩蓉无精打采地坐在角落里，见了艾珊撇了撇嘴："看把你高兴的，结了婚就高枕无忧啦？以后有你好受的。"

艾珊不以为然地说："没这么悲观吧？"

倩蓉说："别忘了，我是过来人。"

"过来人的体验就不容怀疑吗？"艾珊说，"婚姻出现危机，夫妻两人都该反省自己。我认为你对达川的态度就有些过分。达川最近事业顺遂，拿下商业部的一份大订单，成了中关村硬件业的风云人物，上了报纸和电视，离副总裁的位置不远啦。他最遗憾的是你不在身边。他经常回山东看蕾蕾，见了她，不知该怎么解释你的失踪。其实最苦的是孩子，不管她跟谁，生活都会有缺陷，这对她太不公平了。"

倩蓉坚决地说："我既不原谅也不留恋达川，不想回到他的身边。我现在的目标只有一个：早点毕业，把孩子接到美国。"她说，"为了孩子忍气吞声，我不是太可怜了吗？"

艾珊叹了口气："我毕竟没处在你的位置上，也许不该评判你。你有什么困难就跟我说，我会帮你的。"

"约我出来，就是为了向我显示胜利者的姿态吗？"倩蓉似乎在挑战。

艾珊的脸色严肃起来："缘分是不能强求的。以前你放弃了袁焜，我替你遗憾；现在他选择了我，我也不会拒绝幸福。"

倩蓉讽刺地问："你要我高尚地为你祝福吗？"

艾珊回敬道："祝不祝福那是你的自由。我想帮你，只是因为血浓于水。"

那天晚上倩蓉阴沉着脸回到公寓，她从书架上拿起袁焜送的"五月花"号小船丢进了垃圾桶，随后恹恹地坐到沙发上。她呆坐了一会儿，又站起身走到垃圾桶旁把小船翻了出来，用纸巾小心地擦去上面的脏物，放回到书架上。她从书桌里拿出一个崭新的日记本，坐回到沙发上，开始写日记："蕾蕾，我决定从今天开始写日记，专为你写。虽然你现在还读不懂，但将来总有一天，你会理解妈妈的苦衷。我想告诉你一个秘密，你的生身父亲不是赵达川，而是袁焜！袁焜是一个非常出色的人，可我却愚蠢地放弃了他。生活就像多米诺骨牌，当第一张被踢翻了，后面一连串的牌就都倒塌了，妈妈不知道该怎么收拾这残破的牌局……"

3

有人欢喜有人忧。

赵达川半躺在办公椅里，一杯接一杯地喝酒，一支接一支地吸烟。办公室只点着一盏昏暗的台灯，烟雾弥漫。录音机里播放着怀旧流行歌曲《跟往事干杯》：

> 人生际遇就像酒，
>
> 有的苦有的烈。
>
> 这样的滋味，
>
> 你我早晚要体会。
>
> 也许那伤口还流着血，
>
> 也许那眼角还有泪……

华哥敲门走进来："赵经理，我没打搅您吧。电视台的采访安排在星期五下午。"

达川摇摇头："不行，星期五我得去山东看我妈和蕾蕾。早就答应我妈了。"华哥说："我看你和倩蓉应该把关系说清楚。总这么吊着也不是个办法。"达川叹口气："跟有些女人，你永远说不清楚。"

达川坐夜里的火车去山东，早晨抵达老家。他远远地看到母亲正陪蕾蕾在荒草地上玩耍。一不留意，蕾蕾摔倒在地上，大声地哭了起来。蕾蕾看到达川走来，停止了哭泣。她有些认生，又有些胆怯。他走过去抱起她问："想爸爸了吗？"她乖巧地点点头。他立即亲她的脸蛋："爸爸也想你。你是爸爸的掌上明珠！"

赵母开心地说："蕾蕾现在叫奶奶叫得可亲啦！"谁知蕾蕾冷不防地冒出一句："妈妈！"赵母变了脸色，厉声地说："你妈妈早死了！"蕾蕾吓得哭起来，抽泣着说："我妈没死……"赵母不满地说："刘倩蓉这么久连封信都没有，跟死了有什么区别？"

达川不想在女儿心里播下仇恨的种子。因为他和倩蓉的轻率和任性，给蕾蕾原本应该蜜汁般的童年注入了苦涩，为此他已经深感歉疚，于是说："你别给孩子灌输这些。人心都是肉长的，我们不该诅咒倩蓉。"

倩蓉不和国内的亲友联系，是因为实在没有喜讯可以分享。她终于熬到了毕业，可投寄了几百份简历都泥牛入海。在职场上，社会学专业的毕业生不像电脑专业的毕业生那么炙手可热。偶尔有一两个面试的机会，但用人单位都嫌弃她没有在美国工作的经验，把她拒之门外。

她实在熬不下去了，不得不跑到艾珊的办公室，向她诉苦："物质决定一切呀。信用卡透支了，我现在面临的是温饱问题。"艾珊埋怨道："怎么不早说呢？上次打电话给你，你还说你日子过得挺好。"倩蓉低声说："我是不愿让袁焜知道……"

"他是你表姐夫啊，会袖手旁观吗？"艾珊从手提包里掏出支票本，写了一张2000美元的支票，让她先拿去应急。

倩蓉接过支票，竟不由得流下了眼泪："前几天，我甚至想到了去当按摩女……"

"不要胡思乱想了，安下心来继续找工作。"艾珊劝慰道，"美国不相信眼泪。"

圣诞节前夕，SVT公司在四季酒店举行盛大的圣诞节酒会。袁焜夫妇担心倩蓉一个人在家过节孤单，就邀她一起参加。艾珊和倩蓉都身穿织锦旗袍，一个墨绿，气质脱俗；一个樱桃红色，妩媚俏丽，在人群中十分惹人注目。

SVT的CEO沃森发表演说："女士们、先生们，欢迎各位出席今天的圣诞酒会。SVT在这一年里生意上取得了巨大成绩，我作为SVT的一员，深感振奋。SVT精英济济，领导IT业潮流，必将在下一年创造新的辉煌。"他接着说，"正如各位所知，我们每年会从上万名员工中评选出一位SVT发明创造奖得主，那么今年的得主是——焜·袁！他的超大规模CMOS集成电路的卓越设计，使SVT再次在同行业中领先！请焜上台领奖！"众人热烈地鼓掌，把敬慕的目光投向袁焜。

袁焜立即拥抱艾珊，听到她在耳边轻声说："祝贺你！"他走上台，说："感谢沃森、感谢各位！这项奖是我今年得到的最好的圣诞礼物！我是一个幸福的人，因为我从事的是造福人类的科学事业。在此，我还想特别感谢我的妻子珊，因为她永远相信我的能力，帮助我一步步地实现梦想！"他的讲话赢得了一阵热烈的掌声。

演讲结束后，音响里传出欢悦的圣诞歌声，众人打开香槟庆贺畅饮。弗兰克拨开人群来到袁焜夫妇身边，带给他们一个好消息：公司决定提拔袁焜为开发芯片项目的经理。他对艾珊说："袁夫人，你今天一定为你的先生感到非常骄傲。"艾珊微笑地点头："我相信这次获奖对于焜来说仅仅是一个开始，他还会取得更大成功。"弗兰克轻轻和艾珊碰了一下杯说："因为他站在巨人的肩膀上。"

艾珊怕冷落了倩蓉，介绍她认识弗兰克。倩蓉向弗兰克伸出手："你好！我叫Cherry。"他用中文回答："你好！"倩蓉惊喜地问："你会说中文？"他笑道："这几乎就是我的全部词汇量了！"他看她的眼神颇微妙，介于激赏与好奇之间，让她有些得意，又有些迷惑。她叫艾珊去陪袁焜，自己和弗兰克攀谈起来，还坦率地透露自己的处境，学社会学专业的，刚毕业，正苦苦求职呢。她想过学电脑，也知道学电脑后有广阔的就业前景，但人老了，学不动那些耗费脑筋的东西。她故意把"老"字拖得长长的，夸张却俏皮。只有年轻自信的女人才敢于用"老"字形容自己。他立即反驳："真会开玩笑，你年轻得就像一枝刚开的玫瑰！你像是从挂历上走下来的！不，你比挂历上的中国女人还漂亮！我真幸运认识了你！"

她于是妩媚地一笑。

他灵机一动，说："我很想学汉语。中国的文字很神秘，每个字看上去都像一幅画。"她顽皮地眨眨眼睛，甜笑着自告奋勇："我可以教你！我的汉语最标准了！我还是一个很有耐心的老师呢。"他心领神会，给她留了自己的电话和地址，约她两个星期之后在他家见面。

酒会过后，艾珊说吃美国餐没吃饱，闹着要吃中国菜。袁焜就顺路带她到附近的中餐外卖店点了四个菜，欢欢喜喜地回到了家。夫妻俩打开一瓶在唐人街买的北京老白干开始对饮。艾珊说："从今天开始你似乎融入美国的主流社会了，不过还是要吃中国菜，喝中国酒庆祝！"袁焜耸耸肩膀，没办法，走过千山万水，改变不了一副"中国胃"。

新年的第一天，两人去看望李声一家。艾珊一见到李声夫妇，立即伸出双臂分别拥抱他们，迫不及待地分享袁焜获SVT发明创造奖的事。李声立即打开一瓶香槟庆贺。这时袁焜从口袋里掏出一张支票，郑重地递给了李声。李声看了看诧异地问："怎么是五万五千元？"袁焜说："那5千是利息。"一个坚决不收利息，另一个执意要给，双方僵持不下。丽雨也站在李声一边，大家是朋友，算什么利息呀！艾珊征询地看了看袁焜。袁焜犹豫再三，终于点了点头。艾珊从包里拿出支票本，写了一张5万美元的支票。

丽雨接过支票，脸上露出了笑容："怎么样？李声，我说过，帮助袁焜不会有错吧。"李声开心地搂住她的肩："这下让你得意了。"

<h2 style="text-align:center">4</h2>

倩蓉在弗兰克的豪宅前停了车，理了理头发。她略施粉黛，穿一件中式桑蚕丝夹袄，比往日更显靓丽。她按响了门铃，来开门的正是弗兰克。不过他头发蓬乱，两眼无神，穿着休闲的衣裤，一见倩蓉似乎吃了一惊："Cherry！怎么是你？"

倩蓉提醒道："我们约好今天我教你学汉语呀。"他拍了拍脑袋："我的天，我忘得一干二净！请原谅我这副邋遢的样子。快请进！"

她随他进了门。只见客厅和厨房里到处摆满了装修材料，橱柜被拆除了一半，满目凌乱。他无奈地说："家里正装修，我太太上星期搬走了，扔下一个烂摊子。没人在家监工，装修慢得像乌龟爬行！我又经常出差，忙得焦头烂额。"她眼睛一亮，这是靠近他的机会，于是同情地说："你太辛苦了。"

一个星期后，弗兰克从纽约出差回到家，意外地发现倩蓉正在监工，使装修工作变得井井有条。她还准备了丰盛的晚餐，令他感动到骨子里。他因为妻子分居、儿女远离，难免孤独。她面对他的坦诚，也讲了自己的失败婚姻，还给他看了女儿的照片，为了女儿，她才没在出国前和丈夫离婚。他一眼就喜欢上了蕾蕾，很希望有机会见到这可爱的小女孩，给予她关爱。

弗兰克没想到，他再次见到倩蓉竟是在公路上。那天下班开车回家，路边停着一辆旧车引起他的注意，轮胎正在冒烟，车旁站着一个手足无措的年轻女人。他停了车，来到年轻女人的身旁，惊讶地叫道："Cherry！"她露出惊喜的微笑，孤苦无助地指指自己的车："我的车坏了，好惨！怎么办啊？"他安慰道："不要急，我先打个电话叫拖车公司。你有保险吗？"她尴尬地说："只有单保。"他仔细看了看车，恐怕没有修理价值了。她忧愁满面，没有车就等于没有腿了。他突然生出英雄救美般的勇气，打电话让拖车公司去处理，自己送她回家。

几天后，他开车载着她来到宝马（BMW）车行，一位销售员立即走过来迎接，白净的脸上堆满笑容，并殷勤地替她打开车门。

她疑惑地转过头看他。他声调温存地说："我想送你一辆BMW做生日礼物。你喜欢什么颜色的？""你不是和我开玩笑吧？"她诚惶诚恐，"我……我真的从来没想过。实在要买，就买一辆便宜点的吧，比如本田。"他坚决地摇头："不，只有BMW才配得上你。何况你帮我处理家里装修的事情，帮了我一个大忙。"

销售员机灵地把倩蓉领到一辆银灰色的323Ci Convertible（转换型）的汽车前。汽车精巧、富贵、气派，可以在几十秒内由普通车转换成敞篷车，令她一见钟情。她想象着自己坐在敞篷车里，黑发随风飘扬，露出甜蜜的微笑。

弗兰克读懂了她的眼神，立即拍板："就是它了！香车配美女。只要你喜欢，我就开心！"这是倩蓉这辈子得到的最贵重礼物！她拍手跳起来，随后激动地扑入他的怀抱高兴地叫道："噢，弗兰克！"

她兴奋地跳进新车，弗兰克和汽车销售员随后也坐进了车里。弗兰克说："开车吧，我的公主！"面对这位蓝眼睛的"王子"，她感激得泪光盈盈。还从没有人叫过她"公主"。她有些颤抖地开动了新车，加入了城市熙攘的车流。

第五章　常回家看看

1

袁焜获得SVT发明创造奖之后，工作热情愈发高涨。获得承认甚至赏识，使他对周围世界油然产生融入感。融入主流，从来都是美国梦中最深的情结。他渴望再上层楼，几次向弗兰克提出要改变芯片开发项目计划，弗兰克都推脱："我已经制定好了项目计划，你只要着手执行就可以了。"他有些惊讶："你还没有听我的意见呀。"弗兰克微微一笑："你离给我提意见的水平，还有一大截距离呢。"

几个月后的一天，弗兰克把他叫到办公室，并没有像平常那样和他并排坐到长沙发上，而是坐在宽大的办公桌后面。他说："公司决定由杰克取代你主持CPU芯片项目。我不否认，你为公司做出了很大贡献，但管理层认为杰克更有领导能力。"袁焜十分震惊。这个项目是他一手创立起来的，像他的孩子一样，弗兰克竟想把他的孩子交给别人？他沉吟片刻，问："杰克没有研发芯片的经验，他怎么可能把握研发方向？"

弗兰克说："SVT并不要求每一位管理人员都是研发专家，只要懂管理就行了。你和SVT其他华人员工一样，说英语有口音，甚至还有一点语言障碍。华人从来都是勤勤恳恳的团队队员，但当不了出色的管理者，因为不擅长产品的总体创新设计，这也是中国IT业落后的主要原因之一。"

"不是我们有语言障碍，而是你有心理障碍。你不能接受越来越多的华人成为IT业的佼佼者。这两年，我一直把这份工作当作是我的事业，看来我错了。"袁焜愤怒地站起身说，"你被我炒鱿鱼了！"

"别忘了，我是你的老板！你现在头脑清醒吗？你走出SVT的大门，手里没有我的推荐信，在硅谷很难再找到工作。"弗兰克冷漠地提醒。

"我就是要炒你这个老板的鱿鱼！"袁焜一字一顿说。

弗兰克不无讥讽地说："那我就祝你好运了。"

"我当然会有好运。"袁焜说，"因为命运要显示它的公平！"

袁焜转身离开，向自己的办公室走去，却被警卫拦住了，命他站在原地等待。过了一刻钟，另外一位警卫走过来，递给他一个纸箱，里面装满了他的私人物品。他接过纸箱，走出了SVT的大门，阳光立即洒满他的全身。他相信，在阳光下一定有一份属于他的事业。

他回到了家，立即打开电脑查询信息。艾珊下班后，诧异地问："今天这么早下班？"他说："多陪陪你呀。"她有些怀疑地问："怎么突然甜蜜起来了？是不是做错了什么？"

他摇摇头："没有。不过，我今天做了一个重大决定。"

她微笑地拉住他的胳膊亲热地问："是把休假地点改到了地中海吗？"

他站起身，说："比那要重大多了。我辞职了！这世上大概少了个高级打工仔，多了个老板！"

她诧异万分，变了脸色："什么？这么大的事儿你怎么也不和我商量一下？"

即使在他讲了事情的原委后，她还是无法理解。不当经理，少操点儿心，免得天天加班，有什么不好？即使真想离开SVT，也应该先联络一下猎头公司，找好一份工作。他嘴上不说，心里却想搏一下，创办自己的公司！

创业，需要合作者。谁是与自己合作的最佳人选呢？袁焜在第一时间想到了师弟岳东，于是打电话约他一起打网球。岳东博士毕业后在一家高科技公司工作了不到一年，就辞职了，创办了第一家公司，又很快售出了。岳东一见到袁焜，就兴奋地挥挥手里的网球拍说："大白天的怎么有空约我？"

袁焜说："辞职了！老板瞧不起我，一气之下就和他Bye-bye啦！"

岳东惊讶地叫道："哇！有勇气！你年薪六位数啊，辞了不可惜吗？多少人眼巴巴地等着你的位置呢！"

"我这几年来都在打工糊口，没有真正生活过！人有了物质才能生存，有了理想才谈得上生活，"袁焜哲人般地说，"趁这个机会搏一回，爱拼才会赢！"

岳东点头称是："现在什么时代了？动作不快要被淘汰的！在IT这么辉煌的年代里，我们怎么可以当看客？"

岳东刚创办了一家金融综合信息网站"天外来客网"，专门汇集股票、期货、债券信息，吸引了不少广告，还从斯坦福招了一些高才生做兼职工，有效地控制了成本。袁焜认为，世界马上要进入网络时代了，做IT这一行一定得敢于创新，而及时性是金融网站的杀手锏。"天外来客网"要在竞争中抢先一步，必须时时更新各种金融产品的价格。岳东和他一拍即合，请他出任CTO（技术总监），将来公司上市享有原始股。他是电脑天才，学过MBA，熟悉金融，是技术总监的不二人选。

岳东兴奋起来："只要有足够的点击量，我们靠广告收入就能发财！"

袁焜开始发球："咱们要学美国人，拼命玩，也拼命工作，细节以后再讨论，先看看谁能赢球。"

于是两人全心地投入了比赛。

袁焜加盟"天外来客网"那天，用红笔在墙上的中国挂历上画了个圈儿，对岳东说："咱俩得记住今天。"岳东应和："两剑客冲入硅谷丛林。"他笑起来："怎么听起来像金庸小说呢？"岳东促狭地一笑："商场就是江湖嘛。别忘了，我是读金庸长大的。"

相信硅谷会对他们这两位初露锋芒的"剑客"刮目相看。袁焜憧憬着未来："等我们赚了钱，就招兵买马，研发芯片。"岳东热情地响应："好！我知道你有芯片情结。"

袁焜很快改写了网页程序，使"天外来客网"在每分钟都更新金融产品数据。人们纷纷摈弃了印刷传递不及时的报纸，把这家网站奉为金融信息的"宝库"。

2

整座硅谷在超时速运转，像一架庞大的"过山车"，运转得让人兴奋，也令人眩晕，而袁焜和岳东创办的"天外来客网"更是高潮迭起。网站的点击量每日翻倍，高达一天500万人次，使公司广告收入日进斗金。袁焜说服岳东，启动芯片开发项目，给公司取一个新名。为此他颇费了一番脑筋。梦想开发芯片，"芯"字当然不可以少，再加一个什么字呢？最后还是从他的父亲那里得到了灵感。父亲给他取名"焜"，光亮的意思，于是他把公司名确定为充满激情的"芯光"，全名"硅谷芯光电子公司"。

在创业阶段，血液中流淌的激情是最重要的。有激情，不一定成功，但没激情肯定会失败。他和岳东年轻气盛，激情满腔，又赶上了IT业的辉煌时代，立誓要闪亮登场。他说服艾珊同意自己创业，创业者如同攀登峻峰的探险家，走的不是一条现成的路，但能看到循规蹈矩的人永远看不到的奇丽风景，享受到冒险的快乐。他没日没夜地工作，经常很晚才回家。艾珊总是坐在灯下备课，等他一起吃晚饭。她的支持，使他平添勇气。

数月后，硅谷芯光电子公司在纽约纳斯达克股票市场挂牌。股价一路攀升。一年后，根据金融资产评估，公司的市值达到了一亿美元。接踵而至的是财富、中英文媒体的关注，还有年轻一代工程师的膜拜。

海外华人报纸《环球日报》女记者前来采访，比约定的时间早到了半小时。袁焜和岳东满面春风地走进会议室，女记者立即站起身迎接，热情甚至有些谦恭地和他们握手。她面庞秀丽，但化着浓妆。袁焜认出她原是北京电视台的主持人，他的大学同学们的偶像，忍不住说："你可是明星呀！"女记者表情复杂地一笑："那是陈年老皇历了，时过境迁，和你们相比，我不过是个美国的边缘人。"她的目光充满崇拜，语调充满艳羡，"你们缔造了一个美国神话！据我了解，你们在美国生活还不到十年，却积累了令人瞩目的财富，你们成功的秘诀是什么？"

岳东抢先回答："我们的秘诀就是一个'快'字，创意要快，行动也要快！人在一生的关键时刻就要紧走几步。我们正处在IT业的黄金时代，所以要及时把握机会，点铁成金。"

女记者不停地记笔记，问袁焜："袁先生，你曾在SVT工作过，是什么促使你辞职，加盟'天外来客网'，开创新事业呢？"

"实现个人价值、为社会创造财富的愿望。我想，这就是斯坦福精神吧。"袁焜说，"我们只是实现了很多中国留学生的美国梦。"

袁焜和岳东还要出席另一个会，必须结束采访。女记者站起身，有些恋恋不舍地和他们握手告别。岳东望着她的背影，面露得意的微笑："袁焜，你注意到这个女记者看我们的眼神了吗？爱慕加崇拜！"袁焜说："别忘了，你我都是有家的人。""我又没要你搞婚外恋！这说明我们成功了！衡量成功的标准，不只是银行账号里的数字攀升，还有异性的崇拜！"袁焜开玩笑地说："那又怎么样？一个强壮的雄性黑猩猩也会得到雌性黑猩猩的崇拜。"岳东笑得前仰后合："可这位记者曾经是著名的黑猩猩呀！"

下班后，袁焜兴冲冲地来到艾珊的办公室，要带她出去兜风。难得他有这样的闲情，她欣然答应了。

他把车停在建在半山腰上的一座豪宅门口，为她打开了车门。山上树木参天，空气新鲜，简直是世外桃源。一位西装革履的美国房地产经纪人走过来，礼貌而谦恭地问候他们，随后打开了豪宅的大门。客厅是椭圆形，大得可以开百人派对。落地窗四面环绕，阳光大片地涌进来。

艾珊惊叫道："天哪！我第一次见到这么大的客厅！这家的主人呢？"袁焜仰头笑起来："你将是这里的女主人！"

她惊讶地问："你逗我玩，是不是？我们买得起这样的房子吗？"

"买得起。芯光股这个星期又狂涨，我们的运气来了，挡都挡不住。告诉我，到底喜不喜欢？"

"当然喜欢！这儿就像童话里的宫殿一样。"

"那我就是王子了？"

她兴奋地在客厅里转来转去，看到墙上的一幅巨大抽象派画作，问："这幅画和客厅的色调很协调，和房子一起卖吗？"

房地产经纪人说："前房主高价买下这幅画，请人把墙重新粉刷，就为了使它和房子浑然一体，不可分割，当然要一起出售。"

艾珊揉揉自己的眼睛，似乎要确认美妙的现实。艺术真品，常供财富拥有者欣赏，现在轮到了她和自己的丈夫。看来她得相信一次童话！

两人在搬进半山腰上的豪宅后，立即请李声一家、岳东、倩蓉来聚会。袁焜兴致勃勃地向他们展示自己新买的工艺品，艾珊站在一旁笑眯眯地看着他，掩饰不住骄傲的神情。倩蓉跟在他们身后，表情复杂。

随后袁焜把烤肉炉和野餐桌椅安置在花园里，那里芳草茵茵，鲜花绽放。小迪兴奋地跑来跑去地说："袁叔叔，你们家的花园好大，我可以常来玩吗？"袁焜一口答应，"当然可以，想什么时候来就来！我们还要给你准备玩具和游戏机。"丽雨在一旁微笑着对艾珊说："你们也该考虑要一个小孩了，给小迪做伴儿。"艾珊叹口气："这几年一直忙得顾不上，现在我们是该要个小孩了。"

李声感叹道："你们在这么短的时间里就实现了美国梦，真是奇迹。"

袁焜笑笑说："还得感谢你们的帮助。"

丽雨说："我们交上你们这对朋友是缘分。我也替艾珊高兴，她当初在你落魄的时候不离不弃，现在终于得到回报了。"

岳东调侃道："有人说结婚就像买股票，艾珊是买对了原始股！"

大家一起笑起来。

袁焜眺望湾区的旖旎风景，想起小时候随父亲下放到河北农村，住在四面透风的土房里，衣不蔽体，食不果腹，还经常被同学嘲笑打骂……仅在二十几年间，他的生活就发生了翻天覆地的变化。

这些变化远远超出了他的想象！

3

清晨，艾珊叫醒袁焜："你怎么还不起床上班？公司里那么多事情等着你。"他嘟囔着翻过身去："我管理生意的原则是无为而治。不要一大早打搅我好不好，让我安静地睡一会儿。"艾珊说："怎么可以这样呢？高枕无忧了吗？你已经睡了好几个月了。"

电话铃声响起，袁焜起来接听电话后脸色大变。电话是岳东打来的，原来公司财务部经理汤姆卷走了50万美元，他刚刚报了警。

袁焜赶到公司，看到岳东神情沮丧地坐在沙发上。汤姆把公司账号上的钱分批拨到了他的私人账号上，做得神不知鬼不觉，然后远走高飞。岳东已经通知银行冻结了公司账号，但被汤姆卷走的钱怕是追不回来了。袁焜气愤地说："真是人心隔肚皮，绅士也做贼，以后雇人得小心。你兼管财务部吧，每笔账都要认真核对。"

岳东皱起眉头："我们还是缺少经验，对美国的商业环境和财务运作不了解，让他钻了空子。我一个人怎么顾得过来？我没有三头六臂。"

袁焜内疚地说："这些日子我对生意上的事儿不太用心，让你受累了。"

"说客套话有什么用呢？我们在同一条船上，你也不能光看风景吧？"

"我也不知道为什么，总提不起精神。没钱的时候想钱，现在有了钱，心里又空落落的，是不是很怪？"袁焜叹了口气。

岳东说："不怪啊。越是腰缠万贯，越要经常看心理医生。"

袁焜忍不住笑起来："没那么严重吧。"

袁焜请岳东等警察，自己动身去机场。他的导师曹钟望到纽约开会，特地来硅谷看望他。

袁焜开着簇新的车在机场接了曹老，直接把他载到家里。曹老下了车，感叹地说："这里真安静，倒是个休养的好地方。"袁焜说："那您就在这儿住几个月。"曹老摇摇头："不行啊，学校一大摊子事儿等着我呢。"

两人走进客厅，艾珊从厨房里走出来微笑迎接。曹老打量了一下艾珊微笑道："好，好！上得厅堂，下得厨房。"袁焜打趣道："您这么夸她，会让她兴奋得睡不着觉的。"

曹老环顾四周："这客厅大得可以开舞会了。袁焜，我看你当'厅长'当得有滋有味。你年纪轻轻的就采菊东篱下，悠然见南山，不寂寞吗？"袁焜面露尴尬的神色。

艾珊请曹老到花园里吃饭。她早已在花园里的餐桌上摆好了丰盛的晚餐：龙虾色拉，烤羊排，还有蔬菜和甜点。曹老赞赏四周的花草，尤其那随风摇曳的棕榈树。艾珊不无得意地说棕榈树是从外州买的，平均一棵树花了一万美元。曹老感慨道："你们的日子真的变了。"

袁焜打开一瓶纳帕的梅洛红，酒香立即飘散出来。他慵懒地说："这几年的苦没白吃，现在转运了，得享受享受，养养花、种种树、钓钓鱼啦。"曹老直截了当地说："我记得你以前嘲笑过农民的理想——三十亩地一头牛，老婆孩子热炕头，我看呀，你现在的生活不过是美国版本而已。口袋里有钱，不一定就实现了生命价值。"

袁焜沉默了。的确，他在市场上赢了一把就出场了，但不知道什么时候再进场，因为找不到合适的机会。创业有时像赌博，在哪个轮盘上下注很关键。目前世界IT的三大产业市场计算机、互联网和手机产业全都被商业巨头控制了，在其中任何一个市场寻找突破口都很困难。

"想没想过回中关村呀？"曹老试探地问，"你们这儿有个中关村联络处，可以去了解了解情况。"

"回中关村？我可下不了这么大的决心。万一回国碰了钉子，赔了钱，这么多年的努力不就白费了？国内到处都是不平等竞争，像我这样无权无势的，难啊……我们就像一棵树，离开中国土地的时间太长了，回去怕也活不成。"袁焜斟满一杯酒递给曹老说。

曹老拍拍他的肩膀："国内早变了，只要有本事就有舞台。你怎么不自信了？这可不是你的风格。你不过把枝叶伸展到了美国，可根还在中国。"

袁焜惨痛地说："我怕和陌生人打交道。前几年被骗了一次，落下了心绞痛，今天又被财务经理卷走了50万。一朝被蛇咬，十年怕井绳，我已经两朝被蛇咬了。"

曹老说："听你说话的口气，好像60岁。任何选择都有代价。你选择隐居，就没代价吗？"

袁焜心里不得不承认自己放弃了创造的快乐，而创造，才让他的生命精彩。

吃过饭，袁焜把曹老送回了酒店。回到家里，他走进书房，发现书桌上放着一幅字，猜想是曹老在他和艾珊收拾饭桌时写的。那幅字遒劲有力："不要当'厅长'，要当董事长。"他不由得陷入了沉思。

几天后，袁焜夫妇走进"硅谷中关村联络处"的办公室，迎面看到墙上挂着的巨幅《北京地图》和《中关村科技园区规划示意图》。袁焜好多年没看到这么大的《北京地图》了，兴奋地贴近地图开始认真地寻找，终于把手指固定在一个位置上，激动地叫道："我找到我家啦！杨树胡同！"

一位身材高大的官员走进来，声音爽朗地问："怎么，找到自己的家了？"他自我介绍说是联络处的主任马骏。

袁焜夫妇说明了来意。马骏立即打开话匣，给他们提了一连串的建议："留学生创业，要有适合特长和社会需求的长短期规划，要尽早确定可行的项目，手头要有别人无法替代的技术，要做自己熟悉的行业……另外，留学生创业有一个模式，就是几个师兄弟、校友或朋友凑到一起成立一家公司，没有正式的股东协议，慢慢地合作中的矛盾就出来了，很容易使公司混乱甚至解体。要想获得成功，得踏踏实实地做好三件事：第一，要有敏锐的市场洞察力，要善于发现和抓住每一个小机遇，找准切入点；第二，要善于从失败的教训中吸取经验，坚信办法总比困难多；第三，要有持续的毅力，跌倒了再爬起来，得不怕失败……"

在他们谈话期间，又有两个留学生推门进来，袁焜夫妇起身告辞。马骏最后热情建议袁焜先回中关村看看，百闻不如一见。他还答应联络中关村留学生创业园的总经理宋海燕，请她接待。

很快，袁焜就接到宋总的邀请，请他回国参加"硅谷博士企业家合作团"和"新中国成立50周年庆典"。他兴奋极了，立即拉艾珊去购物中心买西装，参加这样的庆典，得穿里外三新！

艾珊微微一笑，他和她结婚那天都没穿里外三新。

4

袁焜登上了去北京的飞机，不料班机晚点了三个多小时。

到了深夜，袁焜终于推着行李走出海关，看到有位年轻人举着写有"袁焜"字样的白纸站在人群中，立刻向他挥手，在年轻人身边站着一位中年知识女性。她留着利落的短发，眼神明亮，举止大气。她就是宋总。年轻人叫小杨。袁焜说："对不起，飞机晚点了。没想到你们还在这儿等着。你们一年负责接待几千名留学生，太辛苦了，工作也做得太细致了。"

"好多留学生是外地人，在北京没有熟人，如果我们不来接，他们会觉得受了冷落。马主任早和我打过招呼了，我们要让你一进海关就有回家的感觉。"宋总真诚地说。

三人来到机场停车场，走近一辆黑色的桑塔纳轿车。宋总伸手去开车门时，突然眼前一黑，昏倒在地。小杨和袁焜急忙过去扶起她。小杨焦急地叫道："宋总，你醒醒！"

袁焜说："快！送她去医院！"这时宋总醒了过来，声音微弱地说："不用去医院了，先送袁焜回家吧。"袁焜和小杨把她扶上车，感觉她好像在发烧。原来她连加了几天班，白天去天津出差，回到北京就立即赶到机场来。睡眠不足，疲劳过度。可她说休息一下就好了。袁焜立即嘱咐小杨先送宋总回家。

宋总的家在中关村的一幢老式居民楼里，室内布置得简单俭朴。她爱人在一家电脑服务公司工作，去深圳出差了，家里静悄悄的。袁焜环顾四周，流露出惊讶的神情。

小杨问："没想到宋总家这么简单吧？我第一次来的时候也特惊讶。"宋总并不介意："简单点好，免得花时间打扫。"她找出退烧药，吃了一粒。

墙上的一幅照片引起了袁焜的注意。照片上，宋总坐在一座英式城堡前的草坪上。小杨不无骄傲地介绍："宋总1983年就去英国留学，1988年学成回国，是海归的前辈。"袁焜暗想，那时他还没出国呢。

宋总建议袁焜第二天陪他的父亲，后天随她参观中关村。袁焜劝她休息几天再说。她摆摆手说："不要担心我，我睡一觉，明天就又有精神了。"

小杨开车把袁焜送到了他父亲的家。

袁清哲看到袁焜，眼眶立即湿润了。望穿双眼，终于盼回来了独子。袁焜亲热地叫了一声"爸"，就把他的泪叫了出来。他遗憾地说："可惜我儿媳没回来。"袁焜连忙替艾珊道歉，她工作太忙，暑假也要上课，随后从背包里拿出艾珊买的维生素和深海鱼油递给他。他露出了欣慰的笑容。

袁焜随父亲走进自己的房间，心情激动地坐到床上。房间还是他出国前的样子。父亲指指墙上的一幅奖状说："你的大学生科技论文奖的奖状，我还给你留着呢。那天你把奖状带回来，我高兴得喝醉了。你是我的骄傲啊！"

袁焜从床头拿起一幅镶在镜框里的黑白小照：年轻时的父母亲，还有童年时的他亲密地坐在一起。他鼻子一酸，泪险些落了下来："我妈要是能看到今天就好了。"父亲动情地说："焜儿，你妈其实一直看着你呢。"

第二天，袁焜和父亲到郊外的墓园给母亲韦秀绮扫墓。墓碑左上角镶嵌着母亲的一张黑白小照，中间刻着三行字：

韦秀绮之墓

1935年6月19日～1985年9月8日

袁清哲率子袁焜

袁焜想起了一句诗："乡愁，是一方矮矮的坟墓，母亲在里头，我在外头……"心里一阵难过，母亲那么爱他，但没花到过他赚的一分钱，没享受过他的照顾。父亲似乎看穿了他的心思，安慰道："你妈不要求回报。只要你有出息，日子过得好，她就安息了。"

傍晚，父子俩来到一家古典风格的老北京餐馆，店小二迎上来吆喝道："二位请！"

餐馆内灯光温馨，气氛热烈，客人们坐在方桌旁，如醉如痴地看着舞台上的演员唱京戏。两人坐下后，店小二立即端来了龙井茶。袁焜喝了一口，啧啧叹道："好茶！"

父亲立即许诺："这次回去，买几包给你带上。"

"带到美国喝味道就不一样了，没有这儿的气氛。"袁焜捧起厚厚的菜单，一页页兴奋地翻过去，点了桃溪翡翠汤、茉莉脆皮鸭、爆竹迎春、荔枝红烧羊腿……父亲阻止道："太多了。"他嘿嘿一笑说："每一样我都想吃，看着这些照片就流口水。"父亲笑起来，"傻小子！想吃，以后再来呗。"

袁焜点完了菜，把目光转移到了台上。演员正在演出《四郎探母》的片断。剧中人杨延辉唱西皮慢板："萧天佐摆天门两下里会战，我的娘领人马来到北番。我有心出关去见母一面，怎奈我身在番远隔天边。"熟悉的旋律触动了他的心弦，眼里突然涌满了泪。杨延辉接着唱："思老母不由人肝肠痛断，想老娘不由人泪洒在胸前。眼睁睁高堂母难得见，儿的老娘啊！要相逢除非是梦里团圆……"他抹了一把眼角的泪，父亲心领神会地轻轻拍了拍他的肩膀。

菜上来了，袁焜开始狼吞虎咽。过了好一会儿，才停顿一下说："太好吃了！这些年在美国，吃的东西都不对胃口，现在知道胃最贴近老家。"

吃过饭后，袁焜父子来到了清华大学附近，没料到竟迷了路。"前两天报纸上登了北京新旧对比的照片，好多地方我也认不出来了。"父亲说。以前清华附近的路没这么宽，周围的楼也没这么高。两人向行人打听，找到了修葺过的古色古香的正门。在美国这些年，袁焜很多次在梦里回到清华，这一次终于梦想成真。

父子俩回到家，坐在沙发里边看电视边聊天。父亲突然激烈地咳嗽起来，袁焜立即站起身给他捶背，又端水递药。父亲吃了药，叹口气说："老毛病了。不过今天总算吃了儿子拿给我的药。"

"您这身体啊，我越来越不放心了。在北京没人照顾，您还是跟我去美国吧。"

父亲坚决地摇摇头。他这样上岁数的人，故土难离。他试探地说："你要在北京工作就好了，也能陪陪我。"

袁焜面露难色地说："爸，当初不是说走就能走，现在也不是说回就能回。留学容易海归难呀！"

<h2 style="text-align:center">5</h2>

宋总马不停蹄地带领袁焜参观中关村留学生创业园。两人走进展厅，看到了创业园建筑模型沙盘。宋总在沙盘上指指点点，对创业园的前景充满了憧憬："你下次回来，这附近的生物园、软件园就建好了。我要让你们这些飞鸟在这里安家。"

袁焜对宋总有些不理解。她从名牌大学毕业，又留过学，真的甘愿为海归做铺路石吗？对此，宋总坦诚地吐露内心的真实想法。每个人给自己的定位都不一样，做留学生工作也有实现感。创业园在硅谷、华盛顿、伦敦、多伦多等地都设立了联络处，搭起的是世上最长的一座桥，连接起大西洋两岸的留学生。她在创业园工作了五年多，对每一位海归的创业故事了如指掌，讲起来如数家珍。比如清华大学的文海天，上学时腼腆得要命。他当初刚从美国回来时，说话不中不洋，看什么都不顺眼，现在成为中国移动电话业的明星，他的公司也隆重上市了。中关村是一座熔炉，会淬铁成钢。

离开创业园，宋总又带袁焜直奔中关村电子大卖场，全国最大的电子元器件集散地。一路上，袁焜望着车窗外的高楼，惊叹中关村的变化。他读大学的时候，中关村还是人气冷落的北京郊区，现在却变成了高科技的中心、繁华的重镇、海归创业的首选地。

两人刚走进电子大卖场，一群商贩便蜂拥而上："先生，要攒机吗？要多大盘？""先别走，看看软件吧。"场内商品琳琅满目，顾客熙攘，人声鼎沸。袁焜惊讶地叫道："这是中国吗？这里比美国的Fry's还热闹！"他东张西望，看什么都新鲜。人们推销和采购的热情远远超出了他的想象。中国的市场太有吸引力了！他在旧金山湾区习惯了安静的生活，一旦置身于喧闹缤纷的环境，几乎受不了这么强烈的视觉和听觉冲击。国外的生活十年如一日，而国内的生活年年变、月月变、天天变。市场活了，人心也活了。难怪很多留学生每年至少回国一次，不然就落伍了。十年前，如果有人说留洋的学生会落伍，那简直是天方夜谭，如今国内精英引领时代潮流，因拥有市场优势，毫无愧色地挑战受过西方教育的留学生。

两人来到VCD播放机的柜台前。宋总从柜台上拿起一个VCD，向袁焜描述"中国制造"的落后局面。国内市场虽然变化巨大，但技术还很落后，一台70美元的VCD，上交了专利费，中国企业能赚到的纯利润只有1.5美元。没有芯片，没有原创技术，"1美元利润"的"中国制造"根本没有前途。中国出口衣服、鞋子、玩具之类，赢利更是少得可怜。中国和美国换一架波音747要用8亿件衬衣！可为制作8亿件衬衣，中国工人要付出多少个昼夜的辛苦劳动！谁有原创技术，谁就能赚到利润，这一点毫无疑问。缺乏原创技术是中国面临的巨大挑战。中国急需芯片，就像人需要一颗自己的心脏。中国早在1965年就开始了集成电路的研究，一直到1990年，在这类产品的大规模产业化方面还毫无建树，1990年后的两次冲击也没有结果。现在，时代重任落在了袁焜这一代人的肩上！宋总看着袁焜说，"那么，谁有可能做出这样的芯片呢？你！因为你的背景、实力，还有你的个性。"

袁焜疑惑地问："个性？个性和做芯片有关系吗？"

宋总微微一笑："当然有。开发原创技术要经过999次的失败，仅仅坚强还不够，还要坚韧。我相信自己的眼光，只要你愿意回来创业，我会尽全力为你搭台铺路。"

不久，袁焜和宋总随硅谷博士企业家合作团来到了沈阳。在一家五星级宾馆，团员们与来自辽宁省各地的企业代表聚集一堂，气氛十分热烈。辽宁省副省长50岁左右年纪，外表干练。他说："辽宁省实施'春晖计划'已经三年了。辽宁的大中型企业在改造转轨的过程中，对高新技术如饥似渴，而硅谷的博士们掌握高新技术，因此才会出现今天这个令人热血沸腾的场面。每一位博士起码面对三四个项目，最多的面对37个项目，我都怕他们受不了。"人群中发出了笑声。副省长接着坦诚地说："我们国家还在发展中，因此各方面的条件和国外相比有很大的差距，硅谷博士们在开发项目的时候还会遇到很多困难。但中国有一句老话：子不嫌母丑。我相信你们这些博士有能力以高科技改变祖国的落后状态，希望寄托在你们身上！"

众人热烈地鼓掌。

一位博士站起来说："尽管今天我们看到海上浪潮是从西边打过来，但明天就会看到浪潮从东边打过去。下一个世纪将是中国的世纪！"

袁焜激动地站起来说："我小时候读过一首诗：踏上故乡的路，又喝故乡的水；喝一口啊甜心窝，喝一口啊劲百倍。今天我真正感受到故乡在我心目中的分量。'谁言寸草心，报得三春晖！'这就是我理解的'春晖计划'的意义！祖国母亲的恩情是报答不完的。"

硅谷博士们走出宾馆，等待在门口的一群小学生们立即围过来，给他们每位送上了鲜花，还唱起了《常回家看看》：

> 常回家看看，回家看看，
> 哪怕帮妈妈刷刷筷子，洗洗碗，
> 老人不图儿女为家做多大贡献，
> 一辈子不容易，就图个团团圆圆……

袁焜深受感动，眼含热泪。宋总站在人群中望着他，露出会心的微笑。袁焜和其他博士搂起小学生们，也一起唱起来：

> 常回家看看，回家看看，
> 哪怕帮爸爸捶捶后背，揉揉肩，
> 老人不图儿女为家做多大贡献啊，
> 一辈子总操心，就奔个平平安安……

袁焜回到北京，出席新中国成立50周年庆典。50万各族军民聚集在天安门广场，场面盛大。袁焜身穿笔挺的黑色西装，和国家领导人、各界的杰出人士一起站在天安门广场观礼台上，观看盛大的阅兵式。

检阅部队后，江泽民主席登上天安门城楼发表了重要讲话。他向世界宣布："从本世纪中叶到下世纪中叶，中国人民经过一百年的艰苦创业，将基本实现社会主义现代化。中华民族将以更加强劲的英姿屹立于世界民族之林……"

在《歌唱祖国》乐曲声中，群众游行队伍依次展示了"开国·创业""改革·辉煌""世纪·腾飞"三个主题。袁焜心潮澎湃。新中国成立50年来，发生了翻天覆地的变化，尤其在改革开放之后。他从小接受国家的培养，享受到改革开放、出国留学等各种机遇，还未报效过国家。很多人比他更有资格站在观礼台上。一时间，他深深体会到祖国的感召，泪水盈满了眼眶。正如宋总所说，中国急需新技术，可具备创新能力的人才寥寥无几。在这片土地上，有12亿人期待着像他这样的人才。

在群众游行之后，国庆焰火晚会开始了，人们载歌载舞。天安门广场变成了欢乐的海洋。袁焜早已脱下西装上衣，穿着白衬衣和几位留学生在人群中跳舞。其中一位留学生是从伯克利毕业的小宋。小宋身材不高，戴高度近视眼镜，但是IT高手，在硅谷"太阳计算机系统公司"就职。他跳得满头大汗，对袁焜嚷道："我好多年没这么激动过了！"

袁焜说："我们就像树上的苹果，祖国有地心引力，最后都要落到这里。"

天空升腾起五彩缤纷的焰火，照亮夜空，美不胜收。

第六章　鲑鱼回流启示录

1

袁焜从北京回到硅谷的家，一见到艾珊，立即神秘地把行李箱递了过去。艾珊接过行李箱，惊讶地问："什么东西呀，这么重？"打开后，发现里面装满中国近年拍摄的影视剧DVD，还有新出版的中文书，兴奋得几乎跳起来。她一一翻阅，嘴里不停地嚷道："太好了！这下我可以和朋友们交换着看了。现在国内的东西做得好精致！"

"我一进西单图书大厦就开始疯狂采购！你真该回去看看，国内变化太大了。我敢打赌，你去中关村肯定迷路！"袁焜兴奋地说，"北京到处都是世界各地游客，他们想看看今天的中国，可你，无动于衷。"

她听出了他语气中的抱怨。她不是无动于衷，不过不像他那么容易热血沸腾："我哪儿有空呢？上不完的课，搞不完的调查研究，写不完的论文……"

"都是借口罢了。"他在客厅里踱来踱去，"中国人变得有热情，活得有奔头。我们这里太安静、太空荡了！像一潭死水。"

她摇了摇头。以前想要大客厅的是他，现在嫌这儿太空荡的也是他。他注定了永远不知满足。

中关村之行，打破了袁焜隐居海外桃源的悠闲心境，他开始变得焦躁郁闷。他接受了岳东的建议：学打高尔夫球，因为高尔夫能让人心境平和。他认真地填好"富豪高尔夫俱乐部"的入会申请，寄了出去。

一个多月过去了，入会申请如泥牛入海。他终于等得不耐烦，决定去查询。

他从公司走出来，伸手拦住一辆出租车，打开车门坐了进去。司机是一位年长的白人，长一个形状凌厉的鼻子。他从后视镜冷漠地看了袁焜一眼，问："去中国城吗？"袁焜一时语噎。难道中国人没有其他活动场所吗？司机又问，"说话呀，到底去哪儿？"袁焜终于说："富豪高尔夫俱乐部！"司机怀疑地皱起眉头，"你肯定吗？"袁焜几乎咬着牙回答："绝对肯定！"

袁焜在高尔夫俱乐部门前下了车，走进了经理办公室，一位金发的女秘书接待了他。他自报家门，询问自己申请的结果。女秘书在电脑键盘上敲了一阵儿，随后说："很抱歉，我们不能批准你的申请。富豪俱乐部只吸收富豪，你的经济实力似乎没达到我们的要求。"他有备而来，从文件包里拿出财产证明。女秘书看了看说，"数目倒是达到要求了，但仅有财产是不够的。""这话应该让有财产的人说。"他不客气地回敬。女秘书白了他一眼，要复印他的证件。他拿出自己的驾照递给她，不料她突然声色俱厉："驾照怎么可以？我要看绿卡！谁知道你是不是非法移民？"

几经周折，袁焜终于拿到了这家高尔夫俱乐部的会员证——一张进入主流社会的通行证。

星期六那天，他兴奋地去参加俱乐部的早餐会。因为没有熟人，只能在热烈交谈的商界要人中落寞地走来走去。终于，一位身材高大的白人走近他，问："你是新来的吗？"

袁焜回答："上个星期刚加入。我叫焜。"

那人自我介绍："我叫斯蒂文。你是日本人吧？"

袁焜的脸色立即变得沉郁："我是中国人！"

斯蒂文似乎有些尴尬。这时他看到袁焜手上的婚戒，立即换了一个话题："我听说中国人的婚姻都是包办的，必须等到结婚那天才能看到太太的面孔，和她上床。那真是世间最不可思议的事情！"

袁焜无奈地摇头："那是半个世纪前的事了。"

斯蒂文似乎执意要揭开自己心中对中国的疑团："我还有一个问题，一直不太理解。中国人口众多，动不动就搞人海战术，为什么在科技上那么平庸？中国的历史很长啊，说来说去就是一个指南针、一个造纸术。"

"中国已经觉醒了，你得看到变化！这里的媒体不喜欢宣传中国的变化。"袁焜淡然地回答。

斯蒂文耸耸肩膀："随你怎么说。不多聊了，我得去找朋友了。"

袁焜兴趣索然，离开了俱乐部，直接来到艾珊的办公室，一脸沉郁，向她抱怨美国人对中国的偏见。艾珊想，也许他过于多愁善感了。高尔夫俱乐部是全新环境。每到一个新环境，总要适应一段时间，融入主流可不像吃汉堡包那么容易。

他沉吟片刻，说："我现在特别想做一件事儿：回中关村创业！"

"你刚才在早餐会上喝酒了吗？晕头了吧？"她大惑不解，"咱们在美国有房产、汽车、股票，瞎折腾什么呢？你不擅长挖门路，拉关系，怎么能适应国内的环境呢？"

"我只喝了一杯咖啡，脑子比平常还要清醒。中关村机会多，看准了就得把握！我在那儿长大，怎么会不适应？我们在美国永远都是边缘人！"

"我们的后代会融入主流，我们要为他们铺路啊。"艾珊说。

他对周围环境看得越来越清楚了。无论怎样，他们子孙的黄皮肤是无法更改的事实。他试图换一个角度说服艾珊："我爸身体不好，我要回去尽一点孝心。"

"你爸干吗不到美国来？我们可以腾出一层楼给他住。他可以种种花儿，到处转转。"

"不是每一个人都像你这么喜欢美国。"

"你敢说不喜欢吗？你以前穷困潦倒都不肯离开美国！"她话锋尖锐。

他不由得提高了嗓门："我那时的目标是读学位，所以我不会走。现在不一样了。去，还是留，都有理由。"

艾珊沉默了，不想再争论下去。这"去"与"留"两个字，让多少夫妻各奔东西。她恐惧选择，更恐惧分离。

2

艾珊和袁焜冷战了好几天，终于首先打破沉默，建议两人一起到纳帕山谷参观酒乡。她刚到美国时，跟同学一起去过。这一次她想给袁焜当导游，让他散散心，更重要的是，让他更多地了解美国。

那是一个阳光明媚的日子。袁焜驾着敞篷汽车，艾珊坐在他身旁。没有高速公路的喧嚣，也没有摩天大楼的压抑，两人浏览路两旁葡萄园的风光，仿佛置身于欧洲景色旖旎的乡间。袁焜有些惭愧，住在加州好几年了，竟还没看过纳帕酒乡。进入酒乡，他们在一家葡萄园门口停了车，走进品酒屋。里面早挤满了来自世界各地的游客。

酒屋主人是一位举止得体的欧洲后裔，五十几岁年纪，热情地欢迎每个人。他打开一瓶桃红葡萄酒，空气中立即飘散出醇香："这是今年的'白仙芬黛'，请各位品尝。每一位走进我的酒屋的人都是贵客！"游客们鼓起掌来。

酒屋主人给袁焜夫妇斟上酒。袁焜尝了一口说："味道好极了！这样的酒，只有在这样的仙境里才尝得到。"

酒屋主人问："从车牌上看，两位住得离这儿不远吧？你们是中国人，对不对？"

袁焜赞叹："眼光这么厉害！"

酒屋主人满面微笑："每年来纳帕酒乡旅游的人有500万，我见到的中国人太多了。其实，你们中国的酒文化历史也很悠久。"

艾珊遗憾地说："可我们在美国没有纳帕酒乡。"

她和袁焜端着酒杯走出酒屋，眺望坡上的葡萄园。一串串紫色的葡萄在阳光下晶莹剔透，美丽耀眼。她趁机讲起了纳帕酒乡的起源。欧洲移民在19世纪50年代到美国后，白手起家，吃尽无数苦头，最终把纳帕山谷建成了世界上著名的酒乡，使几辈人的美国梦变成了现实。移民要像葡萄树一样，为了生长，拼命地向下扎根。而中国移民和当年的欧洲移民没什么两样，都要在美国顽强地把根扎下来。她和袁焜有知识、有能力，一定能在美国建起自己的"纳帕酒乡"。袁焜认真地看了她一眼，明白了她带自己参观的用意，但并不多说什么。他的沉默让艾珊担忧，甚至恐惧。他显然在酝酿一个计划，这个计划可能改变他们的全部生活。

不久，袁焜果然开始了计划的第一个步骤。他在办公室里和岳东开诚布公地谈了自己的想法，把硅谷芯光电子公司交给岳东管理，自己办一个新公司。岳东听了，皱起了眉头，好不容易盼到袁焜从中国回来了，指望能休几天假呢。

袁焜半开玩笑地说："你去就是了，比尔·盖茨也要休假的。"

岳东问："你想把新公司建在哪个州？"

"北京中关村。"

岳东吃惊地瞪大眼睛："跟我开玩笑是不是？为什么偏偏选中关村？"

袁焜从沙发上站起来，在办公室里踱来踱去，"在那里成功的把握最大。中国的科技不发达，需要像我这样的人。再说我和同胞有心灵感应，在美国找不到做主人翁的感觉，留在这儿，最多不过是为硅谷锦上添花而已。"

"唉，只有大陆人才计较这些。"岳东夸张地叹口气。

袁焜一笑："又嘲笑我们大陆人固执、保守，是不是？"

岳东连忙摆摆手："不敢，我可不想引起新一轮论战。"他知道男人骨子里都有点儿英雄主义，渴望探险和创业，可是创业，要选择最适合自己施展拳脚的天地。中关村，适合袁焜吗？

袁焜的第二步计划是说服艾珊。既然她带他去看了纳帕酒乡，他要投桃报李，带她去"美国河"边看风景。

他们到达时，河边早已站满了人。远远望去，成群的红彤彤的鲑鱼在激流中力争上游，溅起层层浪花。许多鲑鱼遍体鳞伤，血水染红了河流。河岸上鱼尸遍地，触目惊心。

袁焜问："鲑鱼，就像我们这些人，走四方，路迢迢，水长长，可为什么鲑鱼到了产卵期一定要逆流而上，返回老家呢？"

艾珊耸耸肩："科学家都解释不了这个问题。"

"这就是回流情结！因为他乡永远变不成故乡，鱼也通人性啊，"他动情地说，"鲑鱼要游3000多英里才能回到故乡，要有多大的勇气呀！"

他又拉着艾珊穿过人群，走近一座宏伟的水坝。鱼梯一阶接一阶由下往上延伸，每两梯之间都有一段缓冲水道。源源不断的激流倾泻而下，水道里的鲑鱼不时地将头伸出水面换气，然后突然跃起，像鲤鱼跳龙门，跃上鱼梯，接着一梯一梯向上攀越，坚持不懈。袁焜感叹："太壮观了！修大坝的人很有善心，修了阶梯。不然鲑鱼的回乡路就被断掉了。这鱼梯是通向天堂的阶梯啊。"

这时，一条鲑鱼撞到大坝被弹到岸上，落到了他们的脚边，扑腾几下，断了气。艾珊难过起来："可怜的鲑鱼，碰了壁，出师未捷身先死。"袁焜的情绪激动起来："可它死得壮烈！你看它的眼睛睁得圆圆的，无怨无悔。我们做人，又有几个能做到无怨无悔呢？"他注视着脚下的鲑鱼，眼里突然涌满了泪。连鱼都要拼死回流。人们说海外华人是水中兰，没有自己的土壤，可他不想做水中兰，而要做水中的鲑鱼，逆流回乡！

艾珊直觉到袁焜的主意已定，恐怕难以说服他，但他真的不顾夫妻之情，不向往婚姻结晶吗？"焜，我马上30岁了，我们也该要小孩了。可你要是回了中关村，我们两地分居，怎么能怀上孩子呢？"

他恳切地问："再等一年好不好？"

她开始赌气："那我和你一起回去好了，把车和房子都卖了。要走一起走，要留一起留。"

"不，"袁焜摆摆手，"我先回去探探路，万一做不成，不是拖累了你？再说，我也得有条退路。"

"想得还挺周到。"艾珊松了一口气。自从两人结婚以来，还从没分离过两星期以上。她对即将来临的独居生活充满了恐惧："你这一去，不知道什么时候回来。"他安慰道："我买的是双程机票，随时可以回来。"她苦涩地一笑。她难道还不了解他吗？一旦投入到事业中就不懂得休息，常忘记回家。

临回国前，袁焜去向罗伯特告别。罗伯特有些惊讶："真的吗？你厌倦了硅谷？"

袁焜想去北京中关村做点有创造性的事儿，研发芯片。在中关村，他能找到需要的人才，而且劳动力的成本远远低于硅谷。300多美元月薪就可以雇到一个大学毕业生。这么低廉的月薪令罗伯特张口结舌。"我倒赞赏你的选择。"罗伯特说，"世上所有追求梦想的人都应该得到支持。追求独特梦想的人常是孤独的，但你得坚持。请代我向曹老问好！"

袁焜微微一笑，意味深长地说："希望有一天，能在北京见到你！"

在机场送走袁焜后，艾珊闷闷不乐地来到学校的办公室。她的同事，40多岁的卡特端着咖啡杯走进来。卡特是教育学院的著名教授，艾珊上学时就读过他的著作，还经常引用他的观点呢。她留校后主攻亚裔移民子女教育，而卡特侧重西班牙裔子女教育，两人经常一起讨论学术问题。卡特见她愁云满面，诧异地问："珊，今天怎么不太开心？"她低声应道，"我先生回中国创业去了。"卡特有些惊讶，"我一直把你们看成实现了美国梦的青年典范，以为你们会一直在这里生活下去。"

美国梦究竟是什么？艾珊想，像袁焜这样的人，总不停地打碎旧梦，营造新理想。不安分是一把双刃剑，使他可能披荆斩棘，也可能伤及他自己。

3

中关村留学生创业园的办公室只有六七套简单的办公桌椅，装饰朴实无华，但宋总的热情，却让袁焜立即有了回家的感觉。宋总复印了他的护照和毕业证，还帮他在电脑上填了几张表格，随后打印出一份文件递给他："你的北京芯光电子公司成为'中关村快办008号'，现在正式进入创业园了！你在一星期之内就可以拿到营业执照。"

袁焜惊讶地叫道："那么快？你花了不少时间协调政府部门吧？没想到在中关村当老板这么容易！"他对中关村又有了新印象。

宋总微微一笑："当个成功的老板可不容易。创业园就像个大筛子，大颗的石子儿才会留下来呀。"

袁焜拿到营业执照后，就在创业园租下了半层楼，还定制了精美的招牌。他在公司挂牌时，看到清洁工丁柱正大汗淋漓地拖地，就叫他过来帮忙。丁柱是个"北漂儿"，二十几岁，穿着朴素。他立刻放下拖把跑过来，赞叹道："袁总租这么大的办公室，有魄力！""没有金窝哪儿引得来金凤凰呢？"袁焜说。他决定以美国硅谷的创业方式运作公司。既然学习了西方的管理方式，就要学以致用。

公司挂牌了，他需要找一些市里对软件产业和集成电路产业的政策资料，就来到了北京市政府。他走进电梯，一位年轻女子抱着一沓文件已站在里面了。她眉清目秀，梳着马尾辫，充满青春朝气。他问："请问税务部是在七楼吗？"那女子回答："是，你跟我走好啦。"他习惯地说了一句英语："Thank you！（谢谢！）"她莞尔一笑："发音还不错。"

电梯停下，他随她走进税务部，才知道她是这儿的工作人员，就说明了自己的来意。她抱歉地摇摇头。他接着咨询海归公司的税务优惠政策，她仍然摇头，有关政策还没出台。这是他海归创业遇到了第一重困难，政府对海归企业还没有创造出"软环境"。他无奈了："那就给我普通企业的税收资料吧。"她从文件柜里取出几页资料，递给他。"就这么几页？"他惊讶地问，"要知道美国的税收资料是一本书！"

"总比没有要好吧？"她说，"我也急呀，整天都有人来要这要那，你以为我适应这种慢节奏吗？"

"你在这儿工作，大概是学会计出身吧？"他问。

她微微一笑："从小就数学好。"

"我正想招一名会计，如果你有兴趣，什么时候过来聊聊？"他从口袋里拿出一张名片递给她。

她看着名片念道："袁焜，这名字挺特别。我叫欧阳雪儿，你的名字带个火字旁，恐怕我们雪火不相容。"

他笑起来："你是挑工作呢还是测八字？我要开发的产品是芯片，就是装在手机、数码相机里的那种。目前在全中国还没有哪一家公司能开发出来，我要做'第一个吃螃蟹的人'！"

雪儿的眼神闪亮了，跳动微妙的崇拜光芒，不过还佯装严肃地说："你以为随便就可以把我挖走？我得认真考虑。"

"好好，欧阳小姐，"他模仿她的声调，"您认真考虑。"

一个星期之后，袁焜接到雪儿的电话，说要应征，他立即和她约了个时间。

雪儿准时到达，穿一身藏蓝色的西装，形象既职业又清纯。她在回答了袁焜的一系列问题后，问："袁总，你看我符合你们公司的要求吗？"

"其实面试都是双向的，我要考查你的能力，你也要估计我的实力。你看跟我创业有没有前途？"

雪儿微笑："我想我已经得出结论了。"

他问："起薪3000，奖金另加。你什么时候能来上班？"

"两个星期后。"雪儿说，"另外，公司刚起步，要节约开支。你先不要雇前台接待了，我一个人就能搞定。"

他笑着说："看来今天是我的幸运日，找到一个萝卜，填了两个坑。"

"你把我比喻成萝卜？"雪儿佯怒。

袁焜笑着摆摆手："好啦，算我用词不当。"

就这样，雪儿走马上任了。上班的第一天，她到袁焜的办公室送报表，看到摆在他办公桌上的一张女子的照片，好奇地问："这是你太太吗？很美丽。"

袁焜点点头："她叫艾珊。"

雪儿问："她在北京吗？"

袁焜摇摇头："她在美国大学当老师，工作走不开。她很优秀，有自己的事业。"

"如果爱一个人，难道不要随他到天涯海角吗？"雪儿天真地问。

雪儿离开后，袁焜打开电子邮箱，看到艾珊寄来的一封电子邮件："焜，你走了以后，我们的家显得更大、更空旷了。草地绿得那么纯粹却那么单调。思念是拴在心头的缆绳，只要轻轻一牵，心就会疼痛。没有你在身边，家就不成个家了……"有爱人的地方才有家。袁焜想，可他有权利要求艾珊放弃她在硅谷的生活吗？他回复道："缆绳的另一头拴在我的心上。我是为了理想选择与你天各一方。我想念我们的家，但不得不一次次压抑自己的思念……"

袁焜继续招兵买马，还请到了专做销售的老张当市场部经理。他慢慢地和雇员们熟络了起来，懂得要建立一个团队，就必须靠近、帮助同事。有一天，他看到丁柱坐在走廊尽头的角落里，吃着极其简单的盒饭，便问："丁柱，没有饮料吗？"丁柱指了指身边的茶杯："有茶水。"过后他问雪儿丁柱为什么这么节省，才知道丁柱有个双胞胎的哥哥在"国大"读书，去年丁柱来京送哥哥上学，就留下来打工帮他挣学费。袁焜后来把丁柱叫到办公室，说："你今天下午就去驾驶学校报个名，学开车。以后你就给我开车，工资涨一倍。"丁柱有些犹豫："我行吗？"他鼓励道："你行！学费公司出。明天就让雪儿帮你办一下。"丁柱听了，十分感激。

袁焜面试了穿着时尚、聪明伶俐的林树。林树三年前从工大本科毕业，在仁科公司做过软件开发，踌躇满志："这些天好几家猎头公司都打电话给我，我不愁找不到工作，但我想在新公司工作，这样过几年我就是元老了。大家都说海归公司能火起来。"袁焜问他的薪水要求。他要价年薪5万。袁焜爽快地答应了。

当天晚上袁焜和芯光员工在"新岛咖啡"聚会，把林树也叫了去。雪儿最后一个到场，见到林树，大吃一惊。林树立即亲昵地叫她的名字，还向众人介绍雪儿是他的女朋友。雪儿落座，有些厌烦地说："请你把定语加上，从前的女朋友。你怎么也来了？有这么巧的事儿？"

林树讨好地一笑："我听说你跳槽到芯光，所以就追来了。够感天动地吧？"

雪儿从鼻子里"哼"了一声："我没那么容易被感动。"

林树夸张地叹了一口气，说："现在的女孩子，你把她们当成公主格格，她嫌你奴颜婢膝；你让她做独立女性，她又骂你冷血动物。唉，做男人好难。"

张经理打趣道："那你下辈子做女人吧。"

林树说："要做就做大熊猫，有吃有喝当国宝。"

众人笑起来。服务员走过来请雪儿点菜。雪儿嘟起嘴："我哪儿还有胃口？"林树可怜兮兮地恳求："大家现在是同事了，互相包容一点，你不至于和我不共戴天吧？"

雪儿并不客气："但我想把见你的次数减少到零！"

4

中关村是大世界、小舞台，消息传播得飞快。没过几天，还未等袁焜邀请，曹钟望教授就来到芯光公司看望他。

曹老没料到，袁焜在短短几星期内就把创业的摊子铺开了。袁焜见到了曹老，就像见到了亲人，忍不住诉起苦来。他陷入的最大困难是人才难寻。新雇的软件工程师林树会编一些简单的程序，但居然不会安装电脑。他到人才交流中心寻找软件设计和芯片设计工程师，得到的答复是人才奇缺。他建议创立一个人才库，收集简历，一旦用人单位有需要，就通过电子邮件把合适的简历发给他们，还可以收费。但是工作人员忙于接待寄存档案的人，连电子邮件是什么东西还不清楚。他以前听说国内互联网不发达，还以为是谣传，现在终于相信了。国内硬件的价格过于昂贵，一台电脑要两万多块，还是组装的，比美国贵多了，质量也不能保证。说到产品定位问题，他计划先以芯光网络安全软件为先行产品主打市场。网络技术是战略技术，网络一普及，网络的安全就影响国家、企业，还有个人。如果这个软件能赢利，公司就能投放足够的资金给研发部，专攻芯片。

"好！"曹老赞同，"对我来说，把你吸引回来只是第一步，下一步还要挖掘你的潜力，使你开发出一流产品。"他叹口气，"中国没有自己的芯片，完全受外国控制。应该早点儿结束这种'无芯'状态。这样的日子揪心啊。你要放远眼光，既要把握国际市场，又要利用中国市场。"袁焜立即说："曹老，靠我的眼光还不够呀，我想请您做顾问。"曹老拍拍他的肩膀："那我们师生就联手一回？"两人会心地笑起来。

袁焜还迎来了一位不速之客：赵达川。达川衣着光鲜、踌躇满志地走进他的办公室，说："师弟，听说你回来了。你事先说一声，我也好到机场接你。"袁焜淡淡地回应："不想兴师动众。"

"你上次回来也不打声招呼。"达川亲昵地责怪，"怎么样？见到曹老了吗？"

"见到了，我请他当芯光的顾问。"

达川夸张地叹口气："曹老还是偏心呀，我几年前请他当科维的顾问没请动……怎么样？咱师兄弟出去喝两杯？"

袁焜态度明显冷淡："对不起，我很忙。"

达川无奈地离开。在走廊里他不无尴尬地对迎面而来的雪儿说："我和他之间有点小误会……"雪儿忙说："袁总最近心情不太好，可能对师兄有点儿不敬。"达川说："不用替你老板说对不起。"雪儿一笑："我知道。但我总得给你个台阶下吧。"达川终于露出笑容，留给雪儿一张名片，说袁师弟在国外待久了，对北京这地界儿不熟，如果他有什么难处，叫雪儿一定要打电话给他。雪儿小心地把他的名片收了起来。她知道在中关村这一带，赵达川本人就是一张名片。他虽不能呼风唤雨，但熟悉三教九流。他在东街跺跺脚，西街就要颤抖几下。

5

倩蓉的生活正在发生戏剧性的变化。

弗兰克约她到蒙特利尔海滨散步。他伸出褪掉了婚戒的手指给倩蓉看："我已经离婚了。为了你，我重获自由身！我把一大半财产分给了我的前妻。"她听了，有些不满："这怎么可以？是她闹着搬出去的。""我们算好合好散，以后还可以做朋友。"弗兰克说。在他看来，经历一场爱情，金钱是最小的付出，耗费生命才是最大的付出，可爱情的美，就在于它让人耗费了生命还无怨无悔。

不久，倩蓉回到北京，立即约赵达川在紫竹院公园见面。达川走进公园，看到坐在长椅上的倩蓉，在她身边坐下，点燃一支香烟。不远处有几个小孩在嬉戏玩耍。他感情复杂，不无讽刺地问："怎么，在'天堂'里日子过腻了，回来看看中国老百姓？你回来，该事先打个招呼，我可以让我的司机去接你。"

倩蓉讽刺道："有司机了？越来越风光了呀！"

"托你的福。人家说每个成功的男人背后都有一个悍妇，比如林肯。这话在我身上应验了。"

"我回来，就是想给你一个机会，彻底和我这个'悍妇'划清界限。我想把离婚手续办了。"倩蓉回答。

达川沉默了片刻，说："以前我有错儿，你也不完美，但我们的矛盾还是人民内部矛盾。"

她忍不住扑哧一笑："人民内部矛盾？好几年没听人说过这个词儿啦。"

他恳求："你回来吧，我们一家人团圆。再从头开始！"

"那要等到南极和北极碰面的那一天！"她的声调冷得像北极的天气。

达川读得懂女人，何况倩蓉并不深奥。他猜她找到了新欢，不然不会态度这么坚决。

在讨论女儿抚养权时，他要她立个字据，放弃对蕾蕾的全部抚养权，他收到字据后才会在离婚协议书上签字。她听了，暴跳如雷："你这个条件太苛刻了！在美国，法庭总是把孩子优先判给母亲！"

他反驳道："咱们可是在中国结婚的，美国的法律管不着。"

她挑战般反问："我要不写呢？"

达川跷起二郎腿，从牙缝里挤出一句话："那我就拖上几年不离婚，让你活得人不像人，鬼不像鬼！别想着到山东去找蕾蕾，我会通知人把蕾蕾保护起来，绝对不让你靠近！"

她气得双唇哆嗦："赵达川，你……你太狠毒了！"

"如果说我狠毒，也是被你这个'狠毒大师'培养出来的！你一定傍到了大款，不然不会这么不惜血本，连女儿都忍心抛弃！母狼都比你有爱心！"他毫不让步。

她无言以对，转身离去，眼泪却大颗大颗地滚落下来。

几天后，她决定以退为进，写了一个放弃蕾蕾抚养权的书面文件，请律师交给达川。将来她有了足够的经济能力，拿到美国身份，一定会把女儿夺回来的。

她心情复杂地回到硅谷，既如释重负又怅惘失落。不久，就收到了律师寄来的离婚证书。从此，她经常以弗兰克女友的身份随他出席派对、听音乐会、看芭蕾舞演出，享受两人世界。

那天晚上，弗兰克请她在海边一家高档西餐馆内共进烛光晚餐。服务员送上来最后一道甜点：樱桃奶酪蛋糕。她撒娇地嚷道："这是我最喜欢的。最近总和你一起吃奶酪蛋糕，是不是变胖了？"

他甜蜜地恭维："你看上去不胖不瘦，多么完美！"

她吃到一个异物，慌忙吐到桌子上。天哪！那是一枚精美的钻石戒指。她惊呼起来："我真不敢相信自己的眼睛！"

他趁机跪到她的面前："Cherry，当西方遭遇东方，奇妙的化学作用就产生了。我控制不了自己，要拜倒在你的脚下。你愿意嫁给我吗？"

她一脸幸福地回答："Yes，Yes！"眼含热泪地扶他站起身，和他拥吻。周围的顾客们鼓起掌来。

几天后倩蓉来到艾珊的办公室。她穿一身光鲜的名牌，春风满面，径自坐到了艾珊的办公桌上。艾珊微笑着问："这么开心的样子，找到工作了？还是中六合彩？"她神秘地眨眨眼："猜错了！我要结婚了！"

艾珊瞪圆了眼睛："你不是在网上钓到的新郎吧，这么快的速度？"

她得意地笑起来："我还要谢你和袁焜替我做了个大媒呢，改天我请你们吃饭！我的新郎是弗兰克·格雷！"

"他可是有太太的。"艾珊吃了一惊。

她摆了摆手："他离了。"

"可你和达川还没离呢！"

　　倩蓉讲了她回国和达川离婚、放弃蕾蕾抚养权的经过。艾珊惊讶地站起身："放弃蕾蕾？你……你头脑清醒吗？孩子是你十月怀胎生出的骨肉呀！"

　　倩蓉嘟哝道："自由总是有代价的。我不离婚，弗兰克怎么可能向我求婚呢？"

　　艾珊跌坐在椅子上："那你怎么不耐下心来说服达川呢？"

　　"我能说服得了他？"她替自己辩解，"他早不是念清华时的那个朴实孩子了！官大、钱多、脾气大！他不打断我一条腿算对我客气啦。好啦，为我祝福吧。"

　　艾珊叹口气，有些无奈："弗兰克倒像个绅士。好吧，希望你们幸福。"

第七章　心系中关村

1

圣诞节临近，似乎在一夜之间，旧金山湾的灯多出了一倍，把温馨的光影投射到海水里。全城的人都忙着为亲友购买礼物，沉浸在对欢聚的热切向往中。

艾珊抱着一个大纸箱回到了家，用力地拆开封条，拿出一棵比她还高出一头的圣诞树。她打开音响，里面立即传出欢快的圣诞歌曲。她一边哼歌，一边把一串彩灯细心地环绕在树上，随后接通电源，所有的彩灯霎时闪亮。袁焜即将归来。想到在树下和他共度良宵，释放精神和身体的双重思念，她露出了笑容。

与此同时，身在北京的袁焜正与市场部经理老张争执。老张大发牢骚。芯光网络安全软件销路不好，赚不到钱，芯片的研发更是遥遥无期。做销售的，谁不希望经手热门产品？收入和产品利润直接挂钩呀。袁焜认为一个产品要得到大众的认可，需经历漫长的过程，就像一个默默无闻的演员，付出无数的辛苦劳动才能崭露头角。他请求老张再耐心一点，制定出打开产品销路的策略。老张眉头一皱："制定策略？我耗不起那份心思。我可以到大公司去做销售经理，卖成熟产品，干吗在这儿苦等苦熬呢？我不能奉陪了。"他临出门前，丢下了一个疑问："袁总，凭你的学历和能力，至少可以找到年薪80万的工作，干吗在这儿惨淡经营？"袁焜淡淡地回应道："人各有志。大路朝天，各走一边吧。"

袁焜拨通硅谷家里的电话，对艾珊说："珊，对不起，我不能回去看你了。这边忙得焦头烂额，市场部的经理今天又跳槽了。"

她惊讶极了，心中殷殷期望落了空："你跟我开跨国玩笑吧？我把过节的所有东西都准备好了！"

他只有道歉的份儿："我身不由己啊。"

她举着话筒，怔怔地望着圣诞树上的彩灯，彩灯的亮丽正衬出内心的孤寂暗影。

他甚至从她的呼吸声中辨出了失望，小心翼翼地问："你怎么不说话？"

"你想要我说什么？"声调中有委屈，也有愤懑。

偏偏这时，他的手机响了。他看看号码，是一位客户打来的，立即说："我必须接这个电话。圣诞快乐！"说罢挂断了电话。

艾珊一时怒起，起身飞快地把圣诞树上的装饰物一一扯下来，摔到了地上，又手脚并用，把树折成两截，扔到了门外。手被扎出了血，她立即用嘴去吸，结果血和泪融到了一处。她索性坐到地上，啜泣起来。电话铃又响起来了，寂静中有些刺耳。她扑过去抓起电话，对方是丽雨，提醒她来参加聚会。她这才想起丽雨的邀请，放下电话，拿起车钥匙走出了家门。

她开车时心绪低落。她和丈夫曾是怎样令人羡慕的神仙眷侣，此刻天各一方。在精神恍惚间，她到了一个十字路口，没注意到左转灯早已由绿变黄，径直行驶。一辆面包车从对面直线疾驰而来，结结实实地撞上了她的车。她惊呼一声："No！"本能地伸出手臂挡住自己的头，一片雪白冲击而来，既柔软又坚硬，还伴随一阵玻璃碎裂声……

不知过了多久，那片雪白似乎变得远了，近处出现影影绰绰的花色。她吃力地睁开眼睛，发现自己躺在医院的病房里，身旁坐着一位穿花衣的年轻护士。她有轻度脑震荡，手臂受了伤，并无大碍，不过很后怕。人的生命多么脆弱，险些再见不到袁焜，开始后悔生他的气。他是她最亲近的人，为什么不好好珍惜呢？

丽雨牵着小迪来探望。丽雨埋怨道："幸好没受重伤。这么好看的一张脸，万一留个伤疤，你要后悔一辈子喔。"艾珊叹息："算是不幸中的万幸吧。车是完全报废了。"丽雨说："车有什么可惜？保险公司会赔你。人没出事儿就好。袁焜不在这儿，你就连魂都丢了。"她委屈万分："他答应我圣诞节回来的，突然又改了主意……"丽雨好言劝慰。袁焜大概工作脱不开身吧。女人真是矛盾共同体，希望自己的丈夫既事业有成又浪漫多情。鱼和熊掌，不能兼得啊，丽雨嘱咐她不要多想，先养好身体。

这时小迪天真地问："艾珊阿姨，你准备睡觉了吗，要不要我先给你讲个故事？"她摸摸小迪的头，感叹道："小迪长大了，懂得体贴大人啦。"丽雨笑眯眯地说："小迪整天把你挂在嘴边。前几天和小朋友打电话，说等他赚到钱，第一件事就是要请你到迪士尼乐园玩。"小迪在艾珊的脸上亲吻了一下，说："我爱你！我会实现我的诺言。"艾珊回应："我也爱你！"丽雨佯装生气地跺跺脚："嫉妒死我了。"

在丽雨和小迪道别时，艾珊嘱咐丽雨不要把她撞车的事儿告诉袁焜。他创业维艰，她不想再给他增添牵挂和精神压力了。

艾珊不久恢复了健康，回到学校上班。卡特一大早就来到她的办公室，一脸阳光，直视着她，眼神中透露出微妙的欣赏："看到你恢复了健康和美丽，就开心。前一段时间因为精神抑郁，我一直看心理医生。你来了，就不用再看了。"

艾珊佯装认真地说："那你把付给心理医生的钱按月交给我好了。"惹得两人同时笑起来。

"说到钱，正想告诉你……"卡特说，"我申请的研究基金批下来了。你愿意和我合作研究美国移民子女的教育问题吗？"

"谁会拒绝这样的机会呢？"艾珊似乎自问，"这是我最感兴趣的课题呀！"

"那太好了！"卡特建议道，"周六请你吃晚饭好不好？我们讨论一下具体的研究计划。"

那将是工作晚餐还是一场约会？艾珊犹豫片刻，还是答应了。卡特张开双臂，有些夸张地说："这样我更开心了，简直想飞！"

周六的晚上，两人在一家海鲜餐馆见面。这家餐馆装饰得像渔船，氛围亲密，但情调又不过分浪漫，正适合他们。前一天艾珊的助理教授职称被学校批准了，于是这顿晚餐又有了喜庆的意味。

卡特端起一杯红酒说："珊，祝贺你！破格提拔的年轻的助理教授，了不起！"

她和他碰杯，心怀感激："谢谢！没有你的帮助，也没有我的今天。"

"帮助你是我的荣幸。我们的合作才刚刚开始。来，干杯！"他一饮而尽，

"我听说中国人为表示诚意，要喝光杯中酒。"

她嫣然一笑："什么时候开始对中国习俗感兴趣了？"

"如果你喜欢一个人，你就会喜欢他背后的整个国家。"他意味深长。

她似乎听出了弦外之音，沉默地喝了一口酒。他热情注视着她，眼中跳跃着火花："我7月份要去佛罗里达度假，我父母在那儿有个度假屋，你有兴趣一起去吗？"

她意识到自己必须在两人之间画一条线了，说："很抱歉，我有其他安排了。我先生要回来看我。"

他失望地说："对不起，我以为你们已经分居了……"

她小心地斟酌着字句："我们只是暂时生活在两个国家里。"

她回到家里，莫名地失落，这时接到了丽雨的电话。丽雨和李声一直想进入华尔街，最近终于与华尔街的一家金融公司签署了合并协议，将举家搬到纽约去。这个消息更令她怅惘。

一个月后，艾珊去李宅送行。她和丽雨站在草坪上交谈，李声指挥工人把家具一件件搬上卡车。她远远地望着这幢给她留下无数回忆的房子，感慨万千。

"感恩节的时候去纽约玩吧。"丽雨热情地邀请，"我们的办公室就在世贸大厦里面，我陪你到顶层去看纽约全景。"

小迪跑过来拉着艾珊的衣角，惋惜地问："你为什么不和我们一起搬到纽约去呢？我怕再听不到你讲故事了。"

"我在硅谷有工作，我的家在这里呀。以后我在电话里给你讲故事。"艾珊许诺道。

这时搬家的卡车开走了，李声走过来拉小迪。小迪说："爸爸，我不想去纽约！"

李声说："相信爸爸的话，到了纽约，你会不舍得离开的。"

快到上课时间了，艾珊必须得先离开。她伸出手臂拥抱李声，眼睛却不由得湿润了，嘱咐他照顾好丽雨母子；接着拥抱丽雨，请求她有空多打电话，丽雨点点头，声音哽咽道："你抽时间回国看看袁焜吧，早点结束两地分居的生活。名好利好，不如一家人守在一起好。"小迪扑上来，哭着搂住艾珊嚷道："我会想念你的！"她蹲下来，亲吻他的小脸："我也会想念你的！我将来去纽约看你们！"

艾珊钻进自己的车里，打开车窗，含泪向李声一家挥别，心里盛满了对友情的眷恋，慢慢地离去。硅谷在她的眼里，再不是从前的硅谷了。

2

倩蓉和弗兰克请艾珊到弗兰克家吃晚餐。他们即将去威尼斯旅行结婚，在欧洲度蜜月，想麻烦艾珊帮他们打理一下花园。艾珊爽快地答应了，还许诺等袁焜回来了，请他们吃饭庆祝，接着又幽怨起来："如果还能见到他的影子。"不料，弗兰克却替袁焜辩护："坦率地讲，焜当初炒我的鱿鱼，我不太开心，不过对他回国创业，我还是理解的。男人嘛，心跟随事业走。"一对表姐妹同时望着他，流露出惊讶的神色。

艾珊好奇地问："弗兰克，你觉得在中国有创业机会吗？"

"虽然我不愿意承认，但这是事实。我们每个人都该尊重事实。"他一脸的郑重。

倩蓉�’起嘴，撒起娇来："可婚姻比事业更重要呀！"

他微微一笑，反问道："没有事业，我承担得起去蜜月旅行的费用吗？"

倩蓉一时语噎。

在蜜月旅行后，倩蓉就搬进了弗兰克的豪宅，变成了家庭主妇。生活如坠梦中。她坐在超大豪华双人床上，在日记中写道："蕾蕾，现在妈妈终于有了一个舒适的家，从此不要活得那么辛苦了。妈妈现在的最大心愿就是把你接出来。美国有很多好玩的地方，也有很多好学校，你一定会喜欢这里，何况这里有这世界上最爱你的人……"

在倩蓉看来，经济决定地位。经济环境变了，就有理由改变待人接物的态度。倩蓉监督从中国大陆来的清洁工，挑剔她没有刷掉浴缸上的黄斑，没有打扫干净地毯上的头发，等等。弗兰克批评倩蓉的严厉。夫妻俩在小事上开始有了分歧。

倩蓉白日里在家无所事事，到了晚上，身体中的欲望蠢蠢欲动，就穿上性感的内衣，期待高潮的演出，而他经常出差，回到家疲惫不堪，倒头便睡。有一次她忍不住轻推他的肩膀，他却小心翼翼地躲开，说："我真的很累了，这几天飞了三个州开会。"她抚摸着他的后背，亲昵地说："你不在时我很想你。我给你按摩，让你恢复一点体力。"他的声音很含糊了："谢谢，我亲爱的……"一眨眼间，竟然发出了鼾声。她在黑暗中失神地望着天花板。婚姻在开场时像童话，一旦入戏，就转换成平白的小说。岂止平白，有时还枯燥，甚至令人失望！是年龄的问题吗？他毕竟比她大十几岁啊。

倩蓉约了艾珊到健身房锻炼，顺便聊聊家常。两人在跑步机上跑了半小时后，气喘吁吁地坐下来休息。倩蓉抱怨弗兰克经常出差，害得自己独守空房。艾珊嘴上不说，心里却想，弗兰克至少周末还回家，袁焜去北京半年了，她还一次都没见到他的人影呢。也许，女人的情敌不是另外一个女人，而是男人的事业。

倩蓉坦白自己每天都想蕾蕾。她去年回国两次，每次都要接蕾蕾出来，但达川非但不让她见女儿，还威胁说，如果她碰蕾蕾一个指头，他就找人收拾她。一日夫妻还百日恩呢，她没想到赵达川一点儿都不通融。他在商场上滚打这么多年，脾气越来越大。她都想象不出蕾蕾现在长成什么样了。艾珊也替她惋惜，她错过了蕾蕾的成长过程。倩蓉发誓如果有机会，一定加倍补偿自己的女儿。艾珊建议她平心静气地和达川好好谈谈，达川总不至于永远不让女儿见生身母亲吧。

倩蓉郁郁不乐地回到家里，坐到长沙发上看电视。将近午夜，弗兰克才提着公文包走进家门。他吻了吻倩蓉的脸颊："亲爱的，你今天过得好吗？"她声调慵懒："每天还不都是一个样子！种种花，健健身，看看电视，我快要厌烦这样的生活了。"

他神秘地说："我要改变你的生活，让你兴奋起来！我要带你去中国工作！沃森派我到北京做中国分公司的CEO！"

她惊跳起来，"啪"的一声用遥控器关掉电视，客厅里霎时安静得有些可怕，她厉声问："你说什么？你接受了吗？沃森为什么事先不和你商量？"

他说："我当然接受了，沃森一个月前就和我商量过了。"

"那你怎么没问我的意见？"

"想给你一个意外惊喜呀！"

她尖叫起来："惊喜？哼，你让我震惊！实话告诉你，我不想回中国！"

他以为她会欢喜得跳起来，谁料到她竟然暴跳如雷，让他莫名其妙。她是土生土长的中国人，为什么拒绝回中国居住？她并没有被他目光中的疑问吓倒，反倒直视着他。他怎么能想象她为了来美国曾付出过多少努力！现在她在美国过着舒适的生活，却突然要掉过头回中国？

"我后悔没早一点告诉你。"他叹口气，"我以为我很了解你。"

她果决地说："你明天就去辞掉这个职位。"

他皱起了眉头："我怎么可以出尔反尔呢？这是我的事业啊。"

"那你一个人去好了。你不是喜欢中国女人吗？中国有好多漂亮女人！"她气冲冲地转身离开，走进卧室，并立刻把门反锁了。他扑过去，急切地敲门："Cherry，把门打开！别耍小孩子脾气啊！"她隔着门冷冷地甩出一句话："你今晚睡客房！"他声音颤抖起来："你让我睡客房？我为了供这幢房子辛苦了大半辈子。你太过分了！"

倩蓉和弗兰克冷战了整整一个星期。到了周六，两人坐在长长的餐桌两端，沉默地吃晚餐。他从口袋里拿出一个首饰盒递给她。她打开首饰盒："好漂亮的项链！非洲钻石！"露出了笑容，心想，这挂项链至少要一两万美元呀！她凑到他的身边，吻了吻他的脸颊。

他清了清喉咙，说："Cherry，我今天和沃森谈过了，他认为我熟悉东方文化，又娶了位中国太太，是中国分公司CEO的不二人选。他找不到比我更合适的人选。我别无选择，即使你留在美国，我也要去北京。"

"SVT缺了你就不做中国生意了？"她讽刺地一笑，"你一个人去北京，凭你那几句简单的中文能和中国人周旋吗？你以为靠你们美国的思维方式能在中国生存？那里商业游戏规则和美国的完全不同。你知道'关系'这个词吗？"

"我当然知道！关系就是'Relationship'，就是人与人或人与事物之间的相互联系。"

她从鼻子里"哼"了一声："这个词儿就够你学一辈子！"

第二天，弗兰克说要带她去看几位老朋友。他驾车载着她进入了凯迪庄园。凯迪庄园占地广阔，风景秀丽。五十年前这里还是一片空白，但现在已是世界上最著名的驯马场之一。他停了车，和她一起走进了驯马场。场内的十几位骑手正在训练，骑的都是昂贵的纯种马。每一匹马都高大俊美，其中一些是参加奥林匹克运动会的选手。

几位穿制服的工作人员从不远处走过，热情地和弗兰克打招呼。倩蓉疑惑地问："你怎么认识这里的工作人员？我不知道你对赛马感兴趣。"他说："我父母曾是这座庄园的主人。"她惊讶得几乎跳起来："什么？整个驯马场？你怎么从来没和我说过？我只知道你父母去世了，他们都是农民。"他微微一笑："在美国庄园里工作的人都是农民呀。"她生气地抱怨："你居然向我保密！"他解释道："我没这个意思。我父母的成就和我没有关系。"她迫不及待地试探："这么说你是庄园的继承人？"他摇摇头。他的父母在去世前立了遗嘱，把庄园捐给了仁爱慈善协会。那个协会专门帮助穷人和生病的孩子们。他有自己的事业，不应该坐享其成，所以他们把自己的财富回馈给社会，而他，尊重父母的意愿。她听了，很失望，一时无言以对。

弗兰克搂住她的肩膀，恳切地问："我能请求你尊重我的意愿吗？你和我一起去中国。我帮你实现了美国梦，现在轮到你帮我圆中国梦了。我们还保留这里的房子，你想回来休假就回来。再说你回国就可以经常见到你女儿，你不是天天想她吗？"

倩蓉终于点了点头。

第二天，倩蓉来到艾珊家，在花园里找到了她。阳光下，花儿娇艳，草儿青翠。她拿起了一把剪刀，开始修剪花枝，郑重地说："我昨晚做出了人生又一重大决定，说出来吓你一跳。"

艾珊亲密地嘲讽："是不是要离开弗兰克改嫁查尔斯王子？"

她笑起来，用剪刀指指艾珊的鼻子："不要拿我开心，小心我剪掉你美丽的鼻子。"

艾珊开玩笑地说："那你要赔得倾家荡产，袁焜可给我这个鼻子买了高额保险的。好啦，告诉我，什么重大决定？"

"陪弗兰克去中国工作。他要去SVT中国分公司当CEO。"倩蓉故作神秘地说。

艾珊惊叹："这可绝对是一大新闻啊！我以为全硅谷的中国留学生都回流了，你也会留在美国。"

她耸耸肩膀："我也没有办法，连美国人都想去中国寻梦。要不是因为蕾蕾，我不会答应弗兰克的。不过赵达川还会跟我捣乱，我和他之间要有一场恶战。"她狠狠地剪掉一株残枝，"哼，他这个人，刀枪不入，软硬不吃。"

艾珊劝她以情动人。不做夫妻，干吗偏要成仇人呢？倩蓉也不解，弗兰克和他的前妻离婚后一直是朋友，彼此以礼相待。去年过感恩节时，弗兰克还把他前妻、他前妻的新男友和他前妻新男友的孩子都请到家里来，一起吃了一顿火鸡大餐。中国夫妻一旦离婚，不是怒目而视就是老死不相往来。这也许就是中西文化的差异吧。现在她必须回国面对痛恨自己的前夫，还要重新习惯国内的生活环境。

夜里，倩蓉独自蹑手蹑脚地走进客厅，从书柜里找出袁焜送给她的"五月花"号船模型，陷入了深深的沉思。她在日记中写道："蕾蕾，一想到我就要回到你的身边，我几乎不能等待了。如果说我以前的生活是倒塌的多米诺骨牌，那我现在要把这些骨牌一张张扶起来，还要把它们组成美丽的图案，但所有的美丽只有和你分享才有意义……"

3

市场部经理老张跳槽后，袁焜既要搞科研又要开发市场，常常废寝忘食。人一累，免疫力降低，得上了重感冒，浑身无力。中午雪儿去买盒饭，顺便给他带了一个，送到他的办公室。他接过盒饭急忙从裤袋里找皮夹。

雪儿一挑杏眉，问道："要算得这么清楚吗？"

"这样彼此没有亏欠，心理上也没负担。"

"可人情味也没有了呀。在中国，'人情'两个字从来都是大写的。"

袁焜微笑："你给我上国情民风课吗？"

雪儿叹口气："不了解国情办不成事啊。"

她是有感而发。芯光公司决定租下中关村大街黄金地段的一块广告牌。负责出租广告牌的华凯广告公司把合同草案交给了雪儿，结果半路上杀出一个程咬金，"京力达电器"把广告牌抢走了。雪儿气愤地说："就因为咱们没关系，就得受欺负！"

袁焜大失所望："那广告牌跟咱们也没关系了！"

　　说话间，他的脸色突然变得惨白，跌坐到沙发上。他头疼得厉害，心绞痛又复发了。雪儿拿来一杯水和救心丸帮他服下，心疼地说："你太拼命了，要注意休息啊。"她坚持送他回家休息，还挽起他的手臂走出了办公室。他头冒冷汗，脚步踉跄，雪儿只好搂住他的腰。

　　雪儿把他送回家后，就去科维公司总裁办公室找赵达川。达川把两腿架在桌子上打电话，见了雪儿，忙收回两腿，并示意她坐下。他对着电话说："白处长，我改天再打电话给你，听说三里屯刚开了一家法国酒吧，我要请你去品尝品尝。当然选您最喜欢的了……回头见！"随后挂断了电话。

　　雪儿礼貌地问："赵总，对不起打搅你。不知道你还记不记得我？"

　　他嘻嘻一笑，"当然记得，我对美女从来都是过目不忘。"

　　他半认真半开玩笑地说："那么赵总是不是对美女一向慷慨相助呢？"

　　"你这么快就发现了我的弱点？"

　　"谁说是弱点呢？英雄救美，可歌可泣呀。"雪儿说。她把华凯广告公司不守信用的事如实相告。

　　"是袁焜让你来找我的吗？"

　　雪儿摇摇头。

　　"我真妒忌袁焜，他有魅力让你这样的美女为他鞍前马后地奔忙。"

　　"赵总，您说到哪儿去啦？我只是做本职工作。"雪儿说。

　　"算你运气好。我和华凯的老总熟得很，我会让他通融通融。"他慷慨地答应。

　　倩蓉和弗兰克来到北京，很快就把家安顿好了。弗兰克渐渐习惯了北京的生活，不仅把西方的管理方式，还把西方的节日带进了SVT北京公司。

　　情人节那天，他给公司的每一位女员工都发了一盒包装精美的巧克力，还用中文对她们说："情人节快乐！"惹得女员工们兴奋地尖叫起来。弗兰克神秘地挤挤眼睛说："我还要送你们每人三个情人。一个说陪你终生，另一个说要伴你左右，还有一个说永留你心中。"

　　一位年轻的女员工问："那我们不是太贪心了？"

　　弗兰克用中文说："他们的名字分别叫健康、平安、快乐。"

众人拍手叫好。有人说："到底是美国老板，真幽默！"更有人说："当然不一样了！我们老板是因为喜欢中国才来北京的。因为老板的魅力，最近科维的好几个拔尖工程师都跳槽来我们公司了。"弗兰克微笑着回应："加入SVT，当然是聪明的选择。"

倩蓉为了帮弗兰克在北京打开局面，在家里举办派对，邀来SVT中国公司的管理人员和各界要员，其中包括宋总和袁焜。倩蓉一见到他们俩，立即甜笑着迎上来："宋总、袁总，谢谢赏光！"

宋总说："在美国公司中，SVT几乎是最早在中关村办分公司的，现在走马上任的CEO又是中国女婿，我们当然要来祝贺！"

倩蓉说："弗兰克人生地不熟，以后还要请您多指教。"

"不敢当。如果你哪天厌倦当家庭主妇了，我倒欢迎你加入留学生创业园。"宋总半认真半开玩笑。

倩蓉说："我可不是创业的材料，没有袁焜的魄力。"

弗兰克穿过人群走过来向袁焜伸出手："没想到我们会在北京见面吧？"

袁焜说："这大概就是缘分。"

宋总问："弗兰克，欢迎你来中国！习惯这里的生活吗？"

弗兰克说："我不知道，时差还没倒过来。不过我天天练习中文，Cherry认为我的中文声调很性感。"他转身用中文结结巴巴地对众人说，"我很高兴认识各位，和你们在一起我很开心。我喜欢北京，想做北京人……谢谢！你们中国人喜欢说……"随后他模仿京剧唱腔，"拿——酒——来——"惹得大家捧腹大笑。

袁焜的手机铃响了，他走出客厅，到花园里去接电话。倩蓉端着两杯红酒跟了出来。待他关机后，她亲昵地递给他一杯："一个人在北京，寂寞吗？没人照顾你，总是活得有点辛苦吧？艾珊怎么忍心让你一个人回来呢？就算她忍心，又怎么会放心呢？北京很多年轻女孩子巴不得要钓海归呢。"

袁焜严肃道："忙的人不懂什么叫寂寞。"

她的语调开始暧昧："我们俩前后脚回到中关村，以前我们又在这儿读过书，都是缘分呀。巧合中也有必然呀。有些事我一直没对你说，我和你之间有一条结实的纽带……"

"你越说越不着调了！"袁焜打断了她，"我劝你不要想入非非，把眼前的日子过好。"

这时弗兰克从门口探出头来："倩蓉！客人等你给他们倒酒呢！你不倒，他们不肯喝呀！"

袁焜回到屋内，心里有些后悔，也许不该来参加这个派对，但弗兰克和倩蓉将成为他强有力的竞争对手，他要做到知己知彼。弗兰克察言观色，似乎悟出了什么，对袁焜说："焜，听说你开始打高尔夫了，我们约个时间打一场吧。"袁焜有些意外，不过立即答应了下来："好呀，我向你学技艺。"

4

中关村高尔夫球场，绿草茵茵。天空有些阴郁，能见度不高。袁焜和弗兰克身穿高尔夫球装站在发球台上。在他们前面打球的四个男人穿着搭配不当的高尔夫球装，有一位甚至脚穿旅游鞋。四个男人对跟在身后的球童指手画脚，甚至高声斥骂。弗兰克摇摇头，虽不能完全听懂他们说什么，但从他们的表情和声调上可以猜得出，他们对球童的态度非常粗暴。

"中国的富裕阶层都这个样子吗？"弗兰克问。

袁焜不无尴尬："不都是，今天赶巧了，也许他们不开心。"

"我理解你的心情。你是中国人，当然要替他们辩护。中国出产富人，但不出产贵族。"

袁焜回敬道："西方的高尔夫文化到了中国当然要变味，就像中国的麻辣菜到了美国就变甜酸了。美国的贵族不是凭空而降的，也要经过几代人的培养。"

弗兰克发球。球在天空划出弧线，飞得高远，露出得意神色。两人背着球杆袋来到袁焜的发球台上。袁焜发球，可球飞得并不远，他遗憾地直跺脚。弗兰克揶揄道："没关系，慢慢来。不过你要和我竞争，还要多练习。我每年把成千上万美元扔到高尔夫球场上，我交过学费。"

两人一边往前走一边聊天，但气氛分明有些紧张。袁焜说："打好高尔夫，不是我的人生目标。我不在乎在球场上赢你，但立誓要在商场上赢你。"弗兰克并不惊讶，心想袁焜根本不想打球，他搞研发忙得要命，但他想了解自己的竞争对手，说："我佩服你的坦率。我年轻时和你一样，每天都想着超越我原来的老板。"他打出第二杆，但因击球点偏斜，把球打进了沙坑。袁焜打第二杆时准备充分，挥杆自如，把球击到几乎靠近果岭球洞的位置。弗兰克有些嫉妒："还不错嘛。"袁焜微微一笑："球场上，可能也要难分输赢哦。"

两人分别向自己的球走去。弗兰克在沙坑里击球，困难重重，但出手颇有技巧，使球落到了果岭球洞附近。而袁焜没有把握好第三杆的轻重，球划过球洞的边缘而不入。弗兰克的语气开始变得强硬："焜，你别忘了，我有多年的实践经验。在中国，我虽是客人，但百年公司美国SVT做我的坚强后盾。SVT在世界上的地位就像洛基山，无人可以撼动。"

两人在各自打第四杆时把球先后打进了洞，实现了par（标准杆）。弗兰克不无遗憾地说："打了个平手。"袁焜的语气也强硬起来："你也别忘了，我占天时地利人和，拥有最年轻、最有进取精神的团队，甚至还会得到12亿中国人的关注！"

袁焜打完球，回到了公司，突然接到华凯公司老板的电话，说把广告牌租给芯光公司。他追问雪儿，才知道达川暗中帮忙，于是到达川的办公室面谢。

袁焜环顾四周说："嗬，挺气派的嘛！"

"这办公室是装潢给别人看的。"达川竟低调了起来。

"你当了总裁，还没恭喜你呢。"

达川抱怨着："别提了，更累了，差点吐血。"

"你是少壮派，再累也得顶住。"

达川感慨万分。不管怎么说，他把手里的泥饭碗变成了金饭碗。科维这些年代理阿尔法笔记本电脑的确发了财，鸟枪换炮，有了高楼、有了几千员工。但天下没有常胜将军，美国公司进来了……他走到窗前，指指对面的大楼："你看，对面就是SVT。世界真小，竞争对手的老婆是你的前女友、我的前妻。"两人颇有些尴尬地相对一笑。

袁焜替达川分析科维的现状。科维有稳定的客户群，在短时间内不会受到SVT的巨大冲击，但必须承认SVT的笔记本电脑在功能和款式上都超过阿尔法，科维的前景并不乐观。岂止科维，中国电脑业的所有公司都必须思考自己的前途。世界电脑业95%以上的零件在中国加工，大部分中国人都在为国际巨头打零工。近几年国际巨头又到中关村来抢占地盘，大家都喊"狼来了"，民营企业不得不与狼共舞。两人聊得兴起，达川建议一起吃晚饭，袁焜答应了。

他们来到鲁豫酒楼。在饭桌上达川给袁焜斟酒，豪爽地说："来，喝酒，今晚一醉方休！我知道你酒量不行，你喝一口，我喝一杯。怎么样？够朋友吧！"说罢和袁焜碰杯。

袁焜问："怎么，这就表示够朋友？"

"这叫社交文化。告诉你，千万别和社交文化较劲儿。"

几杯酒下肚，两人的关系像初春的永定河，表面上薄冰横陈，下面却有暖流涌动。袁焜说："谢谢你搞定了华凯广告公司。可以透露一下你的高招吗？"

达川点燃一支烟，悠悠地吐出一堆烟圈："很简单，送老总一部笔记本电脑，他心花怒放。虽然权势是一头固执的熊，但是金子可以拉着它的鼻子走。"

"这是莎士比亚说的。看来你把名人名言活学活用了。我把电脑钱算给你。这次你真帮了我一个大忙。"

"不要算得这么清了。上学的时候你经常请我涮羊肉，我欠你的情多着呢。搞科研我不能和你比，搞人际关系你得拜我为师。"

袁焜连连点头："以后多向师兄请教。"

达川用力一拍他的肩膀："你终于又叫我师兄了。"

袁焜不好意思地笑了："一不留神就叫出来了。"

达川更高兴了："来，再喝！我还没祝贺你娶了个好老婆呢！我知道因为倩蓉，你一直怪我。"

袁焜摆摆手："过去的事不提了，相逢一笑泯恩仇。"

5

袁焜解决了广告牌这个公关难题，又面临员工素质问题。有些员工不像他期望的那样敬业，尤其是林树。林树在上班时间肆无忌惮地上网玩赌博游戏，正被袁焜撞见。袁焜问："你每天上网时间比工作时间还长，你以为这儿是网吧吗？"

林树替自己辩解："工作累了，休息休息。"

"那我成全你。从现在起，你一年可以休息365天。"袁焜指了指在场工作的员工，严肃地说，"留你，等于伤害这些敬业的同事。拿上你的东西，到会计那里去结算工资。你被炒鱿鱼了！"

林树变了脸色："你也太小题大做了！不能再给我一次机会吗？"

袁焜不客气地回敬道："如果大家都像你这样，公司很快就会倒闭，到那时谁会给我第二次机会呢？"

林树走进财务部见到雪儿，尴尬地要求结算工资。雪儿抱起肩膀审视他，讥讽地说："恭喜你！你以前不是经常说，给别人打工是赚有限的钱，自己做生意赚的是无限的钱吗？现在你的机会来了。"

林树不满地问："做生意要本钱的，你要我去偷去抢吗？"

雪儿说："既然没本钱，就踏踏实实地打工。"

林树央求："能不能帮我说说情？"

"你以为我说情就有用了？"

林树嬉皮笑脸起来："当然了，有几个男人可以对美女说不？"

雪儿杏目圆睁："死了这条心吧。每天看不到你，落个清静。"

几天后，袁焜在中关村的高尔夫球场打球，想让自己放松一下。打完九个洞后他坐在草坪旁的长椅上休息，突然看到林树向自己走过来，就惊讶地问："你怎么来了？"

"你以为这地方只有像你这样的人可以进来吗？"林树说，"我来，是想和你做一笔生意。"他神色诡秘，"准确地说，向你兜售一件商品。"

"古董，还是名画？不过，现在这两样我都不收藏了。"

林树嬉皮笑脸地说："比古董和名画更让你喜欢……"说罢从皮包里掏出一张照片：照片上雪儿亲密地搀扶着虚弱的袁焜。

袁焜愤怒地嚷道："你真卑鄙！"

"我从来不想做高尚的人。"林树有些得意扬扬，"我和你的交易非常简单，你出个好价钱就行。不然的话我就把照片寄给你太太。"

"随你的便吧。你以为凭这么一张照片就可以挑拨我们的夫妻关系？你太蠢了！你这是敲诈！"袁焜冷冷地说。

"你不在意你太太怎么想，你总要为雪儿着想吧？"林树故意把照片在他面前晃来晃去，"你如果不出钱，我就把照片贴到网上，让她成为第三者，没脸见人。你不忍心看她受那么大的精神刺激吧？"

袁焜听了沉默片刻，咬着牙说："你出个价吧。"

"一口价，10万块！只要你交钱，我就当你的面把电脑里的照片删除。这张嘛，你留下来做个纪念……"林树说。

林树走后，袁焜立即打电话给雪儿。半小时后，雪儿来到球场。袁焜把林树拍的照片拿给她看，雪儿立即猜出了林树的用意。

雪儿和林树是青梅竹马。少年时林树还守规矩，可最近越来越让她失望了。雪儿气愤地把身边的草撕下一团，然后把它们一根根地扯成几截。林树永远缺钱用！他标榜自己是新新一代，要开名车，穿名牌，用最酷的手机，还总和那些"富二代"攀比。这一两年他不务正业，总幻想靠赌博赚大钱，结果上了瘾，越陷越深。输了工资，输了他父母的储蓄，还要不停地搜刮她，现在又想出这个敲诈勒索的下流手段。她说着说着，委屈地流下眼泪，最后激愤地说："你绝对不要给他一分钱！"

袁焜犹豫地说："他威胁我要把照片贴到网上去……"

雪儿提高了嗓门："让他去贴好了！我搀扶你，有什么见不得人的？你要是纵容他，他会变本加厉。"

周围的人转过头来看他们。

他轻轻地拍了拍雪儿的肩膀："到车上去吧，看你哭得一塌糊涂的，人家还以为我欺负你呢。你放心，我会想办法对付他。"

到了车上，他递给雪儿几张面巾纸，劝慰着她："好了，好了，不要再哭了。"雪儿仍委屈万分地流泪不止，他忍不住替她擦泪。雪儿更难过了，哽咽着说："袁总，我一直很向往这样的时刻，你帮我擦眼泪……"他慌忙缩回自己的手："别孩子气了，我现在送你回家，你到家以后洗洗脸，休息休息。"雪儿撒娇地问："我哭的样子很丑吗？"他无可奈何地微笑了："如果担心自己变丑，就要快乐一点。天底下的好男孩多得是，你会找到一个称心如意的。"雪儿声调幽幽地说："问题是，我不想找……"

第八章　"勇敢的小锡兵"

1

袁焜思来想去，打电话请达川出出主意。达川说容他一点时间想想。

两天后达川约袁焜在酒楼见面。两人刚一落座，达川就说自己把事情搞定了。原来他派手下猛将大强子、华哥在林树家门口堵住林树，警告他如果再敢拿袁焜和雪儿的照片说事儿，就把他变成残废。林树吓得两腿发软，对天发誓绝不再为难袁焜。袁焜对这粗暴的做法不敢恭维，但毕竟解决了令他头痛的难题，自然感谢一番。

达川坦白地说："其实我不想听你谢我，我心里闷，想找个人聊聊。"

袁焜微笑："原来赵老板也有诉说的愿望。"

"你以为我是用钢筋做的没有七情六欲吗？"

"不是这个意思，你这么多年来过五关斩六将，什么事能让你烦？"

服务员端来冷盘摆到桌上。达川说："先吃吧，吃饱了再谈。"

袁焜大口地吃起来："还真饿了。一个人生活，总是饥一顿饱一顿的。"

达川翻了翻眼睛："才这么短时间就叫苦连天了？我一个人这么多年都过来了。"

"我和你不一样，你身边美女如云，只是你看不上而已。"

"我用如云美女换一个艾珊，你愿不愿意？"

袁焜坚决地摇头："门儿都没有。"

达川把酒盅里的白酒一饮而尽，叹口气，开始细说烦恼。他刚接到阿尔法的销售副总裁打来的电话，对方压低了科维佣金的百分比。科维当了阿尔法十多年的代理，替阿尔法赚下了一座金库，现在却要接受进一步的"剥削"，他怎么咽得下这口气？阿尔法简直是过河拆桥，卸磨杀驴！

"美国人懂得什么叫卸磨杀驴吗？"袁焜忍不住笑起来。

达川不屑地摆摆手："随翻译怎么译。总部已经做了决定，我要么接受要么放弃代理。这真是欺人太甚了！"

此一时彼一时也，袁焜暗想，现在市场竞争激烈，国内代理商越来越多，科维不做，很多新公司还排队等着呢，都想在硬件市场上分一杯羹。再说阿尔法也要维护自身利益。在商场上没有多少义气好讲，赚钱是最高原则。

达川一脸茫然："说心里话，我现在心里没底了，不知道下一步怎么办。"

袁焜建议道："当务之急是建立生产基地，组装笔记本电脑，这样才能保持赢利。"

达川又干了一杯："有道理，我明天就征求公司董事会意见。不管怎么样，科维这面旗子不能倒掉！"

在同一天晚上，倩蓉和弗兰克也到酒店吃饭，因为她情绪不佳，懒得做饭。为了见女儿，她和达川争执了不止一回，一直为此烦恼。弗兰克问她为什么闷闷不乐，她再也不想独自承担烦恼，终于以实相告。

他叫道："他没有权利阻止你见你的女儿！"

她吞吐地道出实情："我和他离婚时签过协议，放弃了对女儿的抚养权。"

他迷惑地看着她，似乎要凭借他浅显的中文功底读懂一本中国古典小说："你怎么可以这样签？你当初要是告诉我，我一定会阻拦你的！"

她开始抽泣："当初我如果不签达川就不离婚，我就不能和你结婚。我是想先离了再说，没想到他心这么狠。我现在才意识到，放弃蕾蕾是我这辈子最大的错误。"

"不要太难过了。我相信，上帝会听到你的忏悔的。"他搂住她的肩膀，"好啦，明天我带你去打高尔夫球，散散心。"

没想到第二天在中关村高尔夫球场，他们竟和达川狭路相逢。倩蓉刻意做出一副落落大方的样子，介绍弗兰克认识达川。弗兰克用中文说："你好！很高兴见到你。你什么时候有空，大家坐下来一起吃顿饭。"

"跟我，不用这么客套，我也没工夫奉陪。"达川摆摆手。

倩蓉插嘴道："不要这么不给面子吧。现在大家在同一个村里打天下，不念旧情，也要念念邻里之情嘛。"

达川刻薄地回敬："商场如战场。我倒想和睦相处，可你想的是早点把我吞掉，然后把女儿夺过去。"

弗兰克嗅出了两人对话中的火药味，问倩蓉："你们需要单独谈谈吗？"

倩蓉感激他善解人意，让他一个人先去打球。她和达川来到啤酒屋找了座位坐下，每人要了一瓶啤酒。达川有些不耐烦："有话快说吧。"

她只好开门见山："我想见蕾蕾。"

他语气断然："不要做白日梦了！别忘了，你放弃抚养权的文件在我手里，还是中英文对照的呢。"

"你太过分了！我是她妈妈，我有权利见她！我从来没放弃过探视权。你干吗对我这么刻薄？因为我嫁了个美国人你就这么嫉妒？"

"我不过是以其人之道还治其人之身罢了，根本谈不上嫉妒。你自我感觉太好了。"

她忽然放低声音哀求："既然这样，为什么不能通融一点儿？"

他不耐烦地摆摆手："好了，不要再费嘴皮子啦，我不会让你夺走我女儿！"

她愤然站起从钱包里掏出一张20元纸币丢在桌子上："真是话不投机半句多！"

2

千盼万盼，艾珊终于盼到了袁煜回家探亲的日子。

袁煜一到家就跌坐在沙发上，叫累又叫饿，幸好她早已煲好了鸡汤。袁煜走进厨房，突然注意到桌上有一沓信，信上摆着一张照片，惊讶地发现那正是被林树偷拍的雪儿和他的合影。他变了脸色，问："这照片哪儿来的？"

她轻描淡写地回答："噢，好像是从北京寄来的。"

他气愤地说："林树果然寄给你了！"开始急速地叙述"照片事件"的来龙去

脉，"我那天病得厉害，她搀着我送我回家……"

她半信半疑地问："然后呢？"

他立刻委屈地叫道："没有什么'然后'！我和雪儿什么事儿都没有！"

艾珊微微一笑："瞧把你急的，我也没说你和她有什么事呀。"

那晚两人之间，似乎少了一层亲密，多了几分生疏，但都不愿挑明，只在黑暗中揣摩对方的心思。

第二天早晨，袁焜早早起床，到花园里开动割草机割草。待艾珊起床后走进花园，他已经汗流满面了。

她问："怎么一大早就起来了，也不倒时差？"

袁焜说："杂草太多了，看着不顺眼。"

她无奈地说："过几天你就走了，杂草很快又长出来了。"

"以后我尽量多回来几次，帮你干家务活儿。"

"你以为我盼你回来就是让你做家务吗？"

他认真地看了她一眼："珊，我需要你信任我、支持我。我走麦城时你可以做到，为什么现在做不到了呢？"

她幽怨地说："那时我至少能经常看到你……"

袁焜到硅谷芯光公司和岳东见面。公司的生意每况愈下，岳东非常希望袁焜能留下来拯救生意，但袁焜花大本钱把中关村的生意刚刚铺开，不见任何收益，不可能转移精力。袁焜叹了一口气："我以为以前在硅谷那么顺利，回中关村也会顺利呢。"岳东说："创业和种蔬菜差不多，在不同的环境种出的蔬菜不一样，硅谷是一个成熟的暖棚，而中关村的土地还需要耕耘，软硬件条件都跟不上去。"袁焜并没有悔恨："我承认自己超前。但是如果在非战争年代，中国需要超前者做出牺牲，那我就牺牲一次吧。"

短短的两个星期很快过去，袁焜启程回国。

当他抵达北京时，天空正细雨绵绵。他见到前来接机的丁柱，立即问起公司的情况，丁柱却支支吾吾。他再三追问，丁柱吞吐地说出实情。公司的好几个工程师都跳槽走了，雪儿也可能要走，她父母帮她联系到一家外企工作，听说给她两倍的工资。他听了，心里很失落。

车子驶过中关村大街，两人再次看到街边芯光电子公司的巨幅广告牌。丁柱问："我们砸了这么多钱做广告，怎么客户就不上门呢？"袁焜一时无语。他错误估计广告的力量了。他要卖的是软件，不是洗发精，广告牌起不到明显的促销作用。他没把钱花在刀刃上。

到了公司，袁焜发现雪儿的办公室还亮着灯，便走过去。推开门，发现雪儿还在灯下工作，他惊喜地问："你怎么没回家？工作留着明天再做吧。明天你还会来上班，对不对？"

雪儿反问："你要给我放假吗？"

袁焜微笑着摇摇头："不可能。"

雪儿问："这两个星期在美国过得挺好吧。"

"还好。不过，我没想到，林树把我们的照片寄给了她……"

雪儿小心翼翼地问："真对不起，要不要我打电话向你太太解释一下？"

"不要了，"他立即阻止，"那样反倒麻烦。这不是你的错。"

芯光北京公司打不开文档管理软件的销路，芯片的研发没有进展，公司入不敷出。员工纷纷跳槽，剩下的也被袁焜裁掉了大半。

不久，袁焜接到岳东的电话，叫他立即回美国。股市大跌，硅谷芯光的股票贬值，生意难以维持。网络前几年超级火爆，一夜之间却变成了泡沫。袁焜腹背受敌，进退两难。

面对重重危机，雪儿开始斗胆批评袁焜出薪太高，给刚毕业两三年的大学生高达10万元的年薪，在人工上浪费太大。他完全按硅谷的方式操作，这在中关村行不通。

袁焜替自己辩解："没人知道什么方式才行得通，海归在中关村创业还没有形成模式，每个人都在摸索，不管是UT斯达康还是搜狐……"

"不管怎么说，你是做第一个吃螃蟹的人！"雪儿鼓励道，"你不要轻易丧失信心。你凭的是技术，一定会成功的。"

第一个吃螃蟹的人！袁焜想，说起来激动人心，其实做起来心惊胆战，弄不好就前功尽弃。创业有时像赌博，输赢实难预料。他犹豫地说："谢谢你信任我，不过你要是有更好的工作机会就走吧，留在这儿恐怕没什么前途。"

她的语调中有和年纪不符的平静："我已经决定留下来，我怕以后再遇不到像你这样的老板了。"

他深受感动："这……这让我怎么承担得起？你再认真考虑考虑，不要因为一时头脑发热影响了你一生。"

她摸摸自己的脑门，俏皮地说："我脑袋一点儿都不热。"

坏消息总是长着翅膀，飞得迅速。弗兰克很快听到了关于芯光的坏消息，回到家在饭桌上立即向倩蓉描述了芯光的困境。

她立即问："那袁焜打算怎么办？"

"他打算回美国了。"弗兰克感觉出她对袁焜有几分特别的惦念，但不愿说穿。

她表情复杂："也许他想去找风险投资。他太固执、太自负了，所以才会有今天，现在有好戏看了。"

"找风险投资哪儿那么容易！硅谷芯光也自身难保。"他耸耸肩膀，"我们不必替他们发愁了。在生意场上少一个对手就多一分希望。"

"没错，我们喝酒！给我的杯子倒满！"倩蓉说。他给她加满酒，不料她一饮而尽。

吃过晚饭后，倩蓉说要去看一个朋友，出门叫了一辆出租车，直奔芯光公司。在袁焜办公室的门口，她听到了袁焜和雪儿的谈话。

袁焜说："雪儿，我得回美国找找出路。你管财务，最清楚，北京芯光没什么钱了，我原打算从硅谷芯光周转一点儿，但他们是泥菩萨过河，自身难保。"

接着传来雪儿善解人意的声音："那你就回去吧，这里的事儿我来打理。芯光还没有山穷水尽。你这么努力如果都不成功，命运就太不公平了。"

"命运很公平，只是它给过我好运了，现在要把好运拿走考验我……这是我的第六感。"

倩蓉忍不住推门而入，颇带醉意地说："袁焜，你好悠闲啊！公司都快保不住了，你竟然还有雅兴和年轻美女调情！"

袁焜叫道："倩蓉，你太过分了！你有什么权利干涉我的生活？"

倩蓉踉跄着向他走过去："我有什么权利？我当然有……你别忘了，我可是艾珊的表妹！你要是做对不起她的事儿我当然要管！"

"好了，演出结束了！"袁焜讥讽道，"我送你回家。"

"袁总，要不我打个车送她回去？你回家整理东西吧，明天早晨还要赶飞机呢。你路上小心！"雪儿说。

袁焜感激地看着雪儿，此刻他实在无心与倩蓉纠缠。不料倩蓉又醋意大发："哼，多体贴呀！"

雪儿并不理会，拉着她出了门。

在出租车里，倩蓉醉眼蒙眬地说："小姑娘，你知道吗？女人一生最大的痛苦，就是你的生命和一个男人连在一起，又要断开……"

雪儿嘲讽地说："要不要我陪你再喝几杯？"

"送我回家吧，弗兰克一定着急了，他很疼我的。"

雪儿挑了挑眉毛说："有些女人好可怕，喜新不厌旧！"

第二天早晨，微雨蒙蒙，丁柱开车送袁焜去机场。丁柱把袁焜的行李放进车后备厢，正准备坐进驾驶室，袁焜却说："我来开车。"他开车上了雨雾弥漫的公路，却背道而驰来到了中关村大街。鼎好大楼和电子大卖场从车窗外掠过，仿佛无声地诉说着挽留。

丁柱难过地说："袁总，我看你是不想再回来了。你不回来，我怎么办呢？"

袁焜鼓励道："希望就在前面，只要你坚持……"

丁柱说："袁总，这也是我想跟你说的呀！"

袁焜转入一条小街，但小街很快就到了尽头。他立刻转入另一条小街，发现前面正在修路。他停了车，疲惫落寞地闭上双眼，叹息道："为什么通往成功的路，总是在施工中？"

3

月明星稀。初秋夜归人。

袁焜回到硅谷的家中已是深夜。他轻轻走到床边，坐下来，借着月光凝视着熟睡的艾珊。前些天他还收到了丽雨姐的电子邮件，说艾珊惦记他，劝他早点回美国定居。其实他何尝不惦记艾珊呢？但又有些惭愧，他总在最失败的时候最想念她，渴望在她的宁静和安抚中栖息。

她似乎感觉到他的注视，醒了过来。见到他，就紧紧地把他的手贴在自己的心口说："我是在做梦吗？怎么不打电话叫我接你？"

他将她眼前的头发撩开，温存地说："半夜三更的，不想让你辛苦。再说，我想给你一个意外的惊喜。"

"今天嘴怎么这么甜，是不是做错了什么？"

"北京芯光办不下去了，我们的投资恐怕拿不回来了。你不在乎别人嘲笑你，说你老公灰溜溜地逃回来了？"他惭愧地低下了头。

她坐起来，拥住他，安慰道："别人说什么关我什么事？只要你在我身边，我就开心了。有一件事我没告诉过你，我出过一场车祸……"

他用双手扳住她的肩膀，责怪地问："出这么大的事儿，为什么瞒着我？难怪车换了。受伤了没有？"

她摇摇头："没有，不过受到了很大震动。活着多好，对身边的人得好好珍惜。你要答应我，不再离开我好不好？"

他紧紧搂住她："我答应你。我在北京的时候就希望能天天见到你。"

第二天早晨，艾珊一边煮咖啡一边看电视新闻。纽约当地时间早上8时51分，一架飞机撞向世贸中心的其中一座大楼，随即发生爆炸。浓烟从大楼上部冒出。18分钟后，一架小型飞机从相反的方向高速而精准地撞向世贸中心的另一座大楼，大楼随即发生巨大爆炸……她惊恐地叫喊："焜！"立即向楼上奔去，气喘吁吁地跑进卧室，推推正在沉睡的袁焜，"快看电视！"

他含混不清地说："我昨天很晚才睡啊……"

他打开卧室里的电视，里面传出男播音员沉痛的声音："在当地时间近10时，最大的悲剧发生，遭到撞击的纽约世贸中心正在疏散人群时，其中一幢发生剧烈爆炸，从上向下开始迅速坍塌，烟尘冲天，笼罩了整个街区。之后，第二幢大楼也发生倒塌，不计其数的人当即被埋在瓦砾下。整个曼哈顿仿佛都被摧毁……"

电视上反复出现世贸大厦被炸时惨不忍睹的场面：街上到处都是浑身血迹和尘土的人们，他们在弥漫的烟雾中哭喊着逃命。

他惊恐地叫道："怎么会出这样的事？简直像一场噩梦！"他和她紧紧依靠在

一起，惊恐万分地注视着电视屏幕。她全身发冷："太可怕了！像恐怖电影！"

当天晚上，两人没有煮饭的心情，一直坐在沙发上看电视。突然电话铃声大作，两人不由得惊跳起来。她拿起电话："请问你是哪一位……丽雨姐！你大声点，我听不清……你……你住在哪家医院？李大哥安全吗……"她的声音开始颤抖，"我们一定以最快的速度赶到！"她放下电话，脸色变得苍白。他奔过去抓住她的手臂问："怎么回事？"

原来世贸大厦倒塌时，丽雨正在12层的办公室里，受了重伤，住在纽约大学市中心医院，目前还没有丈夫李声的消息。他们同时意识到纽约机场早已关闭，再三商量，决定先飞到波士顿，然后租一辆车去纽约。

第二天傍晚，他们终于进入了纽约，找到了纽约大学市中心医院。他们走进丽雨的病房，看到她全身缠满绷带，挂着吊针躺在病床上，气息奄奄。艾珊坐到丽雨的床前，轻轻地叫了一声她的名字。

丽雨慢慢地睁开眼睛，声音微弱地说："你们终于来了，真怕再也见不到了……"

艾珊阻止道："不要这么说……李大哥在哪儿？"

眼泪从丽雨的眼角滴下来："早晨得到了准确消息，他在出事当天就去了……"

为什么厄运会落到好人身上？袁焜痛楚地想，几天前，李声夫妇还是前程似锦的金融专家、曼哈顿的精英。命运和他们开了一个多么残酷的玩笑。

艾珊流着泪说："小迪呢？"

丽雨说："他在中城小学里。我的时间不多了，昨晚我梦见李声，他说他一个人好冷，那些钢筋水泥压得他全身都疼，浓烟呛得他睁不开眼睛……我要去陪他了……"

艾珊抓住丽雨的手臂："小迪不能没有妈妈呀！"

丽雨停顿了一下，接着说："李声的父母去世得早，我的父母年纪大了，没有精力抚养小迪，我想请你们……收养小迪……"她吃力地指了指床头柜。艾珊从里面找到了律师起草好的领养委托书。

袁焜犹豫着说："我担心我们……"

丽雨断断续续地说，"没有比你们更合适的人了。小迪是艾珊一手带大的……不把小迪安排好，我放心不下啊。"

艾珊握住她的手说："我们今天就去接小迪，我们一定会照顾好他。"

"拜托你们带他离开纽约，越快越好……"丽雨的声音愈来愈微弱，"培养他长大成人，读斯坦福大学，当科学家。我们的遗产全部留给小迪和你们……"

艾珊泣不成声："我们会好好照顾他，不让他受委屈。你们的遗产都给小迪，存作教育资金，除了他的生活费，我们不会动用一分钱。"

丽雨拼着最后一丝力气说："告诉小迪，妈妈永远……永远爱他……"

心脏示波器上的波线突然变成一条直线，医护人员赶忙抢救。一位男医生匆匆走进来，督促袁焜夫妇离开病房。

袁焜拉着艾珊的手来到走廊上，他责备道："你这么快就答应收养小迪，想过我们要承担的重大责任吗？我们要对他的一生负责，你有精神准备吗？"

艾珊含着泪说："小迪是我带大的，我对他有感情。很多事儿无法预料，我们不可能事先做好精神准备，但命运选择了我们，我们能说不吗？"

男医生匆匆从病房中走出，声调沉重地说："你们去和她说再见吧……"

当袁焜夫妇再次走进病房，扑到丽雨的病床前，丽雨已永远闭上了眼睛。艾珊泪流满面地叫道："丽雨姐！"她轻抚着丽雨的头发喃喃地说，"你放心地去陪李大哥吧。不要担心小迪，我们会全心全意地爱他……"

袁焜声音哽咽地说："我们永远都会记住你们……"

4

在纽约中城的一家小学，袁焜夫妇找到了小迪。小迪见到他们立即扑上来："艾珊阿姨！袁叔叔！"艾珊上前搂住小迪，强忍着眼泪。小迪显然受了惊吓，委屈地哭起来："我爸爸、妈妈呢？他们怎么这么多天都不来接我？"

艾珊不得不编了一个善意的谎言："他们病了，医生暂时还不让我们看。你先到我们家住好吗？我们会送你上湾区最好的小学。"

小迪懂事地点了点头。

她和袁焜不约而同地在心里发誓：要像爱自己的孩子一样爱小迪。

回到硅谷后，袁焜直奔芯光公司。岳东和公司的十几位工程师静默地坐在会议室里。袁焜问："出了什么事儿了？"无人回答。房间里静得令人窒息。他只好继续追问，"你们打这么多个电话给我，现在我回来你们又不说话了？"岳东不想隐瞒，"天外来客网"的点击量每天下降，门庭冷落，入不敷出。芯光公司被纳斯达克摘牌了。IT股是兵败如山倒，许多高科技经营者昨天还是富翁，今天就快成乞丐了。

袁焜跌坐在座位上。他没想到股市变化这么快。泡沫，一切都成了泡沫！

工程师们都期望他有起死回生的绝招，七嘴八舌地说："袁总，你得想想办法啊。"

"我们跟了你几年了，你不能眼看着……"

袁焜无奈地接过话头："公司倒闭是不是？世贸大厦都倒了，什么事儿都有可能发生……"

岳东问："有没有可能到中国大陆找风险投资？"

"中国的风险投资机制还没建立，有钱人都投房地产了。"袁焜一直摇头。

散会后，袁焜把岳东叫到办公室，坦诚相见。他点不活芯光的这盘棋。美国经济进入了萧条期，短则三五年，长则七八年，即便他们有一双妙手，也不能回春。目前当务之急是想办法应变。

岳东说："那咱们先裁人。大刀阔斧地裁，降低人工成本。"

"裁人是我最不愿做的事儿，尤其是裁工程师。要知道每位工程师都对芯光公司的事业怀抱希望，尽心尽力。"

岳东不以为然："咱们是办公司，不是开慈善组织，不可能把每个人都背着抱着，那样会把咱们自己先累倒了。"

袁焜终于被说服了。两人商量来商量去，决定先裁老李。老李做的项目早结束了，况且他懂的计算机语言有限，对其他项目不会有帮助。袁焜叹口气说："那你去叫他吧。"

待老李走进来，袁焜语气沉重地传达了公司的决定。老李听了，愤怒地问："为什么先裁我？我的技术不是最差的！"他随即跌坐在沙发上，抱住自己的头，"为什么偏偏在这种时候？我刚把父母接出来，太太马上要生小孩，你让我怎么养活他们？"

　　"公司会发给你两个月的薪水，你尽快找工作吧。凭你的资历，应该没有问题。我会立刻给你写推荐信。"袁焜试图安慰。

　　"IT行业大滑坡，几乎每个公司都在裁人，你让我到哪儿找呢？"老李绝望地说。

　　袁焜惭愧地说："我真希望能把你留下来，可我救不了你，也救不了芯光……"创业，要过关斩将，可对他来说，过人情关，斩自己的爱将，永远是最艰难的。

　　小迪在袁家的最初几天有些新鲜感。艾珊教他学汉语拼音，他觉得大陆的拼音比台湾的注音容易，也表现出了兴趣。可过了一个星期，他就开始闹着要回纽约找爸妈。艾珊说他的父母身体不好，小迪辩驳道，无论怎样他们都该给他打电话。艾珊只好找出另外一个借口，他父母住在医院不能随便打电话。她不敢正视他充满疑问的目光，只好强忍着泪从他的身边走开。

　　小迪的睡眠越来越糟，半夜里哭了起来，像是被烟熏呛了。艾珊被惊醒，慌忙起床跑进小卧室，轻声叫醒他。

　　小迪扑在她怀里说："我怕。我做了个噩梦，学校爆炸了、着火了，我拼命跑，可怎么都跑不动，火烧到我的头发了……"

　　她抱紧他："可怜的孩子，梦都是反的，你在阿姨身边，很安全。"

　　他抽泣着恳求道："艾珊阿姨，你今晚和我一起睡好不好？给我讲个故事吧。"

　　艾珊从小书架上拿起《安徒生童话》，开始讲《勇敢的小锡兵》：从前有一个小男孩，在他过生日那天收到了一份礼物：25个锡做的士兵。其中一个只有一条腿。一条腿的小锡兵看到桌子上单脚站立的漂亮的舞蹈家，立刻来了兴趣，以为舞蹈家是自己的同类，因为她看上去也只有一条腿。舞蹈家很美，小锡兵很丑，可他还是喜欢上了舞蹈家。小男孩把锡兵们放在窗台上，不料一阵风把一条腿的小锡兵吹到了窗外。两个顽皮的孩子捡到小锡兵，就把他放进纸船里去冒险。纸船顺着水沟流进下水道，小锡兵在里面遇到了一只老鼠。后来纸船流进运河，被一条大鱼一口吞了下去。巧的是，这条鱼被小男孩家的女仆买到了，她剖开鱼的肚子，发现了小锡兵，又把他放回到桌子上……小锡兵与美丽的舞蹈家喜泪相逢，深情地相互注视。小锡兵吃了那么多苦，终于回家了。可就在这时，小男孩忽然拿起小锡兵就往火炉里扔。小锡兵依依不舍地望着舞蹈家，感觉自己正在熔化，但他仍紧紧地扛着枪，一动也不动。一阵风吹过，舞蹈家也飞奔而来，在火炉中和小锡兵一起慢慢地熔化……

小迪受了感动："小锡兵和舞蹈家都那么勇敢。"

艾珊合上书说："不要怕噩梦。噩梦都会过去的。"

小迪渐渐入睡，把手不由自主地放到她的胸口。她最初有些尴尬，想挪开他的手，随后却面露微笑，安然地睡着了。

小迪的稳定状态没维持多久。过了几天，艾珊接到小迪老师的电话，匆忙地赶到小迪就读的小学。她走近教室，透过玻璃窗看到小迪一个人坐在角落里，紧皱眉头，眼神哀伤，对周围同学的游戏并无兴趣。她冲他招手，他立即拿起书包跑了出来。

艾珊问："你怎么了？老师说你可能病了，让我早点接你。"

小迪气鼓鼓地说："你才有病！"

"怎么这么跟我说话？"

"你跟我撒谎！同学说我爸妈早不在了！你却骗我说他们在住院！"

看来再也不能隐瞒下去了，艾珊伸手搂住他的肩膀："我怕你受不了。"

小迪哭起来，越哭越凶，直至撕心裂肺："我要去找我爸妈！"说罢挣脱了她的双手跑开了。

她立即去追，一边跑一边喊道："小迪，你等等我！"

她终于在足球场的草坪上追上了他，拉住他的手气喘吁吁地安慰道："你的爸爸妈妈去了天国当天使，照顾其他没有爸妈的小孩，把你留给了我和袁叔叔，因为我们非常爱你。"

"他们为什么不带我一起去天国呢？"

"天国里没有游戏机，他们知道你喜欢玩游戏。在天国里，你也不能上学、踢足球，你永远也长不大……"

"我想长大……"

"是呀，你要读斯坦福，还要娶个美丽的舞蹈家呢。"她把他紧紧地搂在怀里。

5

像硅谷许多同时起步的高科技公司一样，芯光倒闭了。

岳东拉着袁煜到一家酒吧去喝酒散心。在舞台上，一位黑人艺术家闭着眼睛入情地吹着萨克斯管，曲调忧伤，充满怀旧情绪。岳东叹口气说："说倒闭就倒闭了，像做梦一样。当初要是死心塌地当个高级打工仔，今天的日子就好过多了。"

"不要说当初吧，药店从来不卖后悔药。"

"我对经商厌烦了，想先休息一段时间，和我太太去巴黎度假。"

袁煜笑着说："还挺浪漫的。"

岳东苦笑一声。其实他们度假的原因是婚姻出现危机。前一段时间夫妻俩都太忙，忙到最后，是一场空。他这几年搞网站，像开一场通宵狂欢的晚会。早晨醒过来，看到的只有杯盘狼藉。最近他和太太一起去看专门面向配偶的心理医生，医生建议他们出国度假，沟通感情。

袁煜开玩笑地说："没想到公司倒闭了，你倒成了哲学家。"

"你呢，有什么打算？"

"还没完全想好。"袁煜并不隐瞒自己的惶惑。

岳东冲酒保招招手："再来两杯马提尼。"

"咱们是一醉解千愁啊！"

袁煜的情绪跌入了低谷，常常整夜失眠。有一天夜里艾珊醒来，发现他不在身边，就爬起来，在花园里找到了他。他坐在长椅上发呆。

袁煜充满歉意地说："我们付不起贷款，得卖房子了。你会怨我吗？"

"爱上你的时候你什么都没有，我要的是你这个人。"

"你要的是一个有前途的人，我现在没有事业了，哪儿还有前途呢？"

"这都是暂时的。你可以找一份工作安安稳稳地活着，有什么不好？"

"有的人，天生是不想安稳的。"

艾珊站起身说："好啦，早点回屋睡吧。明天我们就去找公寓。"

"你自己去行吗？我没心情。"

"现在和以前不一样了，我们有了小迪。别愁眉苦脸的，会影响到孩子。"

通常房地产代理人带客户看房子，都会让房主回避，但他没和艾珊把时间协调好。他和一对美国夫妇出现时，袁焜一家三口都在家里。房地产代理人介绍说："这是附近设计最高雅的一幢房子。"其中的那位太太由衷地赞叹："真漂亮！"她指着墙上的画问袁焜，"这幅名画一起卖吗？"袁焜无奈地点了点头。房地产代理人随后带他们上楼参观。

小迪拉了拉袁焜问："我们为什么要卖房？"

袁焜艰难地解释："公司倒闭了，付不起贷款了。不卖，银行也要把房子收走的。我们买了一个小公寓。"

"我不要！我从来没住过公寓！"小迪气愤地向楼上跑去，"我不许别人进我的卧室！你们不可以这样对我！还说爱我，哼！"

袁焜叫道："小迪，你站住！"小迪站在楼梯上，背对着他倔强地不肯转过头。

"小迪，我们将来还会住大房子的。相信我们！"袁焜许诺道。

袁焜一家拍卖了大部分家具，只留下生活必需品，搬进了一套两居室的公寓。公寓的空间狭小，三个人每天面面相对，磕磕碰碰，连呼吸都比从前局促，而小迪变得抑郁寡言。

倩蓉闻风而动，从北京打电话给艾珊，说SVT的研发部经理找过袁焜，想请他回去工作。艾珊回到家后立即问袁焜的想法，没料到他竟然说："我拒绝了。"

艾珊惊讶地问："为什么？"

"曾经沧海难为水呀。当过了老板，怎么还会再去打工？"

"但我们得生活呀。三口之家，不能单靠我的收入。如果生活水平降低太多，小迪会受不了的。搬到这儿以后，他很不开心。"

"他慢慢会习惯的。"袁焜说，"我现在要好好想想，到底是在美国工作还是回中关村继续创业。"

艾珊听了，气不打一处来，他简直是着魔了，几十万美元投到中关村都打了水漂儿，现在还念念不忘！他真是赌性不改，太迷恋冒险！他以为他一回去，市场就向他敞开怀抱吗？真太理想化了！

袁焜承认自己过去没经验，如果从头再来，会做得好。他认真调查过，中国急需技术，市场大、劳动力便宜，其实风险很低。中关村给留学生搭了个平台，谁先抢到有利位置，谁就占尽天时地利人和。他语调殷切地说："珊，再给我一次机会，你总是理解我的。"

第九章　二度海归

1

"9·11事件"后，袁焜赋闲在家，艾珊的研究工作也触礁。

卡特来到艾珊的办公室，带来一个不愉快的消息：国际教育研讨会组委会取消了他们朗读论文的资格。他们的论文讨论移民子女的教育问题。在"9·11"之后，移民成了敏感的话题。在艾珊看来，正因为敏感，就更值得讨论，但组委会的人并不这么想，她大失所望。两人早做好了参会的一切准备

卡特也十分气愤："美国是一个平等的移民国家，可是一夜之间，大家似乎对移民失去了信任。"

艾珊摇摇头说："平等，只是给有权利享受平等的人设计的。"

艾珊在回家的路上遇到高速公路堵车，她的思绪开始翻转。她从自己的事业瓶颈联想到了移民境遇。在美国只有少数的移民学生有机会接受母语教育，更多的学生被安置在英语为第二语言（ESL）的课堂里。移民教育的经费逐年减少，因遭遇语言困难而退学的学生越来越多。"9·11事件"后，处处提防移民的气氛令人压抑。不是所有的移民都是恐怖分子！她很想有一个机会向众人宣告。她置身于缓缓移动的车流中，有些不耐烦地转换电台，竟意外地接收到了一个中文台。一首熟悉的中文歌曲《我的中国心》顿时使她泪光莹莹："河山只在我梦萦，祖国已多年未亲近。可是不管怎样也改变不了，我的中国心……"

家里来了一位客人：宋海燕总经理。她到硅谷为中关村物色人才。艾珊热情地与宋总握手："这次来多待几天吧，到附近玩一玩，给自己放几天假。"宋总笑笑

说："我后天就要回国了。还有很多工作等着我呢。"

宋总带来了一个好消息：袁焜几个月前申请的500万元人民币产业配套发展资金基本落实了。她鼓励他从头再来，把手头的专利变成产品，还说："整个世界经济处于萧条阶段，但中关村'风景这边独好'。你现在回国，抓住最佳机遇。时势造英雄，识时务者为俊杰。"

艾珊忍不住说出心中的忧虑："像我们这样在国外生活稳定的人要回国创业，真需要勇气。国内还有很多腐败和贫富差距现象，生活没有下限，弄不好会掉进社会的最底层……"

袁焜有些激动地反驳："在美国生活，有下限，可也有上限；在国内，没有下限，也没有上限。"

第二天宋总代表中关村留学生创业园在加州伯克利大学讲演，吸引了300多位中国留学生。她的声调真挚，又充满激情："我理解你们对祖国的思念，也理解你们对祖国变化的忧虑。去和留，每一次选择，都是一次放弃。只要是为了理想，事后回头看看，你会觉得你的放弃是值得的。中国藏着那么多的'可能性'，有那么多科技空白可以填补，那么多财富可以创造，还有那么多人才可以培养——未来，还坐在红盖头里面，激发着我们的想象力！"留学生们对她的讲话报以热烈的掌声。

讲演结束后，宋总和艾珊在校园里散步，问起艾珊的工作情况。艾珊忍不住倾吐苦衷。讲教育学的课，每句话都要精彩，不然学生就不服气。英语到底不是母语，所以要花很多时间准备每一节课。有时候她精心准备的笑话，学生根本不笑；有时候随便说句话，学生们却哄堂大笑，搞得她莫名其妙，尴尬万分。以前她在北大读书时得过演讲比赛第一名，用中文讲课多流畅、多深刻，但现在却很少有这样的效果。

"每一个人都需要一个属于自己的舞台。"宋总最后意味深长地说。

宋总走后，艾珊反复考虑袁焜的去留问题。几天后，她临睡前在卧室里，藏不住满腹心事，对袁焜："这几天想了很多，从认识你的第一天开始，一直想到现在。"

"最后得出了什么结论？后悔和我结婚了吗？"

"没有。但我想开了，你要想回国就回去吧。我不想把你强留在这儿，看着你痛苦……对于男人，幸福意味着成就感，可在美国你很难再找到成就感了。"

"那你和小迪呢？你一个人带个孩子太辛苦了。"袁焜左右两难。

艾珊计划带小迪留在硅谷。小迪从失去爸妈的伤痛中慢慢解脱，刚开始习惯学校的生活，她不想给他的生活带来巨大变动。她养得起小迪，也照顾得了，叫袁焜不必操心。她躺进被子里，用被角盖住了自己的脸。他轻轻拍拍她的肩头，可她纹丝不动。他动了感情："你可不要哭呀。你一哭，我哪儿都不去了。"

艾珊在被子里委屈地说："我就是哭出一条河来，也挡不住你呀。"

袁焜一旦做出二度海归的决定，硅谷的世界就变得局促、陌生。他归心似箭，很快做好了一切准备。临走的前一天，他来到小迪的学校，坐在球场里看小迪和他的同学们踢足球。

突然，小迪被一个高大的美国同学撞倒了，他立刻站起来紧张地看着小迪。四周的男孩们开始起哄："站起来！站起来！"有个美国同学讥笑地问小迪："你爬不起来了吧？"

袁焜远远地看着小迪自言自语："小迪，你是勇敢的孩子！"

小迪看到他，似乎受了鼓励，他挣扎着慢慢地爬了起来，小脸上沾满了泥土，却露出骄傲的微笑。

袁焜高举起双手，为他鼓掌。

比赛结束后，袁焜和小迪坐到车里。小迪问："今天怎么你来接我？"

袁焜说："我想带你去游乐场。以后没多少机会陪你了，明天我要回北京办公司去。"

"在这里你也可以办呀。"

"小迪，你刚才摔倒了，是不是要爬起来呢？"

"当然了，我不想让同学小看我。"

"我也一样啊。在哪儿摔倒就在哪儿爬起来。"

小迪沉默了一会儿很庄重地说："你走了，家里就剩下我一个男人了。"

袁焜笑起来，摸摸他的脑袋说："要听艾珊阿姨的话呀。还有，好好读书！"说罢，启动了汽车。

小迪举起手臂欢呼："我们去游乐场喽！"

2

袁焜抵达北京后，直奔父亲袁清哲老师的家。

当晚，父亲做了几个菜，和他吃团圆饭。在饭桌上，他讲了收养小迪的经过，随后拿出一张小迪的照片递给父亲。父亲看了看，眯起眼笑了："好，蛮精神的！你怎么不带他回来见见面呢？你和艾珊做的是大善事，我支持你们。"他又从背包里拿出一大瓶药，说："这是艾珊给您买的，专治老年骨质疏松。"

"亏她想得这么周到。不过，她总不回来，我还是要怪她。"父亲说。

"等我在北京稳定了再叫他们回来吧。不然，我的压力也太大。"

"你们总两地分居，家就不像个家了。"父亲伸出手指点点他的脑门，"来，喝点豆汁儿，新鲜的，我特地到小吃街给你买的，顺便告诉邻居你回来了。"

袁焜说："大冷天，您还是少出门吧。对了，我又不是衣锦还乡，不要到处宣传。"

父亲瞪了他一眼，说："受点儿小挫折有什么大不了的，你还不见人了？谁还没有走麦城的时候？李嘉诚年轻时还卖过雨伞呢。咱从头再来！"

第二天，袁焜来到芯光公司，意外地看到雪儿正在打扫卫生。他从硅谷出发来前给公司打过电话，但没人接，还以为雪儿也跳槽了。雪儿看到他，眼圈就红了。只有她和丁柱还坚守在公司里，大家都说他不会再回来了。

他一脸惭愧："这段时间出了很多事，忙得焦头烂额，连工资都没顾上给你，这次一起补给你。"

"我手里有一点储蓄，日子还过得下去。补不补工资并不重要，只要你回来就好了。"雪儿真诚地说。

他走进自己的办公室，随手打开了电视。雪儿拿来一个账本，递给他："这是公司的账目，你看一下。在我手上，每一分钱都要花得合理。"她把每一笔账都记得清清楚楚。硅谷芯光已经破产，他再不可以像以前那样大手大脚地花钱，要精打细算。雪儿神情严肃地提了几条建议：第一，缩小办公室，目前不需要租一层楼面；第二，要雇用真正有水平、有奉献精神的工程师，起薪不可以太高，按成果发奖金；第三，公司不要在做广告、摆排场上浪费钱。他都一一接受了。

这时，屏幕上出现了SVT北京公司的大楼和弗兰克接受记者采访的镜头。女播音员宣布美国SVT公司今日推出新一代安全电脑的标准配件——SVT锁密码版。SVT锁可以提供文件保护、登录保护、文件粉碎、设备保护等功能，还能限制访问色情网站、验证文件、限制电脑使用和打游戏的时间等。

"天哪，这和我们的芯光锁太相似了！"雪儿惊叫道。

SVT到底抢先了一步！袁焜原计划先把芯光锁密码版推向市场，扭亏为盈，现在看起来很难了。SVT财大气粗，肯在开发市场上砸钱，和它竞争可不容易。他"啪"的一声关掉了电视，一脸忧虑地说："刚一回来，挑战者就登台亮相了。"

<h2 style="text-align:center">3</h2>

市场竞争如此残酷，SVT在产品开发上抢先一步。

袁焜让雪儿取消预约的面试。招人，做什么产品呢？这是一个重大的问题。

可雪儿持反对意见："我认为你不应该被SVT吓住，应该接着做芯光锁，争取变被动为主动，推出更新版本。"

"开发更新版要大笔资金，我哪儿有这个经济实力？"

"船到桥头自然直。"

"你总这么乐观，到底是新一代，对深渊和陷阱视而不见。"

雪儿有些调皮地说："所以呀，像你这样的老一代，少了一点儿新一代的勇气。道高一尺，魔高一丈，SVT有长枪，你就没有撒手锏吗？"

"你在用激将法吗？"他反问。其实被雪儿说服了。有人的地方就有竞争。人在商场，有路可退吗？既然别无选择，就要重整旗鼓。

他希望能聘到几位科研带头人来承担软件的总体设计。面试的第一位应征者是孟先生。孟先生曾在一家高科技企业工作，40出头年纪，身穿式样落伍的黑西装，表情却有几分倨傲。

袁焜问他："你技术这么出色，还有比较丰富的管理经验，为什么到我这个小公司来应聘？"

孟先生说："宁为鸡头，不为凤尾嘛。"

"你在薪水方面有什么要求？"

"年薪50万。如果你聘用我，我可以把原来公司的一项发明带过来，是我在工作之余做的，老板不知道……"

"对不起，我不能聘用你。"袁焜皱起眉头，"诚信比才能更重要。现代企业选拔人才永远把诚信摆在第一位。不管是微软，还是IBM。"

孟先生立即变了脸色，站起身说："不用算了，我找其他公司。"

袁焜送孟先生到公司门口，却被一个打扮得花枝招展的红发女孩拦住了。红发女孩问："你是这里的老板吗？"他点点头。她立即毛遂自荐："我来应聘推销员。我天生喝酒海量，是京城出色的推销员，而且最善于陪老板们聊天……"

袁焜哭笑不得："喝酒海量就能当推销员吗？那酒鬼可以当营销部经理了。"

她立即反驳道："中国文化是吃的文化，不喝酒怎么能办成事儿？没有我攻不下的山头。人人都爱美酒、美女，何况我身材这么棒。"说罢她摆了个夸张的S形。

袁焜无奈地摇摇头："你找错门了。不过，谢谢你给我上了一课。"

前来应聘的人不理想，但袁焜执意不肯迁就，耐下心来在人海中淘取真金。市场竞争，归根结底是人才的竞争。他赶到中关村人才交流中心的招聘现场，又面试了一群应征者，都不尽如人意。他失望地回到公司，却意外地遇到了刚从加拿大回来的薛景宁博士。

薛景宁中等身材，戴一副黑框眼镜，镜片后的一双眼睛透出真诚，还有几分难言的失意。他曾主攻电子工程，读博士时参与过芯片研发，毕业后在加拿大著名的"北方电讯"工作过五年。几年前，北方电讯一次裁员5000多人，他没能幸免。他本以为手里有些高科技股票，抛出一些可以维持一段日子，谁料到这些股票单股市值曾超过100加元，很快竟跌到2加元。很多博士、硕士留在加拿大送比萨、开杂货店、卖保险，可他不肯屈就。无所事事，天天被老婆数落。中关村驻多伦多联络处介绍他到创业园来，他一狠心、一跺脚，就把老婆、女儿留在了多伦多，当了海归。

薛景宁一到中关村创业园，就被宋总推荐来见袁焜。他坦诚地告诉袁焜，他梦想专业对口的工作，不然这些年的努力都白费了。只有搞科研开发，他才有精神头。学有所用是一个人最大的幸福。他愤愤不平地说："我和几个IT公司的老板都谈过研发芯片的想法，他们嘲笑我做白日梦，还说中国在芯片上比美国落后几十年，怎么可能一步跳三个台阶？如果我们连梦想的勇气都没有，中国就会永远落后。"

"要做梦，还要有理性的分析。美国是CPU芯片大国，韩国的存储芯片在世界领先，可中国还是一片空白，这是事实。中国人不能跟在这些国家后面跑，也不可能硬碰硬地竞争，但在芯片市场上有一个重要突破口，就是数字多媒体。数码相机、手机图像、高清晰度电视、电脑网络视频音频……全都离不开数字多媒体技术。"袁焜冷静地分析市场现状。

薛景宁兴奋地叫道："没错儿！在数字多媒体领域'群雄混战'，我们有机会杀出一条生路来！"

"我们必须告别'中国制造'的时代，进入'中国创造'的时代！再说，从市场前景看，中国的个人电子消费大于美国。"袁焜的眼中闪动着兴奋的光亮。他热情地邀请道："到芯光来工作吧，我们一起开发中国人自己的芯片！"

4

有了人才，还要有资金，公司才能重新启动。

袁焜受宋总之邀出席中关村留学人员创业园的会议，希望申请到国家的扶持资金。他西装革履地走进会议室，注意到墙上挂着两条横幅："鼓励创业、容忍失败"，"尊重人才、尊重知识"。这两句话激励了他。是的，他失败过，但他仍是有志向有追求的人才，相信会得到尊重。会场里坐满了海归，人人满怀期望和壮志。中国每年送出去成千上万的留学生，他们就像珍珠一样，藏在贝壳里，消失在国外的茫茫人海中，现在创业园把他们吸引了回来，使他们有机会晶莹闪光。

在宋总的陪同下，北京市归国创业人员办公室主任冯振邦走进会议室。冯主任50出头年纪，比袁焜想象的年轻。干部年轻化，自然是一个国家走向生机勃勃的象征。

宋总向冯主任一一介绍着海归们。轮到袁焜时，宋总说："这就是袁焜，他是二度海归了。"

袁焜有些腼腆地笑笑："这一次要在北京扎根了。"

冯主任问："听说你拒绝参与建立国家芯片研究中心？"袁焜说出自己的想

法。中国从60年代开始做芯片，一直采用国家实验室和院所体制，至今这芯片千呼万唤不出来。必须得改改体制了。他最近一直在考虑"芯光"的创业模式，要找一条新路，建立一个新体制。用硅谷的机制，国家少投入，从金融市场融得更多资金；激励员工，给他们期权。在硅谷，这种方法每天都有企业在使用，是被无数成功事例验证过的。只有种下新体制的树，才能结出自主创新的果实。

冯主任说："有道理！宋总把你的项目详细向我介绍过。研发芯片，是个能给中国争光、让老百姓受益的好项目！再过几天，你申请的500万产业配套资金就到芯光的账上了。你现在有钱了，继续努力！"

袁焜激动地点头："我一定加倍努力！"

冯振邦笑着拍拍他的肩膀："另外，以后见我不用穿得这么正式，像个新姑爷似的，傻傻的。"

众人哄笑起来。宋总附和道："冯主任说得对，入乡随俗，免得你每天洗白衬衣，浪费国家能源。"袁焜不好意思地笑了。

500万元资金到位后，袁焜决定带着雪儿、薛景宁、丁柱一行人去爬长城，以激励斗志。他们个个身穿印有"芯光"字样的团队队服来到长城脚下。袁焜向路上不停地张望，雪儿问："袁总，你等人吗？"袁焜点点头，随即露出微笑："你看，他来了！"

小宋出现在众人面前。袁焜介绍道："这位是电脑天才小宋，我在新中国成立50周年庆典晚会上认识他的。他从硅谷'太阳计算机系统'跳槽到我们公司。"

小宋开玩笑道："你们老板对我'一见钟情'，一直顽强'追求'我，整天在MSN上动员我海归，我老婆还以为我有外遇了呢。我昨天刚下飞机，今天就赶过来啦。"

袁焜露出得意的笑容："追求人才，就像追求爱人一样，要锲而不舍。"

小宋佯装严肃："袁总，我老婆要我带话给你，说你要不把芯片鼓捣出来，她就和你没完！"

袁焜看了一眼众人："我要靠你们哪！单枪匹马，我怎么可能挑战美国、日本那些高科技公司？"

薛景宁立即赞同："袁总说得对，我们必须团结一致。"

　　袁焜从背包里拿出一件队服，递给小宋："把这个穿上。"小宋当众脱下衬衣，套上了队服。雪儿扑哧一笑："小宋，你真是从美国回来的吗？你的衬衣领子都是破的。"

　　小宋不介意地摆摆手："你不要看我的衣服领，要看我的电脑本领！"众人忍不住笑起来。

　　小宋仰脸看看长城顶端，有点畏惧。他问："真的一步步爬上去吗？我们坐缆车吧？"雪儿开玩笑地说："你要是有翅膀，可以飞上去呀。"

　　众人笑起来，开始爬长城。半小时后，雪儿慢慢地落在了队伍后面。袁焜转过身，冲着雪儿喊："加油啊！"小宋气喘吁吁地问："要不要我借你一对儿翅膀？"雪儿脸涨得通红，坐到了地上，上气不接下气："我爬不动了，你们不要等我了，我真的一点儿力气都没有了。"袁焜走过来说："你坐在这儿，可看不到好风景啊！"他伸出手来，催促道，"快点儿，不然，我俩全落在后面了。"雪儿看看他，犹豫了一下，脸涨得更红。雪儿终于拉住他的手站起身，随着他继续攀登，忍不住幸福地轻轻叫了一声"袁总"。他回过头看看她，突然有些不自然，放开了她的手。

　　一行人终于登上好汉坡。大家满头大汗，气喘吁吁，情不自禁地相互击掌。袁焜兴奋地叫道："这就是好汉坡了！不到长城非好汉！"雪儿开心地原地旋转："那我们都是好汉啊！我们登上了长城！"

　　众人登上高处放眼望去，城墙绵延万里，气势磅礴。他们挥手呼喊："啊，长城，我们来了……"空中传来悠扬的回声："啊，长城，我们来了……"

　　袁焜在心里默默地说："长城，我终于回到了你的身旁。"

　　"我不能想象几千年前的人是怎么把它建起来的，"薛景宁感叹道，"站在这儿的感觉，太酷了！"

　　丁柱从背包里拿出相机："来，我给你们拍张合影！"四个人伸出手指做V字状，以代表"Victory（胜利）"，丁柱按下了快门。

　　袁焜充满激情地说："今天在这儿，我们确定芯光团队的目标，那就是建一条芯片长城，让千家万户都用上Invented in China（中国创造）的芯片……"

5

对薛景宁来说，研发工作像黑白电影，主题可以深刻，画面却不免沉闷，但当他在公司的休息室见到市场部新来的经理梁冰，画面就变幻出彩色。那天他正在煮咖啡，穿着时髦的梁冰走进来，说了一声："薛博士早！"

"你怎么知道我姓薛？"他有点受宠若惊。

她嗲嗲地说："研发部的高手，前程似锦，谁不知道呢？"

"比不上梁经理，年轻有为。"

她仰起脸，有几分撒娇地问："你怎么知道我姓梁？"

"市场部新来了个漂亮经理，这样的新闻传得当然快。"

两人各自倒了一杯咖啡。她喝了一口，恭维道："到底是留过洋的，咖啡煮得这么地道！"

他趁机奉承："世上的美酒、咖啡，都是为了配美女的。"

她莞尔一笑："看来，你还真学了点西方浪漫。"

"像我这样的人，西方浪漫学不来，东方浪漫又忘得精光。"

"东方浪漫是在你骨子里的，怎么能忘呢？你大概需要别人帮你温习温习。"她的语调中有明显的挑逗意味了。

不管是东方的还是西方的浪漫，都抵不过现实中的重重困难。薛景宁陶醉于梁冰的恭维，但仍惦记留在多伦多的妻女。他太太打电话来说，女儿又住院了，急着用钱。他一脸愁容地找到袁焜，想从公司借5万块钱。

袁焜为难地说："芯光的盈利不多，资金上也有困难。不过，我手里还有一点积蓄，先取出来给你应急。"

薛景宁感激地说："太谢谢你了。说起来对不起老婆孩子。这几年我在国内国外跑来跑去，也没给家里存下钱。我算什么男子汉？"

袁焜安慰道："现在稳定下来就好了，以后你可以补偿她们嘛。"

薛景宁的女儿得的是先天性心脏病。加拿大医疗全民免费，住院不用发愁，但药费仍是很贵。女儿一住院，太太不能天天去打工，就解决不了生活费问题。太太因为女儿才不肯回国，担心回国付不起医疗费。现在人在国内，得一场大病，就可能倾家荡产。

归也好，留也罢，不管人在何处创业，永远意味着精神与身体双重的艰苦付出。袁焜和薛景宁、小宋一起搞研发，经常熬夜。熬得累了，就裹着睡袋在研发部的地板上过夜。

有一天清晨，达川走进了研发部，看到地上凌乱地放着几个睡袋，不无感慨地想，科维的员工懒懒散散，再没有熬夜搞研发的冲劲了，无怪乎公司的市场份额越来越小。他对袁焜说："看来，你专招拼命三郎。物以类聚，人以群分。"

他最近烦心的事儿一件接一件，希望袁焜给自己出出主意。"9·11事件"后，科维的销售大滑坡，盈利越来越少。科维没有自己的产品，多年来代理外国公司的产品，面临市场危机，弄不好就会在竞争中被踢出局。在袁焜看来，危机一词有两层意思，危险和机会。只要科维趁机反省，及时调整发展方向，把危险转化为机会，仍可立于不败之地。达川应该征询科维集团董事会的意见，集思广益。没有谁比董事们更了解科维的历史和现状，也更有能力预测未来。

达川迫切地说："我今天回去就开个紧急董事会，听听他们的意见。"

"不过心不要太急，科维办了二十几年，不是一天两天就能改变的。"

达川长叹一声："做生意像上贼船，你要吃苦受累，顶得住大风大浪，还要小心翼翼，生怕在阴沟里翻船。"

袁焜微笑着拍拍他的肩膀说："如果你不上贼船，哪儿有做船长的快乐呢？"

第十章　商场风云变幻

1

袁焜开发芯片的消息很快传到了刘倩蓉的耳朵里。她思忖再三，决定找袁焜谈谈，劝他不要和SVT竞争，以卵击石。她在芯光公司的接待室见到的却是梁冰。原来袁焜和雪儿去市里开会了。她做了自我介绍，梁冰立即道："久闻大名！袁总的初恋情人、SVT北京公司CEO的夫人，全公司的人都知道。"

"你们不专心研发芯片，整天研究别人的情史？"倩蓉半开玩笑半认真。

"好奇呀。不过你比传说的还漂亮，又洋气！人活着就得像你这样，活得尽兴，要什么有什么，美貌、金钱、地位……"梁冰的语气充满艳羡。

"难怪你能当销售经理，很会恭维人嘛。你的相貌也是本钱啊，你大概还没学会利用……"

"以后还要请教你，"梁冰说，"有空能赏光和我一起喝咖啡吗？"倩蓉点点头，和她交换了名片。梁冰看到名片上写着"Cherry Grey"的字样立刻嗲嗲地说："谢谢格雷夫人！"

倩蓉淡淡地回了一句："叫我Cherry好了。"

几个星期后，袁焜找梁冰谈话，对她在产品营销方面的业绩表示失望。个人收入直接和业绩挂钩，她在芯光工作了半年，几乎没有任何业绩。他决定从当月起把她的工资降低30%。她听了，气不打一处来，立即和他争论起来，说："芯光锁密码版没有强大的市场号召力，和美国老牌公司SVT竞争如蚍蜉撼大树，我有什么办法？再说我一直在努力，没有功劳也有苦劳吧？"

袁焜并不赞成她的说法："根据专家鉴定，芯光锁的质量丝毫不亚于SVT锁，问题在于芯光没有制定出有效的销售策略。如果你敬业、有魄力，在半年时间里完全可以表现出来。公司正在起步中，暂时还没有精力培养人才，需要独当一面的干将。考虑到你有潜力，就再给你一个机会。"

梁冰反问道："这么说我该感谢你？"

袁焜努力保持温和的口气说："我希望你对自己的前途负责。"

梁冰离开袁焜的办公室后，一直愤愤不平。没有芯光公司，她就没有前途了吗？难道要在一棵树上吊死？她听说SVT正在招聘销售部经理，就动了跳槽的念头。她打电话约倩蓉到新颜美容院见面。

一见到倩蓉，她开门见山说起应聘的事儿。

倩蓉好奇地问："你怎么不想在芯光做了？"

梁冰说："芯光底子太薄，摇摇欲坠……我努力了很多年，好不容易才在北京站稳脚跟，不能自毁前程。SVT是百年公司，财大气粗，拥有国际信誉，我相信在SVT工作稳妥、荣耀，收入也会更丰厚。"她拿出自己的简历递给倩蓉，"麻烦让你老公看看，帮我求个情。他要是雇我，我一定会为SVT卖命的。"

倩蓉浏览了简历上的内容说："我今天晚上就向他推荐你。"

梁冰高兴得几乎跳起来："太谢谢你了！我们进去做面膜吧，我买单！"

2

中关村作为"中国的硅谷"，渐渐引起北美高科技公司的关注。这些公司的高级管理人员开始到中关村参观、考察，"顶尖"软件公司的CEO戴思先生就是其中的一位。

在宋总的引领下，戴思来到了芯光电子公司的研发部。袁焜介绍芯光锁，接着做产品演示。他把USB专用钥匙插入笔记本电脑，以流利的英语解释，芯光锁不但可以锁硬件、锁文件，还可以锁网站，这样孩子们就不会受到色情、暴力网站的不良影响。考虑到USB可能被窃，就在IT中融入生物新元素，研发出指纹版。指纹版采用半导体指纹传感技术，三维成像、活体采集，体积小、性能好，而且不要求用户费力地去记密码。这引起了戴思的浓厚兴趣。袁焜让他在鼠标上印下指纹，随后开始操作，电脑马上就接受了他的指纹，当袁焜再使用同一个鼠标时，就无法登入电脑了。鼠标只记住一个人的指纹，所以不怕被盗。

戴思对芯光锁的市场似乎有些疑虑，听说中国老百姓并不重视电脑安全。袁焜不以为然，只要有电脑的地方，就有芯光锁的市场。针对不同的用户，芯光设计了不同版本、标准版、家庭版、专业版等。

"我很好奇，你怎么想起开发网络安全产品？"戴思问，"我记得硅谷有一句很流行的话，'要做止痛片，不要做维他命'，网络安全产品就是止痛片。"

袁焜幽默地答道："当然，芯光锁只是在药房里能买到的'止痛片'，我们以后还要发明更强力的特效药！"

戴思感慨万端地说："焜，我在你身上看到了自己二十年前创办'顶尖'时的影子。我现在的第一个念头是聘你做雇员，退一步，我也得和你合作。我最不愿看到的就是你成为我的竞争对手。"

送走戴思后，很快又有一位贵客访问芯光公司：袁焜在斯坦福读书时的导师罗伯特。袁焜还特地请来了曹老。三人相见甚欢，热情地张开双臂彼此拥抱。罗伯特说："曹博士，我们终于在中国见面了！梦想成真！"

曹老说："罗伯特，我真高兴有机会尽地主之谊。"

罗伯特这次来北京开会，又考察了中关村，十分兴奋。中国和他想象的太不一样了，和美国媒体描述的更是大相径庭。在交谈中，袁焜毫不掩饰自己对芯光事业的热情，也表现出足够的理智。芯光面临重重困难，而最大的困难是资金短缺，因此无法大批量生产芯光锁指纹版，在芯片研发方面也是寸步难行。研发芯片极具挑战性，耗资巨大，他需要多方支持，尤其是风险投资。正巧罗伯特好友的女儿安吉拉这个星期正在北京考察。安吉拉在纽约康恩风险投资公司做项目经理。罗伯特当晚约安吉拉在友谊宾馆见面，带袁焜一起去，和她谈谈融资的可能性。

友谊宾馆的啤酒屋环境幽雅，一派中式庭院风格，草坪松树辉映，假山奇石林立，喷泉吐放梦幻般的水花。在等安吉拉的时候，罗伯特和袁焜说起安吉拉的往事。他是看着安吉拉长大的。她上中学时是个"骄傲的公主"，读书并不勤奋，但喜欢运动，还参加了啦啦队。因为训练经常迟到，差一点被开除。她在罗伯特面前哭鼻子，罗伯特找学校说情她才被留下。没想到她后来进入了金融界，变得成熟敬业，把工作做得有声有色。

不一会儿，一位高挑丰满、金发碧眼的美国女人向他们走来。她伸出双手拥抱罗伯特。老友在"龙的国度"相逢，自然有别样的欣喜。她随后和袁焜握手，自我介绍名叫安吉拉。袁焜不失分寸地说："罗伯特一直都在夸你。我一见到你，就觉得你是朋友了。"

安吉拉嚷起来："天哪！中国男人的嘴也可以这么甜！看来我在北京又长了见识。"她坐下来，"直说吧，要我帮你做什么？"

以前没发现美国女人这么直爽！袁焜想，要是能通过安吉拉得到康恩的投资，芯光的产品就前途无限了。他说："硅谷人把风险投资商叫作'风投天使'，安吉拉，你的名字又是天使的意思。当我的天使吧！"

安吉拉仰脸笑起来："你这么真诚，还真让我很难说'不'呢。不过在我决定立项之前你必须论证产品价值。"

袁焜点头说："在我论证产品价值之前还是先点一瓶啤酒给你，不然我就太不近人情了。Heineken还是青岛？"

安吉拉爽朗地说："一样一瓶。"

袁焜索性给每个人一样点了一瓶。三人一直聊到午夜，详细讨论融资计划。

袁焜带领研发人员卧薪尝胆，在芯光锁密码版的基础上更进一步，不声不响地研发出了"指纹版"。他把雪儿叫到办公室，拿出亲自设计的产品介绍书给她看。雪儿赞不绝口，让他颇为得意。女人的赞赏，永远是男人的动力。

这时薛景宁手里挥舞着一张销售许可证冲进来，兴奋万分地宣布芯光锁指纹版通过了国家检测，可以推向市场啦。他激动地走来走去，催袁焜快做宣传。

袁焜叫道："太好了，这下有盼头了！宣传当然要做，但要做得聪明。"其实他心中早有筹划。这次不能像以前那样砸大钱做广告，而要巧妙地做软广告，争取把芯光锁指纹版列入中关村留学人员创业园的"三三会"项目。创业园在每个月第三周的星期三，推出三个精品项目，项目人都是归国留学生。这些人大多从世界一流大学毕业，在500强企业工作过，是专利拥有者。他们的项目一旦在"三三会"上被推出，立即就会引起企业界、媒体的关注，甚至当场获得订单。

"那你马上和宋总联络吧。"薛景宁说。

"看把你急的，我也要先准备好文字资料呀。"袁焜说。

"以前在医院等我太太生小孩也没这么急。"薛景宁幽了自己一默。

袁焜笑起来："指纹版市场前景好，这次芯光生出了一个漂亮孩子。"

雪儿自告奋勇去找宋总，但袁焜派她联系印刷厂。他会尽快完成产品介绍，要求雪儿三天之内把它印出来。

雪儿立即瞪圆了眼睛："三天？我可以不睡觉，但印刷厂晚上可要关门的。"

袁焜摆摆手："反正你得想办法。"

3

在"三三会"上，芯光公司脱颖而出，以芯光锁指纹版赢得一片叫好声。

弗兰克感到了巨大的压力。芯光锁指纹版一旦进入市场会影响SVT锁密码版的销路。SVT的工程师为研发指纹版努力多时，但在处理感应数据方面遇到了难以解决的技术难题。为此，总裁沃森已在大会、小会上警告过弗兰克，这天索性直接打电话催命了。他回家后，忍不住向倩蓉诉苦。倩蓉听了十分生气，说："他以为研发个新产品就像把高尔夫球拨拉到洞里那么容易？"

弗兰克见她发怒，不由得放低声音："他还说可能要派我去孟买分公司。"

她大吃一惊："什么？天哪！我一闻印度餐就想吐。决不去印度！"

他变了脸色："你不要以为自己是公主或皇后，大家都要围着你转！你不去也可以，那你在北京找一份高薪工作养这个家！你好坏也是个海归，现在海归这么火，你也当回弄潮儿！"

"我好几年没工作过了，你忍心赶我出去工作？再说哪有让女人养家的道理？"她气不打一处来。

他反唇相讥，"谁说男人一定要养家？在美国，太太出外赚钱，丈夫做宅男的多了！你们女人整天嚷着男女平等，我们在职场上给你女权，你怎么不要啊？"

她嘟囔道："我即使找到工作，也维持不了我们家现在的生活水准。"

他立即回敬："那你就不要挑挑拣拣，满腹牢骚！"

她咬咬下唇，暗自发誓要想办法挽回SVT北京公司的落败局面。突然心生一计，说服了弗兰克雇梁冰当销售经理。

转天她立即约梁冰在新岛咖啡厅见面，以咖啡代酒，恭喜梁冰，SVT付的工资将是梁冰现有工资的两倍。梁冰大喜过望，和她碰杯："天哪！当SVT的营销经理，我不是在做梦吧？太感谢你了！"

倩蓉讲了公司面临的困难，并暗示梁冰，如有感恩之心，就应在与芯光公司的竞争中"冲锋陷阵"，完成她的"使命"。梁冰欣然地领命："芯光才有多长的历史，怎么能和SVT斗呢？袁焜和他手下的那几个憨乎乎的海归都不是城府很深的人。你放心好了，我自有办法。"

"中关村是个大社会、小舞台，我们怎么可以让袁焜当主角、做他的陪衬？就像在影视界一样，明星和龙套的生活天差地别。你愿意跑龙套、看大牌的脸色吗？"倩蓉有意地刺激梁冰的野心。

梁冰几乎咬着牙说："我们生来是要做明星的。"

几天后，梁冰走进中关村的一家台球室，找到正一个人打台球的薛景宁，轻轻拍了拍他的肩膀："薛博士真有闲情呀。"

"偶尔也要给自己找点儿乐。"薛景宁说，"你怎么没出去约会？"

"跟谁约会？看上我的，都是些没地位没内涵的；我看上的，早都做了别人的丈夫。"她噘起了嘴。

"现在是竞争时代，你也可以去争嘛。这几年北京离婚率越来越高，因为很多人想要在婚姻上重新排列组合。"他开玩笑。

她语气暧昧起来："我这不是来竞争了嘛……"

他的神情立即变得紧张："这样的玩笑可不能随便开啊。"

她拿起一支台球杆，用球杆顶端点了点他的脸说："好啦，不要这么紧张嘛。来，我们赌一局，看谁先把黑8打进洞。赌一个吻。"她嘟起红唇，风情肆意。

他惊喜地望着她："不管输赢，我都是赚的，都让我心跳。"

她笑起来："要的就是你的心跳。"随后动作利落地开球。

两人一边打球一边眉来眼去。她建议打完球后去看电影，免得他变成一部工作机器。他在芯光公司又没有股份，干吗那么卖命？芯光的产品真那么出色吗？像他这样的高手如果跳槽到SVT，至少能挣多一倍的工资。但他不愿意给外国人打工，况且感激袁焜的知遇之恩。他参与了芯光锁指纹版的研发。指纹版绝对超过目前市场上的任何同类产品，一鸣就会惊人。芯光公司的前途不可限量。

说话间她把黑8打进洞，把球杆扔到一旁，欢快地坐到台球桌上，冲他招招手说："你输了，过来！"他迟疑地走近她，闭上眼睛吻她的嘴唇，陶醉万分地说："真希望每一局都输给你……"

春节匆匆地来了，全城都沉浸在喜庆的气氛中。薛景宁因为工作忙，回加拿大的国际机票又昂贵，考虑再三，决定留在北京过节。除夕夜，同事们都回家了，他还留在公司里工作。风雪在窗外呼号，倍感冷清和孤寂。突然有人敲门！打开门，他惊喜地看到了一身光鲜的梁冰。

梁冰进门后四下看看，关心地问："今天怎么就剩下你一个人了？可怜的，你太太怎么狠心让你一个人回国呢？孤苦伶仃的。"她带来了熟菜和红酒，要和他一起过节。

他被感动了："真没想到，像你这么靓丽的女子愿意接近我。"她突然用嘴唇堵住他的嘴唇，含混地低语："吻我，快吻我！"两人疯狂地缠绵起来，随即相拥着躺倒在办公室角落的床上……

4

芯光锁指纹版已完全成熟，芯光终于可以大张旗鼓地把它推向市场。薛景宁和小宋反复测试，对指纹版的质量信心十足。芯光将像一位足球新星，将在众人瞩目下踢出精彩的一脚，使整个中关村都要对他们刮目相看。

袁焜仍有忧虑："公司一直入不敷出，投资还没落实，可惜公司没有能力大批量生产指纹版。"

薛景宁说："如果有客户愿意预付款，我们就有了周转余地。我们这么玩命搞出来的产品，当然要让它产生出最大价值。"

小宋有些发愁："梁冰跳槽了，公司没有销售经理，谁来做宣传推销呢？"

袁焜神秘地说："别急，我有秘密武器。"说罢他拨通了电话，叫来了新上任的销售经理程曼娟。

程曼娟学MBA出身，在戴尔集团做过销售。她生于四川，做事干练，性格直爽，是有名的"辣妹子"。她正准备畅谈销售战略，雪儿却神色慌张地闯入会议室，气喘吁吁地说："袁总……SVT指纹版……"

袁焜问："雪儿，出什么事了？坐下慢慢说。"

雪儿捂着胸口坐下来，带着哭腔说："我刚在网上看到新闻，SVT推出了SVT锁指纹版，和芯光锁指纹版性能完全一致……弗兰克在接受记者采访时说，SVT锁指纹版在中国填补空白，没有哪一家中国公司敢与他们争锋……"

袁焜立即扑到电脑前查看新闻，脸色渐渐变得铁青。又被SVT抢了先！这怎么可能呢？SVT没有网络安全方面的高手呀。袁焜暗自思忖。SVT一直在更新密码版，从来没听说他们开发指纹版，难道一直对外界保密吗？

薛景宁气愤地说："我几乎可以肯定，有人偷了我们的指纹版！世上不会有这样的巧合！"

众人面面相觑，似乎默认了他的推测。

雪儿咬着牙说："如果找出这个人，我会杀了他！你们吃了这么多苦，SVT坐享其成，这太不公平了！"

小宋哀叫道："我们不能吃这哑巴亏呀。袁总，我们现在怎么办？"

几个人不约而同地陷入静默，把期待的目光投向了袁焜。在商战中看不见刀光剑影，但芯光团队已被对手刺得遍体鳞伤。商战的残酷超出了他们的想象，任何语言在此时都变得苍白无力。

过了一刻钟，袁焜终于说："雪儿，你把大伙儿叫来。"雪儿立即起身出门。袁焜踱到窗前，望着窗外萧瑟的景象陷入了短暂的沉思。朔风吹打着瘦伶伶的枯枝，满目苍凉。他在一夜之间又跌入了事业的严冬。

芯光的员工陆续走进来。袁焜转过身，尽量用沉静的语调说："我有一个坏消息、一个好消息，你们想先听哪一个？"

有人说："先听坏的吧。"

袁焜看了一眼众人，沉吟片刻，说："SVT推出了SVT锁指纹版，其性能和芯光锁指纹版基本一致，我怀疑有人盗窃了芯光的产品，但还没有确凿的证据。你们每个人都仔细回忆一下，哪些人最近来过公司，然后到雪儿那儿登记。雪儿，你在两天内搜集一个详细的来访者名单，交给公安局，以便调查。中国俗语说'狡兔三窟'，美国俗语说'不要把你所有的鸡蛋都放到同一个篮子里'。好消息是，在开发芯光锁指纹版时，我同步开发了另一产品。"

雪儿惊喜地叫道："真的吗？袁总，我们怎么一点儿都不知道？"

袁焜微微一笑："虽然指纹版被人抢了先，但我们并没有完全失去竞争实力。请各位回去继续工作吧，一切照常。"

袁焜走出留学生创业园的大楼，正遇上刚刚停好汽车的赵达川。达川后天要去硅谷出差，问他要不要给艾珊带点儿东西。袁焜连连摇头，说："我忙得要命，公司又面临新的危机，实在没有心情想家里的事儿。"

达川也看到了SVT推出指纹版的新闻。市场竞争，从来都是你死我活。他怀疑芯光内部有人和SVT串通，劝告袁焜小心，害人之心不可有，防人之心不可无。SVT前一阵挖走了科维的高级工程师齐方，而齐方在推出指纹版的过程中立下了汗马功劳。他说："我几乎可以断定，这件事和刘倩蓉有关，她上蹿下跳，帮弗兰克招兵买马，目的是在商战中打败咱们。"

袁焜耸耸肩膀说："她要帮她丈夫在北京立足，用些手段是正常的。她本来就不是个淑女，你还指望她在商场上变得心慈手软吗？"

5

艾珊每天接小迪上学、放学。她担心小迪因为袁焜离开感到孤单，还特地从动物收容所收养了一条雄性小狗。小迪给它起名叫Sunny（桑尼），阳光的意思，希望它给自己的生活带来阳光。

有一天早晨，到了上学时间，小迪还蒙头躺在床上就拍拍他的肩膀，问是不是病了。他摇摇头，嘟囔着说："今天棒球队比赛，同学们的爸爸都来看比赛。我没有爸爸，我不想去。"她怜爱地摸摸他的头："你是主力队员呀，怎么可以不出场呢？我去看你比赛好吗？"他仍不开心，又追问："下星期开家长会，袁叔叔也不回来吗？"她只好替袁焜解释："他工作实在脱不开身。"

艾珊去看了小迪的比赛，为他呐喊助威，赛后又带他去麦当劳。她兴致勃勃地看着他狼吞虎咽，随后举起可乐杯说："祝贺你赢了球！"他和她碰杯："谢谢！今天我的同学看到你说你很好看。有几个女生还问我你是谁。"她立即小心翼翼地问："你怎么说？"他答得干脆："我说你是我妈妈！"她的眼里立刻涌出了泪花，拉住他的手，声音颤抖："你就把我当成你的妈妈好吗？"他突然叫了一声："妈妈！"她紧紧搂住他，"以后你就改姓袁，叫袁迪！"小迪懂事地点点头，她把他抱得更紧了。

艾珊这时接到了达川的电话，约她和小迪一家中餐馆吃饭。原来他来美出差，人已在硅谷了。艾珊见到达川，心中生出许多感慨。十几年不见，他们不再是年轻天真的大学生了，岁月在彼此的脸上留下了明显的痕迹。

达川轻轻拍了拍小迪的脑袋说："这孩子挺机灵的，看得出跟你感情不错。"

她笑起来，搂了搂小迪的肩膀："我们娘儿俩相依为命。"

小迪开始抱怨："袁叔叔再不回来，我就忘了他长什么样了。"

她接过话头，说："我也忘了。"

达川看得出艾珊口是心非。他一五一十地讲了芯光锁指纹版被盗的事情。艾珊的神情变得黯然，出了这么大的事儿，袁焜也没给她打个电话。达川说："男人嘛，怎么好意思向女人诉苦？诉苦也没用啊。袁焜处境那么困难，你隔着大西洋袖手旁观，哪儿还称得上患难与共？"

艾珊垂下眼睛，低声说："其实我也想帮他……"

达川继续点拨："你知道男人最抵抗不住哪种女孩子？清纯、善解人意，又无怨无悔的。"

艾珊警醒起来："你弦外有音呀。"

达川慌忙摆摆手："就当我什么都没说。"停了片刻，却直截了当地问，"你带着孩子待在这儿有什么好？我就不喜欢来美国。"

夜里，艾珊躺在床上翻来覆去地无法入睡。她开了灯，起床，打开了壁橱门，把脸贴到袁焜留下的一件旧毛衣上，毛衣上还依稀弥散着他的气息。她又从床头柜里翻出一张纸，上面打印着她当年写给他的情诗：

　　　　心底那长相厮守的盼望

　　　　夕阳下无声地融入一片帆

　　　　在我今生今世的航程里

　　　　你闪动着不变的星光……

　　她在后来的一个月里，思前想后，被选择的痛苦不停地折磨着，终于忍不住问小迪愿不愿意和她一起去北京。小迪以为是去旅游，立即举双手欢呼，可她说要去定居，小迪犹豫了，问："那我上学怎么办？"

　　艾珊说："北京有很多小学，我会让你上最好的。北京有世界名胜长城，故宫……也有大足球场，那里还是美食的天堂……"

　　小迪皱起眉头，小大人似的叹口气说："看来要美国，就没有妈妈；要妈妈，就没有美国……"

　　艾珊辞掉了教职。一旦做出决定，心里竟轻松了许多。离开学校的那天，她正在办公室里整理东西，卡特走了进来。卡特满脸困惑地说："我不明白你为什么突然辞职回中国。有多少人梦想你的职位，可你说放弃就放弃，实在令人遗憾。你不是很珍惜你的美国梦吗？"

　　"可我更珍惜自己的家……"

　　"你走了以后，校园就会变得空荡多了。"

　　"中国有句古诗，'海内存知己，天涯若比邻'，友谊是可以跨越时空的。"

　　"我要去上课了。"卡特轻轻拥抱艾珊，"祝你好运！向你先生——那个让我嫉妒一生的人——问好！"

　　艾珊感动地说了一声"谢谢"。她望着卡特的背影，突然意识到，如果她的美国生活是一部书，那么卡特的名字、伯克利校园，还有她的学者生涯，从此便被融入了记忆中的章节。

　　艾珊把家里的东西该卖的卖，该送人的送人，最后把重要的家当装进了三只行李箱。小迪努力把自己的东西装进一只小行李箱，忙得满头大汗，委屈地叫嚷装不下他的玩具，他的同学告诉他中国没有好玩具。

　　艾珊连连摇头说："完全没有必要把这些中国制造的东西带回去，在中国都可以买得到，而且价钱还更便宜。"

　　"你哄我！我的美国同学听说我要去中国，都觉得我很可怜……"小迪难过得哭起来，"Mom，我想不明白，我们干吗不留在美国呢？干吗要去中关村那个小村庄呢？"

　　艾珊耐下性子解释："因为你袁叔叔在那里，我们一家人要在一起呀。你的同学不了解中国。你会喜欢中国的。中关村以前是小村庄，现在不一样了。"

小迪的脸上终于露出微笑，把一个玩具熊从行李箱里拿出来，扔到了床上说："到北京，可以看到真正的大熊猫啦！"

从旧金山出发的飞机降落在北京机场。艾珊推着行李车走出海关，小迪抱着装在笼子里的桑尼紧随其后。小迪一眼看到人群中有人举着一张写着"接艾珊姐"的牌子，兴奋地叫道："Mom，有人来接我们！"

举牌人是丁柱。他见到艾珊说："艾珊姐，我代表芯光团队来接你们。"三人走出机场大厅。

一路上，艾珊和小迪坐在丁柱的车里，兴奋地看着窗外的摩天大楼和立交桥。他们来到了袁焜的公寓。她不顾旅途疲劳，扎着围裙开始在厨房里准备饭菜，先后把六个色香味俱全的菜摆到了饭桌上。

袁焜从外地出差回来，疲惫万分。走进家门，看到艾珊，手中的电脑包掉在了地上，惊喜万分地叫道："珊！我不是在做梦吧？"艾珊望着他，眼眶立刻湿润了，竟说不出半句话。他问："你怎么事先不打个招呼？"

她终于微微一笑说："就想看你惊喜的表情呀！"原来她通过达川联系上了丁柱。丁柱在袁焜出差前说有亲戚来京想到他家借住两天，要了袁焜家的钥匙。

袁焜问："你回来了，小迪谁照顾呢？"这时小迪和桑尼突然从卧室里冲了出来，欢蹦乱跳地扑到他的怀里。他惊讶地叫道："你也来了？这是谁的小狗？"小迪不无骄傲地说："它是我的小弟弟桑尼！"他抱起桑尼，桑尼立即亲密地叫了一声。

小迪说："我们不回美国了。"

他惊喜地问艾珊："真的吗？那你的工作怎么办呢？"

"早联系好了，在'环球英语学校'教英语。"

"那你不是脱离本行了吗？要是为了我你放弃了太多，以后可不要抱怨啊。"他不无担忧。

艾珊说："我先找一份工作做着，慢慢再找更合适的。没有你的日子，我一天也过不了啊。"

小迪坐到饭桌旁，举起筷子："我要开吃啦！"

一家人在温馨的灯光下，开始了在北京的第一顿晚餐。

第十一章　　"扭曲的麻花"

1

夜里，在一阵热烈的缠绵后，艾珊温柔地依偎在袁焜的怀抱里，享受团聚的喜悦。过了一会儿，她突然想起了什么，跳下床，从电脑包里拿出一张支票递给袁焜。他接过来看了看，诧异地问："10万美元！哪儿来的？"

"这些年从工资里存下来的呗。你现在急需钱……"

他把支票塞回到她手里："不行，我不能烧你的存款。"

她不满地反问："什么你的我的？"

他深受感动，一时无语。

第二天，袁焜带着艾珊和小迪去拜见父亲。袁清哲一见他们喜上眉梢，对艾珊说："你们娘儿俩回来我就放心了。焜儿公司里的事儿不顺心，身边再没个伴儿怎么行？"

艾珊有些惭愧："爸，我回来得太晚了。我会尽力支持焜，也会好好照顾您。"

袁清哲眼睛一湿，说："不晚，不晚。我还好，不用你照顾。"

他下厨做了几个拿手菜。一家人围在桌旁吃团圆饭。小迪边吃边撒娇道："爷爷，你明天带我去Forbidden City（紫禁城）好不好？"当爷爷的自然笑眯眯地一口答应。

艾珊和小迪回国定居，当务之急是买一套住房，给小迪一个稳定的家。她联系到一位房地产代理人，和袁焜随代理人四处看房。代理人四十出头年纪，满脸堆笑，对每一套住房都能找出赞美的理由，但是艾珊都不中意。

很快到了艾珊上班的日子。在"环球英语学校"GRE班的教室里，几十个成年学生已在等待她了。他们都是来补习英语、为出国做准备的，个个穿着时尚、神情自信。艾珊做了自我介绍，学生们开始窃窃私语。

其中一个长发男学生忍不住举起手，问，"艾老师，听说你在美国都做副教授了，干吗要回国呢？"

另外一个女学生说得有些刻薄："有人说在国外混不下去的人才会回国，这是真的吗？"

艾珊沉吟片刻，斟酌词句："坚守在国外的，不都是成功者；回国的，也不一定就是失败者。重要的是寻求理想的事业，还有和家人相守。"

"我要是出国了，再苦再难，我都会坚持！早知道要回来，当初干吗还出去呢？浪费了这么多年时间，你还得从头做起，还得重新建立人际关系。"又一个学生说。

艾珊淡然一笑："我是要从头做起，但我可以把三步并作两步。因为有这份自信，才站在这个讲台上。"

课堂里出现了片刻的静默。艾珊宣布开始上课，心里却隐隐地不舒服。在这些学生眼里，海归大概是头上长角的怪兽吧。

下班后，艾珊和袁焜在代理人的带领下，来到中关村的一个高级住宅小区，那里环境幽雅，邻近休闲俱乐部。他们走进一套三室一厅的房子，代理人兴奋地如数家珍："这套房子的吊灯、壁纸、地上的大理石都是外国货，没一样不精致、不讲究。这里的服务好，电工、水管工，随叫随到！"

袁焜走到窗口向外望去，感叹道："这儿的环境确实比10年前好多了。"

代理人立即打断他的话："还提老皇历干吗？不要说比10年前，比去年都好多了。北京一天变一个样。这房子是质量最好、价钱最合理、交通最方便的。最重要的是，附近的小学是重点学校，你们不用为孩子上学的事儿发愁。"

艾珊还想多看几家，却被袁焜拦住了。他对这套房子满意，没时间再多看。代理人和他们谈好了价钱，拿出一沓文件让他们签了名，立即面露喜色，说："恭喜你们！只要你们把首付款拨到我们公司的账号上，就可以搬进新居了！"

谁料到，袁焜一家搬进新居还不到一个月，房子就出了问题。那天早晨袁焜和小迪起床后，走进厨房，看到艾珊正烦躁地踱来踱去。她大动肝火，下水道水管裂了，停了水。她早就打电话给小区的物业，但一个多小时过去了，都不见人影。

袁焜皱起眉头说："没必要为这么一点小事就生气吧。"

艾珊恼怒地回敬："对你是小事，对我可是一件大事！代理人当初吹得天花乱坠，不过是骗咱们早点儿买房。我恨别人撒谎，欺负我们不了解行情。再说，我这些年习惯了高质量的服务……"

小迪噘起嘴说："我说不要搬到北京来你偏要来，连早餐都吃不上。我们今天还要去学校呢！"

一周前，小迪在附近的东盛小学参加了入学考试，说好这天去查考试结果。艾珊安慰地搂住小迪的肩膀，答应带他上饭店吃早餐，然后去学校。

那天注定是她不开心的日子。她在车库里，艾珊发现有人在她崭新的红色吉普车上吐了一口浓痰，惹得她一阵烦心。在路上，一个秃头男人开着一辆黑色桑塔纳从旁边的一条路斜穿过来，险些撞到她的车，随后夺路扬长而去，更让她愤懑不已。

2

艾珊带小迪来到学校，教务处的一位老师拿给艾珊一份成绩单：语文不及格，算术差强人意。老师说学校不能接收小迪。艾珊听了，心急如焚，带小迪闯进了校长办公室。

校长姓韩，梳一头短发，神情干练果断。她看了小迪的成绩单不停地摇头说："他的基础太差了，会影响全班甚至全校的成绩，无论如何不能录取。"

艾珊忙解释："小迪在国外没有系统地学过中文，能说一些，但不会写，最近我正给他补习，相信他很快会赶上其他同学。我们带着孩子满腔热情地从国外回来，你们不要把孩子拒之门外……"

韩校长不客气打断了她："我还忘了问，你儿子是中国公民吗？"

艾珊摇摇头，有些胆怯地说："不是，他是美国公民。"

韩校长板起面孔："那我们就更不能收了。我们培养中国公民的孩子都忙得喘不过气来，哪儿有精力培养美国的下一代？"

"小迪的生身父母都是华裔，也是'9·11事件'的受难者，您不觉得他应该得到特别照顾吗？"艾珊语调激愤起来。

韩校长冷淡地说："照顾他是美国政府的事儿，还轮不到我。"

小迪站起身，气呼呼地说："Mom，我们走吧！我不要读书！我不喜欢这个学校！"

韩校长也立即站起身，愠怒地皱起眉头："这个孩子脾气还挺大！我不奉陪了，你们再到别的学校问问吧。"

艾珊带着小迪失望万分地回到家，一筹莫展。小迪成了"失学的孩子"，把自己关进卧室里，拒绝和她讲话。

傍晚时宋总来访，想了解一下艾珊母子安顿的情况。她问："怎么样，都还习惯吗？"

"怎么说呢？在中国生、中国长，说不习惯，就太矫情了；可要说习惯，我显然是在撒谎。"艾珊愁云满面，叹了口气。

宋总说："我当年刚从英国回来时也和你有同感。原因都是一样的，文化休克。"

为什么回到北京，倒成了陌生人？艾珊想，在美国感觉孤独可以解释，那么在自己的国家感到孤独，该怎么解释呢？在美国那些年，她的身体是东方的，但文化取向和思维方式已经西化，就像拧麻花一样被扭曲了。现在回国了，要把这个麻花再拧回来，又不可能完全拧回原样，所以感觉痛苦。她无法预料，她的精神会回归到怎样一种"形状"。

艾珊正苦于无人诉说，立即把白天在东盛小学的遭遇和盘托出。宋总听后十分气愤，这个韩校长简直岂有此理！袁焜夫妇二人是中国人，他们的养子没资格在北京上学吗？单纯追求分数，是中国教育最大的失误。可怜的小迪，刚一到北京就碰到这样的事儿。袁焜一家是受她影响才回国的，如果艾珊母子过得不舒心，袁焜就无法安心创业，她心里也不踏实，答应想想办法。

宋总几经周折，联系上韩校长的一位高中同学兼老朋友，请他写了一封"收留"袁迪的求情信。宋总拿到信后立即去拜访韩校长。韩校长打开信，草草地浏览了一下，并没有缓解脸上生硬的表情。宋总再三说明，袁迪的爸爸袁焜是一个不可多得的海归人才，有关部门要尽量解除他的后顾之忧。韩校长不为所动，仍推脱："学校确实安排不下新生了，我无能为力，再说我今天非常忙，不能和你长谈。"

"你管理这么大的学校也不容易，每天都是千头万绪。"宋总表示深深的理解。

韩校长听了，立即诉起苦来："岂止是千头万绪？每天忙得焦头烂额。原来学校刚买了一批电脑，还没安装到位电脑管理员却跳槽了。老师、学生都吵着要用新电脑，害得我到处找人。可大家都在忙，没人肯出面救援。"

"这下巧了！"宋总说，"我爱人是一家大公司电脑维修部的主任，专门负责安装软硬件。只要校长答应让袁迪入学，我会让他下班后带几个手下义务安装，保证三天之内让学生和老师全用上新电脑。"

韩校长眉开眼笑地说："好，我们一言为定！"

三天之后，小迪终于入学了，被安排进凌老师的班。凌老师是模范教师，教了十几年的小学，经验丰富、性格泼辣，对学生态度严厉。在她的语文课堂上，学生连打喷嚏都要思量再三。凌老师带着小迪走进了教室。小迪身穿肥大的名牌牛仔裤，头上歪戴着棒球帽，引起班上同学一阵叽叽喳喳的议论。他做自我介绍："我叫袁迪，刚从California搬到北京。"

有同学问："什么叫California？"

凌老师制止道："小迪，不许说英语！"

小迪委屈地解释："我不知道中文怎么说。"

"加利福尼亚。"凌老师纠正他，"跟我学：加——利——福——尼——亚。"

小迪吃力地模仿着。

一个健壮的男生问："小迪，你怎么大舌头？"同学们立即哄笑起来。

凌老师表情严肃地指了指最后排的一个空位置，对小迪说："坐到你的座位上去吧。"

没过几天，小迪就厌倦了端坐在课堂里听凌老师讲课，偷偷地玩起电子游戏。凌老师在讲台上命令道："袁迪，把你的双手背到后面去！"小迪没听到她的话，仍埋头沉醉在电子世界里。她走到小迪的课桌前，大声叫道："把你手里的东西交出来！"小迪这才如梦惊醒，不情愿地交出游戏机。她穷追不舍："把你的书包也交出来，我要看看还有没有和功课无关的东西！"说罢就拿起小迪的书包检查，从里面掏出口香糖、随身听、童话书……

小迪气得脸都涨红了，恼怒地夺过书包，嚷道："You have to respect my privacy！（你必须尊重我的隐私！）"说罢奋力推开凌老师，冲出了教室。

凌老师火速打电话把艾珊叫到学校。她站在走廊上，抱着肩膀、一脸严肃地对艾珊说："小迪这孩子美国气太重，不安心听讲，上课玩电子游戏，非得好好教育不可。我们班学生太多，我能力有限，教不好他，你给他转个班吧。"

艾珊既尴尬又为难，小迪只习惯于美国的小学，那里每天以游戏为主，没有高分数和升学压力，同学只是玩伴，而不是竞争对象，所以他紧张不起来，一时还不能适应北京的学校环境。她恳求道："凌老师，小迪还没有竞争观念，但请不要轻易就放弃他，我们一起努力，好不好？"

"没有竞争观念怎么行？现在每一次考试就像一场战争，不做好充分的准备就要败下阵来的。"凌老师挥了挥拳头，像指挥士兵征战的将军。

艾珊担忧地说："小迪学习没有进步，精神好像还越来越封闭，我希望能和你配合，多关心他，帮他渡过难关。"

凌老师冷冷地反问："我这一个班有50多个学生，哪儿关心得过来呢？你是不是去找一个儿童心理学专家咨询咨询？"

艾珊感到一阵心寒。

3

弗兰克夫妇邀请袁焜一家到西餐馆吃晚饭。倩蓉没有料到，艾珊和美国说再见，带着小迪回北京定居。她见到小迪立即就喜欢上了，摸摸他的头说："小迪好可爱，长大后一定是个帅哥。"

小迪抗议道："我不要当帅哥，要当科学家。"

倩蓉问："当一个帅哥科学家有什么不好？"

四个大人笑起来。

　　袁焜得意地说："你们看，这都是我的正面影响。"

　　弗兰克说："倩蓉给我讲了小迪的事儿，我听了很受感动。像你们这么善良的人，上帝一定会带给你们好运的。我父母在世时经常对我说，给予本身就是一种幸福。"艾珊微笑道："我们不求回报，只要小迪能快乐地长大就心满意足了。"

　　倩蓉的神情落寞了起来："可惜蕾蕾不在我身边……"弗兰克拥住她的肩头说："你一说起蕾蕾就伤心。蕾蕾早晚会回到你身边的。"

　　倩蓉气愤地说："回到我身边？赵达川连看都不让我看一眼！"

　　弗兰克耸耸肩膀说："其实你可以到山东去看女儿，不一定要等他恩准。"

　　"可他妈妈对我恨之入骨……"

　　"不太可能吧？他妈妈也是母亲呀，应该理解你的心情。"

　　"好吧，明天我就去山东。"

　　"可惜我要回美国开会，不然可以陪你。"

　　倩蓉连忙摇头："老太太对美国人意见大着呢。你一露面，反倒坏事儿。"

　　艾珊自告奋勇，陪倩蓉一起去。

　　袁焜听着弗兰克和艾珊姐妹讨论家事，心里生出许多感慨。在他和弗兰克之间，似有着千丝万缕的联系。他当年在硅谷从弗兰克手下愤而辞职，后来却和弗兰克成了亲戚，现在又在北京中关村重聚。上个世纪IT精英钟情硅谷，现在都迷上了中关村。

　　在晚餐快结束时，弗兰克忍不住问起芯光的电脑加密和网络监控产品，这一下改变了聚会的氛围。袁焜敏感地说："你掌握的商业信息很准确嘛。"

　　弗兰克一笑："你以为在中国我的经商本领就没有用武之地了吗？"

　　"我怎么敢这么认为？沃森是有眼光的，他聘你做CEO算是知人善任。不过，任何产品的市场都不可能被一家公司垄断，我当然也会分一块苹果派。"

　　弗兰克意味深长地说："看来我们是亲戚，也是对手。"

　　艾珊伸出两手做了一个裁判叫停的动作："嗨，今天是家庭聚会，我们不谈生意。"

　　倩蓉和艾珊驾车出了北京，一路直奔济南附近的乡下，终于来到赵母家门口。倩蓉一边停车一边紧张地问艾珊："表姐，你说赵达川他妈要骂我怎么办？"

艾珊不想袒护她："骂你你也得听着。"

她们来到门前，倩蓉忐忑不安地上前敲门。

赵母来到门边，赵蕾跟随在她的身后。赵母问："谁呀？"

倩蓉低声说："伯母，是我，倩蓉。我想看看蕾蕾……"

赵母立即叫起来："狐狸精！你不在美国享清福跑到乡下做啥？我要让你见蕾蕾，除非公牛能下崽儿！"

"伯母，就算我过去有千错万错，我给您赔不是还不行吗？我是蕾蕾的妈妈，您总得让我们见一面吧。"倩蓉仍在门外恳求。

赵母愤愤地说："你生下她却不养她，你还有脸说自己是她的妈妈？你赶快走，不然我拿棒子打你！"赵母站在门后紧紧搂住赵蕾，赵蕾露出一脸稚气的迷惑。

倩蓉扑到门上，双肩颤抖，泪如雨下，喃喃地说："伯母，我求求你，让我见见她。我等了这么多年了……"

赵蕾张张嘴，似乎想说什么，却被赵母的手捂住了嘴巴。

艾珊把她轻轻地从门旁拉开："看来你还得先说服达川，老太太只听儿子的话。"

"你了解达川的倔脾气。他要肯听我的话，我们也不至于走到今天这一步。"

"不管怎么说，你得给赵家三代人一点时间。即使大人想明白了，孩子也要有个接受过程。这些年你在她生活里留下一大片空白，不是一两天能填补的。"

倩蓉咬牙切齿地说："我会想出办法整治他赵家母子，让他们输得很惨！"

艾珊劝道："倩蓉，别总想着发动战争好不好？"

倩蓉把给赵蕾买的大包小裹的礼物放在赵母家门口，驾车和艾珊一起扬起乡间路上的尘土，伤心地离去。

赵蕾偷偷溜到门口，惊喜地一一打开花花绿绿的精美礼品。赵母奔出来，从赵蕾手中抢过礼品，粗暴地把它们撕碎，扔进门口的垃圾桶。

4

周六晚上，薛景宁应邀到袁焜夫妇家参加派对。他按响门铃，开门的是艾珊，从她背后突然冒出以袁焜为首的十几个年轻人。他们热情地齐声高喊："Surprise（意外惊喜）！生日快乐！"小宋立即扑过来，把一个夏威夷式的花环套到了薛景宁的头上。

薛景宁惊叫起来，兴奋地走进客厅，问："你们怎么知道我的生日？"

袁焜说："你忘了我有你的档案？今晚好好庆祝一下！"

"你孤单单一个人在北京，我们当然要给你办生日派对，"艾珊说，"我们邀请的朋友大多数是海归。"

这时一身便装的达川走过来，调侃地说："只有我是土鳖，所以千万别和我说English，小心我让你Shut up（闭嘴）。"惹得众人哄笑起来。

派对是西式的，食物却是中西合璧。海归们手里端着红酒，一边喝酒一边聊天。北京IC电子有限公司董事长乔华健博士走到袁焜和薛景宁身边，微笑着和薛景宁碰了碰杯，斯文地说："生日快乐！"

薛景宁笑容满面："谢谢乔博士！你这样的大忙人能来，我太荣幸了！"

乔华健亲密地拍了拍袁焜的肩膀，说："袁焜叫我来我敢不来吗？"

这时门铃又响了。袁焜打开门，求索在线网络技术有限公司总裁洪兴、新世纪信息技术有限公司CEO王黎明、海空信使信息技术有限公司董事长海天等人进来。袁焜不无得意地向众人宣布："今天我把中关村的大忙人几乎都请来了。"

王黎明扫视四周，幽默地说："袁焜，你这是开生日派对还是信息产业年会呀？"引得众人笑起来。这时他的手机响了一声，拿出一看："又是短信。海天，都是你，搞什么信使网，害得我每天收到N条短信。"

海天说："没准儿哪条短信给你带来发大财的机会呢，还不赶快感谢我？"

艾珊端着一盘炸虾串从厨房里走出来叫大家品尝。袁焜打趣地说："我太太今天把看家本事都拿出来了。"艾珊嗔怪道："是你求我做的！"

薛景宁见状，羡慕地感叹："看你们俩，整天一起有说有笑，有热汤、有热菜……"

王黎明夸张地说："哪里像我，白天键盘鼠标，晚上鼠标键盘，上顿麦当劳，下顿方便面。"袁焜立即问："你这个著名的钻石王老五还准备当多久？""急什么？"王黎明耸耸肩膀，"那么多比我年纪大的海归还孤独着呢。"

　　艾珊趁机劝薛景宁动员太太、女儿回国。薛景宁并不隐瞒自己的难处。他女儿以前在国内刚学会了中文，就被带去了加拿大，现在她把中文忘光了，又要带她回中国？再说女儿身体弱，现在国内的孩子学习压力太大，他也不忍心让她回来重新站到竞争的起跑线上。他太太虽说常抱怨，不过还是支持我海归。男人嘛，心要随着事业走。

　　薛景宁的一番话引发了一场"诉苦会"。一位山东海归说他老婆就没那么大度了，上个月和他彻底Bye-bye了；一位四川海归虽没有小孩，但他太太仍坚守美国，还说各过各的日子，懒得惦记他。总之，漂泊时难归亦难。小宋和薛景宁的家庭状况类似，儿子死活都不肯回国念书，太太一直在美国陪儿子，总唠叨自己当完了陪读夫人，又当陪读妈妈。因为思念妻儿，他一口气买了十二张飞机票，每月飞回美国一次探亲。他向那位四川海归"传经"："你得经常回去看老婆，婚姻需要培养。你半年才回一次美国，你太太当然把你忘到脑后了。'9·11'之后疲软的美国航空业，全靠我们这些'太空人'支撑着。"

　　袁焜挽住艾珊亲密地说："看来我得感谢你。你要不回来，我大概一年买不起十二张机票。"

　　乔华健若有所思地说："什么时候北京能有一所给海归子女办的学校就好了。"

　　艾珊眼睛一亮："为什么咱们不可以自己办一所呢？"

　　众人纷纷点头："对呀！艾珊，你是教育学博士，这项使命非你莫属！"

　　在那一瞬间，办学的念头在艾珊的头脑中产生了。这个念头不过是一粒种子，要让种子发芽成长为一棵树，再从一棵树繁衍出一片森林，将经历多么漫长的过程、耗费多少心血，她还没有充分的思想准备。

　　小迪在自己的房间做功课做得饿了，来到客厅里抓薯片吃。

　　达川问："小迪，今天又玩什么酷游戏？"

　　小迪抱怨："没有酷游戏，袁叔叔不让玩，每天强迫我做功课。"

　　艾珊说："孩子功课紧张，压力太大。我本来准备暑假带他到迪士尼玩玩，放松一下，可袁焜不同意。"她放低了声音，向达川诉苦，"袁焜这两个月都在用我们的积蓄给员工发工资，家里必须节约开支。唉，不知道这样的创业什么时候才能见到曙光。研发芯片，说穿了，就是烧钱。SVT每年用在芯片研发上的资金有几千万美元，袁煜现在挑战SVT，他的胆子也太大了。"

"怎么可以在孩子身上省钱呢？"达川说，"创业，不能总让家属陪着受罪。"

小迪在一旁叫道："Mom，你们办Party（派对）怎么不邀请小朋友呢？这样的Party真无聊！"

艾珊看了一眼达川说："要是蕾蕾在北京就好了，可以和小迪做个伴儿。"

达川满怀歉意地说："我没有时间照顾蕾蕾，是一个糟糕的爸爸。"

"不要太自责了，你也不容易……"艾珊同情地说。

5

袁煜吃过晚饭后，照例坐在客厅的沙发上阅读电脑软件资料，艾珊准备给小迪补习功课，叫他把新学的课文再读一遍，可小迪正兴致勃勃地玩电脑游戏，叫嚷道："Mom，Don't bother me！（不要打搅我！）我就要打出最高分了！不要管我！"她给小迪规定每天只能打一小时的游戏，他已经严重超时。她着急地说："我怎么可以不管你呢？你是我儿子！"

"你要是真把我当作儿子，就不会把我带到北京来受苦！"小迪声音尖厉，像一把飞剑刺中了艾珊的心。她惊愕万分，停了一下，伤心地问："小迪，你真的这么想？"

袁煜站起来走到小迪身边，摸摸小迪的头温和地说："不可以这样对妈妈讲话。我们回来，因为北京是我们的家。"

小迪怒气冲冲地挣脱他的手臂说："是你们的，不是我的！"

"我们是一家人呀。"艾珊说。

小迪提高了声音："你们全不管我的感受！我要知道你们这样对我，还不如留在美国进孤儿院！"说罢，他奋力把游戏机摔到地上，跑进自己的卧室，把门反锁上。

艾珊的脸色霎时变得苍白，追到小迪的门前，恳求地问："小迪，妈妈再和你谈谈好吗？"从房间里传出的却是震耳的摇滚音乐声。她跌坐到地毯上，双手捂着脸抽泣起来。袁焜走过来，在她身边坐下来。

她说："小迪的话太伤我的心了。没想到抚养孩子这么难，我大概不配做母亲……"

袁焜安慰地说："你是一个好母亲。"

她不停地擦泪。她心里爱小迪，可他为什么感觉不到呢？她是专攻儿童教育的博士，却在抚养孩子这门课上不及格。她担心小迪不能适应北京的生活，担心失去他。凌老师白天时又打电话来抱怨，劝她给小迪转学。转学，说得轻巧！哪所学校愿意收一个成绩落后的学生呢？

"不要担心，他很快会有自己的朋友，就会开心起来的，"袁焜搂住她的肩膀，"珊，拿出你的勇气来！当年你一个人独闯美国都坚持下来了，现在你在中国，还有我在身边，怕什么呢？"

第二天，艾珊和倩蓉在健身房一见面，她就倩蓉讲了小迪大发脾气的事儿。倩蓉打抱不平地说："这孩子怎么这么不懂事？你辛辛苦苦地养他……你该教训他！"

艾珊说："他是一个不幸的孩子，我怎么忍心呢？"

倩蓉叹了一口气，"你呀，太好欺负了！不但容忍小迪，别人都打你老公的主意了还一直容忍。我告诉你，那个欧阳雪儿和袁焜眉来眼去很久了。有一次半夜三更的，我还碰到他们待在办公室里呢。"

艾珊替袁焜开脱："公司事多，他免不了要找个人商量。"

倩蓉伸出手指点了点她的脑门："你呀，脑子太简单了。现在你回国了，袁焜可以和你商量公司里的事儿，还留着那个雪儿干吗？"

倩蓉的一番话，像一块鱼骨，鲠在艾珊的喉咙里。到了晚上，艾珊不得不一吐为快就在卧室里问袁焜："听倩蓉说，雪儿和你的关系不一般，是不是？"

"我和雪儿是正常的同事关系。"

"现在学会计的人越来越多了，你不愁找不到一个好的。"

袁焜惊讶地问："你什么意思，叫我炒雪儿的鱿鱼？炒了一个欧阳雪儿，可能还会雇到一个慕容雪儿，你防得过来吗？"

艾珊熄了床头灯说："就算我什么都没说。"

他把手搭在他的肩上说："你呀，聪明一世，糊涂一时……"

期中考试后，小迪在学校里的处境愈发艰难。

凌老师把他叫到办公室，两手叉腰，俯视着垂头丧气的他，"你知道我为什么叫你来吗？"

小迪莫名其妙地摇摇头。

凌老师不耐烦地问，"你怎么一点自知之明都没有？"

"自知之明是什么意思？我不懂。"

凌老师气愤地说："你故意和我顶嘴是不是？因为你的语文不及格影响了全班的平均分数，期中考试我们班在全年级排名倒数第一！你给全班同学的脸上抹黑！"

"什么叫抹黑？"

"你别跟我装蒜！抹黑你都不懂？我教你这么个不土不洋四不像的学生，真把我累死了！你现在坐下来给我写检讨，不写完今天晚上别想回家吃饭！"凌老师说罢转身离开，将门反锁了。

小迪枯坐很久，写不出一个字。他突然想上厕所，情急之下砸碎办公室的玻璃窗跳了出去，但没走出多远就被凌老师逮住。

凌老师立即把艾珊叫到学校，劈头盖脸一顿教训。艾珊只好不停地赔着笑脸道歉。末了，她带着小迪垂头丧气地上了车，离开了学校。小迪呆呆地望着窗外的景物固执地沉默着。

艾珊说："你的老师把我教训了一通。我从小到大还没被人这么教训过……我觉得非常尴尬。"

"你要是觉得我丢了你的脸，以后就不要来接我了。"小迪嘟囔道。

"我怎么可以不来接你呢？你能不能少制造一点麻烦？算你手下留情，只砸了两块玻璃，你要是砸两部电脑，我今天还赔不起呢。"

晚饭时，袁焜还在公司加班，家里只有艾珊母子。艾珊要小迪继续写检讨。小迪一直低头吃饭，瓮声瓮气地说他不会用中文写，也不知道检讨是什么"地狱里的东西"。艾珊并不放过他，叫他用英文写，第二天早晨上交。小迪放下饭碗，站起身走进自己的卧室，重重地关上了门。

艾珊在深夜里突然醒来，不放心小迪，就到他的卧室里查看，发现他不在床上。艾珊在客厅、厨房都找，也不见小迪的人影，大惊失色，声音颤抖地叫起来："小迪！小迪——"她定下神来，开始不停地拨打电话。待疲惫不堪的袁焜走进家门，她立即焦灼万分地叫道："焜，我打你的电话你没接，急死我了！小迪不见了。我给你爸和情蓉都打过电话，他们都说没见到小迪……"

袁焜听了，心急如焚地说："我们马上分头去找他！我去游乐园，你去麦当劳，这两个地方是他最喜欢去的。"

他们匆忙奔出了家门……

第十二章　爱子之心

1

在人口1500多万的北京城寻找一个失踪的孩子，无异于在大海里捞针。

袁焜开车来到八角游乐园，向门卫打听。门卫说几小时前就清园了，小孩子不可能钻进来。他又去了西火车站和西直门长途汽车站，通过广播寻找，也不见小迪的踪影。

与此同时，艾珊走进中关村的一家麦当劳。店里只有寥寥的几个客人，一个十六七岁的女服务员正站在柜台里数钱，就问服务员看没看到一个10岁的男孩，大眼睛，皮肤有点儿黑，中文说得不好，服务员连连摇头。艾珊恳求她再好好想想，她说这么晚了，如果看到男孩一个人，一定会记住的。艾珊把手机号留给了她，嘱咐她万一有符合小迪特征的男孩上门，一定打电话通知自己。

艾珊六神无主地回到家里，袁焜也失望而归。两人报了警。很快，来了两位男警察。年长的警察仔细查看了门窗和床铺，没有发现任何打斗的痕迹，排除了小迪被绑架的可能。袁焜夫妇听了，稍稍松了口气，从相册里拿出小迪的几幅彩照交给他们。警察走后，他们觉得不能坐等警察寻找的结果，要把所有的熟人都动员起来，就给宋总、赵达川、刘倩蓉、雪儿都打了电话，还联络了电视台和电台。宋总和雪儿把芯光公司的员工，甚至中关村创业园的员工都发动起来了，把寻人启事张贴到了所有重要的门户网站。达川立即把小迪的照片通过短信传给科维的员工，随后还给几位部门经理打电话叮嘱。

到了凌晨，达川开车接上袁焜老师，来到了袁焜的家，在门口竟不期遇见了倩蓉。倩蓉说弗兰克也正在发动SVT的员工寻找小迪。

　　袁焜说见父亲进门，立即说："爸，我不是说有消息就打电话给您吗？这么冷的天，您跑出来，病了怎么办？"

　　袁清哲不满地瞪了他一眼说："我怎么能坐得住呢？当初我让小迪跟我住，可你们偏不同意。现在可好，你们把孙子都看丢了！我这孙子要是有个三长两短，谁来负责？"艾珊惭愧地讲了小迪在学校闯祸被老师和自己教训的先后经过。袁清哲埋怨道，"你怎么这么没有耐心？他还只是一个孩子……"

　　袁焜连忙帮艾珊解释："小迪在学校和同学交流有困难，心理上也有自卑感，他离家出走主要是为了逃学。他失去生身父母，精神上受了刺激，现在又遇到这样的困难，难免做点儿出格的事儿。这事儿我也有责任。我平时对小迪太冷淡，不帮他补习功课，也不带他出去玩……"

　　达川上前打起圆场："伯父，您就别埋怨他们了。他们抚养这个孩子不容易。您想想，很多生身母亲对儿女都不管不顾……"

　　倩蓉敏感地反驳他："你不要话里藏刀。你这个当父亲的对亲生女儿也没什么爱心。"

　　房间里的气氛变得紧张，在沉重的压力下每个人的情绪都可能失去控制。袁焜有些不耐烦了："你们俩就不要在这种时候添乱了。"

　　说到生身母亲，艾珊立即想到了丽雨姐，一分钟都不能再等下去了，突然神经质地，眼泪汪汪地说："小迪一个人在外面，会不会被绑架、被拐卖？我必须找到他！我求你们，现在就出去，继续找！"说罢，穿上外套，又冲出了家门。

　　几个人嘱咐袁清哲在家等消息，就一起出了门。

　　艾珊来到东盛小学，问遍了小迪的同班同学，但没有人知道他的下落。韩校长了解了情况后，立即安排学校老师帮她寻找。艾珊又到了北京广播电台，录制了寻人启事。

　　一整天过去，小迪依然杳无踪迹。

　　晚上，艾珊和袁焜精疲力竭地回到家，坐到餐厅的桌子旁。打开收音机，里面正播放紧急寻人启事："10岁男孩袁迪，家住中关村，昨日深夜离家出走，身穿阿迪达斯牌红色羽绒服、深蓝牛仔裤、黑色阿迪达斯牌旅游鞋，大眼睛，肤色略黑，说标准英语，普通话不流利。知情者请速通知本台，电话号码：86663000。对找到袁迪的人，他的父母将奖励10万元。"随后，艾珊沙哑的声音传了出来："小迪，我是妈妈艾珊。你快点回家，妈妈和爸爸非常想念你，我们爱你，我们不能没有你……"

艾珊对着收音机喃喃地念叨："小迪，你听到妈妈的声音了吗？你快点回来吧。"袁焜递给她一杯水，她并不接，却伏在他身上，泪如泉涌。她在丽雨姐临终前发誓要照顾好小迪，如果找不到他，会一辈子愧对李声夫妇。小迪早就是她和袁焜生命中的一部分了，失去他……她简直不敢再想象下去。

过了一会儿，她突然想起了什么，起身打开五斗橱，翻出一个皮夹打开，发现小迪的护照不见了！她叫道："小迪一定是偷偷溜进我们的卧室拿走了护照，他想回美国！"

"马上去机场！"他站起身说。

他很快驾车上了高速公路。她坐在他身边，紧张地注视着前方的公路，惴惴不安地问："小迪会不会早上了飞机？"

他摇头："不可能！他身上没钱。"

"这小家伙机灵得很，可能会偷偷溜上去。"

"即使他溜到了美国，我们也要想办法把他找回来！"

他急驶到北京机场国际航班候机大厅的门口，说去停车，要她先进去找。她立即跳下车，跑进了大厅。她几乎有些粗暴地一一推开挡在自己面前的旅客，惹来一串叫骂。她拉住一位高个子警卫，求他帮忙找自己的儿子小迪。警卫操起步话机，立即和机场里的同事们通话。在飞往美国航班的候机区，有一个男孩符合小迪的特征！

她随警卫跑到候机区，在一个角落里看到了小迪。小迪正抱着一个小书包坐在地上酣睡。警卫刚要叫喊，却被她制止了。她两腿一软，半跪到小迪身旁，深情地注视着他。十年前，她在李声夫妇家第一次抱起襁褓中的小迪，这个小生命就注定和自己血肉相连。

几位先后赶到的警卫默默地守候在他们的身旁，嘈杂的大厅似乎出现了一刻难得的静默。

小迪醒了过来，揉揉眼睛，似乎分辨不清自己身在何处，看到艾珊，怯怯地而又委屈万分地叫了一声："妈！"

她把他紧紧地抱进怀里，热泪横流："小迪，你怎么想到要离开妈妈？今天再找不到你，妈妈就会疯掉了。"

"我……我想回美国。在这儿我是一个笨蛋。"小迪开始哭诉，"中国的老师不喜欢我，美国的老师却说我聪明、有个性。我只有在美国才优秀。"

她用手指轻柔地替他擦泪，说："中国老师不是不喜欢你，只是希望你进步。你不是笨蛋，你很聪明，要是再把语文学好就会变得优秀。你还记不记得一条腿的小锡兵？小锡兵虽然经历了那么多的苦难，但一直很勇敢，永不放弃。"

这时袁焜悄悄走近，把艾珊和小迪一起搂进怀里："小迪，我真怕你溜出国，真怕再也见不到你……"

小迪激动地脱口而出："爸！"

这是小迪第一次叫袁焜"爸"。袁焜的眼睛湿润了，声音颤抖地说："我的好儿子！你答应爸爸妈妈再也不离家出走了！"

小迪用力点头，把他们抱得更紧。

第二天早晨，小迪赖在家里不肯上学。第三天，他又找出头疼的借口，搞得袁焜夫妇一筹莫展。艾珊说："我想了很久，我想办一所国际学校，一个小迪喜欢上的学校。"

小迪立刻拍手叫起来："太好了！妈妈，我要上你的学校！"袁焜一怔："你不是开玩笑吧。办学校要很大一笔钱，你到哪儿去找啊？"

艾珊是认真的。上次在家里给薛景宁办生日派对，听说很多海归为儿女上学的事儿发愁，她就已开始筹划。看到可怜的孩子们个个背着大书包，承担沉重的学业压力，从小学开始就成了分数的奴隶，她痛在心里。她思来想去，终于明确了目标：尽自己力所能及，还孩子们一个快乐的童年。小迪的离家出走，更促使她下定了决心。她准备去找投资人，争取得到经济支持。

2

SVT北京公司为庆祝SVT锁指纹版的推出，包下王宫饭店的一个高级餐厅大办酒宴。倩蓉身穿低胸晚礼服，满面含笑，和客人们一一打招呼、拥抱，像一只翩翩起舞的社交蝴蝶，春风得意。她走到台上大声地对大家说："你们的杯子里都倒满酒了吗？今天晚上不醉不归！谁都不许开车，公司给你们每个人叫出租车！"

弗兰克感谢了在场各位的努力，还说："尤其感谢市场部经理梁冰，她和开发部主任齐方密切合作，在短时间内开发出新产品，而且把它成功打入市场。遗憾的是齐方家里有急事，不能来参加酒宴……"

梁冰甩了甩头发，骄傲地宣布："SVT锁指纹版质量绝对过硬，我们刚把它放入市场就收到了大批订单。"

弗兰克举起酒杯说："为了SVT，干杯！"

众人开始碰杯。有人吵嚷着要梁冰干杯，还要她代齐方喝酒。倩蓉立即举起酒杯说："来，为SVT的美女经理梁冰干一杯！"

梁冰豪爽地举杯，一饮而尽，随后把杯里又斟满了酒，笑容满面地说："我建议，我们一起为漂亮的总裁夫人干一杯！"于是众人对倩蓉举起了酒杯。

酒会过后，倩蓉、弗兰克和梁冰一起走出酒店。弗兰克很绅士地站到街上替梁冰叫出租车。倩蓉趁机说："梁冰，你看，总裁亲自给你打车呢。你可是SVT的功臣呀。他还打算送你到SVT总部接受销售培训呢。"

梁冰一听，高兴得跳了起来，说："真的？太好了，我终于可以去美国了！"

"你到时可不要赖在美国不回来呀。"

"怎么会呢？你们这么重用我，我怎么敢辜负你们呢？"

"你在SVT会有远大前途的，你要好好珍惜。"

"当然，以后还要请你多指教呢。"

倩蓉用手指点了点梁冰的脑门："你这么精明，哪儿需要我指教呢？"

微醉的梁冰坐上出租车离开。街道上灯火辉煌，像预示着她的前程。现在，不仅SVT的大门向她敞开，美国的大门也向她敞开，而北京城里成千上万的像她一样的"北漂儿"还在艰辛的生活之路上奔波。而她找到了一条铺满锦绣的捷径。

达川目睹SVT的成功，开始坐卧不安。他打电话给袁焜，听说袁焜夫妇正在打网球，就到网球场找他们。他看到袁焜夫妇身穿白色情侣网球装，正竞争得激烈，大声嚷道："你们夫妻俩挺有雅兴嘛。"

袁焜建议："该减压的时候也得减压啊。要不要和我来一场，像上大学时一样？"

达川叹口气说："很多年不打了，不想让你们看我的笑话。今天我来找你们是想和你们谈点正事儿。"

三人来到网球场附近的露天茶室坐下，一位服务小姐走过来，达川立即要了饮料和啤酒。达川直奔正题："你们芯光人才多，产品也叫得响，但现在手头上紧，很有可能半途而废。"

"看来你对芯光的现状了如指掌。"袁焜半开玩笑地说，"我怀疑你在芯光安插了商业克格勃。"

达川大笑："我这个人嘛，偶尔会打几个擦边球，但还遵守商业规则，不会干窃取情报那种事儿。芯光的困境，是秃头长虱子——明摆着的。"他开始侃侃而谈。对于一个企业家来说，世上最多情又最无情的东西是什么？是市场！市场就是一个大舞台，你方唱罢我登场。民营企业也好，外企也好，海归企业也罢，各领风骚三五年。像科维这样的民营企业，如果不及时调整战略，就有被淘汰的危险。时代变了，科维得应变。科维的最大弱势是技术，而芯光的最大长处是技术！他筹划着把袁焜和芯光研发部的骨干工程师一起聘用过来，投放资金研发芯片，这样袁焜再不必为资金发愁，可以专心搞科研，岂不是两全其美？至于薪水，他一向以慷慨著称，绝不会亏待大家。

"你想要收编芯光？"袁焜惊讶地问，"达川，我们是多年的朋友了，我也不想拐弯抹角。要是当高级打工仔，我就留在美国了。我只能对你说'不'！也许以后我们会有更好的合作方式。"

达川露出失望的神情："觉得给我打工屈才是不是？那好吧，我也就不勉强了。我还有个应酬，先走一步。"

达川离开后，艾珊立即问袁焜："你连考虑都不考虑就一口拒绝？"

"科维只是一个买办而已，靠阿尔法电脑生存，发展空间越来越小。芯光如果加盟科维，很快就会变成其中一个懒散部门，难出成绩。"袁焜说。

艾珊叹了口气。她太了解自己的丈夫了，即使科维给予他足够的发展空间，他也不会接受收编。他要做先驱者，即使孤独失败，也要唱主角，不会轻易放弃自己的舞台。

3

虽说袁焜一口回绝了达川的收编，但没有资金，他对芯光的前途忧心忡忡，并没有十足的把握。

宋总来到他的办公室，询问调查芯光锁被盗案的进展情况。他已把前一段时间公司来访者的名单交给了公安局，正在等消息。他并不隐瞒自己的忧虑。天有不测风云，他本想靠芯光锁指纹版收回一些成本支撑芯片研发，但SVT打乱了他的计划。他急需资金，芯光下个月就付不出房租了。宋总安慰他，兵来将挡，水来土掩。不管怎么说，他手里还有一个过硬产品。这次要严格保密，用最稳妥的办法把它投入市场，争取反败为胜。至于房租，可以晚交几个月，作为创业园的总经理，她有权作这个决定。对他来说，最至关紧要的，是要把在国外的关系都调动起来，出国融资，动作越快越好。

在袁焜为芯光公司融资而奔走的同时，艾珊开始了办学历程。她来到北京市的教育机关，见到了一位姓张的主任。张主任已过中年，有些谢顶，坐在一堆文件和报纸中间，愈发显得未老先衰。她谈了自己要在中关村办一所国际学校的想法。现在回国的留学生越来越多，他们的孩子在国外接受过西方教育，适应不了中国的教育方式，所以他们在国内就安不下心来。

张主任上下打量她，怀疑地问："国际学校是不是只针对少数人？"

"学校也面向本地学生。推行快乐教育，又用双语授课，会受到本地学生的欢迎。"

"你的设想是好的，但申办一所学校至少要一年，筹备还要两年，最快三年才能开学，你要有足够的精神准备。"

她一听就急了，问："能不能减少一些申办手续？"

"国家政策不能说改就改。办学不容易，民办学校都上百所了，门槛很高。有热心的办学者，不一定有条件。"

"要是海归们因为孩子上学问题不愿留下来，那可是国家的损失呀。您也得顾及全局呀。"艾珊直截了当地说。

张主任冷淡地说："我负责的是学校审批，不是留学生工作。"他起身送客，"让我考虑考虑吧。"

艾珊明白，"考虑"这个词意味着一年甚至两年的周期，但她不能坐等。她又来到北京归国人员创业办公室找冯主任。一位年轻人告诉她冯主任出去开会了。冯主任很忙，想见他可不是一件容易的事，先要登记预约。艾珊在登记本上写下了自己的姓名和电话，怏怏地离开。

她马不停蹄地来到中关村创业园找到宋总。宋总听了她的办学计划立即表示赞赏。艾珊说："你知道我是个急脾气。申办要等一年，可能得到的结果还是不同意。我怎么能等下去？我去找冯主任，可没找到。"

宋总说："正巧后天上午10点冯主任要陪外宾来参观软件园，你到时候也来，找个机会和他谈谈。"

"这会不会影响你的工作？"

"协助创办国际学校，吸引更多的留学生回国，也是我的工作呀。"

两天后，冯主任乘坐的黑色奥迪车驶进了软件园的停车场。宋总走到车旁迎接。外宾马上就到，但翻译因为路上堵车还没有来，冯主任十分着急。这时宋总远远地看到艾珊跳下了她的吉普车，立即灵机一动："冯主任，你看，来了一个最佳翻译。她叫艾珊，伯克利的教育学博士，还当过副教授。"

这时艾珊已来到了两人的面前。宋总立即请艾珊给冯主任当临时翻译，艾珊自然满口答应。

一辆考斯特车开进停车场，外宾纷纷走下车来，众人迎了上去……

艾珊出色地完成了翻译任务。送走外宾后，她借机向冯主任讲了创办国际学校的想法。

冯主任感兴趣地问："你给国际学校取名了吗？"

"取了，吉尼斯国际学校。"

冯主任赞赏道："好名字！你的设想很有创新精神，有详细的计划吗？"艾珊从背包里掏出一本厚厚的计划书递给他。冯主任赞许地微笑道："看来你是有备而来。"

艾珊有些骄傲地说："不打无准备之仗嘛。"

冯主任恍然大悟："这么说，你今天到软件园来不是偶然的了？"

"古代民女拦轿递状纸，现代海归不可以拦车交一份计划书吗？"

"我会认真读你的计划书。如果切实可行，我就去和有关部门协调，加快对国际学校的审批。"

艾珊高兴地说："冯主任，今天是我回北京后最开心的一天！"

4

袁焜从未计划过做小迪的保姆兼家庭教师，但艾珊整天为办学的事儿忙晕了头，无形中把这个角色分派给了他。他在书房里的电脑前工作。小迪走过来，把语文作业本摊开放在他面前，要他检查。他有些不耐烦地推开作业本说："我现在没空，等你妈回来帮你。"

小迪委屈地说："Mom要很晚才回来，我已经很困了。我明天早上要交啊，做错了又会被老师骂。"

袁焜吼起来："不要烦我好不好？我忙得很！"

小迪生气地说："你像个冷血动物！"

袁焜更提高了声音："你胆子好大，敢骂我！"

这时艾珊推门而入，大声问："袁焜，你吼什么？"

小迪立刻扑到她的怀里，开始抽泣。她安慰小迪，叫他回自己的房间去。小迪为难地嘟囔着说作业还没做完呢，她立即答应到他的房间里去帮他。小迪这才拿起作业本，委屈万分地离开了书房。

艾珊辅导小迪做好了功课，疲惫地走进卧室，看到袁焜坐在床上看书，就告诫他要注意对小迪的态度。袁焜抬眼看看艾珊，不愿理会她的指责。他哪里有时间和耐心辅导小迪？芯光现在是四面楚歌，已经到了是生存还是毁灭的关键时刻，她不但不替自己分忧，还让小迪添麻烦……他长长地叹了口气，终于说："我是分身无术啊。我这么拼命工作，也是为了我们的家啊。"

她拉起他的手臂说："我这些天确实太忙了，精神压力也很大。我明白你的心情，可你也要给我一点理解。我没有权利做我想做的事吗？我办学，是为了小迪和其他海归的孩子啊。"

他轻轻地推开了她的手。他合上了书，熄灭了床头灯，表示"停战"。

她睁着眼睛躺在黑暗里。夫妻之间有了分歧，这分歧像彩陶上的裂纹会破坏整体的美，甚至导致碎裂。想到这里，她不由得打了一个冷战。

艾珊为了筹集资金，在一个月里拜访过十五位总裁。每次都是怀抱希望而去，满心失望而归。她向每一位总裁谈自己的办学计划，谈得口干舌燥、头晕目眩。

这天她来到北京某贸易公司，见到了穿着朴素、态度和善的公司总裁。这位总裁翻阅了国际学校计划书，十分赞赏她的计划。北京需要这样的一所学校，减少学生的压力。他的侄子去年因为高考落榜自杀了，这件事对他哥嫂及他们全家的打击都很沉重。

艾珊替他的侄子惋惜，说："其实通向成功的道路有千万条，上大学不是唯一的一条。"

总裁叹口气说："人死不能复活，说什么都太晚了。"

"但我们可以帮助其他孩子，避免更多的悲剧发生。"艾珊说，"为了孩子们，我即使挨家挨户敲门募捐也要凑够办学经费。办学，这是我这辈子要做的第一件大事。"

总裁有些感动，说他会和董事会商量一下赞助的事情。

不久，由倩蓉穿针引线，艾珊联络上了山西某煤矿的老板陈总。艾珊坐飞机来到太原，在丽龙酒店的豪华餐厅里见到了陈总和他的夫人。40岁出头的陈总早已发福，红光满面。陈夫人浓妆艳抹，浑身上下珠光宝气。

艾珊殷切地说："陈总，您给国际学校的投资，一定会得到回报的。"

陈总点燃了一支烟，吐出一堆烟圈："你这么自信吗？国际学校的生源应该不成问题吧？"

艾珊向他分析着国际学校的生源和前景。世界走向全球化，国际学校培养孩子们的国际意识，使他们包容多元文化，是顺应时代潮流。国际学校将像一个国际大家庭，老师们来自世界不同的国家，这样学生从小就有国际教育背景，将来在人才市场上更有竞争力。无论社会怎么变，中国家长望子成龙的心情从来没有变过。现在的孩子大多是独生子女，家长们又不希望他们承受过重的学习压力，所以国际学校是理想的选择。

"你的计划很不错，但我猜你找投资并不容易。"陈总把烟头在烟灰缸里揿灭，"不过，我是个爽快人，我投资1000万。"

艾珊欣喜地叫道："太好了！"

陈夫人提出了两个条件：第一，要把国际学校建在他们出资开发的居民区里；第二，要发动媒体对他们的煤矿大力宣传。艾珊认为这些都是合理要求，答应尽全力组织安排宣传，争取让陈总的煤矿上中央电视台。

陈总和夫人第二天要到太原下属的县城办点事儿，叫艾珊去准备投资文件，晚上11点钟到酒店大厅见面，再和他们商量细节。艾珊由衷地赞美道："陈总眼光超前，决策果断，不愧为山西商界的传奇人物！"

第二天到了约定的时间，艾珊准时到在大厅里等。过了一个小时，还不见陈总夫妇的踪影，她来回徘徊，焦灼地望着酒店的大门。渐渐地，她失去了耐心，来到前台，问服务员陈总夫妇有没有给她留言。服务员说陈总夫妇早晨就退房去新加坡旅游了。她惊讶万分，没料到他们如此不守信用，气愤地离开了。

她失望地回到北京，却在第一时间得知，在冯主任的帮助下，"吉尼斯国际学校"得到了教育部的特批。她在一天里经历了冰火两重天，希望之光又在心中冉冉升起。

她在出差期间，把小迪托付给了袁清哲。袁清哲把小迪送回家，关心地问起国际学校的事儿。她刚得到教育部的特批，现在可以正式开办了，这是个好消息。但最大的问题是落实投资，她只拿到了两笔小投资。

"办学很复杂。我看啊，你一个人也忙不过来，我帮你跑跑腿吧。我在北京吃了一辈子教育饭，熟人比你多，你就放心吧。"

她有些犹豫。袁焜不同意她办学，如果她麻烦他父亲，他还不知道会怎么责怪她呢。再说，公公身体也不好，万一累出病来怎么办？

袁清哲似乎看穿了她的心思，说："焜儿是我儿子，但想法不一定都和我一样。我是个闲不住的人，你给我点事儿做，我感谢还来不及呢！"

她开心地笑了："明天我就开车来接您到校址看看，跟您说说具体的计划。"

袁清哲连连摆手："我自己坐公共汽车去，权当锻炼身体了。你这么忙，不要把时间浪费在路上。"

她深受感动。在创业举步维艰的时候，亲人的支持是多么重要啊。

5

袁清哲来到东城居民区里的一片空地四处张望，看到艾珊在不远处向他招手，便走过去。艾珊笑着说："您站的位置，将来就是国际学校的教学楼。我一闭上眼睛，就能想象出国际学校的样子……"

袁清哲幽默地说："我还得先发挥一下想象力。"

这时，艾珊的手机响了，她接完电话乐得合不拢嘴。原来是山西煤矿的陈总从新加坡打来的。陈总为自己不辞而别道歉，告诉她，投资1000万没问题，下周回国就亲自来北京签约。袁清哲听后，也替她高兴。

艾珊信心倍增，立即从背包里拿出事先打印好的具体工作计划。办一个大规模的国际学校，工作的强度和难度与一家公司上市差不多，她必须一步一个脚印，稳扎稳打。她还制定了一个时间表。如果不出意外，一年之后国际学校就可以开学。

"你要我做什么，就指示吧，艾校长！"袁清哲说。

艾珊笑起来："爸，瞧您说的！我哪儿敢对您下指示？"

袁清哲沉吟半晌，说："焜儿不同意你办学校，有他的理由，希望你不要责怪他，以后他慢慢会理解。小夫妻俩，有点不同意见是正常的。不管怎么样，你们俩都该互相照顾。"

艾珊冰雪般聪明，立即说："您尽管放心，我不会和他赌气，我也理解他创业的难处。"

在回家的路上，她一直琢磨着公公的话。公公支持自己的事业，但同时提醒自己要照顾好袁焜。女人在追求事业成功的过程中可以显示坚强，同时也不能在生活中失掉温柔。不温柔的女人就像没有流水的河床，干涸皲裂。

想暖男人的心，得先暖他的胃，这个道理她懂。她在午餐时间，做了一些可口的饭菜，把它们装进几个大饭盒里，带到了芯光公司。

她走进接待室，看到了一位清丽俏皮的年轻女子。那女子显然认出了她，热情地叫道："你是艾珊姐吧？"

艾珊疑惑地问："你怎么知道我的名字？"

"袁总的办公桌上有你的照片，他经常夸你呢。"女子伸出手，"我叫欧阳雪儿。"

艾珊和雪儿握了握手，表情复杂地说："噢，我想起来了……有过一次'照片事件'。"

雪儿有些尴尬，忙转移话题："听说你回国了，公司的人早就想见你呢。"

艾珊佯作轻松："但愿我不会让你们失望呀。"

艾珊随雪儿走进研发部，拿出了饭菜。袁焜、薛景宁、小宋和几位研发人员见了，立即发出一阵兴奋的尖叫，扑了过来。他们一边吃一边赞扬艾珊的厨艺。

小宋调侃地对雪儿说："你也该和艾珊姐学学手艺，不要一有空就听什么林忆莲、郑秀文，那东西当不了饭吃。"

雪儿噘起嘴，"你要恭维艾珊姐，干吗一定要贬低我？"

薛景宁羡慕地说："袁总运气真好，找个博士太太，还做一手好菜！最重要的是，人家肯从美国跑回来陪你。"

袁焜笑着说："你们哪儿知道，为了说服她，我就差单腿下跪了，她还不给我面子呢。"

"不要夸张好不好？我可是不声不响带着小迪回国的。"艾珊佯做愤怒状。

午饭过后，艾珊随袁焜走进他的办公室。袁焜开玩笑地问："今天怎么想起来给我送温暖？"

她体贴地说："知道你挺辛苦的。"

"你也不容易。"妻子退了一步，袁焜自然也让三分。

她心情复杂地说："今天我才想明白你为什么拼命要回国，原来这里有一位年轻美女在召唤。"雪儿原来只在她的想象中，现在却活生生地、青春无敌地站在她面前，让她明显地感到了威胁。

袁焜皱起眉头说："你不要自寻烦恼好不好？我们做了六七年夫妻，你还不知道我吗？"

她嗔怪地笑着说："我不过开个玩笑，你还当真了？"

第十三章　投资天使

1

一大早儿天气还阴沉沉的，午饭后竟变得风和日丽了。艾珊心想，真是天公作美啊！下午3点，她陪伴四位董事来到学校工地视察。放眼望去，工地上一片繁忙景象：大吊车伸展巨臂，升降机忽上忽下，运泥车进进出出，搅拌机发出"轰隆隆"的刺耳响声，几十个工人干得热火朝天。

一行人来到教学大楼前，正好遇上匆匆而来的承包商杨经理。杨经理礼节性地向各人点头打招呼，就直截了当地问艾珊："艾校长，这教学楼都盖了一半了，该把二期款给我们了吧？"

"那当然！陈总的钱一到马上打给你。"艾珊语气肯定。她心里明白，杨经理是特地等机会当众讨钱。山西煤老板陈总上周来考察时，排场大得让他看傻了眼，所以艾珊故意搬出陈总做挡箭牌。恰在这时，艾珊的手机响起来，她马上接电话："您好，陈总，刚才还提到您呢。您说什么？为什么……您让我一时到哪儿去筹这么多钱啊？"

对方虽然早已挂断电话，艾珊依然机械般地紧握手机，似乎非要抓住最后一线希望。她的脸突然变得如纸一般苍白。

众人得知突变，心里都不好受，空气似乎也令人窒息地凝固了。只有杨经理乘人之危，口气生硬地问："那我们的二期款怎么办？"

艾珊勉强吐出一句话："杨经理，能等等吗？"

"怎么能等？我还等着发工资呢！"杨经理立马瞪起眼，指着正在施工的工人恶狠狠地说，"没钱，我就让他们停工了！"

艾珊急忙央求："千万不能停工，给我点儿时间，我再想办法找钱。"

杨经理脸上的横肉都抖动起来了："没有钱你办什么国际学校？我看你是和我开国际玩笑！"

一位戴眼镜的董事实在忍不住了，朝前一步，对那家伙说："你讲话不要这么难听嘛。"

杨经理做出不屑一顾的样子："一个女人家能办成什么大事？你以为会说几句英语就能办学校吗？"

艾珊气得说不出话来，浑身颤抖。

一位高个子董事再也看不下去了，他对杨经理厉声呵斥："你也太过分了！"

"没工夫跟你们啰唆！就给两星期，到时候再不付钱，就别怪老子不客气！"杨经理气冲冲地说罢，扬长而去。

众人望着他的背影，气得一筹莫展。

艾珊回到家，瘫坐在客厅的沙发上动弹不得，呆呆地仰望天花板。小狗桑尼乖乖地依偎在她的身旁，似乎生怕惊扰主人的美梦。

夜幕悄然降临。袁焜匆匆走进来，顺手打开灯，小狗突然向他蹿过去，艾珊条件反射般地用双手遮住眼睛。他不由得愣了一下，上前问个究竟。艾珊终于开始倾吐憋了半天的委屈，如同一个受了惊吓的孩童突然见到父母，边流泪边说出缘由。

"天塌了有地接着，总有办法的！"他听罢大声说。话虽然简短，但掷地有声。她默默地凝视他，似乎有所触动。他又劝了半天，她才肯去睡房休息。

他比谁都清楚，在这关键时刻，一定要帮她渡过这个难关。他走进书房，打开电脑内的数个文件夹，快速阅读起来，接着开始打字。

艾珊在床上辗转反侧难以入眠。袁焜悄悄走进来，见她还没睡着，便递给她一张纸。艾珊看到上面都是大公司老总的名单和电话，心领神会地点了点头。

他坐在床沿，握住她的手说："学校的投资计划要有吸引力，那些老总才会心甘情愿地掏腰包。你可以事先商定，投资企业的员工子女可得到学费优惠，这样皆大欢喜。"

她听后喜上眉梢，大声说："缔造双赢！"

"瞧你高兴的样子！等我以后有钱了，一定投资你办学。"

"是真的吗？"

他拍着胸脯说："那当然，财富变知识嘛。"

她终于笑出声来："你又要给我讲斯坦福的故事了……"

第二天早晨，艾珊走进赵达川的办公室。达川递上茶，恭敬地问："什么风儿一大早把大忙人吹来了？"

她坐到沙发上，叹了一口长气，把国际学校大投资商变卦的事一股脑儿端出来。达川连连骂那个煤老板良心被狗吃了。她一再强调自己目前骑虎难下，四处找投资无门，急得好几夜合不上眼。达川马上听出了弦外之音，感到问题有些棘手，立即皱起眉头来。

她直截了当地问："我是无事不登三宝殿，你们科维能不能投资？"

"这个嘛，我们还没有考虑过投资教育这一块。"

"现在考虑也不迟啊。"

久经商场的达川边笑边搪塞起来："你让我考虑考虑，我这儿正要去开个会。"

艾珊见他下起逐客令也只好走了。

艾珊接着去拜见一位房地产老板。此人年纪并不大，但已秃顶，一见到她，竟拉住她的手，肆意打量她的身体，笑嘻嘻地说："我还没见过这么漂亮的洋博士呢，要脸蛋有脸蛋，要身材有身材。"

艾珊挣脱他的手，递上国际学校计划书："这就是我跟你在电话里谈的国际学校。"

秃头老板把小册子往茶几上一扔："不就是1000万吗，急啥？"他把手搭在她的肩膀上，"今晚陪我去跳舞，怎么样？"

她机警地问："这哪儿成，我这身衣服怎么跳舞？"

他露出色迷迷的笑容："我给你去买套露背裙，很性感的那种。"

她用力甩开他的手，满脸通红，唰地站起来。秃头也跟着站起来，拦住她："别介意，我这人喜欢讲笑话。"

她气愤地说："我没兴趣听你的笑话！"说罢掉头就走。

　　秃头老板冲着她的背影叫道："连个玩笑都开不起还想要钱哪？想得倒美！"

　　艾珊筹资四处碰壁之后，想来想去还是去找赵达川。达川前脚刚进家门，她后脚就跟着进来。这几天来她给他手机里几次留言，他都未回复一个，无奈之下干脆找上门来。她直奔主题："故意躲避我，怕我跟你要钱吧？"

　　他摆摆手："别讲得那么难听。这几天老是开会，累死我了。找到投资人了吗？"

　　她忍不住哭了起来："我都跑断腿了，一分钱也没拿到。好歹我们也是亲戚，你就忍心见死不救吗？"

　　他一下手足无措了："别哭，别哭了我的姑奶奶！我最怕女人哭了。"

　　她抹着眼泪："你是老总，如果真想帮忙总有办法的。你们一投资，媒体就会宣传，科维的社会影响也就扩大了。"

　　他有些动心了："你讲得是有道理，但要说服那些董事可不容易啊！"

　　"要不，你先去看看工地再说？"

　　艾珊见达川终于点了点头，破涕为笑。

　　俗话说，打铁要趁热。次日一大早，艾珊就接达川来到了学校工地。施工队已在前几天停工，整个工地有些零乱、萧条，但他还是被校园粗具规模的前卫建筑和与大自然融为一体的设计镇住了。他左看右看，问长问短，东摸西摸，赞不绝口。

　　见达川高兴，艾珊不失时机地"推销"办学方针：学校将面向全社会招生，外籍教师占八成，小班英文授课，采用加州教材。着重培养孩子的国际意识、发掘创造力，而不是单纯地追求高分。达川尤其赞赏最后一点，再次询问了详情。显然他对学校的硬件和软件都感到满意。

　　在盖了一半的教学大楼前达川驻足，询问投资详情。

　　她说："所有工程总投资要1个亿，前期就要5000万，10到15年可以收回全部投资。除了学费收入外，还会从培训项目中创收，希望在5年内达到收支平衡。现在眼看着就要半途而废了，你说我能不急吗？"

　　达川再次环顾四周，说："这个国际学校提前跟国际接轨了，还真了不起啊！看不出来，以前的小姑娘，现在成了第一个吃螃蟹的人了。我还真得想法子帮你啊。我回去马上开个董事会，尽快拿个方案出来。"

　　她兴奋得跳起来，情不自禁地握住达川的手，热泪盈眶："我替孩子们谢谢你了！"

2

　　中关村大街上车水马龙、人来人往，但科维公司专卖店门前却是冷冷清清。刘倩蓉身着一身名牌，哼着歌朝专卖店门口走来。正在这时，愁眉不展的赵达川从门内疾步走出，和她机会撞个满怀。她一愣，往后退了一步。真是冤家路窄啊！

　　达川也感到惊讶，但不想跟她多啰唆，故意做了一个弯腰的姿势，欢迎光临。她透过玻璃门环顾店内，见一个客人都没有，惊讶地问："这……怎么回事？"

　　她不由自主地叹了一口气："这年头生意越来越难做喽。"

　　"说句不中听的话，阿尔法电脑早已是'明日黄花'了。价钱压得太低，你的佣金就少得可怜，登再多的广告都是往水里扔钱。"她趾高气扬地说，"怎么样，要不要我救你一把？"他耸耸肩没有吭声，心里却想，谁知道这女人葫芦里卖的什么药？

　　倩蓉显然是有备而来，说："对你来说，只是举手之劳。只要让我见女儿，我可以帮你拿到SVT的代理权，佣金绝对高于其他公司……"

　　"别做白日梦了！什么要求都可以谈，要想见蕾蕾，没门儿！"他斩钉截铁，打断她的话。

　　她低声下气起来："你到底要我怎么求你呢？有什么条件就开出来嘛……"

　　"别废话了！我还有事儿，不奉陪了！"他说罢转身就走。

　　她呆呆地看着他的背影，大声叫嚷："我还会找你的！"

　　傍晚，她来到新岛咖啡厅，赴艾珊的约。厅内客人并不多，显得清静幽雅。两人在一个角落里对坐，边喝咖啡边唠家常。倩蓉问艾珊到底有什么事，艾珊呷了一口咖啡，好不容易才吐出两个字——借钱。

　　倩蓉惊讶地问："是袁焜的公司周转不灵吗？"

　　艾珊摇头，把煤老板变卦的事儿和盘托出，现在她必须招募小股东，几十万、几百万都可以，不怕股东多。倩蓉认识不少有钱人，求她想想办法。倩蓉想，小财主拿不出那么多钱，得找大款才行，但他们大多数看眼前利益，对教育这样的长线投资不一定感兴趣，她可以试试，就说，"你就放心吧！我会使出浑身的本事帮你的。"

艾珊笑起来，"这还像个表妹。"

倩蓉撇起嘴："啥时候不像了？"

"这个嘛，你心知肚明啦……"

一周后的早晨，倩蓉果真又来找达川了。女秘书边阻拦边叫喊，但她还是硬闯进了办公室。达川听到吵嚷立马从位子上跳起来，一看是倩蓉，向秘书挥挥手示意放她进来。

他气呼呼地说："你来，也要预约啊，这儿可不是超市。"

倩蓉大声道："废话少说！我已经问过好几个律师了，我有理由要回女儿的抚养权。"

"我看你吃饱了撑的！"达川摇头晃脑地说，"要不要我把你放弃抚养权的文件装上镜框，敲锣打鼓地送到你府上？"

她用颤抖的手指着达川的鼻子："你也太刻薄了！"

达川用力吸烟，硬把怒气压下去，接着又一口气吐出长长的烟圈，说："我刻薄吗？一想起那份文件我肺都气炸了。那时，你让我真正领教了一句话——天下最毒女人心！"

"你再拒绝我的要求，咱们只好在法庭上见了！我这次来，就是给你下最后通牒的！"

达川气得拍了一下桌子说："管你中国法律还是美国法律，告到哪儿都是老子赢！"

女秘书敲门而入，示意达川会议即将开始。达川阴阳怪气地对倩蓉说："你还是死了这条心吧！我可没那么多时间奉陪。想孩子想疯了，就趁年轻赶快生一个。弗兰克不算太老吧，还有生育能力。"

倩蓉无奈地站起身，朝门口走去。随即又转过身来咬牙切齿地喊道："姓赵的，你别欺人太甚！"

达川耸耸肩，做了一个鬼脸。

倩蓉用力摔门，怒气冲冲地疾步而去……

3

纽约的华尔街并不起眼。这条街全长不足600米，宽不过11米。然而，这里却是美国金融业的中枢神经，云集着纽约证券交易所、联邦储备银行在内的大机构。正是这些如雷贯耳的名字，使其成为美国最牛的一条街，全球金融的心脏。康恩风险投资公司就坐落在这寸土寸金的地方。

在康恩公司简洁而典雅的会议室里，几名趾高气扬的投资家围着长桌而坐，认真地阅读产品说明书。

袁焜和部门经理安吉拉并排而坐。安吉拉作了简短的开场白后，袁焜拿起专用USB钥匙，开始介绍起产品："电脑加上这个'芯光锁'指纹版，马上就安全了。它可以锁硬件、文件，还可以锁网站……这种技术，在世界上是一流的。"

一个壮实的投资家皱起眉头，慢条斯理地说："据我了解，市场上已经有了同类产品，比如说'SVT锁'指纹版。"

袁焜镇静地回应："市场上确实有同类产品，但在保密程度上'芯光锁'是最好的。我们使用的是工业界最强的超过4096位的加密算法，目前还没有技术可以破译……"

一位戴眼镜的投资家耸耸肩，然后又点点头。过了一会儿，那位壮实的投资家站起身说："我会把你们的资料带回去研究研究。很抱歉，我还有事，先走了。"另一位秃顶投资家也站起身，要去赶另外一个会，还说要好好比较同类产品，做做市场调查才能决定。

安吉拉看着他们一个接着一个地离开，轻松自如地含笑送客，看上去平静如水，显然早已见惯了这种场面。袁焜心里空荡荡的，思绪乱成一团。他万万没想到，第一个回合就这样出师不利。安吉拉默默递给他一杯咖啡，他接咖啡时手在微微颤抖，喃喃道："怎么会这样呢？好像没有一个人对'芯光锁'感兴趣。"

安吉拉平静地说："别担心，这很正常。明天还有好几批投资人要来呢……"袁焜喘了一口气，心里渐渐又燃起了希望的火花。安吉拉喝了一口咖啡，严肃地问，"焜，刚才他们谈到的'SVT锁'到底是怎么一回事？"

再次提到这个敏感话题，袁焜就将"芯光锁"指纹版遭偷窃的事一五一十地说了，并强调SVT很有可能是抄袭芯光。安吉拉听后感到问题有点儿棘手，这涉及刑事案件，眼下还难以判断是非，必须准备应变方案。

第二天晚上，安吉拉邀请袁焜到坐落在曼哈顿41街上的"班杰明牛排馆"吃晚餐。餐馆是一座两层楼建筑，有高高的天花板、金黄的大吊灯，装饰典雅华丽。餐厅里侍应生来回穿梭，顾客低声地交谈着。两人在一张靠近巨大壁炉的桌子旁相对而坐。安吉拉施了淡妆，性感迷人，袁焜却满脸倦容。

安吉拉边吃牛排边介绍它的与众不同。这种用高温烤制的牛排外焦里嫩，骨头的一边是沙朗牛排，另一边是菲力牛排，在一块肉上就能尝到两种不同的味道。袁焜静静地听着，机械般地吃着牛排，内心却像等待高考发榜一样焦急。

安吉拉终于言归正传，说："焜，很抱歉，只有一个人肯掏钱。第一期只拿到50万。投资商个个都很精明，他们不愿意为一个小公司承担风险，何况它还远在中国……"

袁焜似乎早有心理准备，木然地点点头。事实上，这比他的期望值要少很多。他在离开北京前曾向艾珊、同仁夸下海口，第一次到美国融资至少得抱200万美元回去。这下怎么向他们交代呢？这势必会影响团队的士气。他调整一下自己纷乱的情绪，举起酒杯："不管怎么说，有总比没有好。我得感谢你！"

安吉拉也举起杯子轻轻碰了一下。在品尝精美甜点时，他诚恳地问："你说这次融资失败问题到底出在哪儿？"

"投资商选择投资项目时，最注重管理者。这方面你的表现非常出色。"

"你过奖了，管理工作并不是我最擅长的，我喜欢做科研。"

"风险投资商看中的公司还要有独特的、不会轻易被别人取代的技术，关键是拿出的新产品得是独一无二的。"

"你等着吧，我们会有秘密武器的！"

安吉拉立即兴奋起来："看来，你们手上还有其他大项目，就像刚才吃的牛排，一块肉上有不同的味道。"

袁焜意味深长地笑了笑。

袁焜匆匆告别纽约，特地飞到旧金山，来到昔日生活过的硅谷。他并非旧地重游，也不是谈生意，而是看望师弟岳东。他一跨进岳东的家门，看到的竟是一片凌乱不堪的场面。茶几上堆满了酒瓶和外卖盒，中英文报纸散落一地。岳东满脸络腮胡，头发披肩，显得苍老憔悴，像一个落魄的艺术家。他把沙发上的几本杂志推到地上，示意袁煜坐下，自己则坐在地毯上。

袁煜问："怎么没见你太太？"

岳东顺手递给他一小瓶Heineken啤酒，轻描淡写地说："分居三个多月了。唉！我在这里十几年了，还是不了解美国女人。我和她吵了几年，最后大家都麻木了，她喜欢怎么样就怎么样吧。"

袁煜劝道："这也怪不得你，感情这东西，勉强不来的。"

袁煜讲了纽约之行的情况，岳东反而安慰起他来。后来两人聊起了研究项目。一说到科研，岳东好像变成另外一个人，变得神采飞扬、滔滔不绝。袁煜在心里暗暗地笑了，这可是好征兆啊！

不知不觉中，黑夜早已来临，两人饥肠辘辘。岳东到厨房先把比萨放入烤箱，顺手在冰箱内拿了一大块奶酪。回到客厅，他用小刀把奶酪切成小片。袁煜已有好几年没有这样吃了，倍感亲切。

岳东连吃了几片奶酪就来了精神。他说："融资当然重要，但你也不能盲目追逐华尔街啊！跟着他们转，迟早会迷失研发方向的，一定要有自己的主见。"

"主见？谈何容易啊。像你这样的高手，整天浪费在这里太糟蹋自己了。重出江湖吧，跟我回北京一起干。我太需要你的帮助了。"袁煜借机说出来意。

"我早落伍了，江郎才尽啦……"岳东颓丧地说。

"我看你啊，骨子里从来没放下专业。刚才讲起来一套一套的不比我知道得少，只是缺乏热情罢了。只有到中关村那样的地方，才能燃烧起你的激情。"袁煜说道。岳东听着没吭声，他一口气把大半瓶酒吞了下去。袁煜站起来，走到他面前，边拍他的肩膀边得意地说："打蛇打到七寸了吧？"

岳东又开了一瓶酒，他喝了一大口说道："中关村的影响力确实越来越大了。世界各地高科技论坛、商业会议都会提到这三个字。"

袁煜点头："是啊，'开谈不讲中关村，满座名流也枉然'。我们现在搞的是研发新产品，和以前做'天外来客网'不一样。"

岳东皱起眉头问："有什么不同？"

袁焜先用右手摇了摇酒瓶，酒沫四起，又用左手指着盘中的奶酪说："一个是泡沫，另一个是奶酪。"

"那我再多吃一块。"岳东抓起一块奶酪就往嘴里塞。

袁焜哈哈大笑，说："还记得当年我们在斯坦福时的抱负吗？"

岳东拍了拍脑袋："要走创造、创新之路。"

袁焜欣慰地点点头，心情再次激荡起来。是啊，古老的中国有举世瞩目的四大发明，咱们中国人的基因里根本不缺乏创造力，只是缺少机会而已。历史的车轮滚滚向前，泱泱大国绝不能总停滞在初级的"中国制造"阶段，必须要走向高新的"中国创造"，而在这华丽转型的背后，常常伴随着痛苦，需要付出沉重的代价。他作为新世纪的海归，要义不容辞地肩负起历史赋予的使命。

几天之后，岳东开车送袁焜去旧金山机场。一路上，两人不停地畅谈。岳东说："咱们下一次见面也不知是什么时候。"

袁焜说："决定权在你。中关村低廉的创业成本是很有吸引力的哦。"接着给岳东算了一笔账，在中关村高科技公司为一个研发人员支付的薪酬和配套的经营成本只有硅谷公司的10%。在硅谷请一个研发人员年薪至少8万美元，以同样的价格在中关村可以请上八个，但每个人的工作效率几乎一样。10万美元在硅谷是不可能起家的，但在中关村就有可能做出成绩。

岳东兴奋地说："被你这么一说，我有些心动了。"

袁焜轻轻拍着他的肩膀说："几天之间，你就从'心跳'变成'心动'了，那我就在北京等待你的'心归'了。As Soon As Possible！（越快越好！）"

4

国际学校尚未完全竣工，这天却迎来了首批嘉宾和记者。教学大楼前几张大桌子上铺着红布，外墙上挂着巨大的横幅，红底白字上写着"科维公司投资吉尼斯国际学校签字仪式"。一派喜气洋洋。

艾珊穿着一身鹅黄色套装，脸色格外红润。达川身着淡灰色西装，配枣红色领带，更显英俊潇洒。他们满面春风，纷纷和来宾挥手致意。在工作人员的引领下，艾珊、达川坐到桌前，签字仪式便正式开始了。在主持人简短的发言后，他俩马上签字，尔后，起立，交换文本，相互握手。众人的掌声响彻云霄，照相机的灯光不停闪烁。

这个简单而又隆重的仪式前后只花了十多分钟。为了这短短的十来分钟，艾珊不知费了多少唇舌，受了多少煎熬。最终，达川一举投资1000万，坐上了第二大股东的交椅，大楼就很快复工了。

一位电视台的男记者匆匆向达川走来，举起话筒问他："请问，是什么动机促使你这么大手笔投资？"

达川摸了一下领带，沉着地对着摄像机说："我并不是在做慈善事业，而是看好教育市场。我希望通过商业运作办好学校，培养出优秀学生，也希望对股东有良好的回报。"他指了指身旁的艾珊，"另外，我也被艾校长的敬业精神所打动。她为了找投资人，走访了全国几十家大企业，不得不弯下腰，求爷爷、告奶奶。在这个道德滑坡、诚信缺失的浮躁年代，我们太需要她这种执着的精神了！"

记者立即把话筒转向了艾珊。她说："首先感谢科维公司赵达川总裁的慷慨投资。在筹备过程中，我确实碰到了这样那样的困难，但幸运的是，最终得到了各位投资商的支持。目前，国际学校的筹备工作正在紧锣密鼓中进行。"

艾珊晚上回到家，特意多做了几个菜。一家三口人庆祝一番，夫妻俩竟喝光了一大瓶加州红酒。一向睡眠不足的袁焜酒后更觉疲倦，艾珊扶他走进卧室，抚摸着他的额头关切地问："你没醉吧？"

他说："怎么会醉呢？我是为你高兴啊！1000万可不是小数目。"内心五味杂陈。当初达川抢走了倩蓉，现在又大力帮助自己的妻子，似乎总在自己的生活中扮演重要角色。

她依然沉醉在白天签约的兴奋中："再有三家企业的资金到位，就可以开学啦！"

他把她搂在怀里说："太好了！你的动作真快，我的芯片还没出来，你的学校就快办起来了。你可真是个才女！"

她撒娇地问："我就只是才女吗？"

"美丽的才女。"他拍拍她的脸说。

她吻他的脸："那你怎么从来不说我漂亮……"

他笑了笑，轻轻地说："等攻芯工程完成后就开始咱们的'造人工程'吧？"

"给你生个大胖儿子。"

"有小迪从天而降了，我还想要一个女儿，像你一样美丽，组成一个完美的'好'字。"

室内光线昏黄，飘荡着浪漫的旋律。两人已经好久没有如此放松了，在床上尽情地享受鱼水之欢。

几周后的一个傍晚，晚霞似火。袁迪和小狗正在后园玩耍。艾珊走过来，兴冲冲地告诉他今天收到最后一笔投资，学校就快开学了。小迪脸上顿时乐开了花，他一下扑到妈妈身上。小狗也围着他俩欢跳……

晚饭后，袁焜坐在院中的躺椅上，满脸疲惫地看着西沉的夕阳发呆。学校快开张了，对整个家庭来说是件大喜事，但他的公司仍处于停滞不前的状态。想起这些倍感压力。

艾珊从屋里取来了两瓶水，递给他一瓶说："你从美国回来后胃口越来越差了，心思比以前更重了。"

"什么都逃不过你的眼睛啊。"

"我是有心灵感应的，你可得小心喔！"艾珊的玩笑话中藏着话。

"不瞒你说，芯光好像走进了死胡同。芯光锁的市场与预料的相差悬殊，所获盈利根本养不活公司，再说攻克芯片又不是一天两天的事儿，还要不断地烧钱。后续资金跟不上，那会导致前功尽弃啊。"

艾珊抚摸着他的肩膀安慰道："没那么严重吧？别老是往坏处想。你不要老是盯着外国的风投公司，在北京也找找。"

他点头称是："你说得对！"

5

"太空人"的生活是单调乏味的，但薛景宁自从邂逅梁冰后，再也不觉孤独了，有时甚至体验到了难以形容的愉悦。这晚尽管外面下着雨，梁冰还是如约而来，又让他心生感激。

梁冰每次来都是精心打扮，今天也不例外，身上的低胸套裙，使她看上去十分性感迷人。她喜欢坐在景宁的大腿上边上网边聊天。闲聊中，她得知景宁正在研发新产品，马上兴趣大发。这时电话突然响起，景宁抓起无线电话，对她做了一个闭嘴的手势，然后拿着电话机走到外面。

来到露台，凉意扑面而来，雨好像刚刚才停，地上湿湿的。景宁边听电话边仰望漆黑的夜空。过了一会儿，他挂了电话，回到屋内，正碰见梁冰翻查自己的资料，心里突然一震。梁冰见他走进来，立即迎上去，抓住他的臂膀温柔地问："你这儿怎么连一张白纸都没有啊？我想记个网址。"

他顺手从打印机里抽出一张纸，严肃地递给她，"这儿不是有很多纸吗？"

他似乎感觉到他的不悦，故意拉长着脸转移话题："谁打来的电话？老实交代！不会是三奶吧。"

他忍不住笑起来："是加拿大的长途。"

她顺手从超大LV包内拿出一瓶酒，递给他："快打开吧！"他经不住这样的诱惑，一边喝酒一边和她缠绵起来。几分钟后，就乖乖地跟着她上床了……

翌日早晨10点多，袁焜来到景宁的办公室，惊讶地发现里面一片凌乱，景宁仍扑在办公桌上呼呼大睡，就用力把他推醒。景宁用双手抱着头，表情痛苦。

袁焜摸摸景宁的额头问："满屋子都是酒气，到底发生什么事了？"

景宁瘫软地答道："头疼得厉害……头昏脑涨的，好像什么都不记得了。"

袁焜把他扶起来说："我送你去医院……"

他飞车载景宁来到海淀医院急诊室。医生立即给景宁打了止痛针，又给他做了胃液化验。大约一个小时后，医生走过来，递给景宁一张化验单说："有人在你的酒里放了高效安眠药，你再休息几个小时就会好起来。"

景宁听罢，全身一颤。袁焜按住景宁的肩膀，惊讶地大声问："昨晚你到底和谁在一起？"

景宁不敢回答。他深知公司有明文规定，不准外人随便进出，尤其是竞争对手。那条例还是自己亲自起草的呢。袁焜接着问了一连串问题，他都一言不发。袁焜再也忍不住了，提高嗓门说："人家偷走'芯光锁'指纹版软件，就是想把我们逼上死路啊！这次我去华尔街融资很不顺利。凭我们的实力，拿个200万美元回来不在话下，问题就出在SVT抢先我们一步，作为团队的一员，你能无动于衷吗？"

景宁终于开口了："昨晚，我和一个女的在一起。现在回想起来，她是一步一步地下套子让我钻……袁总，我……我对不起你！也对不起我太太！"

袁焜克制着自己的情绪说："照理说，在我们这样的公司我不该过问员工的私事，但是，这涉及公司的生死存亡，你可要抛开儿女情长啊！"

景宁用力点头说："这个女人你也认识……"

第十四章　危难+机遇

1

每到午餐时分，中关村的大街小巷就像电影院散场，众多的IT人士如潮水般地从高高矮矮的办公楼里涌出来，然后分散进大大小小的餐厅。口碑较好的餐馆常常人满为患，这家川菜馆就名列其中。不过，八面玲珑的梁冰早已和经理混熟，每次光临都能享受到VIP待遇，不必排在长龙般的队尾。

梁冰和薛景宁入座后，梁冰连菜牌都没看，一口气点了四个菜。转眼间他俩边吃边谈，那股亲热劲儿活像一对热恋的情人。景宁以往并不嗜辣，但近期在梁冰的调教下也就爱屋及乌了。

她问：“你怎么有空找我吃饭了？”

“想你了呗！我这是忙里偷闲，美人、江山两不误。”他语气亲昵。

她有些不屑：“你有什么好忙的？还不是每天对着电脑发呆。”

他四下看看，然后神秘地说：“我们正在测试‘芯光锁’声纹版，就快成功啦！”随后慌忙用手捂住自己的嘴，“呸呸，一不小心说漏嘴了。这可是一级机密啊……不过，这玩意儿送给你也是垃圾。”

她眼睛忽然一亮，为了掩饰亢奋的心情，喝了一大口酒，撒起娇来：“就是嘛，我对技术一窍不通。”

两天后的夜晚，梁冰如约来到景宁的办公室，穿一身火红的无袖连衣裙，丰满的身材曲线毕露，更显得热情奔放。他拍拍她的肩膀说：“外面大风啊，你真是要风度不要温度了？”她立即扑到他的怀里撒起娇来：“好冷喔，我要温度！”他顺手把她搂在怀中。接着，她抽身从包里取出一瓶酒，妩媚地说："今儿给你带来一瓶法国名酒波尔多。"他笑着说："看来，今夜咱们是不醉不休啊！"

两人边喝酒边聊天，气氛温馨。但她并没有注意到，他每喝一口就偷偷把酒吐到餐巾纸上，又顺手扔到脚旁的纸篓里。过了一会儿，他说："这酒劲儿还挺大，我有点晕了。"她摸摸他的额头关切地问："是不是醉了？你是严重缺乏睡眠，要不先去躺一会儿？"

她扶他到行军床旁。他躺倒，很快发出了打呼声。她的脸上露出了诡谲的笑容，蹑手蹑脚来到电脑前，找到了"芯光锁"声纹版文件，快捷地从包中取出U盘复制。与此同时，她背后的景宁目睹着这一切，早已悄悄按下枕头下的录像机按钮。

翌日清晨，景宁匆匆闯入袁焜的办公室，交给他一盘录像带，兴奋地说："袁总，这是昨晚录的，证据确凿啊！这里还有一点红酒，估计也下了药。上一次，她十有八九也是用同样的方法偷走了指纹版，公安局应该有办法让她招供……"

袁焜接过物证，欣慰地点点头，再三关照："千万别打草惊蛇啊！"

景宁走后，袁焜火速拨通公安局周队长的电话，告诉他，"芯光锁"被窃案有了新进展，他掌握了重要证据。

2

夏夜的首都机场灯火通明，璀璨夺目。国际接客口人山人海，好不热闹。在潮水般涌出的旅客中，袁焜一眼就看到了岳东。满脸的络腮胡子不见了，新理的小平头更显年轻。袁焜没有料到，师弟说来参观这么快就来了，还带来两位年轻人小吴和小陈。

次日一早，岳东、小吴、小陈顾不得倒时差就来到芯光公司，敲响了袁焜办公室的大门。见到他们三人，袁焜受了感动，泪水在眼眶内打转。本来约好，丁柱下午去接他们来参观，谁知道他们急不可待地找上门来了。

袁焜带着三人在中关村参观了一整天，到了傍晚，兴致勃勃地登上了中关村大街上一座天桥。遥望四周，大厦鳞次栉比，一幢高过一幢。放眼俯瞰，马路上车水马龙，人行道上人流如鲫。

小陈感慨地说："十年前我曾来过这里，如今新建了很多高楼，真是换了人间啊。叫我一个人来北京我都不认识路了。"

袁焜笑起来："别说你们了，就我这老北京也常常迷路。北京的地图，每个月都要更新。"

小陈指着前方说："这儿可真有意思，连桥名、路名都和IT有关，什么四通桥、联想桥、信息路……"

袁焜说："光联想集团就花了50万买下了两座桥的永久冠名权。"

小吴也感叹："前几年我回过上海老家，现在看来感觉这里的人气好像比浦东还要旺。"

袁焜仰望天空，和在场的几位分享自己的想法。中国改革的热点是：80年代看深圳，90年代看浦东，21世纪就看中关村。这些地方都是改革开放的样板，其中蕴含着说不完的创业故事、数不完的伟大奇迹，还有道不尽的阵痛和代价。在这茫茫人群中，不知有多少人才。一块砖头从天上掉下来，没准儿就砸到哪个上市公司的CEO，更别说名牌大学的博士了。

大伙情不自禁地笑起来，阵阵笑声融入滚滚的车流中……

晚上回到家，袁焜突然接到香港KK金融投资公司的电话，请他第二天就去深圳见面，说是大老板从欧洲带了一批投资人要和他见面。他习惯这样的"召唤"了。他这个"海龟"早变成"海鸥"，常常说走就走，四处忙着找食，乘飞机就像坐的士那么平常。

袁焜一走，接待岳东他们的事只好交给了丁柱。丁柱带着他们早出晚归，几乎把中关村一带的大街小巷都跑遍了。在他们三人眼里，中关村可是一道独特的风景。这里云集了北大、清华等几十所名校，以中科院为代表的研究机构达数百家，而数以百计的高科技公司和跨国公司并存。这里交通方便，配套完善，散发出独特的魅力，难怪比尔·盖茨、卢卡斯都看中这块宝地。中关村对他们来说，仿佛是出席上流社会"成人礼"的少女，美丽又诱人，就看自己有没有胆识追求了。

袁焜回到北京，并没有带来好消息。最近像这样的事已发生过好几次了。刚刚开始时投资商都是十万火急，好像上亿的资金非要打到你账户上不可，但一旦进入实质性的话题，要动真银真金，他们就往后退缩了，最后往往是不了了之。他面对接二连三的挫折，心里并不好受，但此时此刻，必须调整自己的情绪，好好招待来自大洋彼岸的岳东一行人。

一大早，袁焜、艾珊、岳东、小吴、小陈、丁柱几人就登上了香山香炉峰。众人遥望远方赞叹不已。在重阳阁前，岳东郑重地说："我们决定登上芯光这艘大船！"

袁焜惊喜得跳起来，把岳东、小陈、小吴手拢在一起，兴奋地说："太感谢你们了！让我们同舟共济。"他们的决定比他想象的快得多，这是他几个月来碰到的唯一一件喜事。在他的心目中，电脑、机器再神奇也要靠人去操作，人才始终是第一位的，何况他们个个都是俊杰。

艾珊在惊喜之际问他们："为什么这么快就下决心了？"

小陈说："其实回国无须理由，当初出去就是为了回来。出国就是为了积蓄更大的能量、更好地回国发展。这几天考察的结果告诉我们，这儿市场庞大，机会太多，再也不能等待下去了，坐等就意味着失去千载难逢的机遇。"

岳东说："我们这么快决定留下来可以归结为三个'动'字：一是被你的创业激情'感动'，二是被这里的人气'打动'，三是芯片研究课题让我们'心动'。"

艾珊说："那就欢迎你们从'谷'里搬到'村'里。"

众人大笑。

几天后，岳东来到袁焜的办公室，递上一张10万美元的支票。他不但要留下来好好干，还要入股，与师兄绑在一起共进退。在公司面临重重危机的严峻关头，这10万美元可谓及时雨。袁焜感到这张支票沉甸甸的，这包含着一片信任、一片重托啊！

在芯光研发部的例会上，袁焜热烈欢迎岳东、小吴、小陈三位博士加盟。岳东、小吴是斯坦福的博士，小陈是麻省理工学院毕业的。他们都在硅谷工作过，是软件高手，每个人手上都有专利，岳东一个人就有好几项。他任命岳东研发部副主任，配合薛景宁主任工作。研发人员们有的坐在椅子上，有的靠在桌子上，还有的干脆站着，轻松自如。

岳东代表三人讲话前先向大家作揖，他说："各位，我们三个初来乍到，还请多多关照。你们千万别听袁总乱吹捧，我们不是什么软件高手，只是喜欢胡思乱想，双手爱敲键盘而已。"岳东的国语带着浓重的粤语腔，引来阵阵哄堂大笑。他接着说："我还要感谢袁总的重用，使我这个'海泡'一踏上北京的土地，就变成生猛'海鲜'了……"

3

自从岳东在北京扎根后，袁焜多次和研发团队商讨课题走向，很快达成共识。尽管公司资金有限，但必须改变重心，主力开发数字多媒体芯片。袁焜担任总指挥，由薛景宁、岳东挂帅，小陈、小吴，还有从SVT刚跳槽过来的清华硕士郭小凤都是主力。另外，芯光锁的市场正在逐渐扩大，绝不能放弃，目前公司还靠它养着，要尽快推出声纹版，争取更大的利润，具体由小宋负责研发。

讲起数字多媒体芯片，行内人士清清楚楚，但像雪儿这样的非专业人士就感到陌生了。在部门主管的会议上，岳东给大家做了一个形象的比喻：一枚小小的数字多媒体芯片相当于人的心脏，它能集成强大的音频和视频，是手机、笔记本电脑的灵魂，如果手机用了这种芯片，体积越来越小，功能越来越大，音质效果也会更好；笔记本电脑用了这种芯片，会有更高的分辨率、更清晰的图像色彩，更重要的是价格大幅度下降！袁焜向大家再三强调，数字多媒体芯片在国际上属于领先课题，一定有不少公司正在研究，关键就是要赶时间，看谁能抢先一步。

然而，芯光公司很快又面临资金问题。全面攻克数字多媒体芯片需要大笔资金，公司早已捉襟见肘。袁焜和岳东、小吴、小陈反复讨论，意识到公司面临着三个选择：一是把公司的技术、产品卖掉套现，但那意味着公司失去灵魂；二是进一步融资，但难度巨大；还有就是贷款，而创新型公司接受风投的可信度不高，银行不愿轻易给予贷款。

袁焜说："芯光没有什么可以抵押给银行的，贷款谈何容易？"

小吴出主意说："中国银行不贷款，咱们可以动美国银行的脑筋呀。咱们几个可用个人存款、股票，再加上美国的房产，与美国的银行签订个人贷款合约。"

几个星期后，他们四人共从美国银行贷到200万美元，使公司攻芯工程得以延续。他们还放手选拔人才。袁焜制定的公司解决人才问题的思路是"改革"与"开放"，一方面发扬中国传统的人才发展方式，同时借鉴西方先进的人才发展经验。

所以，公司在人才结构上，以10%的"硅谷人"为团队核心。这些人都是世界名校毕业，在国际顶级公司从事过研发工作，具有先进的理论基础和实践经验，手头大多数都有专利，薪水要求也非常高。另外，60%以上的员工为研发人员。他们大多来自国内顶尖的一流大学，有着坚实的学术背景和相应的技术能力。这个人才模式，最具中国特色。公司每年都要去重点高校选拔优秀的毕业生，直接进入芯光实习或工作，保证本土人才成为中流砥柱。

纽约康恩公司的安吉拉刚听说芯光主力开发数字多媒体芯片，几个月后就带着风险投资商前来考察了，这使袁焜不得不佩服她的敏锐和超前的眼光。

"即使接待第一百个投资者，也要像接待第一个人一样。"这是袁焜的宗旨。他考虑再三，由自己和岳东亲自负责接待安吉拉一行人的工作。

安吉拉一行五人是傍晚抵达北京的，由于他们还要考察其他数个公司，日程安排得满满的，所以晚餐后就要求先参观芯光公司。

他们踏进研发部时已是晚上10点，但这里依然灯火通明，40多个研发人员干得热火朝天。几个睡袋、躺椅在一侧，吃的、喝的在一旁，场面零乱而又感人。袁焜告诉他们，为了与时间赛跑，攻芯组早已分成三班制，一周七天、每日24小时不间断研究，没有任何节假日地打一场硬仗。考察团成员听后感动不已，安吉拉更是激动得竖起了两个大拇指。当两位投资商问到研究细节时，岳东对答如流，袁焜适时补充，薛景宁也在一旁不时说明，三人配合得天衣无缝，给他们留下了深刻的印象。

连续数日，袁焜一头栽进接待外宾的工作中，除尽力宣扬研究课题外，还得陪吃陪玩，应接不暇。每天清晨艾珊还没起床他就出门了，晚上回到家她早已进入了梦乡。夫妻俩连打照面的机会都没有，更别说沟通交流了。一直到第四天晚上，艾珊再也按捺不住了，苦苦熬到午夜12点，总算等到他回家了。一见面，递给他一个大信封，带着怨气说："怎么这么晚才回家啊？这是小迪给你的，还不许我拆开呢。"

他打开一看，纸上图文并茂。她把头靠过去和他一起看着。上面有一行工整的大字："爸爸是个大坏蛋！我有四天没见你了。"

两人心中都不是滋味。

她感慨地说："这孩子每天吃晚饭时，都在窗口巴望着等你。"

他内疚地叹口气说："唉，我对他关心得太少了……"

"别自责啦，以后有时间再补偿吧。"

"好在明天安吉拉他们就走了。这个星期天不加班了，带小迪去石景山游乐园玩吧。他说过好几回了。"

她的脸上终于露出了微笑。

翌日下午，袁焜和岳东送走了美国投资商。丁柱开车载着袁焜、岳东离开了首都机场，他们紧张的神经终于松弛了下来。岳东伸着懒腰说："接待投资商比挑灯夜战研究辛苦多了。累死了！好在美国人对数字多媒体芯片很有兴趣。听安吉拉的口气，他们投资是迟早的事。"

袁焜说："要这些风投商掏腰包可没那么容易，他们是不见兔子不撒鹰……"就在这时，他的手机突然响了，接听后忍不住叫起来，"是景宁打电话来告急，说员工闹事了。快，直接回公司！"

在公司财务部门口，黑压压的一大群员工围着欧阳雪儿七嘴八舌，指指点点，空气异常紧张。丁柱边引路边叫大家让开。袁焜忙问雪儿到底怎么一回事，雪儿急得语无伦次。

一位男员工迫不及待地说："袁总来了更好，我们工资到底拖到什么时候发？"

一位女员工说："已经拖了好几天了，家里没米下锅啦！"

另一个男员工叫嚷："不管怎么样，总得有个交代吧！你这个财务主任怎么当的？"

袁焜举起双手劝道："大家安静一下！我刚送走美国的投资商，一点儿都不知道这件事……"

"到底啥时发？我家孩子还等着交学费呢。"又有一个女员工追问。

袁焜咬紧牙关坚决地说："两天之内肯定发，你们先回去工作吧。"

有了老板这句话，众人终于才肯离去。

袁焜闯进办公室，马上关掉手机，快速地来回踱步。不一会儿，雪儿敲门而入，细声轻语地问："袁总，保险公司龙小姐找您好几次了，接不接电话？"

他不耐烦地一挥手说："就是市长的电话也不接。别来烦我！"雪儿吓得刚要退出，他突然责问，"这么大的事为什么不早点儿汇报？幸好景宁打电话给我，要不你怎么收场？"

雪儿吓得眼含泪水说："我……我是怕影响你和安吉拉谈融资的大事，才一个人扛着……"

他一愣，马上说："对不起！雪儿，我错怪你了。"

雪儿听罢委屈地流下了眼泪。他拿起纸巾递给她，轻轻地拍拍她的肩头，长叹了一声。

4

天高云淡，阳光和煦。吉尼斯国际学校门口张灯结彩，人声鼎沸。经过一年的筹备，今天终于迎来了揭幕的大喜日子。学校占地100亩，建筑面积达三万平方米。最先进的教学楼、宿舍楼、体育场、图书馆等配套设施，应有尽有，并巧妙地将现代建筑和大自然融为一体。

艾珊、刘倩蓉、弗兰克、袁清哲等人围着北京市归国创业人员办公室冯振邦主任，谈笑风生。俗话说，人逢喜事精神爽。艾珊红光满面，身上的玫瑰红旗袍恰到好处地勾勒出匀称的身材，散发出高贵典雅的气质。倩蓉身穿湖蓝色套裙，曲线分明。好几年都没碰过西服的袁清哲今天也破例穿上了西装，看上去年轻了好几岁。

西装革履的赵达川笑眯眯地走过来，轻轻招手说："大家好！"那气派不亚于好莱坞明星走在奥斯卡的红地毯上。

艾珊转身向主任介绍说："这位是赵达川，科维的老总。"

冯主任边和达川握手边说："久闻大名，听说你掏钱很爽快啊。"

袁清哲轻轻拍了一下达川的手臂说："赵总一出手，就是1000万。"

达川摇摇手谦逊地说："朋友有通财之义，何足挂齿。"

见艾珊心神不定地东张西望，袁清哲悄悄过来问她："你是不是在等焜儿？"

艾珊点点头，无奈地说："他的手机也关了，可能太忙。"

"要员都到了，就甭等了。"袁清哲帮她做了决定。

在主持人的张罗下，冯振邦、艾珊、达川走到用红布包着的校牌前。三人一起揭开红布，露出金底黑字校牌："吉尼斯国际学校（Genius International School）"。

掌声响彻云霄。

冯振邦致辞："各位，你们好！今天的中关村，已经成为中国高科技的品牌、北京的名片，同时，也为地处中关村的吉尼斯国际学校的发展带来了无限商机……"他讲完话后，艾珊动情地说："首先感谢各级政府的大力支持以及企业家的慷慨解囊，使我们创造了一个办学奇迹——当年筹备、当年招生、当年开学。几年前，我曾经为是否回流而犹豫过、徘徊过，但此时此刻，我庆幸自己回到了这片热土上。因为在这里，我的梦想才会真正起飞……"

当天晚上，艾珊等到10点多，才见袁焜回到家。他先问："小迪呢？"

"他今天开始住校了。"

他这才拍了一下脑袋，"哎呀，对了，今天是学校的开幕式！"

艾珊长叹一口气，"我知道你忙，但在这种场合总得露个面。你爸年纪那么大，自己还坐车来了。"

"公司发不出工资，员工都快闹事了，一急我就给忘了。"

艾珊的眼泪控制不住地流下来，她气呼呼地说："你总是以自我为中心，不考虑我的感受！"

袁焜搂着她说尽好话，终于止住了她的眼泪。她忙了一天太累了，不一会儿就闭上了眼睛。

凌晨3点多，袁焜辗转反侧难以入眠，干脆坐起来。艾珊迷迷糊糊地说："别多想了，我不是原谅你了嘛。"

袁焜说："工资发不出，都不知道怎么向员工交代。"

艾珊也索性坐起来："要不，向我们学校财务主任通融一下，先借点钱给你周转。"

"那怎么行？你们刚开学，正要用钱呢。"袁焜拿不出钱支持艾珊办学心里已经不好受了，怎么可能反过来向学校借钱呢？

"那我向达川开口？"

"以前我拒绝了他的收编，现在还有什么面子向他借钱呢？"

"你呀，是跟自尊心斗吧？"

袁焜劝她好好睡觉，说他会想办法解决自己的问题。

挨到了早晨，天下起了大雨，袁焜还是赶到了办公室。雪儿见他双眼通红，就知道他一宿没睡好，二话没说，麻利地煮了一大杯浓咖啡给他送过去。

袁焜不停地打电话给朋友，但两个多小时下来，对方都以各种理由婉拒了。

雪儿匆匆进来，焦急地说："袁总，银行刚刚来电话，不肯贷款，说我们担保落实不了，财务部门口又有人追问工资的事。看样子，今天他们非要把我吞下去不可。"

5

倩蓉的消息一向灵通。她得知袁焜有难后，火速约他到"馄饨侯"见面。当年他俩谈恋爱时常来这家小吃店，约他来这里，多少有点儿怀旧的意思。不管怎么说，他是她难以忘怀的初恋啊！

他边吃馄饨边坦诚地说："几个最好的朋友都不肯帮我的忙，见到我就像看到乡下穷亲戚似的躲都来不及。"

她劝慰道："这世上连亲人都靠不住，更别说那些狐朋狗友了。"

"约我来，不是看笑话的吧？"

"我有这么坏吗？为什么你老是对我这种态度？我早跟你说了，任何时候我都心甘情愿地为你做事。快告诉我嘛，你到底需要多少钱？"

他竖起一根手指说："100万。"

倩蓉惊讶地伸出舌头，接着轻轻拍了一下桌子，"等我电话吧！"

翌日，倩蓉约了弗兰克、袁焜一起吃晚餐。袁焜诚恳地向弗兰克借100万，答应一个月之内还清，利息照算，而弗兰克认为这不是长久之计。

袁焜问："那还有什么更好的办法呢？"

弗兰克停下筷子，一字一句地说："焜，我们是多年的朋友了，我非常钦佩你的才干。SVT愿意收购芯光，聘请你做研发部主任，年薪150万人民币，还给你一定比例的股份，怎么样？"

倩蓉一愣，佯作镇静地问弗兰克："你是在开玩笑吗？"

弗兰克摇摇头说："我说的是真话。"

"我如果愿意给别人打工，还回中国干什么？"袁焜皱起了眉头。

弗兰克耸耸肩说："当不好老板的人，可能混得比打工仔还惨。现实可是残酷的。"

袁焜起身告辞，气呼呼地说："我早有这个思想准备。失陪了！"

倩蓉呆呆地目送着袁焜的背影，心中有些不是滋味……

倩蓉和弗兰克一跨进家门，她就大发雷霆："早知道你的阴谋诡计我就不安排今晚的饭局了！"

弗兰克替自己辩解："我可是在餐厅里突然来的灵感。"

"焜的自尊心非常强，怎么接受得了呢？"

"失败者还讲什么自尊？"

"你错了！焜是一个永远不会承认失败的人，他是不会放弃的。"

弗兰克起身，拍拍她的肩膀说："亲爱的，你不觉得今晚谈他谈得够多了吗？我们要休息啦。"倩蓉没有理睬他。弗兰克边走出客厅边说："这么迷人的夜晚，你不会让我独守空房吧。"

倩蓉说："让你体验一下也不是坏事儿……"

次日一早，倩蓉匆匆来到袁焜办公室赔罪，解释昨晚的事。尔后，她从包里拿出10万元私房钱给他救急，但袁焜死活都不肯收。倩蓉刚走，雪儿、岳东和薛景宁三人风风火火地一起进来。

雪儿从包里取出钱说："袁总，我们三人凑了20万先借给公司。"

袁焜同时握着岳东和薛景宁的手感激地说："我连累你们了。"

景宁说："哪儿的话！都是哥儿们，有难同当嘛。"

就在这时，几名员工涌进来。其中一个高个子问："袁总，两天都到了，工资怎么还没影儿？"另一个戴眼镜的附和："就是啊，讲话要算数……"

雪儿果断地打断他们的话，诚恳地说："大伙儿冷静一点儿，我们正在想办法。"

袁焜向大家挥手，大声说："今天肯定发！"

袁焜思考再三，被迫用上最后一招。他火速叫上丁柱，带上车子的所有文件一块到车行。在两个小时内，将原价100多万的"陆虎"，75万就出手了。才开了三年，走了10万公里。临走时，丁柱再一次摸了摸那辆车，显得很失落。

袁焜拍拍他的肩膀说："我的心比你还难受，但没办法啊。再不发工资，公司就完了。"

丁柱点点头，"袁总，打心眼里说，我很佩服您！您从来都不打退堂鼓。"

袁焜说："人必须要相信自己！你放心，我还会请你做司机的。现在没车开，你先帮着办公室打打杂，工资不变。另外，我希望你抽点儿时间读读书。你底子不错，上个业余大学不在话下。"

"袁总，您真是个好老板！"丁柱感动地说，"这个时候还为我着想。"

芯光公司财务部门口水泄不通，挤满了讨工资的人。袁焜、丁柱各人提着一个大袋子穿过人群，然后把袋子放在地上。袁焜对雪儿说："一共75万，快发工资吧！"

众人惊讶、欢呼……

晚上，袁焜有气无力地回到家，瘫坐在客厅的沙发上，小狗跑过来，乖乖地蹲在他的脚下。他对艾珊说："我把车给卖了，换了75万元，发工资。"

艾珊惊讶地打断他的话："这么大的事儿你怎么都不和我商量一下？"

"如果不卖车，'芯光'这个名字明天就成为历史了。"

"为了保住'芯光'，你真不惜倾家荡产吗？"

"我今天走到这一步，把所有积蓄都投进去了。不成功便成仁。如果我因为这最后的一两百万错过了成功的机会，我会后悔一辈子的。现在是'攻芯'的最最关键时刻……"

艾珊打断他的话问："最后一两百万？你是什么意思？"

"我是想和你商量，咱们可不可以先卖掉房子，换回100多万现金抵挡一阵，让公司挺过难关……"他低声恳求。

艾珊气得跳起来，小狗也跟着叫出声来。艾珊说："我放着好好的美国教授不做，回到北京支持你，吃了多少苦从来没有抱怨过。求婚时你发誓，要给我一个Dream House（梦想之屋），又要给我一个Sweet Home（甜蜜之家），现在你整天泡在公司里，我见不到你不说，还要卖掉房子。你疯了吗？你让我还怎么跟你过下去？我还有什么安全感？"

"这只是暂时的，等以后赚到钱，一定买个更大的房子。"他许诺道。

艾珊泪如雨下："就算你不考虑我，你想过小迪吗？想过在丽雨姐临终前许下的诺言吗？如果你连起码的家都不能给一个孤儿保住，你还算个男子汉吗？还算个父亲吗？"

第十五章　卖车卖房背水一战

1

晨光透过落地窗帘的缝隙映照在袁焜的脸上。袁焜迷迷糊糊地睁开双眼，发现自己躺在沙发上，这才意识到他在客厅过了一宿。他坐起身子，依然睡眼惺忪地揉了揉眼睛。突然他见到茶几上有一张纸条，迫不及待地拿起来看，几行熟悉而清秀的字迹映入眼帘。

> 焜：辗转反侧一夜，还是同意你的决定。但是，卖房子的钱也只够你烧一个月，你要尽快再寻找大笔资金才能渡过难关。我先住教工宿舍，也可以顺便照顾小迪。桑尼也只好先带到学校，请厨房师傅代养。你去住办公室吧，我们也该分居一段时间，静下心来想一想我们的生活。保重！珊即日。

袁焜双手捧着信，心情激动得有些颤抖。他看了一遍又一遍，各种难以名状的情绪交织在一起，心头好像刚刚被阳光照耀，就被狂风暴雨侵袭，更像被刀割一样疼痛。但是不管怎样说，在攻芯的生死攸关时刻，艾珊顾全大局。想到这些，他心中终于掠过一丝欣慰……

芯光的员工领到工资后，情绪总算稳定下来，公司也恢复了往日的平静。雪儿虽然喘了一口气，但离下个月发薪日只有三周，她依然忧心忡忡。雪儿三步并作两步地来到袁焜办公室，打算商量应急方案。还没等她开口，袁焜先告诉她，已经委托中介出售住宅，到时有100多万进账，先顶一个月再说。雪儿惊讶得半晌说不出话来，只是呆呆地凝视着他。

这时，岳东敲门而入。他递给袁焜一沓纸，都是这几天收到的辞职报告，一共11个人。袁焜快速一翻，看到全是骨干，这些人当初可是过五关斩六将进来的，全部由他亲自面试。

岳东刚走小方又进来了，他也是留美博士。小方从口袋里掏出一张纸递给袁焜，低着头说："袁总，真对不起！照理说，这时候我不该跳槽，你正需要人，但我实在不想错过机会。"

雪儿瞪着大眼对小方说："公司对你可不薄啊，给了你那么高的工资……"

袁焜挥手示意雪儿住嘴。他问小方到哪一家高就，小方说是微软研究院。

袁焜上前和他握手："恭喜你！什么时候想回来就来电话，芯光的大门始终向你敞开着。"

小方感动得泪水都要流下来了。

刚关上门，雪儿怒气冲冲地说："这些人太自私了！"

"人往高处走，水往低处流啊。"袁焜这句话，看似轻松却是一种无奈……

作为攻芯战的总指挥，袁焜深深知晓关键时刻军心不可动摇，士气不可低落。他马上和雪儿一起来到研发部，与岳东、薛景宁商量对策，决定就地召开紧急会议。

把大家召集来后袁焜向众人招手。他放开嗓子告诉大家，最近两天公司收到了12封辞职信，看来有些人对攻芯工程动摇了。而事实上，研究工作每天都有进展，希望各位克服困难……

话音刚落，郭小凤抢着发言。她说在国有企业和外资都干过，但在芯光最有归属感，每天上班就像回到家一样，所以她对攻芯有信心！

岳东环视大家，情绪激昂地指出，当年硅谷有很多公司就像芯光现在一样，天天在黑暗中摸索，谁坚持到最后谁就会胜利。再苦再累，信心绝不能动摇啊！

几个人发言后，雪儿也按捺不住了，她说："作为财务主任，我想补充一句，大家别以为公司的钱都烧光了，前一阵子只是周转上出了一点儿问题。大笔资金正在落实，美国的风险投资很快就会汇到我们账上！"袁焜皱起眉头，雪儿镇静地向他点头示意，继续说，"下个月工资如果不能按时发放，我就引咎辞职！"

也许这句话最实在，也最容易打动人心，马上激起了雷鸣般的掌声。

雪儿跟着袁焜来到办公室，袁焜迫不及待地问她哪儿冒出来的美国风险投资？她俏皮地说："偶尔说个谎不犯法吧？"

袁焜拍了一下脑袋："哦！原来是A Beautiful Lie（美丽的谎言）。"

两人不约而同地笑起来……

数日后，宋总一跨进袁焜的办公室，劈头盖脸就问："我才去美国十几天听说你就卖车卖房了，怎么也不等我回来商量商量？"袁焜低下头不敢吭声。房租都欠三个多月了，怎么还好意思向她开口呢？宋总坐在沙发上，继续说："没想到你有这么大的魄力！明明知道船有可能沉下去，也不甘心罢手，还是豁出命来划船。看来，大姐对你了解得还不够深啊。"

袁焜说："我也是背水一战。人生能有几回搏嘛。"

宋总激动地说："既然你孤注一掷，我也没有理由退缩，无论如何，非帮你拿到资金不可！"

宋总是有备而来，她和盘托出了三条大计：先向银行申请100万贷款，解燃眉之急，由她去找"中关村科技担保有限公司"担保，而创业园再给担保公司反担保。这样一来，她也是豁出去赌一把，把自己也押上去了；其次，创业园给芯光提供全额贷款贴息、补贴保费，明天一早就去办理；再有，后天下午他俩再去"北京高新技术创业投资公司"申请风险投资。

这每一条大计就是一个希望，何况是"三管齐下"呢？袁焜感动得热泪盈眶，双手紧紧握住宋总的手，竟然说不出话来……

周日黄昏前，赵达川提早把蕾蕾送回国际学校后特地来找艾珊。

话说蕾蕾自幼在山东乡下由奶奶抚养，但长大后越来越不听话，奶奶坚持要把她送回北京，达川也想接她来北京接受更好的教育，可他忙于商务无暇顾及。关键时刻，艾珊让蕾蕾进入了吉尼斯国际学校。蕾蕾平时在学校里住宿，周末回家团聚。艾珊还亲自到职业介绍所，替达川物色了山东老乡当钟点工，把家务安排得井井有条。艾珊做的这些使达川无后顾之忧，他对艾珊心存感激。再加上他大笔投资学校，两个人的关系比以往更密切了。但达川万万没有想到，艾珊家里发生这么大的事都瞒着他，压根儿没把他当好朋友，他能不生气吗？

达川向艾珊发了一大堆牢骚后，感慨地说攻芯工程可是一件了不起的大事，一旦成功，电脑、手机马上升级换代。艾珊回答说他们付出的代价也太大了，连家都没了。

平时大大咧咧的达川突然温和地说："你们俩分开一段时间不一定是坏事。婚姻嘛需要保鲜。爱情和事业一样，都需要经营。当年我和倩蓉成家后就是没有经营意识，后来才经不起风吹雨打……"艾珊头一次听到达川反省自己的婚姻，对他刮目相看。达川接着说："对师弟这样的人你得全力支持，还得想办法帮他。"

艾珊皱起眉头说："看来你还不完全了解他。他钻起牛角尖来简直就是个偏执狂。"

达川提高嗓门："他的偏执不是性格上的执拗，而是一种'咬定青山不放松'的精神啊！咱们国家多几个这样的偏执狂，没准儿诺贝尔奖早抱回来了！"

艾珊默默地凝视他，竟一时语塞。

2

天要下雨，娘要嫁人。袁焜最终未能留住那几个想辞职的人。在这关键时刻，人才是重中之重。他感到问题越来越棘手，压力越来越大，必须想方设法扭转这种被动的局面。

就在这时，宋总给袁焜带来的十多个年轻人就像及时雨。他们清一色是"北漂儿"，都有理工科硕士学位。

在见面会上，袁焜坦率地告诉各位，公司目前处于攻芯的紧要关头，很需要他们加入团队。但是，项目投资太大，公司能力有限，工资只能维持人才市场上的一般水平，希望大家理解。

一个矮个子的西安小伙子打断了他的话，坦诚地表示就是为了参加攻芯工程而来的，不计较工资高低。

另一位高个子的内蒙古人说自己也是来圆攻芯梦的。公司只要包吃包住就行，工资有没有都无所谓。

他们一个接着一个抢着发言，一个比一个决心更大。袁焜回国好几年了，第一回碰到这样的热血青年，他心头升起了一股暖流。

宋总指着他们笑着对袁焜说："在座的各位是我从500多个求职者中挑选出来的。"

坐在一旁的岳东情不自禁地说："都是高手啊。"

"只能说矬子里头选将军吧。"内蒙古人的话逗得大伙哈哈大笑，把气氛推向了高潮。

袁焜朝岳东会意地点了点头，他环视众人，叫大家好好去考试……

刘倩蓉听说蕾蕾来到北京更加思女心切，她忍无可忍，给赵达川下了最后通牒：三天内非要见到女儿，否则法庭上见！达川倒不怕她告，但他怕麻烦。没那么多时间跟她耗啊。说句良心话，让倩蓉见一下女儿倒也无妨，达川最讨厌倩蓉那副趾高气扬的德行。艾珊得知情况后马上从中斡旋，好话丑话讲了一大堆，达川最终答应让倩蓉母女见面。倩蓉得知，高兴得一夜合不上眼。

周日清晨，动物园门口汽车川流不息，大人小孩来来往往。刘倩蓉、艾珊和袁迪站在那儿东张西望，赵达川手拉着赵蕾姗姗来迟。

倩蓉凝视着蕾蕾，蕾蕾看了她一眼马上低下头，躲避她的目光。

艾珊蹲下摸了摸赵蕾的头说："蕾蕾最听大姨的话了，对吗？"

蕾蕾点头。艾珊指了指倩蓉说："蕾蕾，这就是你妈妈。"蕾蕾低头不语。艾珊拍拍蕾蕾的肩膀说："快叫妈妈呀！"

赵蕾先是仍低头不语，然后突然操起山东话说："俺没娘！"

艾珊一愣，往后退了半步。倩蓉的脸色顿时煞白。达川见状只好抚摸着蕾蕾的头无奈地摇摇头。

艾珊见倩蓉快要哭出来了赶快打圆场，叫达川先去买门票。达川拖着两个孩子就走。他们蹦蹦跳跳地走向队尾排队。

达川弯下腰对女儿说："蕾蕾，你不是答应爸爸的吗？你要听大姨的话。"

蕾蕾噘起嘴说："可俺奶奶早说过，俺娘死了。"

达川拉长脸说："这是气话，怎么能当真呢？"

蕾蕾摸摸脑袋说："都是大人，到底谁的话是真的？"

这边艾珊见倩蓉失落的样子马上劝慰，毕竟和孩子分开多年，也要给蕾蕾时间适应。

倩蓉边说边流泪：“你知道我等这天等多久了吗？我在美国时经常为蕾蕾写日记，回到北京也常写。这么多年来积满整整一纸箱了。我就是想让她知道，我有多么的爱她……”

艾珊说：“母爱无边嘛，我理解你的心情。”

倩蓉哭着说：“当初匆匆抛下蕾蕾去美国真是个错误的决定。我以为只是暂时的，没想到，一分开就是十年啊。”

艾珊拿出面巾纸给她，安慰她说：“事到如今你也不要太自责了。”

倩蓉说：“为了见蕾蕾，我想尽办法哀求赵达川，就差给他下跪了。今天终于见到蕾蕾，可是她却不肯多看我一眼……”

达川带着小迪、蕾蕾走来。小迪拿着票兴奋地喊快去看大熊猫！

艾珊拉起擦着眼泪的倩蓉就走。五个人前前后后地终于一起进了动物园。

3

这天，SVT北京分公司的大楼里，一名保安带着两男一女三个公安人员踏进了营销部经理办公室。还没等梁冰开口，表情严肃的男公安拿出拘留证一亮说：“梁冰，根据芯光电子公司的检举，我们立案调查后发现你涉嫌窃取商业情报，触犯了我国有关法律。经人民检察院批准，现在依法逮捕你。”

梁冰吃了一惊，随后故作镇定地说：“你们可不能冤枉好人啊！证据呢？”

他们根本不理睬她。女公安向她出示搜查证后，三个公安人员火速地翻箱倒柜，取出好几个U盘放进公文包，随后将梁冰带走。

梁冰进了审讯室好几天，一直死咬着说自己没犯罪。直到电视画面上出现薛景宁偷拍的片段，她才恍然大悟，在铁的事实面前，不得不招供。梁冰供认，半年前她用同样的方法把薛景宁灌醉，复制了“芯光锁”指纹版软件，交给了研发部主任齐方，他抄袭后变成了“SVT锁”指纹版，给公司赚了不少钱。齐方把公司颁给他的10万美元科技奖，分给了梁冰一半。这次梁冰把盗来的声纹版软件给齐方，但他一直都没有开发出来。

男公安露出了讽刺的一笑，心想他们拿到的是垃圾，当然开发不出来！

弗兰克下班后一踏进家门就对刘倩蓉大发雷霆，因为齐方今天也被公安局带走了。他抱怨倩蓉尽介绍一些没有商业道德的人进公司。倩蓉也是有苦难言，当初她也是想帮弗兰克才把梁冰挖过来的，事实证明梁冰给SVT带来了很多生意，但没想到她会偷情报。

弗兰克坐在沙发上，边喝威士忌边说这件事涉及知识产权，是非常严重的事件，足以令一个公司倒闭。他已经向总公司汇报了，目前只好耐心等待回音。

倩蓉央求他："你得想办法救救他们。不管怎么说，梁冰、齐方是你的左右手，是为公司做过贡献的人。"

但弗兰克严肃地说："犯法的人应该受到法律制裁！"

倩蓉生气地说："你怎么一点儿人情味都没有呢？"

弗兰克说："等袁焜告上门，我看你怎么和他讲人情？"

倩蓉凝视他的双眼心里暗忖，美国人怎么会懂"不看僧面看佛面"呢？跟他讲了也是白搭，不如不讲。她走到沙发旁，拍了一下弗兰克的手臂问："那你总得为梁冰、齐方请律师吧？"

弗兰克看了看电子钟，说："法律顾问此刻正在埋头研究档案呢。明天一早，他们见面。不过，我找律师可是为了SVT的命运啊！"

弗兰克轻轻摇了摇酒杯，一饮而尽。他感慨地说，"唉，我想象中的中国文化可不是这样的。我来北京这么久了，什么大事都没做成，搞得每天晚上得靠安眠药才能睡觉。"

倩蓉说："也许你的期望值太高了，就像我以前刚到美国时一样……"

梁冰事发后，袁焜迫于董事会的压力暂时先把薛景宁挂起来，只让他翻译资料，不让他参加研发了，说避过风头再说。

薛景宁由于耐不住"太空人"的寂寞，给公司造成极大的损失，深感对不起袁焜的知遇之恩，也忍受不住同事当面的讥讽和背后的指手画脚，再也没脸在公司待下去了。他反思、挣扎了一周后，还是递上了辞职报告。

袁焜考虑了几天一时拿不定主张，最后叫来雪儿、岳东商量。彼此争论后达成共识，为了公司的规矩，也为了建立严肃的创业环境，只好让薛景宁走。

薛景宁依依不舍地离开了公司。当天，袁焜宣布岳东晋升为研发部主任。尽管岳东以不善于管人为推辞，但最终拗不过师兄，只好恭敬不如从命了。

4

一大早，刘倩蓉风风火火地敲响了芯光公司的大门。袁焜猜测她十之八九是为了梁冰的事来做说客，没想到她开诚布公地向他提出和解要求：放弗兰克一马，不要起诉SVT。弗兰克希望私了，赔偿条件随他开。

这一招对袁焜来说确实有点儿突然。从表面上看，弗兰克服软了，事实上是软中带硬，来个先发制人，想变被动为主动。他再次领教了弗兰克的厉害，看来他们之间难免会有一场"生死搏斗"。

倩蓉见袁焜不语马上打出了情感牌。她沮丧地说："你大人有大量，就算我求你了！弗兰克急得像热锅上的蚂蚁，每天冲着我发脾气，还摔酒杯。我精神都快崩溃了……"倩蓉说着眼泪就掉下来了。袁焜递了一张纸巾给她，她边抹泪边说："袁焜，难道你就看着我过这样的日子吗？我们的女儿蕾蕾……"

袁焜打断她的话说："你说什么？你女儿关我什么事？"

倩蓉说："她也是……"

袁焜又打断她的话："好了，好了，别再说了，别这么一着急就语无伦次的。"

倩蓉苦苦地说："你怎么能对我这样，都不肯让我把话说完？当年咱俩的感情可是很深的。我知道我伤害了你，但你……"

袁焜站起来不耐烦地说："都是陈谷子烂芝麻的事了，我不想听。"

倩蓉也站起来可怜巴巴地说："好好，我就不多啰唆了，只是求你救救我！"

在倩蓉的死缠下袁焜终于答应去见弗兰克。晚上袁焜到达西餐厅时，弗兰克、倩蓉早已在那儿恭候了。双方礼节性地打招呼后便共进晚餐。

酒过三巡后，还是弗兰克打破了沉默。他诚恳地说："焜，我为梁冰偷窃贵公司软件的事表示深深的歉意！事发前我根本不知道，我被梁冰和齐方骗了。"

袁焜板着脸说："这可是犯罪啊。不但给我们带来了重大的损失，还触犯了我国《计算机软件保护条例》。"

弗兰克说："从现在起，我们停止生产SVT锁指纹版。并且准备赔偿一笔钱给你们。"

袁焜问道："你认为几个钱就摆平了吗？"

弗兰克吞吞吐吐地说："这个，这个嘛……"

倩蓉看了一眼弗兰克对袁焜说："价钱随你开，肯定满足你。"

袁焜一笑说："看来，你们白认识我这么多年了。为维护知识产权，这场官司是非打不可的！"

倩蓉说："真的要打官司，费时费力，劳民伤财，即使你们最后赢了也就是拿到一点儿钱。"

弗兰克附和道："就是嘛，我知道你很缺钱。"

"即使一个子儿拿不到，我也要和你在法庭上相见！"袁焜站起来气呼呼地对弗兰克说罢，掉头就走。

吉尼斯国际学校操场上一片热闹，同学们都在踢球、跳绳、跑步。袁迪、赵蕾在玩飞碟。赵蕾老是接不到飞碟，叫喊低一点！袁迪再试，赵蕾终于接到了，乐得用山东话叫喊："逮，逮！"袁迪听不明白她到底讲什么，也不知道她要逮谁，停在原地不动。赵蕾急了，放开嗓子说逮就是好的意思！

一旁的一个高个子男生大笑，对另外几个同学说："赵蕾说话难听死了，超土。"

另一个男生说："乡下人嘛，有什么办法。"赵蕾不服气地说："城里人有啥了不起的？俺乡下人怎么啦？"

高个子说："乡下人就是脏，身上还有一股臭味。"

赵蕾火冒三丈，操起山东话："甭看泥掌地镐，惹毛撩窝拿块半头砖横你头上。（普通话：别看你个子大，逼急了我拿块砖头拍你头。）"

大家听得丈二和尚摸不着头脑，目瞪口呆。高个子男生大叫："赵蕾讲下流话！赵蕾下流！"

赵蕾突然"哇"地哭了起来。

袁迪见状冲过来，指着高个子男生说："你也太欺负人了。"

高个子男生说："关你屁事！"

还没等对方反应过来，袁迪伸出拳头就朝他挥过去，高个子男生立马鼻子出血，脸上开花。两人扭打起来。另一个男生也冲上来，三个人扭成一团。这时，两个男教师跑来用力将三人拉开。

袁迪指着那两个男生愤怒地说："有本事单挑！"

艾珊闻讯赶到，她拉住袁迪朝角落走去，生气地训斥他。袁迪不服气，说："是他们的错，我只是以牙还牙！"

气得艾珊说不出话来，只好默默地看着袁迪离去……

傍晚的吉尼斯国际学校门口人流不多，袁焜从出租车里匆匆走出来，袁迪迎上前扑到他怀里委屈地说："爸爸，他们欺负我，Mom也不相信我……"

袁焜摸了摸他的头说："我刚才听你妈在电话里说了详细情况。我看啊，你和同学都有错。他们不该骂你和赵蕾，你更不该打人。君子动口不动手啊……"

袁迪竖起大拇指，又故意朝艾珊看了一眼说："爸爸还算Fair（公平）。"

艾珊蹲下身对袁迪说："妈妈现在是校长，在那么多孩子前当然得多批评你。你啊，别再惹是生非了。"

袁迪突然敬礼说："Mom，对不起，下不为例。"

袁焜、艾珊都笑了起来。

艾珊叮嘱袁迪赶紧先去吃晚饭。袁迪点头准备走，但他突然又停下脚步问袁焜："爸，你什么时候买房子？我周末想回家。我不喜欢七天都在这里，很Boring（令人生厌的）。"

艾珊听罢，眼圈红了。

袁焜咬牙说："等有钱一定买一所大房子。"

袁迪向爸爸挥手，蹦蹦跳跳地走了。

眨眼之间，已是满天繁星，路灯一下子照亮了校外小道。艾珊和袁焜并肩而行，默不作声，似乎谁都不愿开口，生怕惊醒夜的宁静。

艾珊以嘲讽的口吻打破沉闷："我住到学校都好几个星期了也没见到你的人影儿，小迪一个电话招之即来啊。"显然，她还在生他的气。

袁焜说："希望你能理解我，芯光处于非常特殊的时期。我会尽快结束这种分居的状况，小迪要家，我也要家啊！"

艾珊问："等到我满头白发吗？"

袁焜急切地说："珊，你对我一点儿信心都没了？"

艾珊不满地说："除了烧钱你还能做什么？"

袁焜停住脚步看着艾珊说："今天烧钱是为了明天赚大钱啊……"

艾珊打断他的话："别忘了，也有可能失败。"

袁焜双手扶住艾珊的肩说："不管怎么说，我至少还有你啊！"

"你就那么自信吗？"艾珊说罢往前走去，头也不回。

袁焜呆呆地站在那里，默默地看着她的背影消失在黑夜里……

袁焜回到办公室，独自弹起吉他。灯光昏黄，琴声凄凄。

雪儿拿着文件走进来，笑着问："今夜你的琴声怎么这么凄凉？"袁焜停下弹奏，自言自语道："唉，怎一个愁字了得？"

雪儿俏皮地说："你啊，真该去做一个诗人，多愁善感！"

袁焜也笑了，他接过刚刚统计出来的月报表快速看了一眼，马上收起了笑容。公司只剩9万元现金，连发工资的零头都不够，而那些银行贷款和风险投资八字还没一撇儿。袁焜叹了一口长气说："不瞒你说，我身上连500元都拿不出来。再这样下去，吃饭都成问题了。"

雪儿说："放心吧，我不会让老板挨饿的。"

袁焜说："我真没想到创业这么艰难。我这么努力地东奔西突仍停留在怪圈中。说实话，我的信心真有点儿动摇了。"

雪儿安慰他："我相信，你一定能熬过这一关。俗话说，蹉跎是财富，苦难是黄金。"

袁焜点点头说："是啊，可是你看我，我豁出命来干，但艾珊不理解，小迪又在学校打架，我是内外交困能不烦吗？"

雪儿说："别身在福中不知福啦！这年头，肯卖房子共患难的老婆全北京也许都找不到第二个，我打心眼里钦佩艾珊姐。"

袁焜说："我承认，艾珊很优秀的，但是……"

急促的电话铃声打断了袁焜的话。袁焜接完电话愣在那儿手在颤抖。

雪儿忙问发生了什么事，原来是袁焜的爸爸病了，刚送到医院。雪儿用力拉起袁焜的手说："快走啊，还愣在这儿干吗……"

5

海淀医院急诊室里黑压压的一片，连走廊里都挤满了人。哭闹声交织着哀叫声，持续不断地听得人心惊胆跳。药水味混杂着各种汗臭味，汇成了怪异的混浊空气。

袁焜和雪儿赶到，见袁清哲躺在走廊的长椅上闭着双眼。站在一旁的小保姆见到他俩好像心中的包袱终于放下。原来，他老人家昨天就不舒服，还不让告诉袁焜，怕他分心。今天晚饭后开始发高烧，吓得小保姆赶快打车来到医院。医生一检查，确认心脏病复发。刚刚打过针，说要住院但还没有床位。

袁焜了解情况后三步并作两步去找医生。不一会儿，他又匆匆回来，一副手足无措的样子，说医生也不知道什么时候有床位。雪儿镇静地说自己去试试。过了不久，雪儿领着赵达川奔过来。

达川上前轻轻抚摸着袁清哲的额头说："怎么能睡在这里？这样好人也折腾成病人了。"

袁焜焦急地说："这可怎么办啊？真是屋漏偏逢连夜雨。"

"甭急，等我回来。"达川说罢扭转身就走。

半个时辰不到，袁清哲已安然躺在单人病房里。他合着眼，打着吊针。病床旁边还有一个空床，袁焜可以睡在那里。

袁焜忍不住问："美国再有钱的人到医院，没床位也没辙，照样要等。师兄啊，你到底有什么诀窍？"

赵达川狡黠地说："这可要保密！这样的诀窍在斯坦福课堂里永远学不到……"

三个人准备离开时袁焜突然走到达川面前，咬着他耳根说千万别告诉艾珊，免得她担心。赵达川点了点头，做了一个OK的手势……

艾珊躺在教工宿舍的床上满脸疲倦，脸上一点儿血色都没有。她正在发烧。袁迪站在床边瞪着大眼，坚持要打电话告诉爸爸。他说39度5，弄不好要出人命的！

艾珊坚决地说袁焜攻关够忙的，别给他再添乱子了。

母子俩各执己见僵持着。

艾珊硬撑着坐起身，吃力地哄小迪："听妈的话，快去上课吧。刚才打了针，睡一觉就好了。"

袁迪上前将她按下说:"那我放学再来。"

艾珊再三叮嘱千万别打电话给袁煜,袁迪只好无奈地点点头。

当天晚上,艾珊坐在校长室的电脑前,边看文件边快速地打着字。她的脸色依然苍白。不一会儿,突然有人敲门。艾珊打开门,一看是赵达川,惊讶地问他:"你怎么来了?"

达川笑着说:"我可是路透社驻北京特约记者啊。"艾珊也忍不住笑起来了。

达川关切地说:"你再爱工作,也不能中午发高烧,晚上加夜班吧。你得悠着点儿,照顾好自己,师弟又不在身边。"

艾珊说:"烧早退了,没关系的。这事儿可不能告诉袁煜,他已经够忙的了。"

达川爽快地点了点头,心里却暗笑,你们俩可真是天生的一对,心里明明惦记着对方都还嘴硬……

第二天,袁煜冲进医生办公室焦急地问大夫,他爸高烧不退还有啥办法?主治医师说心脏病加上脑炎就怕高烧,并且要他有所准备。

袁煜听了全身冰凉,他颤抖地问:"还有什么重药可用吗?大夫,我求你了,救救我爸!"

主治医师想了想说:"不妨试一试陈年安宫牛黄丸。不过这是一种自费药,1500元一丸,一天吃一丸,先试三丸再说。"

袁煜二话没说,扭头就走。

袁煜在病房门口和刚出来的雪儿撞了个满怀。他拉着雪儿的手惊喜地说:"我爸有救了!得先吃三丸陈年安宫牛黄丸,需要5000元。我现在就去借钱买……"

雪儿拍了一下他的手臂说:"快进去照顾你爸,我去买药。这点儿积蓄我还有。"

雪儿再也没有时间听他道谢,马上挥了挥手旋风一样地飞走了……

翌日,袁煜给躺在床上的父亲喂水,主治医师带着护士进来查房。护士拔出体温计看了看,惊讶地说37度8。

主治医师脸上露出笑容说:"高烧完全退了,比我预料得还要快。"

袁煜惊喜地说:"安宫牛黄丸果然名不虚传啊,才吃了一丸就有效了。"

第十六章　弹尽粮绝雪中送炭

1

袁清哲连续服用了三丸陈年安宫牛黄丸后，不但高烧退了，胃口也有好转，康复速度之快大大超过医生的预期。

这会儿，袁焜和雪儿给他送饭来了。袁焜看着正坐在病榻上看报的老人家，笑盈盈地说："爸，你气色可好了。"

袁清哲抖了抖报纸，慢条斯理地说："哎，年纪大了，不中用啦。"

雪儿上前递上一个圆盒，她打开盖子，酸味四溢。袁清哲马上放下报纸，色泽灰绿的豆汁儿已映入他的眼帘。他鼻子用力一嗅，脸上顿时乐开了花。豆汁儿，这可是他的最爱啊！没想到昨天随随便便说到，今天就到眼前了。

袁清哲喝一口豆汁儿，吃一筷辣咸菜丝儿，一副津津有味的样子。袁焜和雪儿看在眼里，乐在心窝。

不一会儿，老人家舔了舔嘴唇，感叹起来："酸甜咸辣，五味中占了四味，就是没有苦味，但愿人生也如此吧。"听到他的话如此深奥、富有哲理，雪儿禁不住竖起大拇指。袁清哲只是淡淡地一笑。

尔后，他朝袁焜瞄了一眼，询问怎么一直没见到艾珊的人影儿？袁焜忙打起马虎眼，说她工作太忙。

见袁焜不时接到公司电话来向他请示工作上的事，袁清哲喝完最后一口豆汁儿对儿子说："这么大的攻关工程，来不得半点儿的松懈，坐在这儿电话遥控可不行，必须亲力亲为，我还等着你成功的这一天呢！"

袁焜扑上前紧紧握住父亲的手激动地说："爸，您放心！我一定让您亲眼见到咱们的芯片。"

翌日醒来，袁清哲说这儿有小保姆照顾就够了，硬把儿子赶出了病房，袁焜怎么都拗不过老人家的牛脾气，只好恭敬不如从命……

袁焜踏着霞光迈进公司大门。他匆匆跨入研发部，和刚出来的曹钟望撞个满怀。袁焜握住曹老的手惊讶地问他怎么这么早就来了？曹老还来不及回答，旁边的岳东说曹老昨晚就来了，在这儿一宿了，现在正准备回家睡觉呢。

袁焜对着岳东瞪起眼说："曹老都快80了，你还让他熬夜？我怎么向师母交代？"

曹老马上打断袁焜的话说："昨晚我来看看，就和小岳他们谈上瘾了。他撵了我好几次，是我硬要留下的，怪不得他。"

岳东耸耸肩，一副委屈的样子。袁焜拍了拍岳东的肩膀，叫他快去休息一会儿，两个小时后开会。

曹老指着岳东的背影感慨万千地说："真不简单啊，把这儿当成家了。累了躺一会儿，爬起来继续干……"

袁焜扶着曹老慢慢下楼。曹老告诉他这几天已经走访了中科院多位领导，他们都非常重视攻芯工程，希望大伙能克服一切困难。袁焜回答说研发到这个阶段再大的困难也要顶住，要不就前功尽弃了。

曹老看着袁焜欣慰地点点头……

随着黄昏的悄悄来临，中关村的一条小街便忙碌起来。人行道旁摆满了五颜六色的盗版光盘，大片毛片，老戏新剧，应有尽有。男女老少纷至沓来，寻找热门的DVD、CD，讨价还价声交织，形成了一道独特的风景。

百无聊赖的薛景宁路过一个摊位。摊主老大娘拿着一张光盘叫住他说："美国刚出的大片，7块钱。"景宁没应声，老大娘旋即改口6块，景宁摇头，老大娘爽快地说5块，景宁还是摇头，老大娘提高嗓门说，"还嫌贵啊？你不知道，现在IT不景气，利润薄，生意难做。"

景宁看了看老大娘哭笑不得。景宁正准备走，老大娘突然向旁边挥手，叫喊道："丁柱，新货啥时到？"

景宁转头一看，果真是丁柱！还没等景宁开口丁柱向他伸出手迎上来。

丁柱惊喜地说："薛主任，真是您啊！"

景宁和丁柱握手，像久别重逢的战友。

景宁说："你这家伙，都这么久了，还这样叫我。"

"惯了，这辈子都改不过来了。"丁柱这么一说，景宁内心有一种说不出的痛苦和无奈，他用力拍了一下丁柱的肩膀。

景宁看见丁柱手上提着个大袋子有点好奇，还没开口丁柱就带着景宁来到道口的一辆旧车前停下。他靠住车身点上烟，猛吸一口。原来，从上周开始他向朋友借车给这些贩子送货，捞点外快。

景宁听后惊讶地说这盗版可是违法的，抓到不但要罚款还要坐牢。丁柱说地下工厂这么多，不会抓到他们这些小萝卜头。并且再三关照他，千万别告诉袁总。

景宁耐心地劝说："你这种侥幸心理可要不得啊！中国加入WTO后，越来越重视知识产权保护了……"

丁柱从口袋里摸出一把硬币往车盖上一扔说："您看，对我们北漂儿来说，哪一分钱不是汗水摔成了八瓣才挣来的？"

景宁说："我也知道挣钱不容易，但也得分清是非啊，做啥都要有底线！在加拿大有人为赚快钱非法种大麻，没被警方发现一夜之间就可以成为暴发户，如果发现了就得进大牢……"

丁柱频频点头，承认他说得有道理。接着，丁柱话锋一转，问他目下在哪儿高就，景宁的脸一下子就像打了霜的茄子般蔫了下来，与方才判若两人。他离开芯光公司好几个月了，一直找不到专业对口的工作。发出去一百多封求职信，结果只有几家公司有回音。坐火车去上海、深圳面试，食宿费倒是花了不少，最后还是没被录用，眼下生活费都快用完了。他昨天硬着头皮打电话给老婆求救。可他太太在多伦多的华人超市做收银员，工资低还常常遭别人的白眼，挣钱也难啊……

丁柱怎么都没料到，一个洋博士的"海待"日子如此潦倒、凄凉，还不如自己呢。他感慨地说："没想到，国外的生活和我们北漂儿的遭遇差不多。"

景宁点点头，意味深长地说："外国的月亮不比中国的圆啊！"

2

离发薪日仅剩两周，雪儿又为钱犯难了，不得不向老板告急。袁焜听后也是一筹莫展，商量后只能再分头想办法。

雪儿正准备离开袁焜的办公室，恰好碰上宋总闯进来。还没等袁焜开口，宋总晃动着手上的信纸急不可待地说："100万元贷款终于到手啦！"

"真的吗？这是真的吗？"雪儿惊讶得尖叫起来。

袁焜接过信纸扫了一眼，递给宋总。

雪儿看了又看，好像生怕是假的，尔后她紧紧搂住宋总的臂膀激动地说："宋大姐，真是及时雨啊！下个月的工资总算有着落了！"

宋总摸了摸雪儿秀丽的长发说："我再催一催高新技术创投公司，争取早点儿拿到风险投资。"

袁焜走上来，情不自禁地握住宋总的手说："宋大姐，真不知怎么感谢您才好。"

宋总爽快地说："有啥好谢的？我的工作就是为你们服务。"

如此轻描淡写的一句话让袁焜感动得热泪盈眶。其他不必赘言，早日拿下"中国芯"，就是对宋大姐最大的报答……

灯光幽暗的酒吧内音乐声舒缓动听，俊男靓女出出进进，服务生来回穿梭。成双结对的男女窃窃私语，情在酒气中慢慢传递……

袁焜和雪儿手握酒杯对坐，桌上的红酒已喝了大半。雪儿没想到100万贷款说来就来了，今晚总算可以睡一个安稳觉，就执意请老板袁焜来这里减压，也算小小的庆祝。袁焜喝了一口酒，不无感慨地说宋大姐真是他们的贵人。

雪儿得意地说他命中注定总会有贵人相助，逢凶化吉。袁焜好奇地问她怎么看得出来的。

雪儿伸出手，让袁焜也伸出左手掌心朝上地平躺在她的手上。雪儿指着他掌中的一条纹路神秘兮兮地说："这条就叫'贵人线'，不是人人都有的……"

恰在这时，艾珊和刘倩蓉突然出现在他们面前。见到两人亲昵的样子，艾珊气得说不出话来，她努力克制住自己。倩蓉瞪起眼，好像要把雪儿吃了。

雪儿条件反射般地火速缩回手，尴尬地说："我在给袁总看手相。"

倩蓉讽刺说："哦，你还会这一手啊，真看不出来！什么时候你也给我看看婚姻线，瞧瞧我有没有桃花运？"

"一起喝两杯吧！"淡定的袁焜马上打断倩蓉的话替雪儿解围，他示意她们姐妹俩坐下。

四人围桌而坐，艾珊和袁焜并排，对面是雪儿和倩蓉。袁焜边向服务员挥手边问姐妹俩："你们喝红酒吗？"

艾珊板着脸说："我们就别凑热闹了，另外点吧。"

服务员走过来，倩蓉要了Bloody Mary（血腥玛丽），艾珊点了Singapore Sling（新加坡司令）。服务员走后，四人面面相觑。

雪儿打破僵局说："今天公司拿到了100万贷款。"

倩蓉一听说："哦？那可值得庆祝。"

艾珊转头看看袁焜说："这100万也只够你烧一个月吧？"

服务员送来了两杯鸡尾酒，四人碰杯。袁焜一饮而尽……

晨光穿过百叶窗帘射进办公室，袁焜仍在折叠床上呼呼大睡。不一会儿，急促的敲门声吵醒了他，袁焜一开门见竟然是雪儿，手上还提着一大包早餐，里面有玉米粥、烧饼，还有咸菜丝，都是袁焜最爱吃的。袁焜听说是她起早亲手做的，连连感谢。

雪儿含情脉脉地说："只要你喜欢吃，我每天都可以煮。"

雪儿劝袁焜快吃早餐，自己走过去帮他收拾床铺。袁焜拗不过她，只好乖乖地拿着漱洗用具走出去。雪儿边麻利地叠被子边哼着小调。就在这时，艾珊手提外卖盒推门而入。两人相见，雪儿尴尬得满脸通红。

艾珊一时目瞪口呆，情不自禁地说："又是你啊！"

雪儿支吾着说："我刚到……袁总去洗脸了……"

艾珊把外卖盒放在桌子上，发现桌上已有了早餐。雪儿吞吞吐吐地说是她顺便带来的。

艾珊打开一看，惊讶地叫起来："和我的一模一样啊！"接着，她带着讽刺的口吻说，"哦，不一样，你的是亲手做的。"雪儿窘得不敢吭声。艾珊气呼呼地说："我还有事，先走了。"

还没等雪儿反应过来，艾珊旋风般地走了。雪儿看着两份早餐发呆。袁焜哼着英文歌进来，他听雪儿说完刚才发生的事转身跑出门去。

袁焜飞奔到停车场时，艾珊的车子刚好发动。袁焜举起双手挡住去路。艾珊一愣，她打开车窗，故作镇静地问他到底要干吗。

袁焜快速钻进车，坐在副驾驶位上说："雪儿是刚到，请你不要误会。不然我真是跳进黄河都洗不清啊！"

艾珊冷冷地说："人正不怕影子斜，有什么洗不清的？行了，我还要去局里开会呢。"

袁焜说："那不耽搁你了，咱们再找时间谈。"

艾珊讽刺道："还是找你的红颜知己谈吧。"

袁焜急了，说："珊，不管发生什么事儿，我心里只有你！"

袁焜无奈地望着艾珊的车绝尘而去。雪儿站在窗前俯瞰看着一切，她的眼泪就像决堤的水，控制不住地流下来……

3

经国家人事部批准，"芯光博士后工作站"今天正式挂牌了。攻芯工程也迎来了十二位新兵。这些年轻人都是清华、北大、航大、中科院的优秀博士，学业优秀，干劲十足。在袁焜主持的简单欢迎仪式上，岳东希望新旧同事一起发扬务实精神——想好就做，边做边想，做了再想。袁焜也对新同事说，在学校里学的都是基础，到这里先要进行培训，边学边干。

与此同时，昏迷中的袁清哲正躺在海淀医院病床上被抢救，他身上插满了各种颜色的仪器联机。几名医生、护士在一旁忙着，小保姆和艾珊也在旁边。

最近几个月来，他老人家的病情反反复复，进进出出医院已经三次。艾珊昨天傍晚和小迪一起去家里看望他。母子俩临走的时候，老人家的精神还是好好的，今天一早突然发起高烧。医生用了重药也没效果，到下午三点多昏迷不醒，医生就开始抢救。

主治医生把艾珊叫到办公室，正式发出病危通知书。他们确认袁清哲是心脏病引起并发症，目前心跳微弱。艾珊拿着那张轻飘飘的纸，心头就像被压上了千斤重担。她不得不赶快告诉袁焜。

袁焜闻讯飞快地冲出办公大楼，跳上出租车赶往海淀医院。

袁清哲依然昏迷不醒，艾珊守在一侧。一个护士注视着监控仪器，显示他的心脏在微弱地跳动。"嘟——"仪器突然发出声音，电屏上的生命线有了变化，护士马上拉紧急灯，主治医生带着两位医生匆匆而来。老人家断断续续地说"水"，护士赶紧喂水给他喝。

袁清哲用力地睁开眼，艾珊上前拉住他的手叫了声："爸！"

袁清哲微微点头，嘴角露出一丝笑容。他吃力地说："我就这么一个儿子……"

艾珊说："爸，您放心，我会照顾好焜的。"

袁清哲又艰难地说："要带好……小迪……"

艾珊泪流满面地说："爸，我都知道了！"

袁清哲突然头一歪，闭上了双眼。主治医生上前查看一番，然后表情严肃地宣布："袁老师走了。"

艾珊泣不成声，两个护士迅速将白布盖在袁清哲身上。就在这时，满头大汗的袁焜冲进病房，见状大声喊着："爸！我还没到您怎么就走了？"他扑向父亲，抓住父亲的手号啕大哭起来，"爸！对不起，我来晚了……"

傍晚的郊外墓园，空旷而肃穆。

众人围着墓地，四周摆满了鲜花。大家的目光注视着袁清哲的墓碑。

简单的仪式后，艾珊抽泣起来。袁迪跟着她抽泣，突然他放声大喊："爷爷——"

孩子的叫喊声撕心裂肺，大家都忍不住流下了眼泪。气氛愈加悲凉。

袁焜跪在地上，扶着墓碑，边流泪边说："爸，我对不起您，没让您亲眼看到咱们的芯片……"

宋总上前抚摸着袁焜的手，安慰道："不要自责了，你已尽了很大的力。"

曹老拍了拍他的肩膀说："你爸有你这样的孝子，一定会安息的。"

袁焜依然边哭边痛悔："爸，我真恨自己，为什么没早一点回国？少走一点弯路……爸，您为什么就这么走了？……"

葬礼当晚，袁焜和艾珊一起来到杨树胡同的老宅，整理父亲的遗物。老人家刚走，他俩仍然沉浸在悲伤之中。

艾珊带着埋怨说："爸近来身体不好为什么不早告诉我？"

袁焜有点儿不好意思地说："你不是一直在生我的气吗？"

艾珊说："这可是两码事。我们是夫妻啊，有事一起承担。"

袁焜说："你跟着我承担得够多的了。真对不起你，连一个起码的家都没能保住，我也对不起小迪。"

艾珊见他诚恳马上说："你也是为了研发芯片啊。是我不好，一心扑在学校上，对你理解不够、照顾不周……"

袁焜拉着艾珊的手说："你别说了，有你这番话我就知足了。"

在这个忧伤之夜，他们化干戈为玉帛，心贴得更近了。艾珊建议两人回到这儿来住，她可以好好照顾他的饮食起居。但袁焜认为离两个人的单位都太远，把时间花在路途上实在不值，尤其处于攻芯阶段，时间宝贵。最终两人达成共识，平时各住各的，周末一家三口回这儿团聚。

4

芯光会议室内的空气从来没有像今天这般凝重，压得人喘不过气来。曹钟望、宋总、袁焜老中青三代海归围桌而坐，表情沉重。他们正在商讨攸关公司生死存亡的大事。

最近大半年，芯光每个月都为付不出工资担忧，优秀人才不断流失，每个星期都有人辞职。曹老认为拆东墙、补西墙终究不是办法，要有大笔资金进来，才能保证研发。宋总提议赶快向"国有资产投资公司"申请数字多媒体芯片的特别经费。这是政府大力倡导的产业方向，如果拿到钱，数目不会小。但要拿到这样的大笔风投有很多技术性问题，首先需要院士通过。曹老马上自告奋勇，打算挨家挨户地去做在京院士的思想工作，通过电话联络外地的院士，争取他们的鼎力支持。三人讨论后很快达成统一认识，曹老负责游说，宋总和袁焜集中精力联络国投公司。

会议结束前，曹老对袁焜说："研发部土洋博士互不买账现象越来越严重了。"袁焜也有同感。曹老点点头说："和稀泥解决不了问题。如果你去融资，对研发部的照应就会大大地减少，岳东扛不住啊。"

袁焜说："我在研发部谈过好几次了，说在芯光没有土洋博士之分，大家凭本事吃饭，但还是解决不了问题，到底怎么办呢？"

曹老慢条斯理地说："千军易得，一将难求啊。我倒想起了一个人——薛景宁。他专业知识扎实，又有管理能力，压得住阵脚。"

宋总爽快地说："那就找他回来呗！"

袁焜皱起眉头，还没等他开口，曹老一语道破了他的为难之处——怕董事会有意见。宋大姐马上建议袁焜做董事们的工作。曹老说："薛景宁毕竟年轻，要允许他犯错误。只要改了就可以重新起用。"

宋总说："咱们可是容忍失败的，有容乃大啊。薛景宁是人才，我们就得尊重他，你不好意思请他回来，我去出面！"

两天后的傍晚，袁焜花了整整三个小时才摸到薛景宁的住处。大半年未见，景宁苍老了不少，他的脸庞明显瘦削了。他之所以住在郊外偏僻处，就是因为房租便宜，开销也低。景宁的屋内简陋得也不能再简陋了，除了电脑，没有电视、电冰箱等其他电器。

袁焜坐在唯一的一把椅子上，景宁则坐在小板凳上，两人唠起了家常。景宁至今还未找到工作，靠多伦多的老婆寄钱接济。景宁越说越感到对不住家庭，泪水在眼眶内打转。

袁焜听了心里不是滋味，直截了当地说明了来意。袁焜说攻芯工程到了冲刺时刻，想请景宁回公司管理这支队伍。景宁惊喜得跳起来。袁焜从包内掏出一式两份的合约，说职位和待遇都和以前一样，如无异议，明天就可以上班了。景宁激动得眼泪夺眶而出，袁焜紧紧地握住他的手。

翌日上午10点，袁焜来到研发部开碰头会。袁焜站在中间，他右边是薛景宁、左边是岳东。见曹钟望也匆匆而来，景宁立即跨前几步迎接，和曹老亲热地握手。

袁焜指了指薛景宁对大伙说："老同事已经发现，景宁回来了。从今天起，景宁官复原职，仍担任研发部主任，岳东担任公司的首席科学家。"

掌声四起。

景宁向大家挥挥手说："各位好！首先，感谢袁总的宽宏大量，也感谢曹老对我的信任！我会十分珍惜这第二次机会……"

曹老拍了拍景宁的肩膀说："要有在哪儿跌倒就在哪儿爬起来的精神。放下包袱，好好干！"

景宁郑重地点头。

袁焜凝视着景宁，提高嗓门说："景宁，这支队伍就听你指挥了！"

景宁笑着说："既然这样，我只好执行老总的命令了。一个小时后，请各小组的负责人到会议室碰头……"

傍晚时分，袁焜和艾珊手挽手散步来到圆明园大宫门。两人并肩走进去，不知不觉来到西洋楼大水法遗迹前。

袁焜指了指眼前的遗迹，感慨地说："一百多年前，中关村目睹了英法联军火烧圆明园；今天的中关村，见证了一个又一个强国的奇迹。"

艾珊情不自禁地说："以前中国人想都不敢想的事，现在都变成现实了。"

袁焜说："是啊，神舟六号的宇航员昨天顺利回到近在咫尺的航天城，而神六研发团队中就有80多名海归，这对我也是莫大的鼓励。我得借神六东风，早日拿下中国芯。"

数日后的一个下午，雪儿拿着账簿急急忙忙地闯进袁焜的办公室，告诉他发完工资付了账，公司只剩下200块钱，创历史新低了。袁焜沉着地叫她先封锁消息，马上去把景宁、岳东叫来，别惊动其他人。雪儿出去后，袁焜来回快速地踱步，像只笼中的困兽。

景宁、岳东、雪儿一起进来。景宁手上拿着几张纸，说发完工资后两个小时内，收到十封辞职报告。袁焜接过辞职报告，快速翻阅……

5

早晨睁开眼睛，袁焜马上打电话叫来薛景宁和岳东。薛景宁和岳东根据目前的研发进程分析，芯片成功在即，但还是需要不少钱，研发人员也不能减少。在这危急关头，必须采取强有力的措施。三人商量后决定，决不能被动地稳定军心，必须两条腿走路——一是留人，二是找人。

到了下午，薛景宁和岳东就来到袁焜的办公室汇报进展了。岳东私底下和自己推荐进来的二十多人恳谈，这些人包括他在斯坦福的校友和以前硅谷的老同事，目前都是芯光的骨干。他们态度非常坚决，一个都不会走。景宁把招聘广告贴到"水木清华网站BBS"上后，短短五个小时内就钓来四条"大鱼"，三个清华的、一个中科院的，不是博士就是硕士。这两个好消息让袁焜抛开了后顾之忧，振作起再次寻找投资的勇气。

他俩走后，雪儿走进来。雪儿严肃地说："袁总，我想了一晚，我们再也不能守株待兔了，得把真相告诉宋大姐，请她亲自出马去催国投公司。"

袁焜眼前一亮，拍着脑袋说："我怎么没想到呢？要主动出击啊……为什么在我最困难的时候，你每次就像智慧女神一样出现？"

雪儿意味深长地说："也许等您成功，我就该消失了……"

宋总特地约了袁焜和冯振邦主任，于晚上7时到自己的办公室谈投资的事。

袁焜提前见到宋总，紧张地说："我和冯主任只见过一次，谈这么大的事儿，心里七上八下的。"

宋海燕劝道："别紧张，你就实话实说。他答应过我会尽力促进国投公司给你们钱。不过，有一点儿你得好好学，企业的领头人要善于在政府官员面前推销企业，就像销售员要善于在客户面前推销产品一样……"

袁焜点点头，仔细品味着她的话。在政府官员面前推销企业，是一门没有教科书的大学问。他得抓紧学习领悟，还要力求精通。

一个小时后，冯主任来电话，说是市里有急事，叫他们先回去，另外再约时间。两人面面相觑，失望地离开。

走出了创业园大楼，袁焜忍不住问宋总："冯主任是不是有意回避咱们？那笔风投恐怕没什么希望了。"

宋海燕说："不管他是不是回避，明天一早我就去找他。我不能眼看着攻芯工程半途而废啊！"袁焜情不自禁地伸出手，两人紧紧握手。仰望夜空，天上繁星璀璨。宋总情不自禁地说："我多希望这一颗颗星星，早日变成你们的一枚枚芯片啊……"

第十七章　"我的'中国芯'"

1

这里是没有硝烟的战场，这里是播种希望的原野。放眼望去，灯火辉煌，屏幕闪烁，黑压压的人群匍匐在电脑前。规模浩大，气势如虹。在芯光研发部中央，袁焜对着电脑指指点点，身旁的岳东、薛景宁不时地点头。他们已经把欧洲老牌公司PH的两块芯片合成一块了，这是一个重大的突破，但技术上还要更加精密，必须再试。

就在这时雪儿匆匆奔过来，气喘吁吁地告诉袁焜，宋大姐带领导来了！

袁焜快速迎到门口，见冯振邦和宋总走来立即热情地向他们打招呼。

"听说你卖车、卖房子地搞创新。好大的魄力啊！"冯主任说得袁焜腼腆地低下了头。冯主任接着说："有你这样的人才，咱们国家的信息产业就有希望了！"

袁焜谦逊地应付了几句，随即带着他们视察。

全场的人都在埋头工作。袁焜边走边介绍研发进展，冯主任频频点头。冯主任突然看见曹钟望，三步并作两步地走上前握住他的手。这么晚了老人家还与年轻人并肩作战，令冯主任感动得说不出话来。也难怪，在冲刺阶段他这个顾问怎么能缺席呢？

袁焜转身向众人挥手，叫大伙停一下，大家纷纷离开电脑围了过来。宋总向大伙挥手致意说："先请北京市归国创业人员办公室冯振邦主任讲话。"

冯主任向众人微微点头说："同志们，你们辛苦啦！今天，我给你们带来一个好消息，国投公司投资委员会一个小时前投票通过，决定给芯光公司3000万元风险投资。而国家采取以风投方式入股，这在国内还是首例。"

全场顿时一片欢欣鼓舞，掌声经久不息。岳东、薛景宁和曹老情不自禁地抱成一团。冯主任继续说："没有自己的芯片，我们的信息产业大厦就像建立在沙漠上。只有拥有了核心技术，才能摆脱受制于人的局面。你们今天做的，是改写中国信息产业历史的大事情，我为你们感到骄傲！"

袁焜握着冯主任的手，热泪盈眶。他颤抖着代表自己的团队发言："各位领导、诸位同仁，这3000万真是雪中送炭啊！千言万语的感激都化作一句话——早日拿下'中国芯'！"

在雷鸣般的掌声中，袁焜走向眼含泪光的宋总，紧紧握住她温暖的手。袁焜从硅谷到中关村，一次又一次地从失败中站起，少不了她这双手的牵引。

今夜星光灿烂。在芯光公司的露天阳台上喜气涌动，人们谈笑风生。此刻的袁焜，真正体会到"钱不是万能的，但没有钱却是万万不能的"。以前他讥笑过说这些话的人浅薄，但当他亲历了资金缺乏的困境，不得不认可了这颠扑不破的真理。

丁柱提着两箱罐装啤酒过来，袁焜顺手拿起一罐举过头，示意大伙儿痛痛快快地喝，看来今夜是不醉不归了。雪儿举起啤酒罐和袁焜、岳东、薛景宁等人相碰。

景宁说："为早日拿下'中国芯'干杯！"

众人开怀畅饮，笑声连绵。袁焜怀抱吉他，轻轻试音。雪儿说："袁总，您好久没这么开心了。"

"是啊，不经历风雨怎么见彩虹呢？"袁焜仰望夜空，弹唱起《真心英雄》。

他唱了几句后大家竟跟着合唱了，歌声、笑声划破了黑夜的宁静……

有了大笔投资，芯光立即高薪招兵买马。广告发出去没几天，从全国各地涌来了逾百名应征者，经面试公司最后精挑细选了二十五人。他们的吃住问题袁焜全交给丁柱去张罗。丁柱找了一家最近的酒店，包下了二楼一层，安排下新来的二十五名员工和九名住得离公司较远的本地员工。

丁柱安顿好刚下飞机的一位安徽研发人员，准备回公司，正好碰上赶来的袁焜。丁柱马上带着他逐个房间探访。袁焜一边和各位打招呼，一边像长兄般问寒问暖，带给大家回家的感觉。

袁焜看到还有三间空着，得知丁柱给他和薛景宁各留了一间房，立即告诉丁柱，他俩常在办公室过夜留一间就够了，腾出两间做机动休息室，男女各一间，叫他通知全公司的人。袁焜还特地关照丁柱，从今天开始他白天去公司忙后勤，晚上就住这儿，为研发人员提供全天候服务，都算加班。从这个月开始还给他加薪30%，丁柱感动得说不出话来，只是一个劲儿地点头……

与往常任何一个早晨一样，袁焜起床后边喝咖啡边上网。他突然看到邮箱里收到了纽约安吉拉发来的E-mail，告诉他康恩公司决定给他们500万美元风投！他高兴得竟把咖啡打翻了。500万美元相当于4000多万人民币啊，如此大手笔，完全出乎袁焜的意料。好事真是成双。3000万元人民币入账才十天，这大笔美金就翩然而至。明眼人一看就知道，是国投砸下3000万的消息传遍海内外，带动了康恩的风险投资。美国人是现实的，也是机智的。但不管怎样说，这是特大喜讯！

芯光团队采用的"超常规"做法终于达到目的。在保持国有资产继续增值的同时，从金融市场融得更多的资金来完成任务，再加上激励员工，给他们期权。按照袁焜的说法，这种做法在硅谷不足为奇，但在中关村是"超常规"的。

按照常理，公司有了投资，财务部长雪儿腰板儿就挺直了，但她近日的情绪非常低落。她走进袁焜的办公室，提出公司应该还袁焜卖车卖房的钱，他该买房子和艾珊团圆。她知道，这意味着她见到袁焜的机会就少了。袁焜的态度非常坚决，芯片不出成果，房子坚决不买。他心里比谁都清楚，经过这么多风风雨雨，真的穷怕了。现在有钱了，但芯片研发没成功，还要继续烧钱。风投进来了，压力却比以前更大，国内外的同行都看着呢。见雪儿面露疑惑，袁焜忙解释："人家把钱给我们，要的是利润。"

"苦日子挨惯了，我会节省每一个铜板的。"雪儿说，"但是，车子总应该买吧。你的员工大多数都有车了，你不觉得寒碜吗？"

说起车子，袁焜在美国开了那么多年车，回北京也一直有座驾，没了车就像缺了两条腿，出门办事不方便。最终，在雪儿的"威逼"之下，袁焜只好同意买一辆车。

两天后，袁焜和丁柱来到车行花15万买了一辆桑塔纳。丁柱试过了车后问袁焜："袁总，我斗胆说一句，桑塔纳是不错，但和您的身份太不符合了。"

袁焜说："我的身份是一个创业者，到现在还算不上成功人士。雪儿也叫我买进口车，是我硬要买国货的。省下钱可以增加大伙的福利。俗话说，钱要用在刀刃上啊。"丁柱摸摸脑袋，半晌说不出话。袁焜拍了一下他的肩膀说："我向你保证，等我们把芯片搞出来了，我们就来买名车，也好好风光一下。"

丁柱开着新车一路奔驰来到吉尼斯国际学校，艾珊母子俩早在校门口翘首以待了。袁焜跳下车，摸了摸儿子的头，做敬礼状说："袁迪先生，本人今天买车了，第一时间向你报到！"

"还算守信用。"小迪不无得意地说，把几个人都逗笑了。

袁焜对袁迪说："等芯片出来，咱们就买大房子，好吗？"

袁迪跳起来大声说："希望这一天早点到来！"

2

星期天的晚上10点，芯光研发部内的灯光有明有暗，大伙都在加班。岳东和几个年轻人围坐在一个角落里悄声交谈，四周都是东倒西歪的同事。有人扑在桌上养精蓄锐，也有人躺在椅子上闭目养神。

袁焜匆匆走来，岳东马上站起来，以军人般的口吻向他汇报一切准备就绪。袁焜告诉他景宁已经从台北到香港了，估计半夜2点到北京，先请大伙好好休息，说罢疾步离开。

原来，景宁上个星期带着他们设计的芯片去台湾制造，今天他将带回来测试结果，所以大家既兴奋又紧张。

此时，丁柱和雪儿把整箱的面包和饮料搬进来，在屋中央的桌子上堆成了一座小山。

雪儿把面包和饮料递给岳东等人说："快吃吧，身体是革命的本钱啊！"

岳东咬了一口火腿面包说："雪儿啊，应该改两个字，把'革命'改为'科研'。"

雪儿嘀咕着："身体是科研的本钱。"

小宋竖起大拇指，连连夸奖岳东的"创意"。

半夜2点。袁焜和曹钟望并肩走进来，岳东、小宋上前迎接。曹老环视四周，看到个个精神饱满，人人像出征的战士，他欣慰地点点头。2点50分，风尘仆仆的薛景宁快速走进来。他放下手上的包，和袁焜、曹老、岳东握手后，四人低声交谈。

所有的灯都亮了。众人凝视袁焜。

袁焜向大家一挥手说："各位，现在是凌晨3点，'中国芯'测试正式开始！"

瞬息之间，战云密布。袁焜、薛景宁、曹老、岳东每人伸出一只手，四只手背朝上互相交叠。其他人竖起"V"字形手指。尔后，大家静静地走向各自的岗位。一张张专注的面孔在一排排电脑后出现，气势壮观……

测试了一个多小时，但图像还没出来，大家都很焦急。景宁全神贯注地看着屏幕，岳东站在一旁，额头上渗出了细密的汗珠。

不一会儿，景宁大喊："图像出来了！"

众人看着图像。

岳东惊叫："太棒了！"

袁焜激动得向大家挥手说："'中国芯一号'测试成功啦！"

这是中国首枚具有自主知识产权的芯片，是具有世界领先水平的百万门级超大规模数码图像处理芯片。它的诞生改写了中国无"芯"的历史！如潮的掌声震耳欲聋，好像要冲破屋顶。雪儿带头打开香槟，室内一片欢腾。众人情不自禁地唱起了《我的中国心》。袁焜拥抱曹老，景宁、岳东也围上来，四个人抱成一团。丁柱不停地按动快门，镁光灯不断地闪烁。

曹老激动得泪花盈盈，他放声高喊："咱们国家前后研究了40年啊，终于有了自己的芯片！咱们再也不用让别人牵着魂、揪着心过日子了！"

转眼之间，雪儿戴上红帽子成了总指挥。她命令大伙的几十辆车跟着丁柱的桑塔纳去一个好地方。袁焜和曹老钻进桑塔纳后，马上掏出手机四处报喜……

在晨曦映照下，天安门城楼轮廓越来越分明。攻芯团队的全体成员兴致勃勃地来到宽阔的广场，声势浩浩荡荡。宋总也赶来，纷纷和大家握手。

袁焜双手捧着芯片激动得声音颤抖地说："宋大姐，没有您，就不可能有芯光的今天。"

宋总抚摸着芯片说："看着芯光就像看着自己的孩子。见到你们的成长，你不知道我心里有多么高兴啊！"

曹老握着宋总的手说："海燕啊，这成功之中也有你的功劳。"

宋总笑着答："大伙儿都有份儿，'成功不必在我，成功我在其中'。"

袁煜感慨万千地说："改革开放二十多年了，粗放型的经济发展方式增加了GDP、改善了民众的生活，老百姓的日子好过了，却没能提升中国人的自主创新意识。芯光今天做的仅仅是个开始，必将引来更多的追随者。它的成功除个人天赋因素和原动力外，是因为紧紧把握住了'天时地利人和'，在最合适的时机和平台上，做出了最正确的壮举。"

曹老拍了拍袁煜的肩膀说："你爸也可以安息了！"

岳东仰望苍天说："又一个硅谷神话的中关村版本诞生了！"

雪儿激动地对袁煜说："我们把不可能变成了可能！"

朝霞满天，天安门城楼格外壮观。在国歌声中，众人手挽着手，边跟唱国歌边观看五星红旗徐徐升起。当国旗升到顶端之际，众人眼里都涌满了激动的泪水。

"袁煜！煜，煜……"升旗仪式刚完毕，远处传来了一个女人的叫喊声。大家定睛一看，原来是艾珊！她正快速跑来。袁煜立即飞奔着迎上去和她忘情地拥抱在一起。满面绯红的艾珊接过袁煜手上的芯片叫道："你成功了！真的成功了！"

"刚才我第一眼看到芯片图像时，最想念的就是你。"袁煜依然难掩兴奋，"有人说，一个好女人是一所学校，一个好男人通过一个好女人走向世界。我不知道自己是不是好男人，但是我通过你走向了世界。你塑造了我！"

"你是我的骄傲！"艾珊声音哽咽，眼泪夺眶而出。

众人听了无不感动，雪儿也落下了眼泪……

夕阳西下，北京郊外的墓地一片落寞。

袁煜拿着铁铲、艾珊怀抱鲜花，两人并肩来到袁清哲墓前。袁煜在墓碑脚下挖了一个小洞，艾珊从包里取出一个小塑料盒递给他。袁煜看了一眼塑料盒，上面写着"中国芯"三个字。袁煜将它放入洞中，盖上土，艾珊随即把鲜花放到了上面。面对墓碑，两人三鞠躬。他们凝视着墓碑上袁清哲的遗像默默无语……

3

芯光公司上上下下依然沉浸在兴奋之中，但袁煜并没有冲昏头脑。他心里非常清楚，当初研发芯片就像在非洲沙漠开中餐馆，买不到中国调料，困难重重，现在厨师做出了美味可口的中餐，可如果没有顾客上门，将会是有"芯"无力，同样可能面临致命的失败。

一周后，袁焜召集管理层开会，商讨下一步的计划。

薛景宁指出"中国芯"即将大批量生产，公司工作的重心应该从技术转向市场，只有"转得快"，才能"玩得转"。岳东认为市场需要苦心经营，还需要计谋，销售部要尽快制订销售策略，因为这是成功的关键。

大家你一言我一语，似乎都指向销售部。

销售部经理程曼娟是个性格刚硬的人，她再也坐不住了，大声地说："你们一个个说起来倒轻巧，我的压力可大了！要抢占别人的市场，等于从老虎嘴里夺食，不是一朝一夕的事儿。何况，我们销售部的人差不多走光了。"

袁焜马上说："近几年我一直注重研发，忽略了市场这一块，造成公司的销售队伍不健全、人员涣散的局面。"

但不管怎么说，大家讨论后达成共识，马上高薪招兵买马。

雪儿主动请缨说："我可以协助曼娟做国内市场，等她的队伍稳定后再退下来。"

雪儿如此顾全大局，知难而上，再次让袁焜惊喜，他心怀感激。

至于负责国际市场的人选还要到国外去挖，把广告刊登到欧美主要媒体，相信重金之下必有勇夫，暂时先由袁焜负责开拓。

赵达川得知"中国芯"出炉后，特地打电话给袁焜表示祝贺。其实，达川最近烦着呢，科维代理的阿尔法笔记本电脑生意越来越差，这个月的营业额下跌了70%！再减价就要赔本了。唯一让他感到欣慰的是，女儿读书成绩大有长进，尤其是英文水平提高得飞速，并且她慢慢地愿意见倩蓉了，毕竟是母女嘛。

说起刘倩蓉，她的日子并不比达川好过。今年市场上冒出好几种国产的笔记本电脑，价格比SVT的便宜得多，他们多次降价也没有用。美国老板给弗兰克施加压力，弗兰克一筹莫展，回家后拼命喝酒，还拿倩蓉当出气筒。

程曼娟和雪儿都是急性子，雷厉风行，说干就干，一下子招来了三十多名销售员，其中一半具有丰富的市场经验，有好几个还是从外企挖过来的。

有一天上午10点，程曼娟把所有人叫到一楼大堂，袁焜要亲自主持"销售强化训练"。

"各位销售部的新旧同事，你们好！今天我和大家探讨一个经典训练，很多大公司都采用过，我管它叫作'电梯兜售法'，"袁焜说着看看大家，"假设你马上在电梯里遇到一个客户，他想了解我们的产品，你们的任务就是在客户下电梯之前就把产品推销给他。记住，你只有30秒时间！"

"时间这么短啊，太难了！"一位年轻销售员忍不住插嘴。

袁焜朝她点点头说："是啊，你们的表达要精炼，要学会'糠中分谷'。对什么人说什么话，在最短的时间里抓住顾客心理，让他心甘情愿地掏腰包。"

程曼娟将大伙分成四组到电梯里训练。她提醒大家，一个小时后袁总会扮演不同身份的客户来考核，比如干部、学生、律师、商人。

雪儿俏皮地问通过了有没有奖？程曼娟爽快地回答请大伙吃午饭，因为袁总早已许诺来买单。众人开心地展开了电梯兜售……

两周后，雪儿、程曼娟买好去广州的机票，准备去开拓华南市场。这会儿，两人正在程曼娟办公室里收拾文件、准备行囊。袁焜走进来递给她们一沓刚刚印好的公司小册子，上面有"中国芯"的介绍。

程曼娟摸了摸小册子，还热着呢，说道："袁总，真是不好意思，还劳驾你亲自送来。"

袁焜笑了笑说："明天一早我还要到科技部开会，就不送你们了。预祝你俩一路顺风！"

袁焜没有料到出价百万年薪招聘一个国际部经理还这么难。今天面试的五个人是从国内外100多封求职信中筛选出来的，竟没有一个合格。其中有两个是美国名牌大学的MBA，但他们不是英文口音很重就是国际市场经验不足。袁焜马上找来薛景宁商量对策。

景宁听罢说："现在的人才圈地运动越来越厉害，有人形容外企就像'黄埔军校'，培养了一批批人才。国企有钱了，也跑到'黄埔军校'重金去挖……"

袁焜频频点头："人才资源始终是第一资源！看来，也只有多登广告试试看了。"

这时，岳东敲门而入，说有急事报告，他刚收到香港"发小"傅光兴的

E-mail，说他有意应聘国际部经理。岳东扬了扬手中的简历，说："这个人是香港大学的理科学士、哈佛的MBA，现在常驻香港，是美国顶尖软件公司亚太区销售经理。"

袁焜马上笑起来说："我和顶尖公司一直有来往，他们老板戴思几年前曾访问过咱们公司，一度还有意投资呢，顶尖的生意可是遍布全球啊。"

岳东说："这个人的推销本领可厉害了，他能把梳子卖给和尚。"

袁焜从椅子上跳起来，兴奋地说："我要的就是这种人！这样吧，你马上约傅先生来北京面试，所有费用我们全包。"

这时，电话突然响起来。袁焜接听电话后脸色马上大变。原来是身在广州的程曼娟打来的，说雪儿突然晕倒住院了。

袁焜二话不说，焦急地飞往广州。他风尘仆仆地赶到医院急诊室时正是傍晚。脸色苍白的雪儿躺在床上打吊针，一旁的程曼娟喂她吃水果。袁焜伸手摸雪儿的额头，好像还挺热。雪儿露出一丝微笑，说头已经不晕了。

据主治医生说，雪儿是疲劳过度引起的中暑晕倒，刚来时发烧高达41度，现在已退到37度6，等这瓶输完就可以出院了。

雪儿埋怨袁焜说："你没必要赶来广州，应该坐镇公司。"

袁焜说："我离开北京几天，芯光的天塌不下来，重要的是你没事。"

翌日一早，袁焜抱着个大西瓜来到酒店，劝雪儿和曼娟跟他回去，而雪儿说商道酬信，跟人家约好了就得去，执意明天去了南宁再回北京，袁焜拿她俩也没办法。雪儿看了一下手表，说中午还有一趟班机回北京，硬把袁焜撵走了。

袁焜走后曼娟忍不住问雪儿："袁总为什么对你这么好？你们两人到底是什么关系？"

雪儿说："是纯洁的工作伙伴呀。但我愿意为他卖命工作，不在乎得失。"

曼娟拉住雪儿的手说："你这么年轻，那不是亏了自己吗？"

雪儿说："记得有一位诗人说过，人的一生至少该有一次为了某个人而忘了自己，不求有结果、不求同行、不求曾经拥有，甚至不求他爱我，只求在我最美的年华里遇到他……"

"还看不出，讲起来一套一套的。那么，袁总是你的'蓝颜知己'了？"曼娟神秘兮兮的样子，"不过，情人和蓝颜知己中间，有着难以把握的灰色地带喔，一不小心就会踩雷。"

雪儿指了指自己的脑袋笑着说："那就要看各人的IQ了……"

4

"中国芯一号"大批量生产后，已经被多个国际知名品牌视频摄像头采用，但所占国际市场的比例并不大，这令袁焜感到十分头痛。

东京3W电子集团公司是生产和销售软件、电脑、通信系统、半导体和电子器件的跨国企业，尤其在手机领域独领世界潮流。它的分公司遍布欧美，员工总人数达四万人，拥有三十多家制造厂，是首屈一指的行业巨头。3W在数字多媒体领域是老大，敲开3W的大门也就意味着踏上了芯片技术的金字塔尖，如果3W能接受"中国芯"，那将是一个巨大的市场，也会带来难以想象的成功。袁焜通过斯坦福大学的日本同窗约了三个月，好不容易才得到和该公司老总见面的机会。

袁焜和薛景宁、岳东特地提前一天飞到东京。那天晚上，他们无心欣赏美丽的夜景，而是猫在酒店内精心准备第二天的会面。

翌日上午10点，他们三人西装革履、精神抖擞，准时踏进3W电子集团公司的会客室。不一会儿，漂亮的女秘书带着一位瘦削的中年男子进来。女秘书向他们鞠躬介绍说："各位，让你们久等了。这就是我们的总经理渡边茂先生。"

袁焜伸出手礼节性地和渡边茂握手。渡边茂掏出名片和各人交换。

就座后，袁焜拿出芯片说："这是我们刚研发出的芯片。"

渡边茂不屑地说："什么，你们中国人也研发芯片了？不太可能吧？"

岳东说："我们公司总部设在北京，是留学生组成的公司，我们三个都是世界名校的博士，都在跨国公司工作过……"

景宁补充："我们公司还有很多欧美大学的毕业生。"

袁焜耐心地介绍着说："贵公司的手机如果用了我们的芯片，功能会加大，体积会变小。"

景宁边摆弄仪器边说："渡边茂先生，我可以演示给你看……"

渡边茂打断景宁的话，摆摆手说："不用了！就手机这个领域，我们是全世界最先进的，我不会对你们的芯片感兴趣的，你们可以到一楼展示厅去参观我们的产品。"三人还没反应过来，渡边茂已站起来，"抱歉，美国客人还在等我。"

袁焜对着渡边茂的背影轻声说："I'll be back！（我还会再来！）"

三个人垂头丧气地走出3W公司大楼，心中都不是滋味。约好一个小时的见面，五分钟就把他们打发走了。事实胜于雄辩，做市场难，做国际市场难上加难。

袁焜周末回到杨树胡同老宅，依然满面愁容。艾珊见他没胃口，做了炸酱面给他吃，但他吃了几口就放下了筷子。

艾珊开导他说："看来，做市场比想象中要难得多。"

"他们这样，反而给我带来了一种力量，促使我们踏实地把技术进一步做好。"袁焜发狠地说，"日本人越是这样傲慢，我越是不服气，哪怕碰一百回钉子，我们也得想办法彻底打进3W。"

艾珊凝视袁焜，默默点头。

第十八章　中国制造飞向中国创造

1

袁焜从东京回到北京几周后的一天上午收到两封特快专递。一封是中文的，另一封是英文的。科维和SVT两家公司同时向芯光公司抛出绣球，提出合并计划。芯光顿时成了高贵的公主，真让人喜出望外！绣球到底接不接呢？袁焜和景宁、岳东、雪儿商量后决定，先仔细检查他们两家的账目。

火红的晚霞洒在湖面上波光粼粼，岛上的山丘与树林相映，景色秀丽。赵达川扶着曹钟望沿着清华大学的近春园散步。当年，他和一帮师兄师弟常常轮流陪老师来这里溜达。今天，他不是来寻找昔日的脚印，而是另有意图。

消息灵通的赵达川得知SVT和科维竞争合并芯光，马上来求见恩师帮忙。他心里明白，袁焜最听曹老的话，他老人家的一举一动足以影响全局。

曹老语重心长地对达川说："你和袁焜都是我的好学生，我当然希望你们成功，但这是重大的商业决策啊。"

达川苦口婆心地说："我们需要做菜的原料，就是芯片，而袁焜的公司需要顾客，我们这些年在国内积累了大量客户，合并后能创造双赢局面。"

曹老点点头，认为达川讲得有道理，也很实在，答应向袁焜转达意见。至于袁焜选择科维还是SVT，还得由他自己拍板……

俗话说，鱼有鱼路，虾有虾路。刘倩蓉也绝不是吃素的！她的洋老公对中国文化了解毕竟有限，但她作为袁焜生命中的重要女人，也许可以"明修栈道，暗度陈仓"，助SVT一臂之力。那天中午，她约袁焜来到一家高级西餐厅用餐，弗兰克原来讲好一同来的，但前一天突然被大老板召回加州开会了。

在餐厅里，倩蓉举杯说："我先代弗兰克祝贺'中国芯'研发成功。"

袁焜也举起杯子说："还得感谢SVT呢。对手最能促进企业成长了。"

倩蓉马上说："对手也有可能成为伙伴啊。"

袁焜听出了弦外之音："你有话就直说吧，别浪费大家的时间。"

倩蓉立即打开窗子说亮话："美国公司在管理和技术方面都有强大优势，希望你优先考虑和SVT合并。"

袁焜承认美国的管理方式先进，但不一定是最好的，而他要打造最好的企业。倩蓉反复强调SVT在欧美拥有强大的销售网，可以为"中国芯"开拓广阔的国际市场。

这一点似乎击中了袁焜的要害，不过他仍婉言拒绝。合并这样的大事，他得三思而行啊。

倩蓉停了一会儿深情地对袁焜说："焜，我们俩以前的感情很深的呀，还记得吗……"

袁焜马上打断她的话："It's over（都过去了）。"

倩蓉央求："难道你眼看着我当弗兰克的出气筒吗？他生意不好，我就没有好日子过啊……还有，你也了解赵达川的人品吧，他当年可是抢了你的女朋友啊……"

袁焜仰天大笑，然后说："不提也罢！"

倩蓉拉起他的手："对不起，收购的事儿请你再好好想想。"

袁焜用力抽回手说："我的答案只有四个字：在——商——言——商！"

那边厢，赵达川来到吉尼斯国际学校找艾珊帮忙。科维的销售越来越萎缩，早晚会被市场淘汰。在这关键时刻，他恳求艾珊说服袁焜和科维合并，这样对双方都有利。

艾珊当天晚上就去芯光公司找袁焜。艾珊叫袁焜优先考虑合并科维，袁焜反过来问她是不是因为赵达川当初投资学校1000万而要报答他。两人发生激烈争吵，艾珊说赵达川从来没少帮过他，他爸住院、他办公司，人家都是两肋插刀。袁焜强调感激与生意是两码事，把艾珊气走了。

赵达川想来想去，还得直接约见袁焜。那晚在酒吧，赵达川态度十分诚恳，希望袁焜多多包涵以前不开心的事，给他一次合作的机会。袁焜心里不得不佩服他大丈夫能屈能伸的精神，但最终以等待财务调查报告为托词，不肯表态。

弗兰克从加州回到北京的第二天就迫不及待地约见袁焜。两人在咖啡馆一见面，弗兰克先恭维道："你们的'中国芯'可是IT领域的一个里程碑啊！使生产成本降低了90%，芯片价格也降低了90%。"

袁焜并不动容，他说："谢谢！有话你就直说吧。"

弗兰克直言不讳地说："SVT大老板说，只要北京的SVT能和芯光合并，市场前景非常看好。你们提出的任何要求都可以谈，包括给予额外的奖金。"

袁焜坦率地说："我们只想就事论事，没有过高的奢求。"

弗兰克着急地说："焜，我们可是多年的朋友了。"

袁焜说："没错，但你也别忘了，我们也是多年的对手。"

到了晚上，新岛咖啡厅内顾客盈门，人声鼎沸。包间内袁焜、岳东、薛景宁、雪儿等四人围桌交谈，气氛严肃。

雪儿递给每人一张财务调查表，上面罗列了科维和SVT的财务状况。目前两家公司都有盈利，但最近一年亏损都非常严重，日子越来越不好过。显而易见，他们两家都是冲着"中国芯"而来，想借"芯"翻身，摆脱困境，再创辉煌。大家讨论后达成了共识，与董事会的意见不谋而合，和两家中的任何一家合作对芯光都是有利的。眼下的问题是到底和哪一家合作？景宁认为，芯光与科维合并是最佳选择，因为科维拥有生产基地、现成的销售网，在中国的市场覆盖面大，而SVT虽然实力雄厚，但很难做好中国市场。岳东强调科维强大的关系网是无形资产，SVT虽然有欧美销售网，但欧美市场竞争本来就激烈，SVT所占的份额并不多，芯光凭价廉物美的"中国芯"，再加上傅光兴的销售才能，很快会建立起自己的国外市场。

袁焜听了各位的高见，认为与自己想象的差不多，高兴得合不拢嘴。

灯光下，四个茶杯在空中相碰。杯中不是美酒，胜似美酒。

2

一个月后的一个中午，阳光灿烂。中关村创业园会议大厅迎来了一个特殊的日子。大厅内布置一新，嘉宾云集。袁焜、赵达川、岳东、薛景宁等人个个西装笔挺。国际部经理傅光兴也特地从香港赶来见证这一历史时刻。

袁焜向与会者挥手致意说："首先感谢宋海燕博士在百忙中抽暇前来祝贺。现在，我宣布芯光电子公司与科维公司合并，组成'芯科集团'，赵达川先生任董事长，本人任CEO。"

袁焜和达川紧紧握手，大厅内掌声一片。

这象征着一个新时代的开始！恰如宋总在贺词中所说，芯科集团的成立探索了一条现代经营的新模式。海归公司和民营企业比翼齐飞，结束了民营企业和外资企业与狼共舞的时代。

达川非常自信地宣布，芯科集团从此不再代理美国阿尔法电脑公司的产品，研发自己的笔记本电脑，并且正在物色地皮盖新大楼，还要扩大郊外的工厂规模。

曹老笑容满面地站在袁焜和达川中间，搂着他俩的肩膀说："你们一个立志成为科学家，一个早早下海从商，今天可以说是殊途同归，携手同心合作。我以你们为骄傲！"

宋总走前一步说："这就叫名师出高徒。"

芯科集团成立后，赵达川跟袁焜约法三章，叫他抓公司的大事，而那些鸡毛蒜皮的小事儿自己包办了，叫他不用操心。袁焜点头后也向达川提出了要求，他得抽三分之一的时间用在技术研发上。达川心里想，做自己最喜欢的工作，对袁焜及公司都好，何乐而不为呢？马上就答应了。

几个月后，芯科研发的"中国芯二号"面世。这是单芯片混合电路移动多媒体处理器，可用于手机，能高度整合多种多媒体功能，具备低功耗、体积小、成本低等优点。新产品问世两周来迅速得到众多手机厂商的青睐，国内外几十家手机厂商都已准备在最新型的产品上采用，订单已陆续而来。

在新闻发布会上，有记者问道："可以不可以说'中国芯二号'将引导手机新革命，手机的价格会越来越便宜？"

袁焜回答说："你讲得完全准确。这也是我们'科技改变世界'理想的更进一步。"

新的一天开始了，芯科集团研发部内又忙碌起来。但在一个角落里，好几个人围成一团，边上网看网络火爆红人"菊花姐姐"边评头论足，还在下载图片。

薛景宁走过来，众人并没有发现。景宁生气地说："太离谱了，还下载这些乱七八糟的东西！我注意你们好几天了，一上班就上网，把这儿当成网吧了？这里可是研发部啊！"

"四只眼"嘀咕说："难道不能上网吗？"

景宁拉长着脸说："早跟你们说过，除了中午休息时段，上班时间是不能上非IT专业网站的。要看'菊花姐姐'，还是回家慢慢欣赏吧。"

"胖子"不买账地说："公司管得还真宽啊，生男生女也要汇报吗？"

岳东走过来大声地说："宽什么？上班让大家查看私人信件已经算很宽容了。美国很多公司上班连报纸都不准看，还封锁Hotmail、Yahoo那样的公共信箱呢……"

"黑皮"叫嚷："你这么凶干吗？我们又不是打工奴隶。"

景宁讥讽道："也不是打工皇帝呀！"

大家争执不休，吵成一团。袁焜、赵达川赶到。问清缘由，袁焜扫视那三人说："你们都是科维的人吧？原来的芯光研发部是有良好传统的，上班只上IT网站，更不会下载自己的东西。"

赵达川狠狠指了指三人，说道："新公司，新作风，你们得给我争口气！"随后转身离开。

大伙明白，袁焜点了科维的人，触到了达川的神经。但袁焜马上吩咐景宁修改研发部守则，然后发E-mail给每一位同事。

两个公司走在一起，相互适应和磨合都属正常，但芯科集团成立三个月后，诸多大事不咬弦问题就大了。袁焜思考再三，不得不把高层管理人员都叫来开一个短会。会上袁焜开宗明义指出原来科维的人员管理工作不够现代化，毫无时间概念，常常不查E-mail，而这么大的公司，必须要制订严格的规章制度。赵达川听后耸耸肩，一副不以为然的样子。

袁焜从雪儿手上接过账本说："原来科维的未收款500多万说好一个月内解决，至今一分钱都没进账，到底怎么回事？"

达川皱起眉头，搪塞说："正在想办法追账。"

袁焜环视了每一个人后说："现代管理学上有一句话不知大家是不是知道？

Leaders are people who do the right things；Managers are people who do things right（领导者是那些做正确事情的人，而经理是那些把事情做正确的人）……"

雪儿又追问达川："你到底派人出去追账了吗？"

在众人面前达川感到无地自容，他用力拍桌子说："奶奶个熊！区区500万有什么大不了的，何必这么小题大做？还说这么多英文干吗？我在中关村还是一条小破街的时候就开始在商场上打拼，还解决不了这点鸡毛蒜皮的小事儿？老子不奉陪了！"说完，他起身就走。马上又有三个原科维的人跟随他出去。

众人目瞪口呆，雪儿吓得脸色发白。袁焜倒显得异常平静，默默地看着他们离去的背影……

3

"中国芯"横空出世后，袁焜就把买房子列入议事日程。他和艾珊看了几处房子都不满意，两人仍处于"半分居"状态。仍然平时各住各的，周末时一家三口回袁家老宅团聚。

这天周五晚上，袁焜还没踏进门槛，韭菜味就扑鼻而来。走进厨房，艾珊正在拌饺子馅。袁焜麻利地帮忙擀皮儿，艾珊包水饺。

两人聊着聊着袁焜就说起赵达川开会时扬长而去的事。他抱怨公司合并没几个月，这样那样的问题出了一大堆，还真有点怀疑自己当初的眼光了。

艾珊耐心地劝说起来。达川这些年一直当老总，前呼后拥的，团队精神确实少了点儿。但舌头和牙齿还打架呢，刚开始哪有不磕磕碰碰的呢？

袁焜气愤地说："他好歹也是一个名校硕士，还骂人呢。对我发脾气倒没关系，可在那么多人面前都不给雪儿面子，人家还是小姑娘啊。"

艾珊听了一愣，心中不是滋味。她脸上硬挤出笑容说："原来，你是为了护花才动肝火啊。"

袁焜解释说："我得关心每一个员工。"

艾珊心平气和地说："我知道，雪儿对你很用心，你也爱护她。但你不觉得，你和雪儿相互关心得太多了吗……"

敲门声打断了他俩的对话，原来是小迪带着桑尼回家了。小狗看到袁焜高兴得翘起尾巴，小迪扑上来问袁焜到底什么时候买新房子？袁焜说明天又要去好几个地方看房子呢，一直要看到艾珊满意为止。袁焜还叫小迪明天一起去看房子，买房心切的孩子马上答应了。

两天后的上午10点，芯科会议室内坐满了中层以上管理人员。赵达川诚恳地说："各位，开会前，我得先向财务主任欧阳雪儿道歉。上次开会我发臭脾气，还骂人，擅自离开会场，造成了很不好的影响，我保证下不为例！"

"没想到董事长有这么大的度量，我真是受宠若惊。"雪儿感到很惊讶。

达川正经八百地说："董事长也没有特权啊！"

袁焜也没想到达川会当众道歉，这件事总算平息了。尔后，大家商量追讨500万元欠债的事儿。

雪儿认为账不能拖得太久。再拖下去，说不定没等找上门对方就已经倒闭了。她建议马上成立追债小组，分几路去全国各地，尽快把所有的欠款尽量追回来。

达川主动请缨说："我从原来科维的人马中点几名干将，我自己亲自担任追债小组组长，立刻行动，明天就去大西北。"

袁焜高兴得站起来，对达川说："你的干劲儿不减当年啊，说干就干！"

达川握拳振臂："总算又找回了拼搏的感觉！"

4

傍晚的当代商城广场门前鸽子纷飞，人来人往，好不热闹。雪儿应约来到这里才知道，艾珊是特地请她来当服装参谋的。

艾珊和雪儿手挽手进入商城，两人窃窃私语，情同姐妹。

她们来到四楼的名牌服装店闲逛，驻足在风衣柜台前。雪儿指了指一件玫瑰红色的风衣，艾珊摇摇头说："款式倒不错，可是颜色太艳了，适合年轻人。"

雪儿忙说："珊姐，你也不老啊。"

艾珊答："和你比我当然老啦，我长你10岁呢！"

雪儿拉着她的手臂悄悄说："你的美是在骨子里的，永远都不会变。"

艾珊说："你真会说话，难怪袁焜那么欣赏你。"

雪儿一笑说："我说的都是真话啊！我真羡慕你的气质。"

艾珊摸着她秀丽的长发说："别忽悠我啦！"

最后，艾珊买了一件米黄色的风衣，并且执意买了那件玫瑰红的送给雪儿，说是感谢她对袁焜的照顾。雪儿一时难以推托，只好收下，但心里却有点儿忐忑。

几个小时后，艾珊和雪儿提着大包小包来到星巴克歇息，两人各点了一杯咖啡，艾珊又多要了一大杯卡布奇诺。她俩靠窗而坐。

雪儿指着卡布奇诺问："是带给袁总的吧？"艾珊点头。雪儿情不自禁地说，"袁总有你这样的太太真是福气。"

艾珊说："两口子嘛，这点儿关心是最起码的。"

雪儿笑着说："日常小事的关怀才能体现出夫妻真情啊。"

艾珊喝了一大口咖啡，慢慢地说："这算什么，以前我们在美国那才叫患难与共呢……"

直到两人在夜幕中分手，雪儿才恍然大悟艾珊请她来的真正目的。艾珊以巧妙的言行，不露声色地告诉自己：她和袁焜的爱情堡垒是坚不可破的，请别的女人靠边站吧！雪儿心底里不得不佩服艾珊的厉害和柔中带刚的个性。

袁焜好不容易才把赵达川盼回来！达川离京仅仅两周，却好像去了两年一样漫长。在袁焜的办公室里，达川握着袁焜的手，依然沉浸在兴奋之中。他这次一人就追回了80多万，其他各路人马都大有斩获。

雪儿闻讯敲门而入，她高兴得叫起来："真的是董事长回来了！"

"给你的，三炮台八宝茶。"达川笑呵呵地给雪儿递上礼品盒，见她低头看着又补充道，"西北特产啊，越喝越漂亮！"

芯科研发部好像发射连环炮一样，"中国芯二号"面世不久，"中国芯三号"又横空出世。"中国芯三号"是网络摄像头处理芯片，主要应用于外挂式网络摄像头及嵌入式笔记本电脑摄像头，具有先进的高清视频录像、高保真录音、自动对焦控制、噪音消除等大量新功能，价格上比同类产品便宜很多。

当天晚上，袁焜、赵达川、薛景宁、岳东、雪儿在附近酒吧庆祝。大伙刚喝了一杯酒，艾珊突然闯进来故意板着脸说："一有喜事，你们这些男人就都把我给忘了。"

达川赶快打起圆场："不是不是，我们是怕打扰校长大人休息。"

艾珊拉着雪儿的手笑盈盈地说："还是咱雪儿贴心。"

大家这才明白，原来是雪儿通风报信的。

袁焜马上把一杯酒递给艾珊，大伙干杯，气氛更加热烈。

数周后，芯科集团研发部灯火辉煌，薛景宁、岳东等人看着刚刚测试完的笔记本电脑春风得意。袁焜、赵达川走进来，雪儿也跟来。

袁焜看着桌上的电脑，祝贺他们测试成功！达川捧起笔记本电脑，边掂量边说比阿尔法电脑轻多了。

雪儿摸了摸电脑说："外观很漂亮，手感也舒服，和国际名牌差不多啊。"

岳东忙向大家解释："用上咱们自己研发的'中国芯三号'，价格比SVT的便宜30%，很有竞争力。"

达川自言自语道："叫什么名字呢？"

景宁看了一眼袁焜，两人会意地点了点头。景宁说："就叫'新芯笔记本电脑'。"

达川指着景宁笑呵呵地说："原来你们早就想好了。不过，我喜欢！"

芯科集团会议室内，时钟指向深夜11点。中间的台子上放着新芯笔记本电脑。众人虽精疲力竭，仍然围台而坐讨论着。大家都没想到，写一段广告词这么难。都讨论好几天了，还定不下来。

赵达川不耐烦地建议出点钱，请大广告公司做，别再折腾自己了。而袁焜坚持说画面请人家做，广告词还是要自己提供的。

大伙再次进行头脑风暴，最后决定用"国际质量，中国价格；新芯电脑，新兴生活。"

这广告词既生动又容易记，关键是突出了民族品牌。

5

芯科集团迎来了三喜临门。第一喜，他们终于拿下东京3W电子公司，大订单像雪片般飞进来。国际部经理傅光兴立下了汗马功劳。他总共去了日本十二次，最终用实力和真诚感动了趾高气扬的渡边茂，使3W新一代笔记本电脑上的摄像头跳动起了"中国芯"；第二喜，"中国芯三号"问世并成功地用于自己的笔记本电脑中；第三喜，新芯笔记本电脑销售量直线上升，对手SVT在北京已关了两家门市部。

公司上上下下喜气洋洋，赵达川也一天天开始发福。袁焜笑说为了公司形象非得逼他减肥。那天晚上，雪儿提议去工体保龄球馆运动，达川第一个拍手叫好。

灯光下，百道球场上男女老少挥臂抛球，蔚为壮观。袁焜、赵达川在同一道上比赛，岳东、雪儿也在旁边对垒。

半个时辰不到，达川就吃不消了。他坐在那儿边擦汗边佩服袁焜打了好几个"满贯"。袁焜轻描淡写地说只是运气好而已，接着跟他商量说公司要全面实现数字化管理，以后所有员工每天发E-mail给部门经理汇报工作，部门经理两天一次发E-mail给高层，少开碰头会耽误时间。

达川一下子拉长了脸，他就闹不明白为什么非要这样做？在同一幢楼、同一层，甚至同一间屋子，碰头多容易嘛。面对面解决问题更有效，不会浪费多少时间。十几年都这样过来了，不是好好的吗？

袁焜说："你是怕原来科维的人会反对吧？"

达川不耐烦地提高嗓门说："老子怕谁啊？"

岳东、雪儿凑过来。雪儿问："干吗呀，这么大声？"

达川解释道："科维那些老人儿英文不过关，很多人都不会中文打字，怎么发E-mail呢？如果硬性规定会难住他们。大伙跟着我拼搏十几年了，总不能叫他们回家吧？"

岳东说："你说得不无道理。但现在连工厂都好几千人了，人事管理是件大事，必须要有一套健全的规章制度才行。"

达川点点头，自言自语起来："我知道，我们再也不能摸着石头过河。"

袁焜激动地说："对啊，这就叫'小公司做事，大公司做人'。"

雪儿认为数字化管理并不难，但也不能操之过急。建议找人给大伙培训，给大家三到六个月时间过渡。达川认为还是雪儿讲得有道理，最终大伙一致同意给三个月的时间准备。

袁焜终于露出笑容说："那就好！继续打球吧。"

达川拍了一下袁焜的肩膀说："你今天叫我来是帮我减肥还是谈数字化管理的？"

"是来听你吼叫的！"袁焜说罢，四个人都笑起来了。

第十九章　纳斯达克的灯火闪亮

1

袁家终于搬进了新居！这是一幢两层楼的别墅，有前庭后园，位于芯科公司和吉尼斯国际学校中间。交通方便，闹中取静。房屋装修均按艾珊喜欢的风格，建材上乘，注重环保，整体要求优雅而不艳丽，气派而不张扬。

星期六，袁焜和艾珊办了一个小型乔迁派对。岳东和雪儿再见到小迪时，他已变成一位小帅哥，个子都快赶上岳东了。雪儿四下看着，感叹房子又大又漂亮。小迪看到雪儿马上拉着她的手走上旋转式的楼梯，来到二楼。宽大的主卧房更令雪儿惊讶，窗外还能看到不远处的高尔夫球场呢。主卧内的厕所相当于一个小房间，装有按摩浴缸。

陪他们上楼来的艾珊笑着对雪儿说，她以后结婚也会住这么大的房子。袁迪马上天真地问雪儿谁是她的男朋友？雪儿嘻嘻一笑说还在天上飞呢。

艾珊摸了摸袁迪的头说："雪儿阿姨结婚一定请你做伴郎。"

袁迪问雪儿："真的吗？"

"那就先预订了。"雪儿说罢，大家都笑起来。

三人来到小迪的房间。那是一个小套间，隔壁的小房间留给小狗桑尼。

雪儿回到客厅，岳东笑着问她这是不是她的梦想屋？雪儿坦率说自己不敢做这样的白日梦，毕竟要好几百万呢。

袁焜自信地说："雪儿，这并不是梦。我要让芯科的高级管理人员都能住上这种房子。等公司上市，一夜之间就会诞生很多百万富翁，甚至千万富翁。那时还会在乎这300多万的房子吗？"

岳东笑呵呵地对雪儿说："到那个时候，追求你的人会排满整条中关村大街。"

"那些男人都是来抢钱的吧？"雪儿说罢，大家不约而同地笑起来。

这时，雪儿的手机响了。她一看兴奋地说是曼娟从上海发来的好消息，SVT昨天在上海关了三家门市部，而他们的新芯笔记本电脑供不应求。

岳东说照这样的销售势头，很多笔记本电脑生产商都没法生存了！袁焜高兴得合不拢嘴。

正在此时，赵达川匆匆而入。达川对大家说我刚和承包商谈定，芯科新大楼明天上午10点动工，并要求他们都去参加奠基仪式。他保证大楼八个月内完工！

大家听后连连拍手叫好。

恰在这时，刘倩蓉闯进来，众人惊讶。

达川上前调侃道："热烈欢迎刘倩蓉女士驾到啊……"

倩蓉指着他的鼻子大声说："别以为一个'土鳖'抱上'海龟'的大腿就可以对抗美国的百年公司。你赵达川一夜之间成不了英雄，狗熊永远是狗熊！我问你，你们电脑的价格为什么压得那么低？这不是故意扰乱市场吗？"

达川拍了拍胸膛说："我们用自己的芯片造的电脑，当然价廉物美了。"

倩蓉转头逼近袁焜说："我还要问你呢！你为什么要和科维合并？是趁机报复我吗？你和赵达川这样的人共事，他把你卖了你还帮他数钱呢！"

袁焜冷静地说："这是重大的商业决策，不掺杂任何私人感情……"

艾珊上前想拉倩蓉的手，但被她用力推开。她冲艾珊嚷道："还有你，不顾血缘之情，以怨报德，把我辛辛苦苦帮你筹资办校的事儿全忘了。你不就看着赵达川捐的钱多吗？"

达川气愤地说："刘倩蓉，你也太离谱了！艾珊这么多年待你够好的……"

倩蓉打断他讥笑道："真是皇帝不急太监急啊。我说艾珊你动什么肝火？人家老公连屁都没放呢！"

雪儿上前打抱不平："你这是干吗？怎么像条疯狗啊！"

倩蓉又转向雪儿破口大骂："你这个小妖精，别以为自己年轻漂亮就到处招摇。你白天黑夜地围着老板转，能做什么好事儿？"

雪儿指着倩蓉说："你再无中生有，我会告你的！"

"告吧，告吧，告到上帝那儿我都不怕！"倩蓉失去理智般地叫起来。她最后后退几步环视众人，然后气急败坏地叫嚷："你们走着瞧吧！"说完掉头就走……

倩蓉来到停车道，气呼呼地钻进车内。艾珊追过来拉住车门，焦急地说："倩蓉，你冷静一下。"

倩蓉打断她的话反问道："你现在搬进豪宅，春风得意，当然说得轻巧。让你在一天之内失去你拥有的一切，你能冷静吗？"

艾珊说："倩蓉，我和袁焜都付出过沉重的代价，卖车卖房，差一点儿连婚姻都搭进去……"

"别说了，快让开！"倩蓉歇斯底里地叫起来。她启动车子绝尘而去……

2

一晃半年过去。经过较长时间的磨合，芯科的运转总算走上轨道。"中国芯"系列产品推出后招来不少大订单。傅光兴近日又从美国传来好消息，说两大IT巨头都同意和他们结成联盟伙伴。

早在半年多前，芯科还在纽约安吉拉的运筹帷幄下，悄悄成立了上市顾问团队，人员包括公司管理高层、康恩风投公司以及具有美国职业资格的法律顾问、熟悉中美会计准则的会计师，公司运营、财务制度等全部按照国际规范。为了准备上市，袁焜等高层人员投入了大量的时间和精力，安吉拉也旋风般地来北京好几次，过几天，袁焜就要亲自带团队去美国了。

好事接二连三，袁焜的精神一天比一天好。但有一个问题他闹不明白，有了新房子，小迪还是爱住学校，有时连周末都不想回家。艾珊说，孩子长大了有他自己的社交圈，再说学校各方面设施都很先进，不用担心。

那天晚饭后，两口子来到后园阳台上，仰望夜空，星光闪烁。

艾珊伸了一个懒腰，感慨起不服老真是不行啦，她最近常常感到累，老想睡觉。袁焜安慰她说是办学校太忙了，并要求她注意休息，还要定期体检。

这下可提醒了艾珊。他们在美国时每年都要例行检查一次身体，回国一忙，都两年都没进过医院了。

袁锟突然说："等这次我从美国回来后，再忙也得投入'造人工程'，赶快给小迪添个伴。"

艾珊说："是啊，我已经列入高龄孕妇了。"

袁锟指了指星空说："我们卖到海内外1000多万枚'中国芯'，比这些星星还要多。"

艾珊依偎在他怀里深情地说："这1000多万枚'中国芯'，就是你撒向世界的星星。"

袁锟将她搂得紧紧的说："'中国芯'系列产品大批量生产后，高科技产品的价格都大幅下降了，看到街头的小贩都在腰间挂上了手机，买菜的大娘都抓着手机，孩子们玩上了国产的MP3，你知道我有多高兴吗？"

艾珊点点头说："是啊，科技改变着人们的生活，就连丁柱都有了手机。"

最近芯科集团好事接踵而来：新大楼竣工；郊外的工厂扩建工程也同时告捷；"新芯笔记本电脑"第二季度的销售量冲破100万台，居全国第一，在全球也名列前茅；北京SVT公司偷窃"芯光锁"技术情报罪成立，赔偿芯科500万元，并在电脑专业杂志上刊登道歉声明，这样一来，百年企业SVT在业内的信誉大大下降。芯科对知识产权的强调在国内首屈一指，这次又为维护知识产权打了漂亮的一仗，再次赢得海内外声誉。梁冰、齐方分别被判入狱十年和五年。

真是四喜临门！照理说，芯科高层应该借新大楼启用好好庆祝一番，但他们没有请嘉宾剪彩，也没有通知新闻媒体。因为他们不想铺张浪费，想用省下的这笔钱奖励优秀员工。管理层这一重大决策深得人心，几千名员工的士气更足了，大家纷纷表示要争取创造更好的业绩……

3

袁锟兴高采烈地率领上市团队赴美。他们先做路演，然后到纽约上市。所谓"路演"是指证券公司通过对潜在投资人所做的报告会，以此来激发他们的投资欲。芯科上市团队在康恩公司的安排下，将到纽约、波士顿、芝加哥、华盛顿、西雅图、旧金山、洛杉矶等十多个城市做巡回演说，与一百多个投资人见面，宣传商业计划，前后持续两周。路演的表现对股票发行的成功与否起着重要作用，除袁焜、赵达川亲自出马外，同行的还有薛景宁、岳东、雪儿，傅光兴则在美国等待会合，他们早被安吉拉戏称为"六人梦幻组合"了。

在纽约一家高级酒店的阳台上，赵达川正在偷偷地抽烟。他仰望夜空，还真有点想女儿蕾蕾。毕竟他来到美国已经两个多星期了。达川离开中国后蕾蕾第一次住到倩蓉那儿去过周末，不知道母女俩是不是合得来？

达川正想着，袁焜蹑手蹑脚走来。

达川笑着问："又失眠了？为明天上市的事吧？"

袁焜点头说："以前，硅谷的芯光也在纳斯达克上过市，但这次感觉不一样，很紧张。"

达川说："当然不一样了。这次是一个中国企业跑到美国来上市，牛啊！"

达川说得没错，在团队的努力下，路演非常成功，招股书也顺利印发给各投资人。他们在康恩的协助下，已确定了最终的发行价格和数量，上市准备工作一切就绪，就等明天开市了。但袁焜心里还是有压力，那是一种送孩子上考场的感觉。如果上市成功，芯科的声誉会大大提高，能吸引更多的优秀人才，员工也会富起来；如果失败，那会造成怎样的后果呢？

纽约时代广场旁的纳斯达克交易大楼内灯火通明，人声鼎沸。这里是全美、也是全球最大的股票电子交易市场。"六人梦幻组合"站在大屏幕前，旁边是安吉拉和股票承销经理麦克。他们个个西装革履，精神振奋。康恩牵头领导整个股票交易和承销过程，麦克是上市老手，负责股票最初关键几天的顺利交易。

开市仪式上，袁焜提起笔信心满满地签下了自己的中文名字。众人鼓掌。这是纳斯达克历史上的第一个中文签名，这也意味着"中国芯"已经跃出国门，踏上了世界更宽广的舞台。

时钟指向10点30分，上市开始了，屏幕显示芯科挂牌价29美元。他们的双眼紧张地盯着大屏幕。

安吉拉捧了一大盒咖啡走过来，递给他们喝。关照他们别太紧张了，相信芯科的股票会火爆的。麦克笑着对他们说，耐心等待新的千万富翁诞生吧。

两个小时后，芯科股价还是原地不动，他们都觉得有点儿反常，但都不敢吭声，只有麦克不停地打着手机。时钟指向3点，芯科股价跌到22美元，他们个个神情失落。袁焜急得满脸通红，背脊直冒冷汗。室内的空气太沉闷，把人压得喘不过气来，安吉拉带头走了出去，六个人跟着她来到大楼外。只有麦克留在现场指挥。

他们七人站在马路对面，紧张地看着纳斯达克大楼外墙上的大屏幕。时钟指向4点半，纳斯达克收市了，屏幕上显示芯科挂牌价29美元，收市价20.3美元。大伙失望万分，面面相觑。

安吉拉愤怒地说："简直不可思议！怎么下跌了30%？我从来没碰到过这种事，第一天就这么惨……"

袁焜脸色发白，浑身颤抖，双手紧紧抱在胸前。安吉拉上前一步扶住他说："焜，你怎么了？"

雪儿扑上去双手托住袁焜的腰。

岳东结结巴巴地说："Angina Pectoris（心绞痛）发了，老毛病。"

"要不要叫急救车？"安吉拉焦急地问。

景宁摇头说："不用，我们有药，拿水来。"

达川从袁焜口袋里掏出"速效救心丸"取出两粒塞到袁焜嘴里，雪儿从安吉拉手上拿来罐装矿泉水，塞进袁焜嘴里……

4

袁焜昨天心绞痛发作了三分钟，有惊无险。安吉拉为避免今天再发生意外，果断决定今天不再去纳斯达克交易大楼，就在康恩公司里收看电视实况，而只让承销经理麦克带了几个干将去现场。

10点多钟，"六人梦幻组合"来到会议室坐在大屏幕前。袁焜不时地看着手表，面色凝重。

坐在袁焜旁边的赵达川说："悠着点儿，大不了光着屁股回北京。"

大伙忍不住地笑起来。

袁焜说："佩服，这时候你还能幽默。"

达川拍了一下他的肩膀说："我是怕你又犯病，调节一下紧张的气氛。"

10点半时，股市重开了！芯科的开盘价是20.3美元。七个人聚精会神地看着屏幕。芯科的股价一直往上爬，两个小时后，已升到29.5美元，超过了昨天的挂牌价

29美元。真是好兆头啊！

中午，秘书小姐送来了午餐，大伙吃着三明治喝着饮料，但眼睛始终没离开过屏幕。

时钟指向4点20分，股价仍在微升。安吉拉再也坐不住了，她站到袁焜、赵达川后面，双手自然地搭在他俩的肩膀上。

时钟指向4点30分。股市终于收市了，屏幕上显示收盘价是34.92美元。

成功了！一天之内股价升幅达到70%。他们真的成功了！

一个中国公司在美国成功上市了！他们凭借着自主开发的"中国芯"，在美利坚的土地上奏起了"中国创造"的凯歌！他们的成功，再次应验了纳斯达克的那句流行语："Any company can be listed, but time will tell the tale.（任何公司都能上市，但时间会证明一切。）"

众人高兴得跳起来。安吉拉夹在袁焜和达川之间，被他俩紧紧拥抱，其他四人又一拥而上，七个人抱成一团，欢笑声和泪水交织……

直到康恩总裁带着几个人匆匆进入，他们似乎才从梦中回到了现实。香槟酒被打开了，满屋飘香，气氛更浓。

总裁举起酒杯，提高嗓门说："女士们、先生们，芯科用实力创造了纳斯达克的又一奇迹。作为合作者，我感到无上的骄傲……"

袁焜也举起杯子，微作鞠躬礼。他先是向安吉拉会意地笑了笑，然后大声对众人说："再次感谢康恩公司的出色操作！尤其感谢安吉拉小姐和麦克先生的辛勤努力。我相信，我们还会有更多、更大的合作……"

大洋彼岸的北京，此时正是凌晨3点半。芯科集团内已是一片欢乐的海洋！员工们对着大屏幕欢呼。程曼娟、郭小凤等人已是泪花盈盈。一夜之间，他们中的不少人成了百万富翁。这是用辛勤和智慧换来的成功，这是幸福的泪水啊……

纽约时间翌日中午，袁焜在纽约粤华大酒楼设宴答谢康恩公司。餐毕，"六人梦幻组合"和安吉拉、麦克等十人走出酒楼。他们个个衣着光鲜，一路谈笑风生。麦克看了看手机告诉大家，芯科股价冲过50美元了！

安吉拉兴奋地说："你们的财产又增值了50%，太神奇了！"

"我们就是来创造神奇的！"袁焜感慨地说着。

这时，一个坐在地上、满身肮脏的乞丐突然拉住袁焜的裤脚说："先生，给一点钱吧。我已经三天三夜没吃东西，快顶不住了。"

袁焜低头一看，见乞丐的额头上有一条蜈蚣状红疤。他惊讶地叫起来："你是老董吗？"老董也认出了袁焜，他站起身就想逃走，却被袁焜一把抓住。袁焜说："当年在加州，我找得你好苦啊！"

大伙都停下脚步，惊讶地看着袁焜和老董。

老董低下头说："对不起，袁先生，我是个大骗子！我恶有恶报。我现在是赌博输钱，生意赔本，老婆飞了，身体也垮了……"袁焜从钱包里掏出了好几张百元美钞，弯腰递给了老董。跪在地上的老董接过钱，双手合十一个劲儿地作揖说："谢谢！谢谢你的宽宏大量，你一定会飞黄腾达……"

袁焜转身走开。

大伙来到停车场，安吉拉忍不住问袁焜："你怎么会跟那人认识？"

袁焜说："我的心绞痛就是这个人害的。十几年前，他骗了我借来的五万美元……"

安吉拉惊讶地说："焜，你的故事远比芯科股还神奇！"

麦克激动地说："简直可以把这个动人的故事卖给好莱坞。"

达川嘿嘿一笑说："还是留给咱们CCTV（中央电视台）吧。"

"六人梦幻组合"向安吉拉等人挥手告别走向自己的车子。

雪儿边走边说："真是冤家路窄啊，怎么会碰到那个老董呢？"

袁焜仰望蔚蓝色的天空，感慨地说："以前我一直觉得，我的成功是所有爱我的人造就的，可刚才那一瞬间才恍然大悟，我的敌人也同样造就了我……"

两天后，除傅光兴留在美国分公司外，袁焜一行五人从纽约直飞北京。

出了北京国际机场后，他们惊喜地看到艾珊带着小迪、蕾蕾亲自来机场接机。袁焜接过艾珊送上的鲜花情不自禁地和她拥抱。小迪把花献给雪儿时，雪儿乐得笑逐颜开和花儿相映生辉。丁柱左右手各捧一束花，分别献给岳东和景宁，岳东、景宁连连道谢。

达川接过女儿献上的花，忍不住得意地说："土八路捧鲜花，咱也浪漫一回。"

蕾蕾拉着达川的手问他："爸，同学们说，你们的股票上市后，你和袁叔叔都成为百万富翁了，是真的吗？"

达川笑呵呵地答道："他们说错了，是千万富翁！"

袁家三口子回到家，小狗看见袁焜高兴得翘起尾巴跑过来。小迪跑进他的房间又蹦蹦跳跳地回来，拿了一张奖状给袁焜看。原来，他写的《我爱我的学校》文章获得了海淀区作文竞赛一等奖。

袁焜马上打开行李箱取出几本书和几盘DVD给小迪："读书好就有奖励，这些都是给你的。"

袁迪扫了一眼乐坏了，大声地说："都是最新的电影啊，太棒了！"

芯科上市非常成功，根据和国投公司的合约，公司得还钱给他们了。那天在高层会议上，雪儿拿出合约细则说："国投公司当初给芯光3000万元风险投资，上市后国投公司将回收20倍的利润，也就是6亿元。"

赵达川惊讶地问："这么高啊？"

袁焜笑着说："天下可没有白吃的午餐。"

岳东说："他们拿回投资后退回股权，我们一样有钱。"

5

在家闲得发慌的刘倩蓉最近跟风迷上了韩剧，她找来DVD夜以继日地观看。

一天晚上弗兰克回到家，见她连饭都没煮，还窝在沙发上看《大长今》，嘲讽她是全北京最大的Couchpotato（电视迷）。倩蓉置之不理，还在津津有味地看着。弗兰克顺手拿起茶几上的遥控器硬把电视机关了，对她说："芯科上市后给SVT造成了巨大的压力，总公司对我们的销售业绩很不满。老板今天来了电话，要调我回美国。"

倩蓉这才如梦初醒，惊讶地问："你答应老板了？"

弗兰克说："我如果不回美国就要面临失业。我年纪大了，不容易再找到高薪工作。我没钱了谁来养你呢？"

倩蓉这时才后悔不该做家庭妇女。好歹自己是英文系毕业的，还在美国拿了社会学硕士，在北京找个白领工作并不难。当初真应该像艾珊那样独立。她气呼呼地说："要回美国你就一个人回去，我要跟女儿生活在同一个城市。我以前对不起孩子的地方太多了，现在好不容易关系开始弥合我得加倍补偿。"

弗兰克说："只要赵达川同意，可以把蕾蕾带到美国和咱们一起生活，保证让她接受美国最好的教育。"

倩蓉瞪起眼睛说："你说得容易，蕾蕾是赵达川的掌上明珠，是带不走的！当初，我不想跟着你回来，最后被你的诚心打动了。我在北京这几年，好不容易习惯了你又要回美国了，这日子让我怎么过呢？"

弗兰克摊开双手说："我的中国梦破碎了，我也不想再在这里生活下去了。这里和我想象中的不一样，在商场上几年拼搏下来，我碰得头破血流，还落下了难治的头痛病。"

说起头痛病倩蓉才想起他今天还没喝药呢。倩蓉赶快到厨房热了一小碗药端给弗兰克。可弗兰克把身子扭向一边。倩蓉劝说道："快趁热喝吧。一个疗程快结束了，不能前功尽弃啊！"

弗兰克猛地站起来，一挥手把碗打得远远的。碗落在地上发出刺耳的响声，黄黄的中药洒了一地。倩蓉吓得目瞪口呆，瘫在沙发上。弗兰克指着地板上流淌的中药声嘶力竭地叫喊："我讨厌这股怪味！闻到就想吐，你还要每天都逼着我喝！喝了这么多苦药，我的头痛一点儿都没有减轻。中药没用！没用的东西就是垃圾！"

倩蓉大声地叫喊："你太嚣张了，整天这么和我喊，和你这种人生活在一起还有什么意思？你回去就回去，咱们分手吧！"

刘倩蓉连续三天不搭理弗兰克，不做饭，不准他上床，让他在客厅沙发上过夜。弗兰克再三思考，决心绝不放弃倩蓉。他每天都亲自下厨做早餐，并端到倩蓉床前，但倩蓉依然不理他。

一直到第四天早晨，倩蓉刚睁开眼，又见到弗兰克端着早餐进来，倩蓉故意合上眼。弗兰克乞求着："Cherry，我知道你醒着。我保证以后再也不向你发脾气了，我也愿意继续吃中药，一直到治好头痛病。请你原谅我……"倩蓉还是闭着眼不理他。弗兰克继续说："你不想回美国就不回。我不想和你分开，如果能想到更好的办法，我也可以留在北京。"

倩蓉一个骨碌坐起身来说："这最后一句话，你为什么不早点儿说呢？"

弗兰克说："我也是刚想到啊，是被你逼出来的灵感。我的天啊，你终于说话了……"

吉尼斯国际学校今天迎来了特殊的日子，小礼堂内一片热闹。主席台上坐着袁煜、赵达川、艾珊等人，下面坐着全校师生。

艾珊作了简短的开场白后，说："首先请芯科集团董事长、吉尼斯国际学校董事赵达川先生讲话。"

达川说了几句客套话后宣布："继两年前科维公司投资吉尼斯学校1000万元，今天芯科集团再投资1000万元扩大学校规模。希望吉尼斯国际学校培养出更多优秀的学生！"

掌声之后，艾珊说："各位老师、同学，此时此刻我的心情非常激动。两年多前，有一个在事业上苦苦挣扎的男人对我说，有朝一日一定要投资我们的学校，没想到，他这么快就兑现了诺言……"艾珊激动得哽咽起来。

达川指了指旁边的袁煜说："这个成功女人背后的男人，就是袁煜博士。芯科集团也是由他一手建立起来的！"

掌声经久不息。

袁煜往台下看看，清了清喉咙说："各位同学，看到你们，我就想起了在清华大学读书的那些日子。那时，曹钟望教授常跟我们谈起马丁·路德·金的著名演讲词《我有一个梦想》。曹教授的用意是很清楚的，他希望我们从年轻时代起就敢于做梦。多少年来，有一个梦想一直伴随着我成长，那就是掌握先进科学技术，用知识创造财富，再用财富创造知识。今天，我希望你们每个人都告诉自己：I have a dream……"

芯科上市获得巨大成功后，吸引了大批高素质人才加盟，并且大大带动了产品销路，公司利润一个劲儿往上蹿。这时，北京的著名企业"京力达电器公司"通过朋友找上门来，说由于他们经营不利公司难以维持下去，谁要是出价3000万元，就能成为大股东。这点儿钱对芯科来说简直是九牛一毛，达川马上心动了。但当他满腔热情地和袁煜谈这件事时，却被泼了一头冷水。两人争得面红耳赤。

袁煜说："上市圈钱只是刚刚开始，要让股票不断升值还有很多路要走。现在还不能急着把蛋糕做大，也不能随心所欲地乱花钱。"

达川说："'京力达'有品牌、没债务，只是管理不善。这么好的买卖打着灯笼都找不到啊。"

薛景宁分析道："我认为隔行如隔山，隔行休贪利，家庭电器和我们相差太远了。咱们只要把手头二百多个专利一一变成产品，就够咱们壮大的了。"

见达川依然不买账的样子，袁焜说："我们要做自己最喜欢、最擅长的，不能跟风、抢潮。达川，我和景宁的意见肯定不会错！"

达川满面通红地说："我知道你们都非常聪明，但聪明人常常会犯同一个错误——过分关注自己成功的领域，对新兴事物反应迟钝。"

袁焜说："我们必须看清两三年之后的事情。经营企业就像划小船一样，必须看得远……"

"算啦，说不过你们！"达川气得扭头就走。

袁焜、景宁面面相觑。

最近宋海燕总经理越来越忙，她接待了一批又一批的海归大腕儿。一批刚走，一批又来了，真是"家有梧桐树，引得凤凰来"。

这天宋总难得地抽暇约袁焜一起喝咖啡。

两人见面寒暄后，宋海燕兴致勃勃地说按照眼下这个刀光剑影的格局，新一轮的研发竞争悄悄开场了。芯科这时候可不能松懈，发展才是硬道理！

袁焜叹口气，和盘托出和赵达川争吵的事。他和赵达川在管理理念上分歧确实太大了。

宋总叮嘱企业合并总得有一个磨合过程。

袁焜坦诚说："合并后的公司有几种人在一块工作，民营的、海归的，还有从外企来的。员工背景不同，问题越来越多。"

宋总说："你得有耐心。只要你们在一起共事，还会有新的问题产生。你们首先要好好调整自己。你们俩过了磨合这个坎儿，就能找到一条适合国情的企业管理道路，成就一番大业。"袁焜点点头。宋海燕又说，"你是什么样的人就做成什么样的企业，我相信你能继续带好这支团队。你的人格魅力是有目共睹的，我希望你们的步子再跨得大一点……"

听罢宋总一席话，袁焜内心突然明朗起来，临走时他说道："看来，我得心平气和地和达川再好好沟通。"

宋总的脸上终于露出了笑容。

第二十章　成功男人背后的女人

1

艾珊抽时间去例行检查身体。那天，海淀医院致电艾珊去复诊，接待她的是杨晓丹医生。杨医生比艾珊略大几岁，两人见面后寒暄了几句就有了一种亲近感。她们都在美国待过，有更多的共同话题。

杨医生拿着艾珊的乳腺X射线检查化验报告解释起来，图像形态不规则，分叶和毛刺状的阴影密度较一般腺体的密度要高，也就是说，确诊她是患了乳腺癌。所幸原发肿瘤小于两厘米，淋巴结也没转移，属于最轻的第一期。

噩耗如突发的海啸，在一瞬间几乎把艾珊的精神完全摧毁！艾珊瘫在椅子上全身颤抖，泪流如注。她喃喃自语，不停地摇头。

作为一名训练有素的医生，杨晓丹非常理解病人此时的心情。她竭力劝艾珊不必过分惊慌。她说："据美国统计资料，该病的早期治愈率高达97%。我建议你先做一个小手术，局部切除左乳房，把原发肿瘤、深层的肌肉和周围的淋巴腺切除，防止扩散。"

艾珊惊讶地自语："那我不就残缺不全了吗？"

杨医生耐心地说现在也有人提倡手术前化疗，把已转移的癌细胞消灭掉。艾珊央求说只要不开刀，做什么都行。杨晓丹医生最后答应可以先试试化疗，但如果效果不好，还是要局部切除的。

艾珊点头。她又追问："我还能生小孩吗？"

杨医生劝道："治病第一。孩子的事以后再说吧。你先生在北京吗？我们希望家属能配合治疗。"

　　"千万不能让他知道！"艾珊央求着，"他工作很忙，不能给他增加任何负担。"

　　杨医生感动地说："好吧。我见过这么多癌症病人，大概只有你愿意一个人承受这一切……"

　　芯科集团发展迅速，在全国各大主要城市创建了十一家分公司，还在美国也设立了一家，集团员工总数达到六千人，规模十分可观。中国芯系列产品、新芯笔记本电脑、各种版本的芯光锁，都是赢利的拳头产品。袁焜、岳东、薛景宁一致认为，在利用国内市场的同时，必须把握国际市场，才能和全球IT产业的发展同步。而把握国际市场光靠美国分公司是不够的，应该扩大版图，到日本、欧洲等国家设立分公司。但赵达川等人并不赞同。在公司高层例行会上，双方又唇枪舌剑起来。

　　袁焜说："'创新'是企业的生命，所以要在这两个字上下大功夫。比如说游戏软件的开发，市场前景非常可观。大人小孩都爱玩游戏，尤其是手机游戏更受'拇指族'青睐，方便易用、花费又少……"

　　达川打断他的话说："上次要入股京力达电器公司，转眼就会有白花花的银子进来，可你们死活不同意。现在怎么突然冒出游戏软件来了？这不是'吃着碗里，看着锅里'吗？"

　　"做高科技新兴企业要有战略眼光，不仅要'吃着碗里，看着锅里'，还要'想着地里'呢。"袁焜机智的回答引来哄堂大笑。

　　事实上，芯科集团早已有这方面的资源。景宁对游戏软件早有研究，特别在失业那段日子里，他花了不少时间在这方面钻研。而岳东当年在斯坦福求学时就开始设计游戏软件赚外快了，手上还有两项专利呢。

　　景宁显然是有备而来，他马上请雪儿将自己撰写并打印成册的《全球游戏软件市场调查报告》分发给各位。他说芯科准备做游戏软件绝不是小打小闹，要做就要做大。使用"中国芯四号"成本肯定能降下来，游戏机的重量也会比现在市场上的轻得多。雪儿认为价格低最能吸引消费者。

　　经过一番争论后，达川认为大伙说得在理。但他详细看了资料后说："游戏软件的竞争对手是美国、日本的大公司，要和他们分一杯羹可不容易啊。"

　　景宁说："用自己的芯片在技术上肯定有竞争优势，关键是游戏内容的较量。"

　　袁焜说："解决这一问题并不难。咱们把那些三维动画设计师、作家招进来，北漂族里有的是人才，甚至可以收购一些相关小公司。"

　　岳东补充说也可以和海外高手合作。

　　他们最后决定，边研发"中国芯四号"边研发游戏软件。

　　大伙都没料到，赵董事长这么快就拍板支持了。本来以为他会为"京力达"的事怀恨在心，借机刁难大家，但袁焜最了解师兄的个性，知道他从来都是对事不对人。只要不做赔本买卖，他都愿意尝试。真是知兄莫如弟啊！

　　芯科一旦开始研发游戏软件，马上遇到了国内游戏动画设计人才奇缺的瓶颈，而这些人才决定游戏软件是否能与国际大公司竞争。袁焜、薛景宁面试了二十多个人，没一个合格的。

　　艾珊得知袁焜的烦恼后，立即想起她在伯克利的同事卡特的弟弟比尔是这方面的高手，便立即联系卡特。卡特接到艾珊的电话，高兴得差点儿摔坏电话机。但是，卡特对弟弟的古怪脾气感到抱歉。他说比尔手头工作非常多，决不轻易接电话或者回信，他建议艾珊来硅谷，他会在家庭派对中介绍她和比尔认识。

　　艾珊征得杨晓丹的同意后立即动身去美国，答应十天内回北京准备化疗。为了给袁焜意外惊喜，她借口说是国际学校扩大规模，是去美国招外教。

2

　　纽约的傍晚，郊外墓地里一片荒凉。

　　艾珊手捧鲜花，来到李声、罗丽雨夫妇墓碑前。她先献上花，然后三鞠躬，从包里取出袁迪的照片和一个小花环。她久久凝视墓碑上的照片，双眼含泪地轻声说："丽雨姐、李声哥，你们的小迪变成大人了，越来越帅。他有个性，也孝顺，读书成绩优秀，最近还得了作文一等奖。这是他领奖时拍的照片，这个小花环是他亲手做的。你们都看到了吗？"艾珊献上小花环和袁迪的照片，边哭边说，"遗憾的是，我得了重病，很有可能看不到小迪成才的那一天。但请你们放心，袁焜会把他带大，让他读斯坦福这样的名校、成为科学家……"

两天之后，艾珊如约来到纽约一家医院拜访乳腺癌专家约翰。他是杨晓丹赴美做访问学者时的指导教授。杨晓丹早已把艾珊的病历翻译成英文发E-mail给约翰了。

约翰检查后认为，杨晓丹的诊断非常正确。但为了防止癌症扩散，必须尽快进入化疗阶段，艾珊答应办完事就回北京做化疗。

出了医院，艾珊马上打电话给卡特。遗憾的是，比尔因一个紧急项目昨天刚刚飞往伦敦，三周后才能回到加州。面对坏消息，艾珊心里七零八落的，到底是回北京化疗呢还是到硅谷等比尔？经过一夜辗转反侧，她最终决定选择后者：马上飞往旧金山，到硅谷坐等比尔回美国。

那日上午，艾珊打车来到伯克利大学。她礼节性地拜访了卡特之后，独自在校园内漫步，重游了昔日常去的图书馆、教学大楼、餐厅。往事历历在目，心情格外沉重。癌症缠身的她，心里比谁都明白，也许这是最后一次来母校了。她不免伤感地悄悄流下了泪水。

身在中关村的袁焜带着小迪下馆子，还约了岳东和薛景宁。袁焜点了鱼和海鲜，小迪吃得津津有味。

不一会儿，袁迪突然问袁焜到底在忙啥？整天都看不到他的人影。袁焜以公司工作太忙搪塞了一句。

见袁迪不太高兴的样子，岳东神秘兮兮地对他说，袁焜和薛景宁正在带队研发游戏软件和芯片。

袁迪兴奋得跳起来，对薛景宁说："真的吗，薛叔叔？"

"这能骗你吗？说真的，还是你给我的灵感呢。"薛景宁回答。

袁焜轻轻拍小迪的脑袋说："薛叔叔老是给你修游戏机，修出感情来了。"

袁迪说："薛叔叔，那我可要收专利费啊。"

"好啊！每一个新产品出来后第一个给你试用。"薛景宁笑嘻嘻地说着。

袁迪欢呼着与他击掌。

为了寻找游戏动画设计人才，芯科研发部又面试了好几批人，只有上海来的两人还算凑合，但也不能独当一面。袁焜果断决定两条腿走路，叫岳东尽快跟美国分公司的傅光兴联络，看看在美国能不能找到公司合作。

艾珊在硅谷足足等了三周，终于盼到比尔回来。

艾珊如约来到咖啡厅时，卡特和比尔谈兴正浓。他们相互寒暄后，比尔敬佩地对艾珊说："刚才卡特跟我讲了你的故事，让我很感动。你收养'9·11'孤儿可不容易啊。"

艾珊微微一笑说："我和孩子的父母有着特殊的感情。"

比尔摸了摸大胡子说道："说吧，你有什么事，我一定尽力帮忙。"

艾珊拿出芯科集团的宣传资料递给比尔和卡特各一份，诚恳地说："我们在中国一时找不到高水平的游戏动画设计人才。我上网查过，你主理的'比尔动漫设计公司'规模不小，设计了不少广受欢迎的游戏软件，跟好莱坞的影视公司也有合作。你们公司还有几个华裔职员呢。"

比尔边看资料边询问芯科集团的详情，然后对艾珊说："你的意思是两家公司合作，我们在游戏动画设计方面做技术支持？"

"对！具体怎样合作可以详细谈。"艾珊答道。

比尔爽快地说："好吧，明天一早我们就开董事会商量这件事，中午给你答复。"

翌日中午，艾珊约上傅光兴和卡特来到"比尔动漫设计公司"。这时董事会议尚未结束，秘书安排他们三人在接待室里坐等。半小时后，满面笑容的比尔走进来，伸出"V"字形手势。艾珊情不自禁地上前拥抱比尔。

艾珊指着傅光兴说："这是芯科硅谷分公司的负责人，具体由他跟你们谈。"比尔和傅光兴握手，约好明天上午商谈细节。

次日，艾珊还在回北京的飞机上，傅光兴就把合约传到了北京。研发部得知和著名的比尔公司结盟，士气大振，个个主动提出来加班，游戏软件开发指日可待。

袁焜在机场接到艾珊后对她感激不已。他拉着艾珊的手说："你真是芯科的大功臣。"

艾珊说："只是尽了一点儿力而已。"

袁焜问她："我倒要问你，你为什么瞒着我去美国帮芯科呢？"

艾珊笑笑说："如果跟你讲真话，你会让我去吗？"

袁焜点点头。两人对视，抑制不住地都笑起来了。

3

　　第二天，艾珊来到海淀医院。杨晓丹劈头盖脸地埋怨她不守信用，整整晚回国一个月，耽误了治疗。她检查后马上决定做化疗。

　　杨医生给艾珊采用的是动脉灌注化疗，就是经动脉注入抗癌药物。个把小时后，穿着白大褂的杨医生亲自送艾珊出来，她再三关照艾珊，慢慢的会有疲乏无力、出虚汗、嗜睡等一些副作用，但并不可怕。她要求艾珊多多注意休息，最好不要上班，加强营养多吃水果。

　　杨医生最后强调，得这种病一定要坚强，有事任何时候都可以打她电话。艾珊握着她的手，感激不尽……

　　袁焜去东京出差，小迪又住学校，艾珊一人就胡乱对付晚餐。周五小迪回家，艾珊特地买了新鲜的鲤鱼和活鸡，准备做醋椒鱼、煲鸡汤。

　　艾珊在厨房忙着，突然昏倒在地上。听到小狗大叫，袁迪马上跟着小狗冲进厨房。一见艾珊倒在地上，袁迪吓了一大跳，惊叫道："My God！（我的天啊！）"

　　袁迪用尽全力扶起艾珊，让她靠在自己的肩膀上，一寸一寸地挪到客厅沙发上。艾珊躺在沙发上，半睁半闭着眼睛断断续续地说："药，我……包里……有……"

　　袁迪马上去取出药给艾珊吃，并焦急地问她："打电话给医院吧？"

　　艾珊点头，从包里取出一张名片递给袁迪说："打这个电话……"

　　救护车飞驶而来，杨晓丹和一名男医生跳下车，匆匆走进袁家。男医生打开急救箱，晓丹为艾珊检查身体。

　　晓丹支走小迪后忍不住责备艾珊说："早跟你说了，化疗阶段一定要注意休息，你还是每天去学校，还做这么多家务。再这样下去，我可要告诉你先生了，让他好好监督你休息。"

　　艾珊摆摆手说："不，不！晓丹，我求你了，千万不能告诉他。他如果知道，就没心思干活了，会影响到整个公司的运作，牵涉到6000人的饭碗啊……"

　　作为保密条件，艾珊最后答应晓丹，每天5点按时下班，不加班，不干累活，还要注意锻炼身体，采取积极的态度配合治疗。

这时，袁迪走进来抱小狗，但两人并没有意识到。

艾珊说："化疗之后真是痛不欲生。再恶化下去，真想放弃治疗。我几乎失去生活的勇气了。"

晓丹鼓励她说："你有这么好的丈夫和孩子，你舍得扔下他们吗？多少病人都是这样扛过来的。我知道，再坚强的人也有脆弱的时候，最要紧的是毅力。我会尽一切力量帮你，和你携手跨过这道坎儿。"

艾珊感激得眼泪夺眶而出……

晓丹走后，袁迪带着歉意对艾珊说："我刚才无意中听到了你们的谈话，希望你原谅。但是我想知道，你究竟得了什么严重的病？"

艾珊沉默了一下索性将病情告诉袁迪。袁迪跑去拿出一本书递给艾珊。艾珊一看，原来是安徒生的《勇敢的小锡兵》，她感动得紧紧地抱着儿子哽咽着说："妈答应你，做坚强的小锡兵！"袁迪冲她竖起大拇指。艾珊拉住他的手说："小迪，妈妈有事求你。一定要向爸爸保密病情。因为他太忙了，不能让他担心。"

袁迪伸出小手指和艾珊小手指相勾，爽快地说："放心，保证不说。这是我俩的秘密。"

袁焜赴日本开会之际考察了日本游戏软件市场，大开眼界，还带回不少样品，这让游戏迷袁迪开心不已。

晚饭后袁焜见艾珊脸色苍白，担心地问她是不是不舒服，艾珊搪塞说只是感冒。

忽然，艾珊匆匆进了卫生间，顺手锁上门。她感到一阵恶心，想吐又吐不出来。她双手撑在洗手盆上，看到镜子里的自己脸色极其难看。她拧开水龙头，制造出噪音，然后头一低，哗啦啦地呕吐起来……

经过袁焜、薛景宁、岳东等人携手奋战，"中国芯四号"面世。这种芯片主要用于游戏机和数码相机，高度整合多种多媒体功能，具备图像清、功耗低、体积小、价钱便宜等优点，并且成功应用于"新芯游戏"软件中，价格比同类产品便宜20%。

庆功会上，薛景宁郑重地送给袁迪他们研发的第一代电脑游戏卡"新芯001号""新芯002号"。袁迪开心地转送给赵蕾一张游戏卡。

4

夜晚的海淀剧院外形更具立体感，灯火下散发出强烈的现代气息。这个剧场坐落于中关村科技园区的核心地带，是一座建筑、设备、功能均堪称一流的综合性大型文化设施，早已成为北京西北部的地标之一。今天，这里迎来了一个特别的日子，中关村创业园在此庆祝"中国芯"荣获科技创新大奖暨表彰十大海归企业。

台下座无虚席，台上喜气洋洋。大会由中关村留学生创业园的总经理宋海燕主持。

北京市归国创业人员办公室冯振邦主任首先致辞，他激情洋溢地说："改革开放使中关村成为中国高科技研发的风水宝地，在外资企业和民营企业迅速发展的同时，近万名优秀学子从世界各地返航北京，创建了5000多家海归企业，在几年内迅速创造了硅谷神话的中关村版本。今天表彰的十大海归企业，就是其中的佼佼者，他们谱写了一曲又一曲'中国创造'的凯歌。"

袁焜代表获表彰企业发言，他说："'中国芯'一至四号系列产品能够荣获科技创新大奖，是芯科集团整个创业团队的荣誉，在此我感谢团队中的每一位成员。我还要感谢我的妻子艾珊，没有她的长期支持，'中国芯'也不可能成功。"掌声响起，坐在台下的艾珊热泪盈眶。袁焜继续说："'此心安处便是吾乡'。剪不断的乡情，割不断的血脉。今天，我们在中关村感受到的是'此业立处更是吾乡'……"

颁奖仪式开始，十大企业代表纷纷上台领奖，袁焜也在其中。

颁奖仪式结束后，宋总激动地说："下面，让我们全场一起高唱《歌唱祖国》。"

瞬间，台上台下融成一体，面对鲜艳的国旗，千名海归引吭高歌：

> 五星红旗迎风飘扬，
> 胜利歌声多么响亮。
> 歌唱我们亲爱的祖国，
> 从今走向繁荣富强……

众人慢慢离开剧院，音响里仍不断播放着《歌唱祖国》。

袁焜和艾珊并肩而行，他们内心仍然激情澎湃。

袁焜动情地说："我回中关村是对的，这里才是我的'纳帕酒乡'。"

艾珊拉住他的手说："你这条鲑鱼，逆流千里，终于回到故乡了。"

回到家，两人谈这谈那地仍沉浸在兴奋中。谈着谈着艾珊咳了起来，袁焜拉着她的手登上二楼，劝她早点休息。小狗桑尼也跟着他俩来到卧室。艾珊刚准备走向浴室，小狗突然叫起来。艾珊拍拍桑尼说："你也早点睡觉去吧，病可不能再厉害了。"袁焜一问才知道，原来桑尼昨天就有病了，今天流了很多鼻涕，胃口也不好。艾珊说："明天再不好，就要带它去看兽医了。"

袁焜说："你看桑尼的眼神，对你还真依恋呢。"

艾珊说："是啊，它就像我的孩子。"

艾珊走进浴室，袁焜坐在沙发上翻看起英文杂志。

艾珊洗完澡，披上睡袍，突然发现浴缸里有很多头发。她惊讶得脸色变得苍白。她冲到镜子前一看，发现自己明显地少了许多头发。她浑身颤抖着，抑制不住地哭了起来。

袁焜听到哭声，立即敲浴室的门，但没有回应。他焦急地喊着："艾珊，快开门！到底发生什么事了？"门还是没开，仍然听到艾珊在里面哭泣。袁焜大声地喊："艾珊，再不开，我砸门了！"

门，终于打开了。袁焜冲进浴室，只见艾珊双手抱着头坐在马桶盖上伤心地哭着。看到她的头，袁焜惊讶万分。他抚摸她的头发，问："这到底是怎么一回事？"

"我，我得了乳腺癌……"艾珊绝望地说着。袁焜惊呆了，一时说不出话来。艾珊边流泪边说："掉了这么多头发，就是化疗的副作用……"

袁焜跪在地上，双手托着艾珊的双臂。他悔恨地说："你为什么不告诉我呢？我怎么一点儿都没发现呢？我真蠢……"

艾珊止住哭泣擦了擦泪水劝他："你别再自责了，我是故意隐瞒你的。我怕影响你的工作情绪。可是，焜，对不起，我不能为你传宗接代了……"

袁焜紧紧地拉住她的手安慰道："有小迪这么好的儿子，这对我们已经足够了。"

"我的头发可能都得掉光，很可能还要切除一个乳房……"艾珊感伤地说着。

袁焜展开双臂把她紧紧搂在怀里深情地说："珊，不管发生什么，你在我心中永远美丽、永远完整……"

第二天一早起床后，艾珊没见到桑尼的影子觉得奇怪。往常早上桑尼只要听到她有动静就会连跑带跳地来报到。艾珊梳洗完毕就跑到桑尼的房里去找，但桑尼不在。她来到一楼的餐厅，只见袁焜正在准备早餐，艾珊赶忙叫他一起分头找桑尼。最后，艾珊在二楼的厕所里找到了桑尼，但它已经死了！

艾珊伤心地边哭边自责："我应该早点带它去看医生的。最近家里事太多了，真是多灾多难。我怎么向小迪交代呢？"

袁焜搂住她安慰着。

袁焜开车来到吉尼斯国际学校。在会客室里，他把桑尼的死讯告诉了小迪，小迪一时难以接受伤心地哭起来。桑尼毕竟是他从美国亲自带回北京的，这么多年来他们相依为命。

袁焜一边安慰着他一边说："妈妈病得很重，这个时候你这个小男子汉一定要控制自己的情绪，千万不能再添乱。"

袁迪擦着泪说："我听话，我绝不会惹Mom生气的……"

袁焜欣慰地摸着他的头。

第二天傍晚，天气阴沉沉的，袁家三口在后园为桑尼举行简单的葬礼。袁焜在大树下挖好深坑后，袁迪抱着木盒迟迟不肯放下。头戴帽子的艾珊呆呆地看着儿子，心中一阵阵地难过。袁焜上前，轻轻拍了拍袁迪的肩膀。袁迪终于走向前，把木盒慢慢放进坑内……

第二十一章 挺进西部遇地震

1

周六上午，丁柱开着一辆中型面包车，载着袁焜、赵达川、岳东、薛景宁、雪儿、程曼娟等向昌平的小汤山镇进发。

芯科集团高层每个月都会开一次"反思会"，总是在公司里大家都觉得太沉闷，在程曼娟的引荐下，这次他们到小汤山特菜基地开会，顺便散散心。

蓝天白云，阳光明媚，路边郁金香盛开。他们到达特菜基地时，"花博士"已在那儿等候了。"花博士"是从荷兰回国的海归，由于他钟情于花卉研究，故得这一雅号。

岳东看着满园花卉，仿佛回到了加州，一时感慨万千。袁焜笑着向"花博士"提前报名，说退休以后就来这里"拈花惹草"。赵达川、薛景宁也纷纷举手报名，"花博士"说欢迎欢迎，来得越多越好，他就喜欢热闹。一旁的雪儿、程曼娟咯咯地笑他们都是"花痴"。

"花博士"领着大伙来到红掌中心。放眼大棚内，红掌似火，翠叶欲滴。它鲜艳华丽，仿佛像热情奔放、进取向上的少女，美丽得让人简直不敢相信自己的眼睛。"花博士"果真把荷兰美景搬到北京来了。

丁柱拿着摄像机不停地拍摄。

达川左看右看，伸手轻抚了一下，不知道花儿到底是真的还是假的。他嘀咕说有点儿像塑料花。"花博士"说第一眼看到它的人往往都以为它是假的，接触后才发现是真的。袁焜感慨这就叫作"假作真时真亦假"。

大伙儿刚准备离开，达川突然止步，问："外面这么热，这花棚子里一点儿都不觉得，到底啥原因呢？"

"花博士"说："我们用的是自己发明的温室遮阳降温新产品。就是把涂料刷在大棚外面，形成白色的涂层，这室内温度就可降低10度；如果不需要遮阳降温，可以有配套的产品，把白色的涂料去除干净，就恢复原状了。我们这产品填补了国内空白，已经申请了专利，目前市场销售还不错。"

雪儿看了一眼达川说："我说大款啊，你就花点钱投资，把这些涂料推广到你们山东去。"

"是啊，让咱乡下也来一点高科技，我妈肯定会乐坏了。"达川认真地说着，大伙笑起来。

他们来到特菜基地会议室。众人坐下后，服务员把水果端上来，五颜六色的水果应有尽有。"花博士"说这些都是有机水果，没喷过药。达川吃了一口红萝卜，称赞新鲜得还带着泥土味呢；雪儿吃了一个小番茄，连连叫甜。"花博士"介绍，午餐的所有蔬菜都是有机的，可以放心地大吃。达川认为这儿有吃有喝的，还有客房，可以组织员工来度假，袁焜举双手赞成。

"花博士"走后，达川示意先抓紧开"反思会"，好吃的还等着呢。

袁焜第一个发言："我发现公司上市后员工的钱包比以前鼓了，但士气反而不如从前。"

赵达川点头说："我也感觉到员工有点涣散。咱们必须在企业文化上多花工夫。"

程曼娟说："最近几个月西南省份的销售业绩一直下降，作为成都人我计划去当地检查一下。"

大伙一致认同程曼娟的想法。

提起西南市场，袁焜借机和盘托出自己的战略性思考。近年中国的IT西进逐步成形，接近一半的IT国际巨头在成都都有大手笔投资，所以他考虑在成都建立西部基地，紧紧抓住西部大开发的历史机遇。

达川马上同意袁焜的想法，因为他们在成都本身就有底子，只需扩大投资就可以了。而岳东认为还得好好论证一下。

大家商量后决定，先成立西部基地研究小组，由袁焜、景宁、曼娟及成都的周总主管。

这样一来，程曼娟非要去西南不可了。赵达川叮嘱她一个人在外面安全第一，顺便回老家看看，也顺便摸摸同行的情况。

周末傍晚，艾珊约雪儿在中关村广场相聚。两人一见面，艾珊就送给雪儿一套美语CD，让她抓紧口语训练，赶上芯科国际化的步伐。

两人并肩散步，艾珊坦白告诉雪儿："因为林树当年拍的照片让我一直对你有误会，有时对你很冷淡，希望不要介意。这几天我终于想通了，相信袁焜和你只是工作伙伴。"

雪儿说："放心，我不会放在心上的。我一直很钦佩你。你在袁总心目中的地位是任何女人都取代不了的。"

艾珊笑笑说："我有点担心袁焜的身体。这么多年来，他爬完这座山又爬下座山，都没有歇过。"

艾珊拿出一瓶速效救心丸递给雪儿，拜托她藏在自己的办公室，万一袁焜没时拿给他应急。并且再三关照，过期就扔掉，还要保存在阴凉干燥的地方。雪儿连连夸赞艾珊对袁焜的细心周到。

2

下午课间休息铃声一响，吉尼斯学校的孩子们像开闸的水一样冲出教室，寂静的操场便一下子沸腾起来。打球玩耍，一片热闹。头戴帽子的艾珊和几名老师，也在一旁伸伸腿弯弯腰。

田径场上的沙坑边，赵蕾追逐袁迪，玩得不亦乐乎。突然间，赵蕾不慎摔倒在地，手臂被尖石块划破，大声哭了起来。一名老师马上奔过来，抱起赵蕾。见她的手臂鲜血像喷泉般涌出，老师吓得大喊。

艾珊闻讯赶到。见赵蕾的手臂止不住地鲜血直流，老师要求快去卫生室拿纱布！

艾珊着急地说："这么流血可来不及。"

"我有！"一旁的袁迪说罢，果断地脱下自己的T恤。

艾珊接过袁迪的T恤，用力撕了一块长布递给老师，指了指上臂的三分之一处，大声说："先包扎这里！我去打120。"艾珊匆匆离开。

袁迪披上外套，守在赵蕾身旁。

不一会儿，救护车呼啸而来。一个医生提着急救箱过来，两个救护员拿着担架跟上。

医生检查赵蕾的手臂，马上换上止血带，尔后严肃地说："很危险！大动脉出血，赶快送医院。"

两个救护员抬着担架，把赵蕾推上车，艾珊也跟上了车，救护车呼啸而去……

救护车很快到达海淀医院，躺在急救床上的赵蕾被四个人快速推进急诊室，急诊室门关上了。艾珊在外边等待，心里像着了火，不时地拿出手机打电话。

不一会儿，赵达川匆匆而来，他指了指门问蕾蕾在里面吗？艾珊点了点头，看了看手表，告诉他进去十分钟了。

这时，刘倩蓉、弗兰克也奔过来。倩蓉拉住艾珊的手焦急地询问有危险吗？艾珊刚要说什么，门突然打开，一个医生走出来，四个人都围上去。医生严肃地说："病人大动脉出血过多，需要立即输血！"

倩蓉的脸色瞬间变得惨白，她失声叫道："我的天啊……"

达川二话没说，伸出手臂对医生说："我是O型，马上就可以献血。"

医生说："不行，病人是罕见的AB血型Rh阴性，亚洲人中只有千分之三的比例。我们今天上午刚刚处理完一宗严重车祸，血库中没有存货了。我们已经向市血液中心求救，但怕等待太久会造成病人休克，后果就不堪设想。所以希望家属也一起想办法，越快越好！"

一时间，空气仿佛都停止了流动，四个人呆站在那里。两分钟后，达川回过神来，他急得紧紧抓住倩蓉的胳膊叫起来："这可怎么办？快救救我们的孩子啊！"

"赶快……赶快打电话给袁焜！"倩蓉吞吞吐吐地说着。

达川一拍脑袋说："对啊！我们都被吓晕了，师弟就是这种血型！"

艾珊惊讶得瞪大眼睛看着倩蓉，而倩蓉低下头回避她炽热的目光。

达川拿出手机拨通袁焜的电话，把手机递给倩蓉。四周静悄悄的，倩蓉抓着手机焦急地说："袁焜，我是倩蓉。请你赶快来海淀医院……因为……因为只有你能救蕾蕾的命！"倩蓉放下电话失声痛哭。

艾珊似乎意识到什么，迷茫地问这到底怎么回事儿？倩蓉低着头不敢看她。弗兰克朝艾珊看了一眼，又拍了拍倩蓉的肩膀，算是给她安慰。

达川突然像明白了什么，呆在那儿纹丝不动……

几分钟后袁焜匆匆而来。医生问袁焜是不是能肯定自己是AB血型Rh阴性，袁焜非常肯定地点点头。尔后，袁焜跟着医生进去了。

艾珊坐在角落里默不作声，双眼看着天花板发呆，大脑里恰如翻滚的大海，一浪高过一浪。达川坐下后又马上起身，在过道里来回踱步。

弗兰克和倩蓉并肩而坐，他紧紧握着倩蓉的手安慰。倩蓉轻声说刚才最担心袁焜不肯来，弗兰克咬着她的耳朵说袁焜不是这种人。

艾珊隐隐听着他俩交谈，努力地保持着沉默。达川的大脑里一片空白，只好不停地来回踱步以平息心中的烦乱……

门，终于打开了。四人拥上前去。

医生面带微笑地说："输血很顺利！病人已经脱离危险。"

"太好了！"倩蓉捂住自己的胸口说着。她心中的石块终于落地了。

医生伸出手臂，向各位示意可以进去。

病房内有两张床，赵蕾、袁焜分别躺在床上，两个护士正在整理医疗器械。

倩蓉冲到赵蕾的病床旁，双手把正在昏睡着的赵蕾搂在怀里说："蕾蕾，我的蕾蕾，你终于没事了。你吓死妈妈了，你是妈妈的命啊……"

弗兰克亲吻着赵蕾的小手说："我的Angel（天使），真是上帝保佑你！"

达川冲到袁焜病床旁气愤地问："这到底怎么一回事？"袁焜摇头。他确实也不知道到底发生了什么事。达川说："打死我也不相信，我不是蕾蕾的生身父亲！"

"你问倩蓉吧。"袁焜有气无力地说着。

倩蓉走过来，想抓住袁焜的手。袁焜皱起眉头转向一边。

达川指着倩蓉的鼻子问："你说，到底谁是蕾蕾的生身父亲？"

倩蓉泪流满面，浑身颤抖地手指着袁焜说："是他……千错万错，都是我的错！"

众人惊呆了。

"我要求验DNA！"达川发疯地叫起来。

一个护士走过来，严厉地要求他保持安静。

艾珊走到袁焜的病榻旁，用吃惊而又责怪的目光质疑着他。袁焜闭上双眼。

房间内鸦雀无声。达川、倩蓉、弗兰克注视着艾珊。

艾珊伸出双手，轻轻给袁焜盖好被子，凄楚地说："你好好休息吧，我先走了。今天发生了太多的事，我累了……"说罢转身就走。

袁焜用力撑起身子靠在床头，心情复杂地目送着艾珊的背影……

回到家里，刘倩蓉瘫在客厅的沙发上，三心二意地看着电视。

弗兰克手握酒杯进来，责问道："我怎么都想不明白，当年你和我结婚前为什么要隐瞒蕾蕾的身世？"

倩蓉低着头说："我怕你不会娶我。你知道，我是爱你的，我渴望和你结婚。"

弗兰克喝了一口酒说："这和爱是两码事！我真不知道你到底是怎么想的。"

刘倩蓉委屈地说："反正事情早已发生了，已经是这样了，我也没办法。"

"咣当"一声，弗兰克把酒杯摔在地上大声地说："你要知道，我最讨厌欺骗！"他转身愤怒地离开，传来了巨大的关门声。

冷战两天后的上午，身披睡袍的刘倩蓉懒散地来到客厅。她刚坐下打开电视，突然发现茶几上的字条。她拿起一看，竟是用歪七扭八的中文写的："今天上午我回加州看刚出世的孙子。"她马上拨打电话，话筒里回应："你所拨打的电话已关机。"她再看字条，气得浑身颤抖，一把将它撕得粉碎撒了一地。

倩蓉哭得像个泪人儿似的踉踉跄跄来到卫生间，看到镜子里的头发凌乱，像个疯子，她竟一拳将镜子打得粉碎。她满手鲜血地倒在地上，歇斯底里地叫喊："你不是说要和我在一起的吗？全世界的人都在怪我，我里外不是人，这日子怎么过啊？"

3

傍晚的天气异常闷热，弗兰克家的空气更令人窒息。袁焜、刘倩蓉、赵达川坐在客厅的沙发上默默不语，神态严肃，好像刚刚经历了一场九级地震。

最终还是达川打破沉默。他看了桌上的那张纸DNA亲子鉴定报告一眼"呼"的一下暴跳起来，气冲冲地说："我是这世上最蠢的人！替人家养了十几年的女儿还背了撬人家女朋友的黑锅！"

倩蓉眼含泪水对达川说："都是我不好，是我对不起你！"

达川指着倩蓉问："当初你既然怀着袁焜的孩子为什么还要嫁给我呢？这不是坑人嘛。"

倩蓉边流泪边说："我也是后来在蕾蕾流鼻血看医生后才知道真相的……"

袁焜问倩蓉："你早知道蕾蕾是我的女儿，为什么不早点告诉我呢？"

倩蓉说："我和达川感情破裂后就想去美国找你。蕾蕾就是我最好的理由。但到了美国后才知道你和艾珊订婚了，我只好死了这条心。艾珊是我的表姐，我怎么忍心看着艾珊的感情断送在我的手里呢？"说着倩蓉已是泣不成声。袁焜递给她一张面巾纸。倩蓉抹泪后，接着对袁焜说："好几次想跟你摊牌，可你连讲话的机会都不给我……"

袁焜双手抱着头大声地叫道："你别说了！"

达川狠命地抽了几口烟说："既然你清楚蕾蕾的身世，为什么在孩子抚养权问题上不跟我明说呢？如果早说出来我早把孩子还给你了。"

倩蓉喝了一口水说："我是怕艾珊受不了，也怕影响我的家庭生活……"倩蓉又流起眼泪，"总之，所有的苦酒都是我酿的，就让我一个人喝吧。你们怎么责怪我都可以。"

袁焜冷静了一下说："事到如今，也不能怪你一个人。"

说一千道一万，两个男人不得不接受现实。孩子是无辜的，不能让她受到半点伤害，三个人心平气和地商量蕾蕾的问题。

达川说不管蕾蕾跟谁生活，坚决要求保留赵姓，永远向他母亲保守秘密。因为蕾蕾是他妈带大的，是他妈的命根子，老人家如果知道了真相，绝对受不了这么大的刺激。倩蓉也同意蕾蕾仍然姓赵，因为达川养育蕾蕾那么多年，对孩子又那么好。袁焜再三叮嘱也要向袁迪、赵蕾保密，免得他们在老人家面前说漏嘴。

最终他们达成共识，等蕾蕾三年后满18岁再告诉她真相，孩子应该有权利知道自己的身世。

倩蓉还提出蕾蕾周末两天都住到她家，她会好好照顾孩子，尽力补偿多年的损失，达川无奈地答应了。袁焜提醒如果老人家来北京，蕾蕾也可以住回达川那儿，倩蓉也爽快地答应了。达川酸楚地表示，不管发生怎样的变化，他会一直保留蕾蕾的房间……

已经好几天了，袁焜惧怕黄昏的来临，害怕踏进死水一潭的家，他不敢面对艾珊冰冷的面孔。此刻又到下班时间，他独自坐在办公室里看着天花板发呆。

晚上袁焜回到家中，见艾珊坐在沙发上看一本英文书。他有意凑近问她看什么书这么投入，艾珊没有吭声。袁焜仔细看了看，自言自语道："哦，原来是《达·芬奇密码》啊。"艾珊根本不搭理他，继续看书。袁焜轻轻拍了拍艾珊的肩膀说，"看完也让我见识见识丹·布朗大师的水平。"艾珊生气地将书扔到沙发上，双眼看着天花板。袁焜说，"我知道，这几天你一直在生闷气。可我真的一点儿都不知道蕾蕾的身世……"

艾珊根本不听他解释，站起来走出房间。袁焜看着她的背影，内疚感再一次向他袭来：哪个女人接受得了老公的女儿从天而降呢？何况，她是一个癌症患者，本来就要经受生理和心理上的双重折磨，现在自己又要多加一重苦难给她，真是太对不住她了……

一天晚上，雪儿主动约岳东出来打台球，岳东受宠若惊。打了几个回合后雪儿问："你知道袁总最近怎么了吗？他近来话很少，胃口也不好。"

岳东说："原来你约我打台球是醉翁之意不在酒啊。"

雪儿搪塞道："我只是担心袁总病了。麻烦你了解一下他到底出了什么事。"

岳东点点头，然后认真地说："有袁总这样的人做'蓝颜知己'好是好，但也有危险性。你和袁总的关系如果处理不当，'蓝颜知己'摇身一变成为情人那就麻烦了。"

"我倒希望麻烦啊。"雪儿叹口气说，"他和艾珊姐相亲相爱，我和他只能是上下级关系。不是所有的感情都有归宿，有时候，无边的守望也是一种幸福。"

岳东靠近她说："作为朋友，我劝你一句，岁月不等人啊。"

雪儿耸耸肩说："我不介意，大不了做剩女。"

岳东看了看她啧啧地说："让你做剩女，那全世界的男人不是都变成瞎子了吗？"

雪儿忍不住笑起来。两人继续打球。

打了一会儿，岳东靠近雪儿说："有人说，一个成功的男人要有三个女人——妻子、情人、红颜知己。按这个标准，我这样一个女人都没有的人永远算不上成功。"

雪儿咯咯笑起来："那你抓紧时间去找呀！现在像你这样的成功海归特走俏。"

岳东不解地说："我都不知道我们到底有什么好。"

雪儿说："海归嘛，有咖啡的香醇，也有茶的甘洌，但是，又不像咖啡那样刺激伤胃，也不像茶叶那样久泡无味。什么时候我给你介绍一个北京女孩？"

岳东说："好啊，像你一样的。"

雪儿微笑着说："那就看你的造化了。"

岳东凝视着雪儿的眼睛情不自禁地说："我真恨不得克隆成一个袁焜。"

已是凌晨3点了，刘倩蓉依然辗转反侧。吃下的安眠药毫无作用，她只好坐起来打开台灯，默默地看着床头柜上的"五月花"号发夹。她又捧起和弗兰克的合影仔细端详，眼泪情不自禁地往下流。她痛定思痛，决定马上就飞去美国。

两天后的傍晚，刘倩蓉风尘仆仆地回到硅谷的家。

打开门，弗兰克惊讶地问："怎么会是你？"

"这里也是我的家呀。"刘倩蓉楚楚可怜地说。

来到客厅，刘倩蓉拥住弗兰克动情地说："我特地回来，就是想请求你的原谅。"说罢扑在他的怀里哭了起来。

弗兰克拍拍她的肩说："别哭，别哭……"谁知，她哭得更厉害。弗兰克搂着倩蓉哄着她说，"好啦，蕾蕾的事都是以前的事了。"

倩蓉抬起头破涕为笑说："那你原谅我了？"

弗兰克说："我希望你以后别犯同样的错误。"

倩蓉又扑到他的怀里撒娇说："借一个胆给我都不敢了。"

弗兰克终于笑了起来。

三天之后，弗兰克和刘倩蓉飞回北京。出了机场，他们上了出租车，两人并排坐在后面。司机问他们去哪儿，弗兰克抢着说去清华园的全聚德烤鸭店。刘倩蓉惊讶地问："家还没回，就想吃烤鸭了？"

弗兰克说："我在美国都想了好多天了！"

倩蓉笑道："我看你的胃都变成中国胃了。"

弗兰克说："这就叫爱屋及乌。"司机忍不住笑起来。弗兰克一把将刘倩蓉搂进怀里笑着说："我又说错了，应该是爱屋及乌。"

4

晚餐后，艾珊早早就上楼休息去了，分明是想回避袁焜。袁焜思绪纷乱，便独自一人去了酒吧。巧的是，他在酒吧门口正好遇见刘倩蓉、弗兰克。三人都感到意外。弗兰克建议袁焜和倩蓉好好谈谈，袁焜答应了。弗兰克交代倩蓉谈完打电话给他来接她，就先走了。

倩蓉和袁焜步入酒吧，找了一张角落的台子并排而坐。倩蓉点了一杯曼哈顿、一瓶青岛啤酒。两人喝着，倩蓉问："你一个人六神无主地在街上逛，是不是为蕾蕾的事又和艾珊吵架了？"

袁焜喝了一口酒说："唉，吵就好了。沉默就是最大的折磨。我怎么向她解释她都不理我，急死人了！"

倩蓉说："对不起，都是我惹的祸。"

袁焜说："蕾蕾的事你过去也独自承受了很多。你放心，不管怎么样，我会对蕾蕾尽父亲的责任，以后我会加倍补偿她的。但是我不希望这件事对我的家庭有任何影响。艾珊是贤妻良母，小迪是个好孩子，绝不能伤害他们。"

倩蓉不满地说："我怎么会伤害表姐呢？这么多年来我一个人守护着这么大的秘密，还不都是为了你啊……"

"谢谢你了，让你一个人承受了这么多，我也有责任。"袁焜凝视着泪水盈盈的倩蓉，轻轻搂了搂她的肩膀。

倩蓉一下就温柔起来，她劝袁焜："这件事对艾珊来说无疑是晴天霹雳，你要给她足够的时间面对和思考。"

袁焜颓然地说："真不知道要等到什么时候她才会原谅我。"说罢袁焜举杯一饮而尽，要求再来一杯。倩蓉想要阻止他，可袁焜忽然抓住她的手说，"我没醉。今晚，你就让我喝个够吧。我都快被逼疯了！"

倩蓉问他："你真的没醉？"袁焜点点头。倩蓉歪着头说，"那你回答我一个问题，我是谁？"

袁焜说："我的初恋情人刘——倩——蓉。"

倩蓉一阵激动。她一只手紧抓住袁焜的手，另一只手挥向服务员："再来一杯曼哈顿！"

弗兰克来接倩蓉时，见袁焜满脸通红、浑身酒气，提议送他回家。上了车，倩蓉坐在副驾驶座位上，袁焜坐在后面。车开出不远袁焜就睡着了。

车到了袁焜家门外，倩蓉把袁焜拉下来。看他踉踉跄跄的样子倩蓉说："天啊，他真的醉了。"

"谁说我醉了？再来一杯曼哈顿，再来一杯……"袁焜挣脱开倩蓉大喊。

就在这时袁焜家门开了，头戴帽子的艾珊出现在他们面前。艾珊不快地说："我还以为谁呢？原来是你们。"

"他醉了，快把他扶进去！"倩蓉说。

艾珊边上前扶住袁焜边说："好啊，蕾蕾的生身父母公开约会了？"

"珊，你别误会……"刘倩蓉焦急地说着。

这时，弗兰克匆匆奔过来问倩蓉："Cherry，需要帮忙吗？"

艾珊看到弗兰克有些尴尬地说："弗兰克，谢谢你们了！"

弗兰克边拉起倩蓉的手边说："不客气，晚安！"

翌日清晨醒来，艾珊突然感到一阵恶心，马上冲进洗手间呕吐起来。袁焜闻声跟去。他一只手握着艾珊的手，另一只手轻轻拍着她的后背。

艾珊用毛巾抹完脸，有气无力地说："都被你气的。醉成那样回家，真丢人……"

袁焜边扶着她出来边说："放心，以后我再也不会喝那么多酒了。"

艾珊埋怨道："一点儿都不知道珍惜自己的身体……"

这么多天来艾珊的金口终于开了，袁焜的心里甜滋滋的。看看时辰尚早，袁焜又哄她睡了。

艾珊再醒来时，当她洗漱完毕，被袁焜拖着手下楼来到厨房一看，早餐已经准备就绪，有豌豆黄、小米粥，还有拌黄瓜。都是她爱吃的。

两人高高兴兴地一起吃早餐。他们已经有好几天没在一起用早餐了。

自从袁焜得知艾珊的病情后对她疼爱有加，让她又找回了在加州谈恋爱时的感觉……

吃完饭，袁焜陪艾珊来到海淀医院。

杨晓丹带艾珊到里面做了一番检查后出来对袁焜和艾珊说："从X射线检验结果和刚才检查的情况来看，病情复发得比较严重，你们要做好局部切除左乳房的准备……"

艾珊惊恐地抓着杨晓丹的手说："能不能不切除？我求你了……"

杨晓丹同情地看着艾珊说："你的心情我完全理解。但是，如果不动手术，癌细胞会扩散啊。"

袁焜轻轻搂住艾珊对杨晓丹说："杨医生，我有一个请求，能不能请国内外专家来北京会诊？花多少钱都行，只要能把病治好！"他又抚摸着艾珊的肩膀对她说，"别怕，我们一起努力，和病魔搏斗……"

5

傍晚的中关村大街一片繁忙，马路上人来人往，车流不息。袁焜拉着艾珊走在人行道上。艾珊戴着帽子，脸色苍白、步履蹒跚。

艾珊对袁焜感叹道："我的病越来越重了，不知道还能和你散几次步。"

袁焜紧紧挽着她的手臂说："我要这样挽着你，一直走到我们白发苍苍……"

不知不觉，两人漫步到中关村石碑旁。夕阳照在石碑上，"中关村"三个字苍劲有力。中关村的祖先们做梦都不会想到，这三个字已经变为几十种文字在全世界传播了。

艾珊摸着石碑感慨地说："这个像'李家庄''大柳树'一样再平凡不过的名字创造出一个又一个的奇迹，已经成为知识英雄的摇篮。"

袁焜点头说："'芯科'也曾经是一个普通的名字，但它会和中关村一起辉煌起来。"

他俩同时伸出手抚摸着"中关村"三个字。十几年前，他们从这里开始进入社会，走向世界；如今，他们又回到了这片熟悉的土地继续梦想，创造奇迹。在东西方的尘世中，他们曾经孤独过、哭泣过、失望过，但是，他们从未放弃过爱，从未放弃过理想……

第二十二章 废墟上勇敢站起来

1

艳阳高照,行人稀少。5月的一个中午时分,山东乡下显得格外宁静。

在赵家院子里,头戴大草帽的赵母正在摘蔬菜。她满脸喜滋滋的,哼着沂蒙山小调。那边屋子里,赵达川坐在客厅的沙发上正看电视,他心烦意乱地不停转换频道。为了镇静自己的情绪,他干脆新开了一瓶白酒,自斟自饮起来。

自从达川知道蕾蕾的身世,一气之下就回了山东老家。口头上说是请假,事实上是回避现实。

不一会儿,驼着背的赵母走进来。她看看达川指着茶几上的几个空瓶说:"你回来都十几天了,天天喝得醉醺醺的,俺是看在眼里痛在心头啊。你有啥不顺心的事儿就说出来吧。"

赵达川故作轻松地说:"妈,真的没啥事。"

赵母问他是不是生意上碰到麻烦了?达川摇摇头。赵母又问是不是蕾蕾出事了?赵达川拿出手机打开蕾蕾的照片给母亲看,告诉老人家一切正常。

赵母眯起眼,横看竖看,嘀咕起来:"都变成大姑娘喽,长得俊是俊,可越大越不像俺赵家人了。"

达川愣了一下。接着,他硬打起精神说:"蕾蕾像她妈,眼睛大大的,皮肤白白的。"

赵母叹口气说:"俗话说,女像父才有福。"

达川强颜欢笑道:"妈,儿孙自有儿孙福,您就甭操心了。"

赵母去厨房忙碌了。赵达川仔细端详手机中赵蕾的照片发呆，尔后，他气愤地关掉手机，往沙发上一扔，一口把酒干了。他又倒满酒，一杯接着一杯，越喝心里越乱。

北京芯科集团会议室内，袁焜、岳东、薛景宁、雪儿正在开会。

雪儿对着袁焜问赵董事长到底什么时候回北京？有好几个文件等着他签字呢，打了他好几次手机都关着。袁焜劝说再等几天吧，他总会回来的。

就在这时，雪儿突然收到短信，她一看叫起来："地震了！快开电视！"

原来，14时28分在四川汶川县发生了7.8级地震，震中位于北纬31度，东经103.4度，离成都只有几十公里。大伙关心成都分公司是否受到影响，纷纷拿出手机拨打，但都接不通。

雪儿急得坐立不安，因为程曼娟也在成都。程曼娟去西南出差好几个星期了，昨天给雪儿打电话说打算下周回北京。雪儿继续拨她的电话，但依然打不通。电视上不断传来地震现场的画面，房屋颤动，疏散人口。众人看着电视，更是心急如焚。

半个小时后，成都的周总经理终于设法打来告急电话说，分公司伤了好几个人，还有几个联络不上，包括程曼娟。袁焜果断决定，马上回家收拾行李，当晚亲自赴成都处理危情。

雪儿回到办公室，越想越不对头。她不能看着袁总一个人去成都，万一发生什么复杂的大事，他怎么应付得过来呢？赵董事长才擅长处理这些事。想到这里，雪儿马上拨打赵达川的手机，但试了数次，对方始终处于关机状态。她想来想去，决定立即开车去山东找赵达川。

雪儿临行前，悄悄告诉了岳东，叫他和薛主任把家看好了。岳东担心她迷路，特意把自己的GPS导航仪给她安装到车上，并且交代已经把赵董事长家的地址输进去了，按上面的指示走即可。回北京时，按回家键就可以了。

雪儿心想，平时看不出来，岳东还挺细心的，也许是粗中有细吧。岳东劝她趁早上路，有事打电话给他。雪儿立即出发了……

艾珊听说袁焜要去成都，马上替他整理衣物。袁焜一把拉过艾珊的手叮嘱道："我不在家，你得好好注意休息，可不能加班！"

艾珊说："好吧。这话你今天已说了好几遍了。"

袁煜轻轻抚摸着她的手臂内疚地说："你可是病人啊！照理说，这时候我应该寸步不离地照顾你。但实在是没有办法，希望你能谅解。"

艾珊感动地说："哪儿的话呢？地震可是大事啊！你是去处理危情，又不是游山玩水。你就放心地去吧。"

袁煜叫她有什么事儿就找丁柱帮忙。艾珊搂着他有点依依不舍，最怕他身体吃不消，再三叮嘱他不能逞强，一定要量力而为。袁煜点头，答应处理完事马上就回北京。

2

赵达川边吃着母亲为他做的面疙瘩，边说都有好几年没吃到这么地道的了。赵母板起脸说他你又来忽悠人了，这次回来就没说过真话。

就在这时，传来了敲门声。赵达川一开门，见是雪儿，惊讶得说不出话来。

"你手机都不开，只好找上门来了！"雪儿劈头盖脸就是一句。

雪儿刚踏进门槛，赵母迎了上来说："是谁家的闺女这么俊？"

赵达川介绍着："妈，这是我同事，特地从北京开车来的。"

雪儿连忙亲热地叫着"大娘"，寒暄几句。

雪儿跟着赵达川来到客厅，两人刚坐在沙发上，赵达川忙问出啥大事了。听雪儿讲完，赵达川二话不说，马上决定去成都。

这时，赵母端着一大碗面疙瘩进来，叫她填饱肚子。雪儿就着茶几，大口吃起来，连连称赞好吃。

达川看了一眼雪儿，示意她吃完两人就走，先去济南遥墙机场再说。赵母纳闷这么晚怎么还要走？赵达川连忙跟母亲解释地震的事儿，关照她办完事就直接回北京了，还请她老人家自己多多保重。

在去机场的路上，赵达川开着车，瞭了旁边的雪儿一眼感激地说："真是难为你了，大老远地跑过来。"

雪儿头一歪说："我也是没办法。打不通你的电话，不能眼看着袁总到那儿急得犯病吧。"

达川有些嫉妒地说："袁总运气真好，有你这么好的女孩为他奔命。"

雪儿调皮地说："我也是为了公司好啊。"

3

震后的成都大街上，一片落寞。有的房屋外墙断裂，有的店铺橱窗破损，垃圾桶倒在地上，纸屑满地，行人稀少，时有救护车穿梭而过。坐在出租车内的袁焜，看着窗外的惨状，满脸凝重。

出租车到了成都分公司停下后，袁焜提着小行李箱走进大楼。看得出来，这幢大楼没受到多大影响。袁焜匆匆敲开总经理室时，50多岁的老周愣了半天。

办公室内凌乱不堪，书架倒下，报刊散了一地，还有两个小镜框躺在地上，玻璃碎了一地。

袁焜顾不上喝水，忙问灾情如何。这时，又传来敲门声。老周一开门，赵达川突然出现在他俩面前。袁焜三步并作两步地迎上前，惊喜地和达川紧紧拥抱。

老周请两位老总坐到沙发上，自己搬了一把椅子，坐在他们面前，带着浓重的川音汇报情况。公司总共55个人，已确定工程师张大可死亡，8个人受伤。他们都是外勤人员，包括销售员和技术服务人员，受伤人员都住在同一个医院里，就在附近。

袁焜着急地问程曼娟还是没有消息吗？老周点点头，拿着地图指给他们看。他为难地说："是啊，一点消息都没有！昨天一早，曼娟和司机老魏去都江堰销售点检查工作，下午就地震了，那地方离震中只有二十公里。"

达川忙问派人去找了吗？老周说全公司只留几个人值班，其他人都到都江堰去找了。

在老周陪同下，袁焜、赵达川来到医院的女病房。老周指着八个床位中五个挨在一起的床位说，那都是他们公司的病人。

老周向大家介绍两位老总后，袁焜说道："大伙儿受苦了。我向你们保证，给你们最好的治疗，所有费用总公司出。你们的工伤赔偿，都按公司最高标准发放。"

一个头绑石膏的年长员工说："谢谢两位老总，这么快就送来了温暖。"

袁焜和赵达川走到每个人面前看望着，一一和病人握手。

临走时，达川说："大伙好好休息吧，有啥具体要求就提出来，我们会尽力满足你们。"

一个躺在床上的中年妇女问："我如果真的残废了，孩子能进咱们公司吗？"

达川爽快地说："可以，看他学的是啥专业，就给他安排在哪个岗位。"

中年妇女激动地说："那我就放心了。"

袁焜指了指老周，对中年妇女说："具体事到时候跟你们周总谈。"

一名腿绑石膏的年轻员工说："我就想早点出院上班。"

袁焜感动得作着揖说："谢谢你！谢谢大家！"

尔后，他们来到男病房，里面住着六个人全是他们公司的。

一个躺在床上腿绑石膏的病人一见他们突然高兴得叫起来："这不是袁总吗？从北京来的？"

袁焜走过去，一拍他脑袋叫道："毛志雄。"

毛志雄不好意思地说："袁总的记忆力真好！"

"当然记得，有一次开会你和我辩论得面红耳赤。"袁焜话音刚落，众人笑起来，气氛更加活跃。

老周指着几个年轻人说："你们三个有啥要求就向两位老总提吧。"

毛志雄脱口而出："对比那么多死难者，我们算是幸运的，还能有啥要求？"

另一位头绑石膏的人说："我的生命是捡回来的，能活着就足够了。"

袁焜欣慰地点点头。一位躺在床上的"黑皮"突然问："成都分公司会不会关闭？"

袁焜答道："据专家说，成都并不在地震带上，没有什么可怕的。我透露给大家一个消息，公司正在论证继续扩大在成都的投资。"

达川故意轻声说："这可是公司最高机密，不得外泄哟。"

"黑皮"笑起来："那我得赶快养伤，早点出院，重建咱们的家园。"

达川感动地说："有你们这些热血铁汉，咱们芯科就有希望了。"

老周说："咱们四川是震不垮的！"

袁焜点点头，感慨地说："中华民族也是震不垮的！"

　　早已过了72小时黄金救援时间，依然没有程曼娟和老魏的音讯。袁焜和老周一直守候在办公室的电话机旁，寸步不离。看着电视里死亡人数不断上升，袁焜再也坐不住了，他在屋里来回快速踱步。老周看了一眼挂钟，已是晚上6点多钟。

　　正在这时，赵达川匆匆进来。他无奈地说跑遍了都江堰市的所有医院，程曼娟的线索一点儿都没有。老周递给达川一瓶水，指着沙发请他坐下说。

　　达川喝了一口水，点起烟吸了一口接着说："唉！你们没看到，那现场真是惨不忍睹，那么多孩子说走就走了，一条条生命啊……"

　　急促的电话铃声打断了赵达川的话。老周接完电话脸上露出喜色。原来是市二医院打来的，程曼娟、老魏刚找到，正在抢救。还没等老周说完，袁焜拔腿就跑，两人迅速追了出去。

　　华灯初上。三人坐车旋风般地来到医院急诊室。他们匆匆进入101号病房，只见一个人躺在病床上，身体已盖上了白布。两个护士正在整理仪器。

　　老周气喘吁吁地问护士："请问这里是魏军的病房吗？"

　　一个医生边走进来边说："是的。他在15分钟前刚刚过世。他被压在桥底下，发现得太晚，失血过多。"医生掀起白布，"请确认一下，是你们要找的魏军吗？"

　　老周一看，点了点头。

　　达川一把拉住泪流不止的老周说："快去看程曼娟！"

　　三人又火速赶到109病房，但在门口被护士截住，说是病情危险正在抢救，让他们在外面等。

　　袁焜关照护士转告医生，一定要用最好的药，再多的钱由公司出。护士点点头转身进去。

　　袁焜问老周是否要通知曼娟的家属？老周说她老家在成都，但家人都在北京。达川刚要发表意见，一个男医生匆忙走出来，无奈地说实在无能为力了，赶快叫他们进去见一面。

　　三人冲入病房，只见躺在床上的程曼娟紧闭着眼睛，奄奄一息。

　　袁焜和赵达川各自在病榻两边紧紧抓住她的手呼喊着："曼娟！曼娟……"

　　程曼娟像听到什么眼睛略微睁开，嘴角颤抖着。她硬挤出两个字："儿……

子……"

赵达川弯下腰，大声地对她说："放心，公司会照顾好你儿子！"

袁焜也低下头大声地对她说："我们会让他读最好的大学！"

程曼娟嘴角露出一丝微笑，她头一歪，闭上了眼睛。

"曼娟！曼娟……"袁焜和达川喊着，撕心裂肺的叫喊声在房间里久久回荡……

他们三人商讨后决定，将曼娟的遗体运往北京。公司要给三个死者的家属最高抚恤金，全部由总公司特别经费支出。袁焜和达川参加完魏军、张大可的追悼会后，傍晚就赶回北京。

没过几天，汶川地震修订为8级，损失比唐山大地震还惨重。社会各界掀起了一波又一波的捐赠热潮，芯科高层一致同意响应，他们讨论后最终决定，拿出1000万元帮助重灾区学校建立一百个电脑网络教室。

4

北京一家殡仪馆大厅内布置得庄严肃穆。灵堂两旁摆满花圈、花篮和挽联，正门布幔上高挂着黑底白字横幅，上书魏碑大字"为程曼娟女士送行"。两边白底黑字的长挽联上是袁焜亲笔书写的行书大字："八级大地震，芯科失英才；九州齐悲伤，亡灵上天堂。"厅前方的高台上摆放着绿色植物、黄色菊花，在绿叶和鲜花中间放着白色遗像台。遗像台下方，是由朵朵白色菊花装饰的灵柩。

程曼娟的丈夫和8岁的儿子等家属站立在前面。袁焜、赵达川、雪儿、老周、薛景宁、岳东、丁柱等人面朝遗像肃立。宋海燕总经理在香港开会刚刚回京，从机场直接赶来。

下午3时整，赵达川宣布追悼会开始。哀乐声中，全场默哀。

尔后，袁焜代表公司致悼词："各位亲友、各位来宾：今天我们怀着十分沉痛的心情，深切悼念芯科集团销售经理程曼娟女士。程曼娟女士在汶川8级大地震中因公受伤，医治无效，于2008年5月15日19点43分在成都市第二人民医院与世长辞，享年39岁……"人群中传出哭泣声。袁焜停了停继续宣读："曼娟胸怀坦荡、谦虚谨慎，工作一丝不苟，为'中国芯'系列产品的市场开拓立下了汗马功劳……曼娟的逝世，使芯科集团痛失杰出的经理，使她的家庭失去了贤妻良母，我们深表惋惜。"哭泣声渐渐大起来。

袁焜再次停顿，又继续宣读："逝者已矣，生者如斯。我们要化悲痛为力量，进一步发扬团队精神，加倍工作，再创佳绩，以慰曼娟在天之灵。借此机会，我代表芯科集团宣布，拨款100万元设立'程曼娟教育基金'，一为纪念曼娟，二为曼娟的儿子及其他遇难者孩子提供大学经费。曼娟，您安息吧！"

众人的哭泣声越来越大。

赵达川宣布全体肃立，向程曼娟女士遗体三鞠躬。哀乐响起，大家排队走向程曼娟遗体，瞻仰、告别……

雪儿已哭成泪人儿，她再也忍耐不住，冲上前去紧抓灵柩，边哭边说："曼娟，你怎么就走了？我还有很多话没跟你说呢！我俩不是讲好，等你回北京就一起去香山看红叶吗？……"

5

艾珊的病情每况愈下。袁焜陪艾珊来到海淀医院，再次和杨晓丹讨论治疗方案。从海内外专家会诊来看，如果坚持不动手术，可以试一下自体骨髓移植，这对复发性的乳腺癌可能比传统的化疗有更好的效果，因为可以使用更大剂量的化疗药物。但是，手术耗费巨大，危险性也比较高，所以目前还没有普遍使用。袁焜马上表态，钱倒不必考虑，哪怕倾家荡产都愿意承担，只是担心危险到什么程度。杨晓丹坦诚地说，这很难估计。希望他俩尽快商量做决定，避免癌细胞进一步扩散。

回到家，袁焜和艾珊立即在网上查阅有关中英文资料。经过三天三夜的讨论，艾珊决定赌一把。袁焜同意她的决定，但要保证请最好的医生做手术。

临睡前，艾珊仔细端详着自己与小迪的合影，泪水止不住地往下流。她在照片背面写下："小迪，Mom永远爱你。"

袁焜进来，看到这一切一把将艾珊搂在怀里。艾珊说是怕去了医院再也回不来了，袁焜将照片扔到床头柜上，用尽全力安慰她。

上了床，袁焜搂着艾珊哄她入睡，可艾珊突然说："想想我这一辈子真是惭愧，我只做了三件事：一是留学，二是办学，三是嫁给了你……"

袁焜更紧地搂住她说："什么一辈子，人生才走到一半，还有更多的精彩等着你呢！"

几天后的一个早晨，袁焜悄悄送艾珊入住海淀医院。她向学校请病假说是在家休养。她再三叮咛袁焜，万一学校打电话来别说她住院。

海淀医院的新住院楼有全国一流的医疗设施，病房宽敞明亮，还有独立的卫生间。根据杨晓丹的安排，艾珊先请一段时间病假，住下来全方位检查身体，再做手术。

袁焜帮艾珊安顿好之后起身去公司，准备晚上再来陪她。艾珊说："你公司还有一大摊子事呢，够你忙的，晚上别来了。"

"那可不行，再忙我每天晚上都要来向你报到……"

夜晚的酒吧街灯红酒绿，人来人往。音乐和灯光交织，绚丽多彩。

袁焜、达川坐在一起边喝酒边交谈。一身时髦的刘倩蓉走来，打过招呼后倩蓉边坐下边问达川："今天叫我们来到底有什么事？"

达川嘻嘻一笑说："没什么大事，地震之后有些事儿好像突然想明白了。"

"对人生大彻大悟了？"袁焜笑着问。

达川喝了一口酒说："别笑话我。就说蕾蕾这事吧，是个历史误会，也是老天跟咱们开了个玩笑。但我们还得好好面对啊，回避是解决不了问题的。"

倩蓉凝视着达川说："真是士别三日当刮目相看啊！赵老板突然宽容起来了。"

达川说："你别讥笑我。不管怎么说，我们三个人要一条心，给蕾蕾提供最好的生活和学习条件。"

倩蓉点点头说："那当然了。她现在读书成绩越来越好，将来肯定要进清华、北大的。"

三人举杯相碰，为蕾蕾美好的将来干一杯！

艾珊醒过来已是上午9点。她漱洗打扮后写了一张便条放在床头柜上："大夫，我有急事要出去两小时，向你们请假怕批不下来，故不辞而别，抱歉！艾珊即日。"

艾珊趁护士不注意蹑手蹑脚地溜出病房，出了医院，她招了一辆出租车飞驰而去。

出租车来到吉尼斯国际学校门口，艾珊匆匆下车。她走进学校直奔礼堂。

吉尼斯国际学校的礼堂里，全校师生坐得满满的，"吉尼斯国际学校年度颁奖礼"即将开始。

王副校长迎上艾珊，惊讶地问她怎么来了？艾珊说早就答应孩子们要亲自来颁奖的，决不能失言。王副校长点点头，吆喝着马上开场，好让艾珊早点休息。

台上，二十多个同学站成一排，里面有袁迪、赵蕾。艾珊一一向他们颁奖、握手。颁奖之后，摄影师和几个老师走上来准备合影。正在这时，"哐"的一声艾珊突然晕倒在地。大家惊慌失措，一片混乱。

王副校长大叫："艾校长，艾校长……"

袁迪冲过来跪在艾珊面前，摇晃着艾珊的身体大叫："Mom，Mom，你醒醒！"

救护车鸣笛而来。

大家让开一条路，杨晓丹和两个抬担架的大个子走近艾珊。

袁迪焦灼地喊道："杨阿姨，快救救我妈！"

杨晓丹麻利地给艾珊打了一针后站起来说："快送医院！"

第二十三章　拥住人生真爱

1

脸色苍白的艾珊躺在病床上，袁焜和倩蓉陪伴在一侧默不作声。

杨晓丹医生走进来告诉他们，X射线检验结果确认乳腺癌已扩散，再加上疲劳过度，导致昨天的昏迷。她正在约医生会诊，希望早一点儿安排自体骨髓移植手术。

杨医生刚走，倩蓉忍不住问艾珊为什么一直对她瞒着病情？艾珊说怕她担心。倩蓉的眼泪抑制不住地流出来。她痛悔地自责太自私了，一天到晚忙自己的事，从来没有好好关心过艾珊，还总向艾珊发脾气……

傍晚，达川来到医院探望艾珊。他安慰几句后，也埋怨她和袁焜口口声声叫他师兄，可碰到这么大的事就把他给忘了，看来根本没把他当好朋友。

艾珊再三强调是她叫袁焜保密的。达川说人多力量大，大家知道的话可以一起想办法对付，总比他俩扛着强。

艾珊示意达川坐近。她说："达川，不管我还能活几天，我希望你们师兄弟能永远友好相处。"

达川劝她说："你怎么会这么悲观呢？这次地震中，有多少人只剩最后半口气还是拼命争取活下来，何况你这区区癌症？你可要拿出办学的勇气对付病魔、珍惜生命。"

艾珊感动得连连点头。然后又语重心长地劝他早点儿找个人成家，有人照顾生活也有规律，对他个人和公司都有好处。

达川坦率地掏出心里话，这次去灾区之后对他震动极大，想要好好过日子，也有了再婚、组建一个家庭的想法，但一时也碰不到意中人。

艾珊神秘地说给他物色好久了，那个人很贤惠，充满爱心，并且透露他也见过。达川一时愣住了，心想到底会是谁呢？

这时，杨晓丹走进来，艾珊忍不住笑了，悄悄向达川递了一个眼神。

杨晓丹看着他俩问："有什么好事，这么开心？"

达川马上站起来毕恭毕敬地说："杨医生，您好！"

杨晓丹看了看达川说："哦，原来是赵老板啊，我们见过。"

达川忙摆摆手说："别这么叫我，听起来别扭。你就叫我老赵吧。"

杨晓丹上下打量着他说："可你不老啊。"

艾珊立即说："那就叫达川吧。"

三个人都笑起来了，但笑的背后意义各有不同……

星期一早晨起床时，外面正是狂风暴雨。气温突然下降，袁焜关照袁迪要穿厚衣服。这下可为难住袁迪了，这些平时都是艾珊打理，他不知道厚衣服在哪儿。袁焜急着要去做早餐，就叫他在自己房间里找衣服。

袁焜匆匆来到厨房，准备煎蛋给袁迪吃。他将平底锅放在炉子上点了火，从柜子里取出油瓶，但剩下的油根本不够用。

没法做早餐了，父子俩立即上楼找衣服。两人手忙脚乱地找了一阵还是不见踪影，袁焜顺手拿了一件自己的厚衣服给袁迪先披上，又抓了一包饼干给儿子，两人就出门了……

袁焜开车先把小迪送到学校，然后去上班。

来到公司，袁焜直接去了财务部，叫雪儿马上到他办公室。

雪儿不一会儿就来到袁焜的办公室。她手拿速效救心丸问道："袁总，你脸色很难看，要吃药吗？"

袁焜惊讶地问："你怎么会有这个？"雪儿道出了缘由。袁焜自语道："看来，她早有准备啊。"

雪儿忙问究竟，袁焜只好把艾珊患癌住院的事和盘托出。雪儿惊讶万分，也终于明白上次艾珊找她的真正原因。得知小迪还穿着袁焜的衣服去学校，雪儿马上决定和丁柱一起去给小迪买衣服。袁煜感激不已。

袁煜正在办公室电脑前收拾文件，达川敲门而入。因为袁煜隐瞒艾珊病情之事，他劈头盖脸就是一大堆责问。袁煜坦诚说他也是很晚才知道的，艾珊一个人承担了很长时间。

达川猛抽了一口烟，感慨道："这么好的媳妇，打着灯笼都找不到啊！如果你早知道病情，公司里这些大事都做不成了。"

袁煜点头："你也知道我们的感情，我一定会分心的。"

"要说艾珊可真不容易，心里容纳着两个别人的孩子。我可是做不到。"达川感叹着。

"提起这，我有几句心里话一直想跟你说。"袁煜诚恳地看着达川说，"我成为蕾蕾的父亲只是个偶然，你花了十五年的精力养育她，才是她真正意义上的父亲。我会永远记在心里的……"

达川叹口气说："这都是老天的安排！不说这些了，你现在的首要任务是要照顾好艾珊，公司的事儿有我呢。你自己也得放松放松，这些年你没日没夜地干，把弦绷得太紧了。"

袁煜感动得情不自禁地伸出手，握住达川的手不放。他顺便提出自己要休个长假，陪伴艾珊动手术。达川拍拍他的肩膀，强调他现在的首要任务是要照顾好艾珊，而公司的事就交给自己了。

第二天下午，雪儿来探望艾珊。在艾珊要求下，雪儿陪她来到花园散步。时值傍晚，晚霞瑰丽，两人手挽着手，亲如姐妹。

艾珊对雪儿说有件事她一直瞒着袁煜，她上网查过这个手术的成功率很低。雪儿说网上资料也不是百科全书，最新的研究成果不可能马上就在网上发布。

艾珊摇摇头情绪低落地说："我就要做手术了，今天可能是我俩最后一次见面……"

雪儿的眼泪忍不住涌出来，她停下来握着艾珊的手说："别瞎说！"

艾珊央求道："万一这次手术失败，袁煜和小迪就拜托你照顾了。我不在，他们的生活会一团糟，你特别要留意袁煜的心绞痛……"

雪儿打断艾珊的话说："别说了，艾珊姐，这个万一是不可能发生的！"

2

下午，艾珊坐在病床上，袁煜正削苹果给她吃，气氛温馨。突然，袁迪捧着康乃馨闯进来，大家都愣住了。原来，袁迪听说妈妈明天要动手术，特地打电话给丁柱叔叔，让丁柱叔叔送他来医院给妈妈送那本《勇敢的小锡兵》。艾珊感动得泪水盈盈，她搂住小迪说一定做勇敢的小锡兵……

夕阳西下，医院花园里的人并不多，艾珊挽着袁煜的手臂散步。明天就要做手术了，袁煜安慰艾珊不必担心，院长很重视这次手术，特地从上海请来了最好的手术专家。

艾珊感慨地说："你为我这个病费了这么多心、花了这么多钱，这辈子碰到你这样的人，我也该心满意足了。"

袁煜拍了拍她的手说："别想那么多了，下辈子，我还是会娶你的。"

明天就要动手术了，今晚注定是一个难熬之夜！艾珊躺在床上，袁煜坐在床边的躺椅上默默地看着她。此时已是夜里11点钟。艾珊辗转反侧难以入眠就干脆坐起来。她沮丧地说："记住，不管发生什么事，一定要培养好小迪，让他读名校……"

"能不谈这个话题吗？"袁煜鼻子一酸眼里含着泪花。艾珊泪如雨下，袁煜将她紧紧地搂在怀里……

已是凌晨3点，月光透过窗帘倾泻在病床上，艾珊躺在袁煜的怀里，两人都睡着了。

突然间，艾珊大叫："煜，煜！我不去，不能去……"袁煜惊醒，一把将她搂住。艾珊睁开眼抓住袁煜的手，颤抖着说："好冷……有人追我，好怕！真的好怕……"

袁煜轻轻拍着她的后背说："别怕，你是在做梦。"

艾珊蜷缩着身体，哽咽着说："今天走进手术室，我还会出来吗？"

袁煜用力点头说："那当然了！你还得给我煮几十年的饭呢……"袁煜再次把她搂得紧紧的，深情地吻了吻她说，"你知道，我和小迪都非常爱你，我们不能没有你。爱的力量可以战胜一切。"

艾珊泪流满面地说："为了你俩我也得活下去！"

袁焜看着她的眼睛说："我相信，你一定能做到！"

清晨，艾珊带着恐惧和希望进入了手术室。袁焜、倩蓉、达川等人坐在门外的长椅上等待。

袁焜不时地站起来，透过门缝朝手术室里张望。达川走过来拍拍袁焜的肩膀。

倩蓉劝袁焜不必担心，艾珊从小体质就很好，还爱游泳，读北大时打过好几年排球，还是校队呢。

袁焜依然心神不定地来回踱步。他背对着大家，呆呆地朝窗外看，大伙儿默默地看着他的背影……

手术室的门终于打开了！众人围上去，杨晓丹和另一男医生走出来。

杨晓丹摘下口罩说："手术很成功，一切正常！"

袁焜一把握着男医生的手感激地说："谢谢大夫！"

杨晓丹手一挥，几名护士推着艾珊的手术车出来。艾珊躺在手术车上，闭着眼睛。众人如释重负地望着她。

海淀医院花园里，蓝天白云，绿草如茵。袁焜、艾珊、杨晓丹边走边聊。

杨晓丹说没想到手术这么成功。从今天专家会诊的情况来看，骨髓移植后病情较稳定，癌症已经被控制住了，再过两天就可以出院了。

笑容终于从艾珊的脸上泛出，袁焜高兴得不停地叫好。

杨晓丹关照出院后也不能大意，不能拼命工作，还要长期接受检查，定时做X射线检验。袁焜拍着胸膛说包在他身上，他会严格监督艾珊的。

这时，达川捧着两束鲜花走来。他将花分别送给艾珊和杨晓丹，并对艾珊说："祝您康复！"

杨晓丹接过花，高兴之余疑惑地问："为什么送给我呢？"

达川狡黠地说："感谢您为艾珊的病操劳。"

袁焜笑着一拍达川说："醉翁之意不在酒吧？"

众人都笑了起来。

艾珊终于回家了！她一到家先楼上楼下地每一个房间都看了一遍，东摸摸西摸摸。来到客厅，袁焜给她一个大信封。艾珊打开一看，是小迪亲手画的祝福卡。祝福卡图文并茂，艾珊笑得合不拢嘴。

还没等艾珊坐到沙发上，刘倩蓉敲门而来。

倩蓉放下大包小包，仔细端详艾珊说："嗯，你的气色略有好转。我买了活鱼，这就给你煮汤，你得好好补补身子。最近我每天都会来一次，煮点你想吃的家乡菜。"

袁焜说："倩蓉你别客气，我请了长假在家就是专门照顾艾珊的。"

倩蓉说："岳东刚从美国回来，肯定有事向你汇报，你还是早点去公司看看吧。"

3

从销售部、财务部的报告来看，芯科集团最近的订单逐渐减少，生意额也在下降，导致了股价不稳。袁焜分析着这些数据，马上召集高层商量对策。

赵达川认为问题出在销售部，俗话说"国不可一日无君，家不可一日无主"，程曼娟过世也有个把月了，销售经理一直空缺，也不是回事儿。薛景宁提议把严副经理扶正，但袁焜认为老严工作缺乏主动性。雪儿自告奋勇顶替这个位置，誓言把曼娟未完成的事业进行到底。赵达川认为她对曼娟的感情可以理解，但做一个上市公司的CFO更适合她。袁焜连连点头。

大家沉默后，岳东突然轻声说自己来试试。袁焜马上拍案叫好！他还告诉大家，岳东以前在硅谷也主管过销售。

赵达川一只眼睛一眨对岳东说："你的普通话说得越来越溜了，沟通起来绝没问题。"

雪儿瞄了岳东一眼说："他啊，北京土话还学了不少呢。"

岳东得意地说："没准，我还会成为北京女婿呢。"

大家被他逗得笑起来。

达川和袁焜都认为岳东是销售经理最理想的人选，可薛景宁急了。他并不反对岳东主管销售，但研发部需要时还得请他帮忙，特别在游戏软件上，岳东可真是高手。岳东耸耸肩说绝无问题，大不了两边走，反正单身一人，有的是精力和时间。

雪儿笑着说："看来，为了芯科的伟大事业，还得让你永远单下去。"

岳东急了："我可不愿意永远做钻石王老五。"

傍晚的高尔夫球场，绿草如茵，景色优美。赵达川约袁焜出来打球，醉翁之意不在酒。前几天京力达电器公司再次找来要求芯科注资，达川兴致勃勃地找到袁焜却碰了一鼻子灰。袁焜认为目前公司的状况仍不稳定，尤其是"新芯游戏"软件对市场估计不足，受挫比较严重。达川认为任何新产品做市场总有一个过程，这不是问题。袁焜说他已要求研发部在技术上再动脑筋，看看有没有进一步创新改革的空间，至于入股"京力达"的事以后再说。

打了几个回合后两人停下喝水。袁焜直截了当地说："有什么话你就和盘托出吧。"

达川嘿嘿一笑，袁焜淡然地说："还是'京力达'的事吧？"

达川认真起来："做电器一直以来是我一个很大的梦想，这可能和我当年倒卖过电器有关。这当中的利润可肥了，你怎么就无动于衷呢？"

袁焜吃惊地看着他说："你为什么不早跟我说这些？我固执，但不独裁啊。"

达川说："你们老是抱着IT行业不放，但是，现在高档次的电器也离不开IT啊。凭我们研发部的实力，很快就会研发出智能型家电。"

袁焜眺望着远方，爽快地答应准备进军家电业，并且要求由达川亲自挂帅。达川一口答应，乐得像中了彩票。

袁焜突然问："如果亏本呢？"

达川对天发誓："那就扣我的工资！再不行，我就卖房子卖车子。你做得到的，我也能做到。"

袁焜点了点头说："既然你肯下这么大的赌注，我也就放心了。"

4

几天后的一个中午，芯科公司餐厅内打饭的队伍排成长龙，袁焜也排在其中。由于人多空气混浊，再加上有个空调机坏了，身患重感冒的袁焜更觉憋闷。突然他脸色惨白，额头渗出汗珠，跟跄着站立不稳。排在队伍后面的雪儿见状立即冲上去扶他坐下，并从随身带的小包内取出速效救心丸塞到他嘴里，她又拿出自己的水喂给他喝。

雪儿的麻利动作引来众人异样的目光，有人还指指点点着窃窃私语。

几十分钟后全公司员工的手机几乎都收到了一条同样的短信："海归老总，艳福不浅，家有患病娇妻，外有红颜知己；甘当小三，恬不知耻，看似雪火不容，实是如胶似漆。"

雪儿看着短信，气得全身颤抖。更可怕的是，流言如同瘟疫蔓延，以最快的速度传遍中关村，甚至整个IT圈。

岳东不忍心看到雪儿承受这么大压力，向她伸出援手。经他"侦破"，匿名信是通过群发短信软件发的，一时还查不出到底是谁干的，但肯定是公司内的同事。袁焜为避免闲话，有意和雪儿保持距离。

雪儿敏感地觉察到，自从艾珊患病后他们夫妻俩的感情更加紧密，失落的同时她感到袁焜和公司已经不再需要她了。

一天早晨，袁焜一进办公室发现地上有一封从门缝里塞进来的信。他捡起来打开一看，原来是雪儿的辞职报告。袁焜抓着信的手颤抖起来。

这时，岳东气呼呼地闯进来劈头就问："你明明也收到那封匿名群发短信，知道发信人肯定是芯科员工，为什么不出面维护雪儿的名誉？"

袁焜平静地说："这种事越描越黑。我想来个冷处理，时间最能说明真相。"

岳东面红耳赤地说："是为了维护你那伟大的老总形象吧？"

袁焜提高嗓门说："难道我不想平息这种传言？我也担心艾珊受到伤害，她才出院没多久啊。可是说到底，我和雪儿没做一点儿见不得人的事，我怕什么？"

"就因为身正不怕影子斜，你更应该站出来替雪儿说话。她是一个多么善良的女孩子啊，现在承受这么大的压力。"岳东有些气愤地说。

袁焜带着讥笑的口吻说："怎么，你也怜香惜玉起来了？"

岳东大声地说："我直言不讳地告诉你，我早就看不惯你对雪儿这种若即若离的态度！你拥有艾珊那么好的女人还不够吗？"岳东说完掉头就走。

袁焜看着他的背影气得一拳砸在桌子上。

雪儿辞职简直就是芯科的大地震。袁焜觉得问题很棘手，不得不把正在"京力达"查账的赵达川叫回来商量。达川的态度非常明确，无论如何也得想办法把雪儿挽留下来。

几天后，袁焜、赵达川宴请雪儿。餐厅气派豪华，但包房内的气氛格外沉闷。

还是达川先打破了沉默。他笑嘻嘻地说："雪儿，咱俩认识很长时间了，我一直把你当作亲妹子，有什么心里话就来个竹筒倒豆子。"雪儿低着头，没吭声。达川继续说："你如果为了一条无中生有的短信离开芯科，那我得说你两句。你以后的路还长着呢，怎么一点儿风浪都经受不起呢？"

雪儿依然低着头不吭声。

袁焜对雪儿说："我承认，艾珊病后我对你没有以前那样热情了，事实上我对每个周围的人都一样。我内心承受的压力太大了，也不爱说笑了。雪儿，还希望你多多担待……"

雪儿打断袁焜的话说："袁总，我要走是因为我自己的问题，请您不要自责。您应该很清楚，以前我也跟您说过，您成功后也许我就会离开。"

"有别的公司请你了吗？他们出多少钱，咱们加倍！"达川警觉地问。

雪儿瞪他一眼，大声地说："我是这样的人吗？我缺钱吗？"

袁焜赶紧拍拍她的肩膀安抚道："雪儿当然不是这种人，我了解你。当初咱们多么辛苦啊，一包方便面两个人分，还不是熬下来了？"

听到这些，雪儿的泪水在眼眶内打转。她实在忍不住了，边站起来边说还有事先走了。袁焜和赵达川看着她的背影，一脸无奈。

岳东把跑车停在郊外的池塘边，恰是夕阳西下的时候。他和雪儿沿着池塘漫步。岳东耐心地劝雪儿留在芯科同舟共济。

雪儿看着落日，感慨地说曼娟的突然离去对她打击很大，曼娟生前多次劝她找个人嫁了。不管怎么说，她得珍惜自己、好好为自己活着，也可以让曼娟在天之灵安息。

岳东看着远方沉默着，忽然鼓起勇气认真地说："雪儿，我们做同事也有好几年了，你认为我这个人怎么样？"

雪儿爽快地说："不错啊，聪明能干，有责任心，又有幽默感。你就是香港版的袁焜。"

岳东深情地看着她说："看来，我克隆成功了！"

雪儿忽然明白了什么，她推了一下岳东的手臂假装生气地说："你真坏！原来你早就有预谋。"

岳东顺手拉起她的手坦率地说："说句心里话，我早就喜欢你了。因为袁师兄，我才一直抑制着感情。"

雪儿说："我和袁总真的一点儿都没什么。我崇拜他，他欣赏我，仅仅是相互关心而已。"

岳东点点头说："我知道，就是惺惺相惜。但是，这种惺惺相惜，从今往后也是不允许的。"

雪儿用力捶了他一下，岳东假装痛得直叫。

不知不觉天快黑了，岳东和雪儿走进一家农家饭店。他们点菜后不久，老板娘就端着小鸡炖蘑菇上来。雪儿道谢后，老板娘看着她忍不住说岳东真是福气，媳妇漂亮得像演员一样。雪儿的脸唰地红了。

岳东朝雪儿看了一眼，得意洋洋地对老板地对老板娘说："是啊，走到哪儿人家都说她漂亮。"雪儿在桌下踢了岳东一脚。老板娘走后岳东说："你不能从恋爱开始的第一天就'虐待'我呀！"

雪儿扑哧一笑说："谁跟你恋爱了？我只是给你一个当'实习'男友的机会。"

岳东说："那我一定拼命工作，争取早日'转正'！"

袁焜回家后总是愁眉不展，艾珊看在眼里问他到底发生了什么事。袁焜吞吞吐吐地说雪儿辞职了，艾珊惊讶地说这么能干的CFO到哪儿去找呢……

翌日傍晚，艾珊独自打车来到雪儿家。按响门铃后，开门的竟然是岳东，艾珊愣住了。雪儿从里面冲出来，边拉着艾珊的手走进客厅边寒暄，岳东捧着艾珊带来的水果礼盒跟进来。

艾珊坐在沙发上，指着他俩说："你们两个小鬼神神秘秘的，早好上了？"

雪儿低下头腼腆地说："艾珊姐，人家刚刚开始。"

岳东央求着："还请你替我们保密。"

艾珊高兴得合不拢嘴："别不好意思，郎才女貌，简直是绝配。我打心眼里祝福你们。"

岳东、雪儿连声道谢。

艾珊故意瞄了一眼岳东说："不过，你可不能欺负雪儿呀。"

岳东说："还不知道谁欺负谁呢！"

三人情不自禁地笑起来。

艾珊环顾四周，连连夸奖布置得很有品位。这个200多万元的房子，是公司上市后雪儿买的。

岳东知道艾珊来找雪儿一定有事，借故上楼去了。岳东走后，艾珊拉起雪儿的手说："你为什么非要离开公司？有什么委屈跟姐说，我回去收拾你们袁总。"

雪儿说："真不好意思，让你特地跑一趟。说句心里话，我也不想走，但那些谣言太可恨了！"

艾珊耸耸肩说："现在看来，解决这个问题不需吹灰之力。只要你和岳东的恋情一公开，谣言不攻自破。"

雪儿坦诚地说："不瞒你说，我和岳东也有单干的想法，正在开始计划。"

艾珊一愣，然后冷静地说："芯科就是你的家呀。芯科是你和袁焜他们一手缔造的IT王国，你就这么轻易地退出，值得吗？"

雪儿若有所思。艾珊从包里取出一幅照片递给雪儿。那是当年袁焜、薛景宁、小宋和雪儿登长城时的留影。艾珊指着照片说："那时，你们多不容易啊。受了多少苦、付出了多少代价才走到今天……"雪儿捧着照片，忍不住哭起来。艾珊接着说，"袁焜对我说过，在公司最困难的时候只有两个人还在坚守，其中一个就是你。现在公司虽然壮大了，但还需要奋斗，你怎么可以放弃呢？"

雪儿哽咽着："艾珊姐，我心里也不想放弃呀。"

艾珊轻轻拍着雪儿的肩膀安抚她说："公司团队的人都惦记着你呀。"

雪儿哭得更厉害了……

艾珊离开雪儿家，顺便到餐馆买了外卖。

袁焜回家后，看着满桌佳肴有点纳闷，艾珊把留下雪儿的事和盘托出。袁焜高兴得马上打开一瓶陈年法国红酒，还破例让病中的艾珊喝了一口。

酒过三巡，袁焜问道："你还没告诉我，你是用什么高招留住雪儿的？"

艾珊喝了一口饮料，故作神秘地说："保密！我有我的秘密武器。"

袁焜说："我第一次发现，你还是个一流的说客。太厉害了！"艾珊做了一个鬼脸：“厉害的还在后头呢，你可得小心喔！”

5

京力达电器公司会议室内，一片喜气洋洋。

经过较为顺利的谈判，芯科集团决定斥资2500万元投入京力达电器公司，占40%股份。这里将举行签字仪式，芯科的袁焜、赵达川、薛景宁、岳东等人出席，京力达电器公司的梅董事长带着管理层参加。

见雪儿匆匆进来，袁焜、赵达川马上跨前一步。袁焜握住雪儿的手感激地说：“回来就好！”

雪儿笑着说：“其实，我没有真的离开过，只是放个假而已。”

雪儿和袁焜对视片刻，相互充满了信任。

达川指着袁焜说：“袁总今晚终于可以睡一个安稳觉了。”

两位董事长签字、交换文本后，京力达电器公司的梅董事长讲话。他说：“芯科集团是IT界的精英企业，我期盼芯科的入股给京力达带来新希望，从而缔造双赢局面……”

掌声之后，袁焜代表芯科集团讲话。他简洁地说：“告诉大家一个好消息，芯科集团从今天开始，展开‘中国芯五号’的研发。这款芯片主要用于家用电器，期望日后掀起家电业的革命。”

掌声阵阵，一浪高过一浪……

为庆祝与京力达电器公司圆满签约，赵达川特地请杨晓丹吃日本料理。两人对坐在榻榻米上，边喝清酒边吃生鱼片、寿司。

赵达川感慨地说入股“京力达”后就有了自己的一片天空，又可以大显身手，好好干一番了。杨晓丹提醒他也得注意休息。

赵达川点点头说：“你说这怪不怪，和你交往后我办啥事都顺。以前袁焜他们不肯投资电器业，突然同意了；原来京力达要价3000万，最后2500万就拿下了。我给公司省下500万啊。”

杨晓丹说：“这都是你爱折腾的结果啊。”

赵达川喝了一口酒：“不对，我说了你可别生气啊。你有帮夫运。”

杨晓丹忍不住笑道："我不但'旺夫'还'益子'呢！"

北京电子产品展销会上人来人往。袁焜在一个角落里遇见弗兰克，真可谓无巧不成书。

在弗兰克建议下，两人来到展销会场的咖啡座边喝咖啡边聊起来。

弗兰克说："我以老朋友的身份跟你说几句心里话。你们扩张企业完全可以理解，比如说，在游戏软件市场上分一杯羹，但怎么会去碰电器业呢？那是完全陌生的领域，游戏规则不一样。"

袁焜反问："难道智能型家用电器离得开芯片吗？"

弗兰克不以为然地说："那是由专门公司去做的。"

袁焜说："我可以告诉你一个小秘密，我们决定入股'京力达'后，已开始研发新的芯片，主要用于家用电器。"

弗兰克站起来摇摇头，提高嗓门说："我想你早晚会后悔的。"

袁焜耸耸肩说道："那就走着瞧吧！"

第二十四章　山姆大叔抛来橄榄枝

1

艾珊看着镜子中的自己，突然发现自己新长出来的头发像雨后春笋一般地浓密。

袁焜马上陪伴艾珊来到医院。艾珊脱下帽子，杨晓丹一看吓了一跳。她抚摸着艾珊的头发，惊喜不已。她没想到艾珊这么快就长出新头发了，真是个奇迹啊。杨晓丹领着艾珊去照X射线并做体检。

检查完艾珊跟着杨晓丹回到办公室。杨晓丹等不及恭喜袁焜，因为艾珊的癌症已经被完全控制住了。袁焜情不自禁地握着杨晓丹的手，感激得说不出话来。艾珊哽咽着连连道谢……

为庆祝艾珊康复，袁焜亲自操办一个盛大派对。那天傍晚，袁家后园布置得像过节一样热闹，袁焜带领丁柱等人忙得不亦乐乎。

刘倩蓉一进来就搂着艾珊祝贺，艾珊说都是因为每天喝她煮的鱼汤才恢复得这么快。倩蓉高兴地跳起来说："那你还要多喝哟！"

艾珊故意拉长脸，捏着鼻子说："我现在闻到鱼汤味就怕了。"

逗得众人捧腹大笑。

雪儿和岳东结伴而来，艾珊迎上去，雪儿递上一束康乃馨，祝贺她康复。艾珊闻了闻花儿又看了看雪儿说："花漂亮，可人比花更娇。"雪儿心里乐开了花。

达川走过来起哄说："美女眼中的美女，那还了得啊？"

雪儿故意对达川瞪大眼睛做了一个鬼脸。大伙都笑起来了。

袁焜挽过艾珊笑呵呵地对众人说："各位，今天这个派对非常值得纪念。"

艾珊拉起站在身旁的杨晓丹的手说："没有晓丹的精心治疗，难以想象我会有今天。"

杨晓丹笑笑说："我是医生嘛，应该做的。再说咱们都成好朋友了，还讲这些干吗？"

弗兰克竖起大拇指说："要克服癌症可不容易，艾珊真坚强！"

在达川提议下，大家举杯相碰，祝贺艾珊康复，将气氛推向了高潮。

雪儿说艾珊文笔好，建议她把攻克癌症的经过都写下来。达川起哄说没准还能成为畅销书呢。艾珊爽快地答应写书，到时候把稿费全部捐给乳癌研究基金会。

众人深受感动，情不自禁地鼓掌。

艾珊喝了一口酒对大家说："不知大伙有没有发现今天特别喜气，来的人大多数是成双成对的。"

达川指着雪儿、岳东笑呵呵地说："芯科的金童玉女，早就形影不离了。"

袁焜拍了一下岳东的肩说："你如果敢欺负雪儿，我可饶不了你。"

岳东故意做出全身颤抖状，逗得众人笑起来。

艾珊瞄了一下赵达川笑眯眯地说："达川，别光说别人，你自己呢？"

众人疑惑地看着达川。

达川指着一旁的杨晓丹说："杨医生，大伙早认识了，有事就找她吧。"

杨晓丹腼腆地说："最好别找我，找我可没好事啊。"

众人齐笑后，刘倩蓉走上前，带着审视的目光说："赵老板保密工作做得够好的。"

达川指着倩蓉对杨晓丹说："我前妻刘倩蓉。"

杨晓丹大方地伸出手，边与倩蓉相握边说她们见过，倩蓉礼节性地祝她好运。刘倩蓉与杨晓丹对视，弗兰克似乎看出两个女人在暗中较劲，马上举杯并大声说："让我们祝有情人终成眷属！"

大家碰完杯后，袁焜岔开话题告诉众人一个好消息：丁柱考上工大管理系了。

丁柱马上感谢袁焜一直以来对他的鼓励。丁柱下个月就开学了，不过是在职读书，只在周末和晚上上学，并不影响他为大家服务。

雪儿笑着感慨起来，真是时代不同，连车队队长也是大学生了。

袁焜一手托着大餐盘，一手拿着饮料来到袁迪的房间内。

袁迪和赵蕾正在房间内玩电脑游戏，两个孩子埋头比赛，袁迪边打游戏机边高兴地叫着要赢了。赵蕾满头大汗，可怜兮兮地说又要输了。

袁焜放下餐盘和饮料来到赵蕾旁边，手把手地帮她。不一会儿，赵蕾反败为赢，高兴得跳起来。

袁迪抱怨爸爸不公平。袁焜哄他说总是一个人赢不刺激，也要让对方赢一回才更好玩。袁迪点点头，认为袁焜说得有道理。

两个孩子早饿了，见到餐盘里香喷喷的食物顾不得洗手，马上狼吞虎咽地吃起来。

袁焜仔细凝视赵蕾，抚摸着她的头问："你读书成绩好吗？"

赵蕾边吃边说："好！老师说我IQ（智商）很高，什么东西一学就会。"

"你IQ当然高，像……"袁焜意识到要说漏嘴，马上改口，"像现在这个时代啊，不但IQ要高，EQ（情商）也要高……"

2

早晨起床后，袁焜习惯性地上网查看纽约股市行情。看着看着，他吓了一跳。芯科股昨天还是30美元，今天变成12美元，一夜之间蒸发一大半。

全球金融危机终于殃及芯科。事实上早有征兆，最近芯科的订单减少，生意下降。"新芯游戏"软件对市场估计不足连连受挫，再加上入股"京力达"后发现存货积压严重，生意也差强人意。但袁焜万万没料到，股价会一夜跌得如此之惨，这怎么向股东交代呢？

艾珊得知后，果断地说："到这个地步，必须要大刀阔斧裁员。"

袁焜为难地说："不少人都跟着我很长时间了。"

艾珊严肃地说："你是做生意，又不是做慈善事业。"

袁焜点点头。他站起身长叹一声说："先去公司再说吧。"

艾珊送袁焜到门口，给了他一个温馨的拥抱后，将公文包递给他。

袁焜匆匆来到公司会议室，赵达川、雪儿、薛景宁、岳东已经在座。他们面前的桌子上堆放着厚厚的文件，一个个神情严肃。

大家讨论后达成共识，非要铁腕裁员重整才能跨过这道坎儿。他们在中国和硅谷共有十二家分公司，有些是芯光、科维沿袭下来的，人浮于事。

经过大半天的商量，他们决定来个长痛不如短痛，马上关闭杭州、南京、武汉、长沙、郑州、长春等六家分公司，保留香港、上海、深圳、硅谷、成都、台北等六家。砍去的六家共有员工455人。其中四家的办公楼、厂房都是公司自己的，把出售的钱用作遣散费，争取不留任何后遗症。

几天之后，芯科高层再次碰头，认为光关闭六个分公司还不够，北京的总公司也必须裁员。经数日研究决定，生产部门裁员480人。这些人大多数是原来科维的，赵达川也救不了他们。而销售部门也要裁去20多人。公司总共裁员500多人，遣散工作肯定有难度。赵达川说自己带来的那些人他来做工作，那些人还是会买他面子的。

按照惯例，研发部数百人站在办公现场开会。办公室中间的长桌上铺着红布，上面文件堆积如山。

袁焜指着桌上的文件对大伙说："大家知道这是什么吗？这是咱们研发部300多人创造的2000多项国内外专利，这是芯科最大的财产。在场的大部分同仁手上都拥有数项专利，所以这次公司大裁员研发部没动毫发，你们就安心地工作吧！"一片掌声之后，袁焜继续说，"翻开历史不难发现，每一次经济危机都酝酿着新一轮的技术革命，也正是技术革命带动了生产力的发展。越是在国际金融危机的关口，我们越是要关注技术创新。让我们齐心协力，用自主知识产权打造企业核心竞争力。"

袁焜的话再次赢得掌声。大伙明白，公司将进一步开发专利，战胜金融危机带来的消极影响，实现跨越式发展，从而最终赢得国内外市场。

3

周末临睡前，赵蕾从书包内拿出智能型洋娃娃玩。倩蓉惊讶地问她这是从哪儿来的？要好几千块呢。赵蕾边玩边说是袁叔叔给的，倩蓉心里一阵温暖。

赵蕾突然问："妈妈，你和袁叔叔到底是啥关系？"

倩蓉一愣，忙说："是……是朋友啊。"

赵蕾说："自从袁叔叔那次献血给我后，对我越来越关心了，每次送吃的玩的东西给小迪时总要给我一份。"

倩蓉故作镇静地说："他是你的姨父呀。"

赵蕾穷追不舍地说："袁叔叔以前很少跟我说话的。这到底为什么呢？"

倩蓉温柔地说："因为你长得越来越漂亮，讨人喜欢啊。"赵蕾笑起来，似乎得到了满意的回答。

倩蓉又故意反问赵蕾是不是喜欢袁叔叔，赵蕾想了想说自己也说不清楚……

倩蓉把女儿安顿睡好就回到自己的卧室。她紧张地对弗兰克说蕾蕾太敏感，已经在猜自己的身世了。弗兰克耸耸肩，意思是说这还不简单，就告诉她呗。倩蓉说她和袁焜、赵达川订好君子协定的，等到蕾蕾18岁才告诉她的，还有三年呢。

弗兰克手一摊说："我就不懂你们中国人的哲学了。为什么要等那么长时间？如果是我们美国人肯定早就讲了，孩子有知情权。"

倩蓉说："你一个洋人，当然理解不了东方式思维……"

全球金融危机的影响，SVT公司也未能幸免。他们也是销售额急降、股价狂跌。北京SVT的生意更是惨不忍睹。弗兰克的日子难过，面对压力常酗酒消愁，动辄发怒，与刘倩蓉关系日渐紧张。

这天已是深夜12点半了，弗兰克又是烂醉如泥地回家。

倩蓉抱怨他怎么又醉了？弗兰克躺到沙发上，吞吞吐吐地说还能喝一大瓶威士忌呢。不一会儿，弗兰克呼呼大睡起来。

半夜一点多时，弗兰克的手机上不停有短信发来。倩蓉好奇地打开手机一看，吓了一跳，竟是弗兰克女秘书莉萨发来的几条调情短信。莉萨是留美的80后小海归，年轻性感。倩蓉愤怒地将手机扔在沙发上，离开客厅。

倩蓉独自睡在大床上。她手捧"五月花"号彻夜难眠，流泪不止。没想到这个曾经那么爱她的人，现在竟背着她搞起了办公室恋情。

翌日清晨，弗兰克还没起床，倩蓉就带着简单的行李开车来到表姐艾珊家。袁焜去成都出差了。倩蓉哭哭啼啼地对艾珊说弗兰克结新欢，要和他离婚。艾珊劝她不要过早下结论，并且只同意收留她两天。

　　弗兰克醒来后不见倩蓉的人影，打她的手机整天都处于关机状态，四处找她又都无下落。第二天，弗兰克只好打电话给艾珊。

　　弗兰克和艾珊在咖啡厅一见面，弗兰克就焦急地对她说Cherry失踪36个小时了，再过12个小时他就得报警了。艾珊镇定地说倩蓉没有人身危险，反过来问他俩是不是吵架了，弗兰克耸耸肩说没有，但他喝醉时可能发过脾气。

　　艾珊喝了一口咖啡，婉转地问："那你和莉萨到底是什么关系？你的那个秘书。"

　　弗兰克恍然大悟，脸红起来："看来，Cherry偷看了我的手机短信，这可是侵犯我的隐私！"

　　艾珊说："夫妻之间，没必要大动肝火，有话好好说。"

　　弗兰克气呼呼地说："她也太没有道德了！"

　　艾珊劝道："你想想，倩蓉这么在乎这条短信，证明她非常爱你。你知道，爱情是排他的。"

　　弗兰克点点头说："我可以坦白地告诉你，我和莉萨只是暧昧，喝喝酒，跳跳舞，大多数是为了工作，但从来没有出轨。"

　　艾珊告别弗兰克回家后，劈头盖脸埋怨倩蓉乱弹琴，责怪她根本没有搞清真相。而倩蓉坚称相信自己的直觉，弗兰克和莉萨肯定有一腿。

　　艾珊说："几条短信能证明什么？在短信里调情瞎逗的多了，你不要轻易冤枉弗兰克！"

　　倩蓉不解地瞪大眼看着艾珊说："我可是你表妹，你的胳膊肘怎么老往外拐啊？"

　　艾珊定了定神，心平气和地说道："不是我说你，在这个男女平等时代，你应该自食其力。经济上一味依靠男人，遇到一点儿风吹草动就会被抛弃的，而且你也活得没了自信。你英文好又有美国硕士学位，长期荒废在家不觉得可惜吗？"

　　刘倩蓉听了歇斯底里地大喊："够了！别说了！"

　　艾珊看了她一眼说："说到你痛处了吧。"

　　刘倩蓉一怒之下一个人来到西安旅游。

　　那是个天阴地暗、细雨淅沥的中午。倩蓉和几十位游客坐在旅游车上准备离开景点。她看到沿路站着几十个女人，每人手里端着一个小竹篮，篮子里装着几个石榴。她们没打雨伞也没穿雨衣，头发和衣服都被雨湿透。

　　卖石榴的女人们此起彼伏地高声叫卖，"石榴！新鲜的石榴！一元钱三个！"

　　刘倩蓉惊讶地叫道："一元三个！天哪！怎么那么便宜？"

　　坐在倩蓉对面的是一位活泼的年轻女导游，她回答说："一元三个都卖不出去。你看有那么多人竞争呢。"

　　倩蓉同情地说："她们在这儿站一天也赚不了几块钱，不是浪费时间吗？"

　　女导游叹口气说："这都是她们自家种的石榴，她们上有老下有小地靠这生活，能换几块钱，总是好的。"

　　倩蓉的眼眶湿润了，她们和自己的年纪差不多，可生活差别太大了。对比这些为生活苦苦挣扎的女人，自己真是太安逸了，还身在福中不知福啊。

　　倩蓉正想着，女导游羡慕地看着她脖子上戴着的非洲钻石项链说："啊，你这项链可真是太漂亮了！"

　　那是弗兰克送她的礼物。倩蓉像是对女导游又像是对自己说道："我丈夫虽是个外国人但兢兢业业地努力工作，为我创造了优越舒适的生活……"她想起了弗兰克为她的付出，开始思念弗兰克，担心会永远失去他。

　　旅游车缓缓开动了，倩蓉回望那些在雨中卖石榴的女人若有所思。她突然对司机喊道："司机，请停车！我要下车！"

　　司机停了车。

　　女导游惊讶地问："大姐，你干什么呀？"

　　刘倩蓉拿起自己的小行李箱边往车外走边说："我要马上飞回北京！"

　　刘倩蓉风尘仆仆回到家时，已是华灯初上。

　　坐在沙发上喝闷酒的弗兰克一见匆匆回来的倩蓉，惊喜得将酒洒了一地。他站起身迎上去说："Cherry！我的甜心，你可回来了！"

　　倩蓉丢下小行李箱，扑进了弗兰克的怀里。她哽咽着说："弗兰克……我想念你！"

　　弗兰克轻抚着刘倩蓉的头发说："我也想你，想你想到快要喘不过气了。"

　　刘倩蓉轻轻抬起头看着弗兰克说："答应我，说服莉萨自动离职。"弗兰克沉默了。倩蓉温柔地继续说，"在你我之间不可以有另外一个女人，哪怕是一个影子。它会遮挡去婚姻的阳光。"

弗兰克郑重地点点头。

刘倩蓉拉着弗兰克坐到沙发上。她倚着他的肩说："这几天我一个人去了西安，在那儿，我意识到你对我有多好、有多重要。从明天起，我也要去找一份工作，减轻你的经济压力。"

弗兰克笑着紧拥着她说："好啊！那样你也会生活得充实。"

第二天，倩蓉来到艾珊的办公室，说她已经与弗兰克和好，请艾珊放心。

两人聊了一会儿，倩蓉说："我决定了，明天就出去找工作。"

艾珊意外地看着她问："你这是三天的热情，还是五天的热情？"

刘倩蓉哈哈一笑，说："燃烧不尽的热情！"

艾珊仔细打量她一番说："我们这儿有一个英语老师要休产假，你想不想来代课？你是学英语出身的，又在美国待过，应该没问题吧？"

倩蓉跳起来说："好啊！我明天就来上班。"

艾珊说："下星期一来吧。"她从书柜里拿出一套教材递给刘倩蓉说，"你回家去备备课。上课时可不许给学生讲时装和好莱坞明星哟。"

刘倩蓉接过教材说："好啦，艾校长，不要这么严肃。教书育人的重要性，我懂。"

4

金融危机之后，全球各大企业谋求向运营成本更低、人才资源密集的地方转移。在这样的大背景下，成都以得天独厚的优势吸引芯科追加投资，他们借"IT西进"的热潮，在成都分公司的基础上扩展为"芯科集团西部基地"，集生产、研发、销售运营三大中心为一体。

袁焜、赵达川、雪儿等人特地赶到成都为西部基地揭幕，还回访了在地震中受伤的数位同事。原来的总经理周贤亮被任命为西部基地总裁，高级工程师毛志雄任总经理。他们还挑选了一块地皮，计划一年后搬进成都高新综合保税区。

面对困境，芯科集团一次次化危为机。在袁焜、岳东、薛景宁等人研讨下，调整"新芯游戏"软件设计和市场策略，将价格再调低20%，加盟国际大竞争。追加对"京力达"的投资，股份扩大至51%，赵达川全面掌控"京力达"的管理，期望再创佳绩。他们还决定加速研发"中国芯五号"，尽快与"京力达"产品配套。

此刻正是2009年初春，国务院批准中关村成为首个国家自主创新示范区。中关村特地为此举办"自主创新研讨会"庆祝。

大会上，袁焜介绍了芯科在国内首创的员工以专利入股的经营模式。芯科员工拿出专利如同家常便饭，申请到专利就能得到奖金。芯科占据全球电脑图像输入芯片65%以上的市场份额，发的就是专利财。他们在数字多媒体芯片设计领域的技术创新上坚持不懈，300多个研发人员申请通过了2000多项国内外专利。

他指出，众多的专利构建了庞大的知识产权体系，这些技术积累为企业持续的产品创新提供了研发平台和知识基础，截至目前芯科从未遭遇任何知识产权纠纷。国家的首次风险投资允许芯科核心团队以知识产权等无形资产入股，为体现对人才无形资产和技术贡献的尊重，芯科把硅谷的股票期权激励机制引入公司，使个人的发展与公司的成长捆绑在一起。

那天晚上回到家中，袁焜的心情格外愉快。连外衣还没脱下就迫不及待地与艾珊分享喜讯。经过大半年的努力，西部的订单明显增加了，整个公司的业绩逐渐向上，股价也回升到35美元左右。艾珊祝贺他心里再也不用坐过山车了。

艾珊说："那你也该趁机休息休息。咱们坐邮轮去加勒比海？"

袁焜急了，说："那可不行！"艾珊笑起来。袁焜不解地问，"你笑什么？"

艾珊说："跟你开玩笑的。我知道你忙，你书房里的文件越堆越高了。"

袁焜说："那都是一个个专利，好几个正在开发呢，我可不能离开。"

袁焜走过来在她身边坐下，又轻轻拍了拍她的肩膀说："明年咱们去坐邮轮吧。"

艾珊撒娇地说："这可是你答应我的，提前一年预订了。"

袁焜将她搂在怀里说："好的，绝不食言！"

5

弗兰克的灾难说来就来了！

SVT的全球生意急剧下滑，亏损逾10亿美元，股价跌得成仙股。为保住总公司，所有海外公司都面临关闭厄运。失业后日子怎么过呢？弗兰克边抱怨边着急。他潜意识里最担心的是他的这个家，害怕他和倩蓉会"大难临头各自飞"。

刘倩蓉得知后倒显得异常镇定。她洒脱地说了一句西方谚语："All Roads Lead to Rome（条条大路通罗马）。"

倩蓉可不是在夸海口。她把酝酿已久的大计和盘托出，弗兰克听后连连拍手叫好，简直是找到了救命稻草。他乐得一口干掉了半杯威士忌，他第一次发现太太居然是一位商业奇才！

几天后的周六，倩蓉把袁焜、赵达川、弗兰克三个大忙人约到高尔夫球场见面。这三个都是她生命中最重要的男人，一个是前夫，一个是现夫，另一个是初恋情人。

那天下午的天气出奇的好，蓝天白云，绿草如茵。他们四人穿着高尔夫球服，手提球杆，围成一圈。

倩蓉建议打四球赛，两人一对，每个人各打各的球，每队两人合计杆数决胜负。抽签结果，他们夫妻一对。

袁焜这天手气超好，打出了最佳成绩，最后，他和达川赢了。

夕阳西下，美景如画。他们四人来到球场的露天酒吧，围台而坐。弗兰克边擦汗边感慨道："焜，我打了几十年高尔夫球，还是输给你们了。"

袁焜喝了一口饮料回答道："输赢乃兵家常事。下次再打，也有可能我们会输。"

弗兰克摇摇头说："你们还会赢。就像芯科一样，你们会做得越来越好。"

袁焜点头，意味深长地说："做企业倒和打高尔夫球差不多，讲究两点，一是持续性，每一杆都要打得好，十八个洞，七十二杆……"

"第二呢？"赵达川急着问。

袁焜说："随时一切从零开始。没有打好第一杆，那么到了第二杆就要彻底忘记第一杆……"

倩蓉连连点头。她心里想，袁焜讲得太有道理了，人有时就要忘记成败得失。

弗兰克终于言归正传："我今天请你们来打球，顺便想和你们谈点事。"

"原来是醉翁之意不在酒啊。"达川笑呵呵地说着。

袁焜爽快地说："大家都是朋友，有什么困难你就直说吧。"

弗兰克来了个竹筒倒豆子，把SVT全球各公司面临的灾难全部抖了出来。

赵达川痛快地说："我们芯科可以借钱给你渡难关。"

弗兰克摇头说："我是想，我们两家公司可以合作。"

袁焜听了一愣。想了一下他说："我倒是从来没想到要合作，只知道竞争。那么你有具体想法吗？"

弗兰克从倩蓉手上接过文件袋递给袁焜说："我提出一个大胆的收购方案，你们收购SVT的全球业务。"

赵达川惊讶得嘴都张开了，袁焜也半天说不出话来。最后，袁焜自言自语道："这不是天方夜谭吧？"

投入商界多年，袁焜早已摸索出一套决策步骤：先听大多数人的意见，然后和少数人商量，最后再自己做决定。收购SVT全球业务这事涉及太多商业秘密，他只能在"六人梦幻组合"范围内商讨。傅光兴远在美国，在北京的五人集中在会议室，和他开了一个紧急的联机会议。

由于事情来得太突然，还牵涉到十几亿美元的大买卖，对各位来说都是新问题，大家发言都很慎重。

赵达川说："SVT突然抛出橄榄枝，这背后会不会是毒箭呢？现在全球盛行并购风，但是成功的也就30%左右。"

傅光兴在电话那头说："芯科的国际化遇到了瓶颈，被国外竞争对手夹在中间，过了这一关就是更上一层楼，过不去就停滞不前。"

岳东说："这倒是一个千载难逢的好机会，如果收购成功，芯科可以在很短的时间内摇身一变，从中国企业变成跨国知名企业。"

薛景宁补充说道："老牌企业SVT有信誉，国际市场网络也健全。"

雪儿说："我担心公司拿不出这么多钱，即使向银行贷款也并非易事。"

袁焜对大家说道："我已经一早和康恩联络过了，安吉拉非常看好这笔买卖……"

最后大家达成共识，先把并购目的理清楚，再定战略步骤，对可能出现的问题先想好对策。尽管想象的不可能和实际的完全符合，但一定要胸有成竹，才能动手。

晚餐后，袁焜躲进书房埋头在电脑前，边查SVT数据边思考。他曾在SVT总部工作过，对他们的优势和弱点了如指掌，只是他真不知道弗兰克到底打的是什么算盘。收购绝不是为了轰动世界，可千万不能赶时髦啊！芯科是自己的命，前前后后已经经营了这么多年。

忽然他想起什么，马上跟在伦敦出差的宋总通了电话。宋总也惊讶得一时说不出具体意见，但她提醒袁焜一定要预先想清楚所有的可能性，尤其是不利的因素。

深夜里，艾珊走进书房。她递过一只杯子轻声说："把这杯热牛奶喝了，也许能睡上几个小时。"

袁焜感动得搂住她。知夫者莫如妻啊。今夜对于他，毫无疑问将是一个不眠之夜……

两个月后的一个夜晚，芯科集团财务部内灯火通明。

雪儿拿着一大堆账目，向大家做说明："根据我们委托美国C&C会计事务所对SVT财务状况进行的审核评估发现，SVT从生产到研发，从服务到采购，每个环节都有大幅度降低成本的可能。"

岳东说："SVT的摊子铺得太大了，浪费也大。"

赵达川说："制造业本身就是一个毛巾拧水的行业，钱要一点一滴地通过管理挤出来，而SVT公司提倡的是美式的高投入、高产出，所以造成了这么大的亏损。"

薛景宁说："SVT的研发队伍非常强大，手头拥有的专利也不少，只是人员太多，如果收购必须要裁员和调整。"

雪儿最后强调："综合各方面因素，如果收购SVT，仅仅从节流角度讲就会产生大幅效益。从长远来看，收购SVT不是亏损不亏损的问题，而是盈利能有多大的问题。"

就在这时，秘书敲门而入，递给袁焜一份文件。袁焜看了看文件，兴奋地说："告诉大家一个好消息，康恩公司刚来了传真，他们同意和我们一起收购SVT！"

掌声热烈地响起来，财务部的室温似乎立刻上升了好几度。

　　与此同时，SVT北京公司会议室内的温度却好像跌到了零度。弗兰克正在宣布震撼性的消息："美国总公司已经同意我们的重大商业计划，让芯科集团收购SVT的全球业务……"

　　一个戴眼镜的中国雇员惊讶地问："什么？你是不是把被动语态讲颠倒了，是SVT收购芯科吧？"

　　弗兰克明确告诉他："你没有听错，是芯科收购SVT。"

　　一个胖乎乎的美国雇员说："不可想象，一个中国公司要收购代表美国精神的SVT？一夜之间，我们要成为中国公司的员工了？真是难以接受啊！真是这样的话，我就回佛罗里达老家去钓鱼了……"

　　弗兰克打断他的话，严肃地说："其他我也不必多讲了，你们想一想，被人家收购总比我们倒闭好吧？这也是没有办法的办法。"大家继续交头接耳地谈论着。弗兰克环顾一下，大声地说："不管你们同意还是反对，芯科集团已联合纽约的康恩风险投资公司向SVT提交了收购意向，下周我就飞美国，准备谈判……"

　　一周后，袁焜率领七人谈判小组飞往加州。随行人员除了"六人梦幻组合"外又加两人，他们是当初和岳东一起回京的小陈、小吴。

　　他们都没想到，出了旧金山机场等了半个多小时，并未等到SVT总部派来接机的人。他们事先早已将航班号通知了弗兰克，并告诉他傅光兴到纽约出差要到夜里才能回来。无奈之下，他们只好自己打出租车去酒店。

　　赵达川气得连骂了几句"奶奶个熊"。他认为美国人毫无诚意，连接机都不安排，还谈什么呢？难怪弗兰克在北京生意做不下去，连这些起码的礼节都不懂。

　　袁焜劝他少发几句牢骚，现在两家只是谈判对手，还没成为朋友，SVT没有义务来接机，来接了是客气，不来接也是正常的……

　　翌日上午10点，他们一行准时来到SVT总部。偌大的会议室布置得充满现代感，双方各有八人出席谈判，分坐在特大长方形桌子两侧。

　　谈判一直持续到傍晚仍争执不下。双方给出的收购价格出入太大，SVT要价13亿美元，芯科只给8亿。袁焜说："我们是按照收购意向书来谈的，并没有故意压价。"

　　SVT公司的CEO沃森不耐烦地说："收购意向书是六个星期前制定的，用的是旧资料，最近SVT的股价直升，现在我们抬高销售价格很正常。"

袁焜大声地："就是在芯科收购SVT消息公布后，你们的股价才上升的。"

弗兰克傲慢地说："我们SVT是老牌公司，不可能靠你们新上市的公司来带动我们的股价吧。"

岳东瞪起眼睛说："IT行业只有失败者，没有迟到者。新公司肯定比老公司成长得快。"

袁焜提醒大家说："芯科股虽然是新股，但可是纳斯达克的十大热门IT股之一呀。"

沃森一拳击在桌子上说："不管你们怎么说，我们就要13亿，少一分都不行！"

袁焜也忍不住拍了一下桌子说："我们早已委托美国的C&C会计事务所，对SVT财务状况进行了审核评估，也就值8亿，多一分我们都不给！"

赵达川干脆站起来，用中文对袁焜说："我们走吧，昨晚不来接机我就憋了一肚子气了，再谈下去，我就要和他们动手了。"

芯科的八位成员都站起来了，对方八个人仍然坐着不动。弗兰克和沃森窃窃私语。

袁焜朝对方扫了一眼，严肃地说："既然你们毫无诚意，那我们也不奉陪了。"

说完，七个人跟随袁焜掉头离去……

第二十五章　马拉松式谈判

1

真是出师不利！芯科的谈判小组在旧金山只住了两晚就要打道回北京了。他们好几个人的时差还没倒过来又要上飞机，再度面临新的时差，在空中"颠三倒四"。

袁焜回到家，把行李箱扔在地上，一屁股瘫在沙发上，情绪低落至极。艾珊走过来，递给他一杯茶，看他的脸色就知道还在生SVT的气。艾珊昨天接到他的电话，一听到这样的情况，自己也愣了好半天。

袁焜喝了一口茶，感叹道："没想到谈判这么不顺利，这场豪赌不知道什么时候才有结果。"

艾珊坐到袁焜身旁说："既然你知道这是'赌'，自然就应该知道会有输有赢。"

小迪去参加篮球联赛了，这两天不回家，艾珊劝袁焜先好好休息，明天正好是周六，可以睡到自然醒。但袁焜躺下来，脑海中马上浮现出沃森趾高气扬的德行，就气不打一处来。他辗转反侧几个小时依然无法入睡，半夜就蹑手蹑脚地来到客厅坐在沙发上，三心二意地看着电视。

清晨，艾珊迷迷糊糊醒来，一摸枕边没人，再看时钟才指向6点半。她来到客厅，惊讶地问袁焜怎么这么早就起床了，袁焜说还不是被SVT气的，躺下根本睡不着，他感到自己有劲都不知道怎么使。

艾珊凝视着他，认真地说："这样下去可不行啊，身体要出大问题的。"

袁焜说："我也不知道怎么搞的，也许期望值太高、太急于求成了，现在一下子跌入深渊，难以自拔。"

艾珊想了片刻，果断地说："我看，既然你没有睡意，咱们今天干脆去郊外吧？"

袁焜说："也好，消耗消耗体力，但愿今晚可以睡个好觉。"

晨曦之中，艾珊开着车，奔驰在公路上朝郊区延庆进发，袁焜坐在旁边。她以前在加州就喜欢开车远足。

个把小时后，他们来到了80公里之外的龙庆峡。人流中，艾珊挽着袁焜行走在通往峡谷的路上。远处，龙庆峡水库高耸的大坝连起两座大山，气势磅礴。

大坝旁的龙形电梯雄伟壮观，据说是亚洲最长的，有258米。袁焜和艾珊手挽手，在腾龙电梯上鸟瞰全景，别有风味。

电梯来到顶端，艾珊环顾四周感慨道："真是登高望远啊。"

袁焜点点头说："是啊，就怕'高处不胜寒'。"

两人目光相视，会意地点点头。

峡谷蜿蜒曲折，湖水碧绿。两岸山崖险峻，森林茂密。袁焜和艾珊划着小木船泛舟河上，置身于大自然怀抱，两人一阵阵笑声细语。

袁焜情不自禁地说："这儿真是个好地方，有山有水的风景很美。"

艾珊说："我从网上看到过一副对联，就是写这里的。上联是'小三峡胜似三峡，山比三峡险'，下联是'小漓江赛过漓江，水比漓江清'。"

袁焜急着问："那横批呢？"

艾珊说："塞外一绝。"

袁焜频频点头夸赞，还说这么好玩的地方下次得带小迪来，他一定喜欢坐滑道、蹦极跳。艾珊不假思索地说也要带蕾蕾来。

袁焜有些意外地看着她，感激地拉住她的手臂说："珊，你的心胸比这湖水还要宽广。"

艾珊故作神秘悄悄地说："真心爱一个人的话，就得学会包容和珍惜。从今天开始，凡是给小迪买的礼物都一式两份，另一份给蕾蕾。"

袁焜说："你想得真周到，我确实要多给蕾蕾一点关心。"

艾珊说："十几年的父爱，是需要时间慢慢弥补的，我会尽力帮你。"

袁焜感动得热泪盈眶。两人目光对视，充满了信任和真诚。

正在此时，远处一艘游船快速经过，掀起的巨浪向四周袭去。袁焜和艾珊的小木船突然被巨浪打进一个死角，旋转着被扩散开的波浪撞向岸边的岩石。

袁焜有些慌了，他边用桨控制着船边焦急地问："坏了，船失控了！"

艾珊一只手紧抓船身，另一只手紧抓袁焜的手沉着地喊："别慌！"

木船在旋转中慢慢停了下来。艾珊指着左前方说："往那边用力划！"

两人奋力划桨。不一会儿，他们转出一座山的死角，到达平静的水域，终于喘了一口气，让船慢慢漂浮。

袁焜感慨地说："真是有惊无险啊。现在好了，这就叫'山重水复疑无路，柳暗花明又一村'。"

艾珊说："这就叫'山不转水转，水不转人转'，陷入左右碰壁的绝境时，大脑首先要'转'起来，克服恐慌心理。"

袁焜看着她，似乎恍然大悟："你的意思是说，不管困难有多大都不要失去自信心，总会有峰回路转的时候。"

艾珊欣慰地点点头说："人在承受力达到极限时，总是软弱而苍凉的，发挥不出自己真正的能量。就说你这次回来，心理上和生理上都承受着巨大的压力，在这样的时候，关键是要尽快减压。"

袁焜赞叹道："你真不愧是学心理学出身的。"

艾珊娓娓道来："最近我一直留意美国媒体的反应，他们对芯科收购SVT的报道非常两极化，不少美国人反对，这涉及民族自尊心。人家可是百年企业，代表了美国精神，不可能轻而易举地贱卖给中国人。"

袁焜的心情缓和下来。他摸摸胸口，憋了好几天的气好像消得差不多了。艾珊劝他首先要放松自己，调整好心态，然后尽快想办法把压力化为动力。联想收购IBM的个人电脑和笔记本电脑时也谈了十四个月，要有足够的心理准备。袁焜咬咬牙说非要打一场马拉松战役不可了。艾珊提醒他星期一可不能把坏情绪带到公司去，4000多名船员还要靠他和达川领航呢。

袁焜情不自禁地拉住艾珊的手说："人家都说，有好妻子就有好日子，这话真一点儿不假。"

艾珊看他一眼温柔一笑说："做一个好妻子，就创造了好日子。"

袁焜深情地说："我拥有你，就拥有了好日子。"

两人情不自禁地亲吻起来，小木船在湖心随波漂荡……

2

刘倩蓉到吉尼斯国际学校代课后，除教学外积极分担艾珊的行政工作，并且有更多时间和女儿在一起。可以每天看到蕾蕾成长，她打心眼里高兴。有时她呆呆地看着女儿做功课，脸上堆满了幸福。慢慢地，刘倩蓉找回了柔情、找回了自我，生活也多彩多姿起来。倩蓉还开起了微博，取名"心随蕾动"。在她的感染下，艾珊也开了微博，取名"姗姗来迟"。姐妹俩有空就"围脖"，发布各种消息，好不热闹。

但倩蓉每天回到家就如同掉进一个冰凉的世界。今夜也不例外。弗兰克和倩蓉晚餐后坐在后院，两人默默对着夜幕都不吭声。空气显得格外紧张，与皎洁的月光、柔美的夜色很不协调。

最终，还是倩蓉打破沉默，她抱怨煮熟的鸭子怎么就飞了呢？弗兰克无奈地说收购这么大的事涉及很多问题，有SVT内部的，也有外部的。

倩蓉好不容易把他们凑合到一块，说散就散，实在可惜。但弗兰克夹在中间，日子也并不好过啊。

翌日课间休息时，刘倩蓉与艾珊相遇。艾珊见她脸色不太好，忙问个究竟，倩蓉搪塞说是考虑蕾蕾的事没睡好。

艾珊纳闷地问蕾蕾读书不是越来越好吗？成绩都是前三名了。倩蓉自豪地说最近发现蕾蕾的接受能力特强，举一反三的速度超快。

艾珊捏了一下她的臂膀，感慨地说："虎父无犬女啊。"

倩蓉吃惊地看着艾珊。过了一会儿走过去咬着她的耳根说："表姐，你真宽容！"

艾珊亲昵地推了一下倩蓉说："行啦，又来忽悠我了。"

刘倩蓉咯咯地笑起来，说："好好好，言归正传。我刚才的意思是要教蕾蕾的东西还挺多的，特别是待人接物方面。"

艾珊说："一个好妈妈抵得上一百个老师啊，你慢慢教就是了。"

刘倩蓉急切地说："她都长成大姑娘了，我得抓紧。"

艾珊劝说："急什么？罗马不是一天建成的。我也要提醒你，对这些十多岁的孩子可要注意教育方式。他们有较强的逆反心理，千万别弄巧成拙。"

刘倩蓉点点头："到时有问题，我得请教你这个教育家了。"

3

晚餐后，赵达川边抽着烟边看电视。他不停地转换频道，心中十分烦躁。茶几上的烟灰缸，早已堆满了烟蒂。

杨晓丹端着一盘水果进来，惊讶地问刚放下碗怎么又抽烟了呢，达川理直气壮地说饭后一支烟，赛过活神仙。

杨晓丹坐在他身边耐心解释，这句话实际上是一种误导。饭后胃肠蠕动加快，消化道血液循环量增多，人体吸收烟里的有害成分的能力提高，危害要比平时大十倍呢。

达川不耐烦地说："开口就是一大堆理论，我才不爱听呢。"

杨晓丹说："信不信由你，反正是'饭后一支烟，早死十几年'。"

达川眼睛一瞪说："你这不是诅咒我吗？"

杨晓丹说："我只是讲了一个常识，连中学生都知道。"

达川说不过杨晓丹，甘拜下风，站起来准备去洗澡，消消气，压压火，还得早点睡觉呢。

赵达川离开后，杨晓丹马上拿起一个口袋，将茶几上的香烟放入袋内。她又去了书房、厨房，将所有的香烟都塞进袋内。她匆匆走出门，将鼓鼓的袋塞进自己车子的后备厢内，然后快速折返屋子看电视。

身着睡衣的赵达川哼着小调走进来，坐到杨晓丹身旁。达川边看电视边习惯性地伸出手到茶几上拿香烟，他一摸摸了一个空，问道："我的烟呢？"

杨晓丹没吭声。赵达川扑向各个房间，一通翻找后一无所获。他回到厅里瞪着杨晓丹问："你把我的烟都扔了吗？"

杨晓丹故意逗着他："谁碰过你的烟，大概是自己长腿跑了。"

达川说："别开玩笑了，快拿出来，我都难受死了。"

杨晓丹有些不高兴地说："今晚不抽会死吗？"

赵达川态度强硬地说："那还用说，肯定出人命。"

杨晓丹嘲笑道："我看，现在就去咱医院打一针，或者干脆去戒毒所。"

达川说："你还越说越来劲了？"

杨晓丹气愤地关掉电视嘟囔着："还说要戒烟呢，这倒好，越抽越厉害。"

赵达川急了，喊道："老子就是要抽！你也管得太宽了。自从认识你，我这双手洗得都发白了。碰到这么个洁癖，算老子倒霉！"

杨晓丹气冲冲地说："你的嘴放干净点儿，你是谁的老子？"

达川气得直跺脚，大叫："奶奶个熊！老子就是老子！"说罢，赵达川抓起茶几上的烟灰缸用力摔在地上。随着一声巨响，玻璃散了一地。

杨晓丹气得夺门而走……

赵达川第二天醒来就开始后悔，他忙给杨晓丹打电话，可是一连两天，她的手机一直处于关机状态。达川捧着红玫瑰到医院赔礼，她也不予理睬。无奈之下只好求艾珊帮忙。

晚上，赵达川约艾珊在茶室见面。艾珊听完达川的一大堆牢骚话，严厉地指责他太不知好歹了，晓丹可都是为他身体着想啊！艾珊也借机劝他把烟给戒了。

赵达川说："我都抽了几十年了。马克·吐温说过，戒烟是很容易的事，他已戒过一千次了。"

艾珊忍不住笑起来："引用名人名言来狡辩是不是？那你就戒第一千零一次吧。"

达川说："你们也要给我一点时间啊。挽救青少年难，挽救中老年更难啊。"

艾珊喝了一口茶说："看来，你还是挺喜欢晓丹的。"

赵达川点头："那当然，这么安宁、贤惠的人，很难再碰到了。"

艾珊指着他的鼻子说："你啊，外表看上去大大咧咧的，可心里清楚着呢。"

赵达川最后再三央求艾珊得帮他一把，艾珊勉强地答应了。

翌日傍晚，艾珊就到海淀医院找杨晓丹。夕阳西下，两人并肩在花园散步。

艾珊说达川最近脾气不太好，都是因为收购SVT的烦心事，希望她能原谅他。

杨晓丹坦白地说这几天她都没睡好觉，反反复复地琢磨赵达川这个人，他各方面确实不错，但缺点也不少，尤其是他的倔脾气发起来太吓人了。

艾珊拉着她的手，说道："不是我偏袒他，有血性的男人总得有点儿脾气。达川很在乎你，不希望你受到半点儿伤害，你就给他一次机会吧。"

杨晓丹点头："只要他答应慢慢戒烟就行。"

艾珊笑着说："我还第一次发现你这么爽快。你一定是也离不开他了？"

杨晓丹轻轻捏了一下艾珊的手，两人会意地笑起来。

次日晚上，赵达川和杨晓丹就在常去的咖啡厅见面。达川信誓旦旦地说明天就开始戒烟，一步到位。其实杨晓丹也没立刻逼他，只是建议他慢慢戒烟。

达川拉住杨晓丹的手说："晓丹，其实我是感激你的，还从来没有人如此关心过我，你真是个了不起的女人！我已经把家里所有的香烟、打火机、火柴、烟灰缸全扔了。"

杨晓丹半信半疑地问："真的吗？"

赵达川说："不信，你去检查。"

杨晓丹嗤地一笑说："好，现在就去。"

赵达川开着车，加入到都市的车水马龙之中。坐在旁边的杨晓丹嗅了嗅鼻子，惊讶地问怎么车里一点儿烟味都没了。赵达川说昨天跟艾珊分开就去做了内部美容。

杨晓丹说："看来，你这回要动真格的了。"

赵达川认真地说："在你和烟之间，我当然选择你！"

4

芯科集团拿到了一个大项目：制定安全防范视音频编解码技术国家标准。

芯科集团管理层个个笑逐颜开，但袁焜深知这个项目难度极大，要求将芯片与标准同时做。说标准研制的过程也是芯片研制的过程，只有这两个过程的有效结合，才能制定国家标准。还要求多个部门合作攻关，将芯片和标准同时突破，芯片和设备同时突破，芯片和整个系统应用服务同时突破。

赵达川对着袁焜、薛景宁、岳东说，三个大博士今晚又不睡觉了。岳东俏皮地答道何止是今晚啊。

袁焜严肃地说："这件事，首先得列为研发部的头等大事，马上成立攻关组，人员配备得好好讨论，至少要30人吧。"

薛景宁点点头说："我这几天先做个计划书，然后再和你们讨论。"

赵达川拿出一个口香糖盒子，取出一粒糖塞到嘴里。雪儿无意中看到，惊讶地问："赵董事长真是与众不同啊，连口香糖也是特制的。"

达川把盒子递给她，嬉皮笑脸地问："也来一粒？薄荷味的。"

雪儿接过一看，叫起来："戒烟口香糖啊！"

赵达川得意地说："还是4mg的，适用于老烟枪。"

袁焜看了一眼赵达川，说道："你戒烟了？这可是大新闻啊，不亚于80岁老太太怀孕。"

赵达川说："别看扁人，我都坚持好几天了……"

袁焜回到家，迫不及待地将制定国家标准的喜讯告诉艾珊。艾珊一听高兴地跳起来，情不自禁地竖起两个大拇指。

袁焜说拿到这个项目可不容易，首先是国家对他们的信任。再说，正好和他们的研发同步，他们有几个相关专利。

艾珊若有所思地说："看来，你们以前的芯光锁也没白做。"

袁焜点头说："对，那是网络安全软件，积累了一定的经验和技术，这次的要求更高，芯片和标准要同时做，是一种创新。"

袁焜的内心是由衷的兴奋：我国从改革开放到以市场换技术，再到做部分技术点状突破，现在终于迎来了整体突破的时代！以往我们用的是国际标准、国际市场规范，今天终于走向从芯片到标准，到产业完全自主设计、自主可控。他希望在这个领域里面，一进入就能够达到国际最领先的水平，而不是不断地复制别人、跟踪别人和去赶超别人。

晚饭后，赵达川和杨晓丹坐在沙发上看电视。达川一副沾沾自喜的得意样子，因为他已过了戒烟最难熬的前五天。杨晓丹也没想到他的意志力这么坚强。

不一会儿，赵达川脸色突然难看起来，说是烟瘾又犯了，马上往嘴里塞一粒戒烟口香糖。杨晓丹喂他喝水。赵达川做完深呼吸后还是觉得难受，杨晓丹劝他吃一点儿粥，清清胃。但刚吃了两口就呕吐起来。

杨晓丹把达川扶到卧室休息。

达川躺在床上说："这几天老是觉得头痛、恶心，爱打瞌睡，可真的躺下吧又睡不着。你说会不会和戒烟糖有关？"

杨晓丹纳闷地说："不会产生这么大的反应啊。明天到咱们医院去检查一下吧，看看到底哪儿有问题。"

达川点点头，因为他也有好几年没做体检了。

第二天达川去医院体检后竟查出"三高症"（高血压、高血糖、高血脂），真是不查不知道，一查吓一跳。

杨晓丹劝达川不必过分紧张，现在只是指标略高而已，只要坚持吃药、运动就会逐渐恢复健康。"三高"是小康社会派生出来的"富贵病"，幸亏发现得早，如果到了晚期会形成严重疾病甚至危及生命。

赵达川拿着体检报告看着，这一大堆数字怎么也看不明白。杨晓丹只好一样一样地慢慢给他解释。

达川突然拉住杨晓丹的手感慨地说："晓丹，我得感激你一辈子！幸亏有你关心我。如果不是你，到时候我怎么死的都不知道。"

杨晓丹说："别瞎说了。其他我不敢夸海口，照顾好你的身体我还能办到。"

达川搂住她说："要照顾一辈子喔！"

杨晓丹故意推开他说："怎么就赖上我了？"

两人相视，会意地一笑。

赵达川又搂过杨晓丹表示，这回戒烟是铁板钉钉，酒也要大减。杨晓丹说烈酒一定要少喝，红酒适量对身体倒有好处。

最后，达川主动提出明天就去王宫饭店办张健身卡，每天中午抽半小时运动。杨晓丹高兴地说周末有空的话，她也会跟他一起去……

在杨晓丹的建议下，赵达川要求芯科员工分批去医院体检，袁焜建议研发部优先。雪儿、丁柱也借机在公司发起了各项体育比赛，包括篮球、排球、足球、高尔夫球等，推动员工锻炼身体。大伙第一次发现，袁焜除高尔夫球打得好外，还是个篮球高手呢。

晚饭后，倩蓉照例又给女儿赵蕾开小灶——补习英文。倩蓉每周都精选英文读物让蕾蕾学，并教她大声朗读，不时纠正发音。赵蕾接受能力强，进步得挺快，做母亲的心头乐滋滋的。

而弗兰克并不主张周末再给蕾蕾加课，总是想办法穿插节目让赵蕾放松。前几天正好有同事从美国回北京，他特地叫人家带了好几张DVD，今天回家他拿给蕾蕾。赵蕾一看都是最新的校园电影，顿时乐坏了，她高兴地扑到弗兰克的怀里，连声道谢。弗兰克双手抱起蕾蕾举到空中。倩蓉见他俩高兴的样子，心里十分满足。

三人坐在沙发上一起看电影时，弗兰克耐心地回答蕾蕾的提问。看着他们努力地用英文交流着，倩蓉想，这样对蕾蕾学习英文也有好处，起到一箭双雕之效。

看完电影后，蕾蕾心满意足地睡觉去了。弗兰克也将倩蓉抱上了床，迫不及待地把她搂在怀里。

倩蓉感激地对弗兰克说："没想到你和蕾蕾这么合得来。第一次蕾蕾住这儿时，见到你就怕得溜进小房间里躲着不出来，我还真的有些担心。"

弗兰克逗她说："那是怕我手上的毛。"

倩蓉笑了。她撒娇说："实话告诉你，我当初在美国也有点怕你全身的毛，好像还没有完全进化。"

"现在还怕吗？"弗兰克故意伸出手臂。

倩蓉抓起他的手臂吻了吻，说："很性感啊。"

弗兰克一下吻住她的嘴，两人忘情地缠绵起来……

按惯例，每次轰轰烈烈之后弗兰克不一会儿就呼呼大睡了，但这次天已很晚他仍在床上辗转反侧。倩蓉问他是不是又犯头痛病了，弗兰克摇摇头。

倩蓉坐起身问他："那你是担心谈判的事了！"

弗兰克也坐起身，懊丧地说："对啊，我是怕撑不到被芯科收购的那一天我们就关门了。我昨天和袁煜打过一个电话，他应付了几句就挂断了，根本不想理我……"

5

刘倩蓉的小算盘打了好几天，最终，她为了丈夫，也为了自己，硬着头皮来到艾珊办公室，还特地带来了一大包表姐最爱吃的荔枝。

艾珊吃了一个荔枝，见又甜又新鲜，连连称好。

倩蓉马上又递上，说："这可是杨贵妃的美容品，多吃点儿。"

艾珊边吃边吟诵："一骑红尘妃子笑，无人知是荔枝来……"

倩蓉感叹道："你的记忆力还是这么好，什么东西都是过目不忘，而我自己早把古诗词还给老师了。"

艾珊说："行啦，你肚子里有几条肠子我还不清楚吗？今天来找我肯定有要事，你就直说吧。"

倩蓉也就不客气了，她说袁焜带队去美国谈判生了一肚子气回来，肯定很烦弗兰克，以为他在耍把戏。为了他们两个大男人早一天脱离苦恼，事业上更进一步，他们双方也可以过上正常的家庭生活，姐妹俩得想想办法。艾珊说袁焜一直不让她插足公司的事，要帮忙谈何容易？

倩蓉诡谲地一笑，说："用不着直接帮忙，吹吹枕边风就可以了。咱们想办法让他们见见面，多互相沟通，慢慢化解敌对情绪。"

艾珊想：看来，倩蓉这次倒是有诚意促成收购之事，这可是对大家都有利的好事，我又何乐而不为呢？

袁迪没想到，自己的16岁生日派对会在水上举行，而这一切都是刘倩蓉一手张罗的，她出钱包了半天室内游泳池，请来了两家人，还特地叫上赵达川。按照赵达川的说法，刘倩蓉什么都没有，就是有钱，喜欢花钱买乐子。

水池宽阔，碧波荡漾，五个大人两个孩子全穿着游泳衣，围在水池边寒暄。袁焜叫大家快下水别受凉了，说罢他和艾珊带头跳入水中，弗兰克、刘倩蓉、赵达川、袁迪、赵蕾也都纷纷跟着入水。众人嬉水，好不热闹。

大家玩累后纷纷坐在水池边休息。他们把脚伸入水中，喝着饮料，谈笑风生。片刻之后，倩蓉环视各人，建议三个大男人比试一下看谁的水性好。孩子们乐坏了，都说自己的爸爸稳拿第一。艾珊站到岸上，自告奋勇做裁判，让他们游一个来回，姿势不限，就比速度。

三个男人立即上岸，向深水区走去。艾珊一声令下，三人跳入水中。岸上众人拼命地喊"加油，加油"……最终，袁焜第一，弗兰克紧随其后，赵达川最后一名。袁迪对着袁焜拍手叫好，弗兰克也情不自禁地对袁焜竖起大拇指。

三个人上岸后，达川摸摸自己的肚子说："不行了，我非得减肥了。"

众人又披着浴巾坐在池边休息。不一会儿，灯光突然灭了，就在这时，水面上漂来一个大蛋糕，蛋糕上点着16支蜡烛，广播里响起了生日歌。众人恍然大悟，跟着音乐唱了起来："Happy birthday to you，Happy birthday to you……"

蛋糕缓缓漂到袁迪面前时灯唰地亮了。工作人员从水中捧起蛋糕，放在水池边的台阶上。艾珊拉着袁迪的手，叫他许愿后再吹蜡烛。

袁迪看了看艾珊，虔诚地默默许愿："Mom，我愿您永远健康！"

袁迪一口气吹灭蜡烛，切开了第一块蛋糕。工作人员继续切蛋糕，分发给各人。赵蕾开心得跳起来，好像是她过生日一样。

达川摸了摸蕾蕾的头发说："你这么喜欢，到时候一定也给你办一个水上派对。"

袁迪满足地说："很小的时候，我在加州参加过一个同学的水上派对，那时好羡慕小伙伴，想不到我今天也有一个这样的派对。"

弗兰克对袁迪说："美国能办到的事，中国一样能办到，就像你爸爸的公司，还能收购我们的美国公司呢。"

达川听了突然皱起眉头，袁焜对他使了一个眼神，说道："但愿收购早一点成功！"

倩蓉不失时机地敲边鼓："有什么事儿，都可以回到谈判桌上谈嘛……"

晚上回到家里，袁焜和艾珊坐在后园聊天。袁迪走过来，袁焜指着天空叫他看星星。

袁迪仰望夜空，情不自禁地说："天上最美是星星，人间最美是温情。"

袁焜夸奖他："嘿，瞧瞧咱们小迪，都出口成章了。"

袁迪说："是老师教的，我还能背很多诗呢。"

艾珊问："你今天开心吗？"

袁迪点头说："我刚刚写完生日日记，都发E-mail给你们俩了。"

他们都答应要好好看。不一会儿，袁迪进屋休息了。

袁焜感慨道："小迪能这样健康地成长就是咱们最大的福气呀。"

艾珊说："这孩子聪明又孝顺，是个可造之才啊。他生身父母如果在世，能看到他的今天该有多高兴啊。"说着说着艾珊伤感起来。

袁焜马上转移话题："你看，倩蓉花了不少钱给小迪办生日派对，也算费了一番心思。"

艾珊故意问："你也感觉到了吗？"

袁焜说："倩蓉的每一分钱都花在刀刃上，这点除了两个孩子不清楚，几个大人都是心照不宣。她就是想借机拉近弗兰克和咱们的关系。"

艾珊劝道："倩蓉的用心良苦，出发点也是好的，收购谈判的事儿是应该早点儿回到谈判桌上，拖下去对双方都没好处啊。"

"你可真是吃着人家的嘴软，拿着人家的手软了。"袁焜把艾珊搂到怀里，笑着说，"看来，你们这对姐妹是串通好的……"

在弗兰克的推动下，芯科和SVT终于重新开始谈判。根据彼此的约定，这次地点轮换到北京。

那晚，SVT的CEO沃森等一行走出首都机场时，没想到袁焜会亲自来接机，感动得连连道谢。

袁焜轻描淡写地说："按照中国的礼节我应该来的。"

一旁的弗兰克笑着说："中国不愧为礼仪之邦呀。"

美国一行人住在王宫饭店，谈判就安排在酒店会议厅，芯科谈判代表也住进酒店。经过三天三夜的谈判，双方已经达成了一些共识。赵达川担心，如果收购成功，SVT的客户会流失。弗兰克建议，刚开始的两年内，在中国大陆之外的地方还是使用SVT的品牌，然后使用双品牌几年，最后再使用芯科的独立品牌，袁焜认为这倒是一个好的想法……

这天已是晚上10点，会议厅内依然灯火通明。长方形谈判桌两侧，各坐了八个人，个个西装笔挺，但脸上都带着倦容，双方仍为价码僵持不下。

弗兰克再次努力。他坦诚地说："能不能再各退一步呢？"

袁焜说："中国有句俗话，退一步海阔天空。但是，你们认为8亿美元和13亿之间怎么退？"

岳东一针见血地对沃森说："根据目前的市场状况，希望你们能够降低价钱。"

"那是不可能的！"沃森果断地说。袁焜耸耸肩。沃森再也沉不住气了，高傲地说："既然还是这样争执不下，那我们就回美国了！"SVT的八个人全部站起来。沃森礼貌地对袁焜说："焜，再见了。"

袁焜站起来，和沃森握手："但愿早一天见到你！"

美国人走了，芯科高层又恢复了正常工作。

那日下午，赵达川和袁焜在公司露天阳台上休息，边喝咖啡边看着远方的风景。两人自然又聊起了SVT。

达川说："明明是弗兰克主动提出复谈，但最后还是半途而废，真不知道他们到底要什么把戏。我对沃森的印象并不好，觉得这人太傲慢了。"

袁焜看了他一眼说："这种美国人为数还不少，他们骨子里有白人优越感，但面对残酷的现状，又不得不和黄种人坐在同一张桌子上谈判。"

达川坦率地说："这世界上，没有歧视是不可能的。就说北京人，看外地人也有点不顺眼。当初我从乡下考到北京上学，满口山东话也常常招来白眼。"

袁焜点点头："所以啊，关键是怎样看待歧视。咱们得想办法化解歧视，追求共同的和谐和美好，我相信，我们最终一定能拿下SVT……"

达川喝了一大口咖啡，发起了牢骚："我怎么都闹不明白，为什么要花十多亿美金娶回这个金发老姑娘？"

袁焜笑着说："SVT可是优质'剩女'，魅力犹存。而这个决定都是董事会最后表决通过的。"

达川不说话了。最后两人商定，得找出主动出击SVT的绝招，加重谈判的筹码。

吉尼斯国际学校操场上，学生们都在玩耍，刘倩蓉和艾珊散着步，彼此都为同一件事伤脑筋。

她俩真闹不明白，怎么第二次谈判又轻易地破裂了呢，把他们凑在一块多不容易啊。艾珊说袁焜也很失望，这几天都没睡好。倩蓉说那个沃森也向弗兰克大发雷霆，两人还吵架了。

艾珊突然驻足："不管怎么说，为了咱们都能过上安稳的好日子，咱们非得促成这笔交易不可！"

倩蓉情不自禁地拉起她的手，感激地说："有你这句话，我更有信心了。"

第二十六章　冤家路窄大较量

1

与往常一样，刘倩蓉周五下班时顺便把赵蕾带回家，先让她抓紧时间弹钢琴，自己则去买菜。

车子开到一半时，刘倩蓉关心地问赵蕾还想买点什么吃，赵蕾脱口就说冰淇淋。倩蓉拍拍赵蕾的头说家里早给她准备好了，都是她最爱吃的，一种是巧克力的，另一种是草莓的。

赵蕾乐得情不自禁地哼起来："世上只有妈妈好，有妈的孩子像块宝……"倩蓉也跟着合唱："投进妈妈的怀抱，幸福享不了……"

赵蕾一进家门，直奔厨房。她打开冰箱，取出两盒冰淇淋，三口两口就吃了两小碗。尔后，她兴冲冲地去弹琴了。

不一会儿，正在练琴的赵蕾突然停下，抱着肚子直喊疼痛。她吃力地站起身，赶紧到母亲卧室里去找药。她打开壁橱门拿出药箱，取出一粒药丸吞了下去。赵蕾将药箱放回原处，正准备走，一个精美的纸盒滑在地板上，好几个日记本散了一地，每本封面上都写着"给蕾蕾的日记"。

赵蕾好奇地将日记本捧进客厅往茶几上一扔，就躺到沙发上顺手拿了第一本日记读起来：

　　蕾蕾，我决定从今天开始写日记，专为你写。虽然你现在还读不懂，但将来总有一天，你会理解妈妈的苦衷。我想告诉你一个秘密，你的生身父亲不是赵达川，而是袁焜！袁焜是一个非常出色的人，可我却愚蠢地放弃了他。生活就像多米诺骨牌，当第一张被踢翻了，后面一连串的牌就都倒塌了，妈妈不知道该怎么收拾这残破的牌局……

赵蕾大惊失色地扔掉手上的日记本。她全身抽搐，瘫在地板上痛哭。

这时，买菜回家的刘倩蓉随着哭声匆匆而入。她看着地板上的日记本，惊得变了脸色，这才想起昨晚翻看完后忘了藏起来。

倩蓉看看赵蕾不知如何是好，就劈头盖脸地责怪她不好好弹琴，却在这儿偷看别人的日记。赵蕾委屈地说没偷看，只是偶然见到。

倩蓉气急败坏地指着赵蕾说："你还强词夺理？你不知道偷看别人的日记侵犯隐私权吗？"

赵蕾伤心地大声说："你早就侵犯我的权利了！为什么隐瞒我的生父？你为什么要欺骗我？"

倩蓉叫嚷："死丫头，什么叫欺骗？谁欺骗你了？"

"就是你！"赵蕾指着她的鼻子大喊。

倩蓉气得暴跳如雷，挥手打了赵蕾一巴掌。赵蕾哭着抓起书包就走。随着传来刺耳的关门声，刘倩蓉如梦方醒，马上追出去。

赵蕾在大街上奔跑，她看到倩蓉追来，顺手拦下一辆出租车钻了进去。刘倩蓉眼睁睁地看着出租车消失在黑夜里。

回家后，倩蓉瘫在沙发上抽泣。弗兰克回家后得知详情，怕赵蕾身上没钱，碰到坏人，两人商量后决定马上通知袁焜和赵达川。

半个多小时后，袁焜、艾珊和赵达川、杨晓丹前后开车来到。众人责怪倩蓉不该打人，万一孩子出什么事，大家都承受不起。倩蓉更是后悔莫及。

袁焜冷静地说大家也不要责怪倩蓉了，当务之急是找人，现在已经9点多钟，越晚孩子越危险。

大家讨论后决定先分头去找，约好如果过了12点还找不到赵蕾就报警。他们三队准备分三路寻找，袁焜拿出地图做详细分工。

这时，赵达川的手机响起来，正是赵蕾打来的电话，她此时正在赵达川家门口，赵达川答应她马上赶回家。刘倩蓉要求跟赵达川回家向赵蕾道歉，艾珊认为孩子正在气头上需要冷处理。六人商量后一致认为，赵达川先回家稳住赵蕾的情绪。

赵达川、杨晓丹走后，刘倩蓉有点纳闷："这孩子知道达川不是她的父亲，怎么还跑到他那儿去？"

艾珊说："合情合理啊，蕾蕾和达川有十多年的父女之情。脆弱的心灵碰到困难时，需要找信赖的人依靠，可见达川是她最依赖的人。"

刘倩蓉感慨地说："这么多年，也难为达川了。"

弗兰克竖起大拇指："赵达川，是个了不起的男人！"

袁焜看了刘倩蓉一眼说："达川为我们付出的太多了。"

赵达川、杨晓丹飞车回到家门口，见到赵蕾累得竟背靠大门，坐在门槛上睡着了，双手还紧抱怀中的书包。他俩见状一愣，杨晓丹做了一个闭嘴的手势，两人蹑手蹑脚地来到赵蕾身旁。赵达川把她轻轻抱回家，放到她自己的床上。杨晓丹量了赵蕾的体温，又测了她的心速，一切正常。赵达川马上致电两家报平安。

袁焜得知女儿正常，再说有杨医生照顾，这才放下心来。

艾珊见他高兴的样子趁机把话说穿了，既然蕾蕾知道了身世，他们父女就该尽快相认。而袁焜担心孩子不认他，弄不好也会说自己欺骗了她。

艾珊平和地说："这关总得过，蕾蕾毕竟是你闺女。我们也应该接蕾蕾回家住，这儿才是她最该住的地方。希望你承担起父亲的责任，弥补16年的失职。"

袁焜皱起眉头："珊，你真的彻底想通了吗？"

艾珊点点头："我本来就是蕾蕾的大姨，现在更是亲上加亲。你放心，我会把蕾蕾当作亲生女儿一样照顾，就像对待小迪一样。"

袁焜感激地说："这个我相信，但没想到你这么宽容啊。"

"你支持我抗癌，证明我俩的感情是经得起考验的。这辈子和你相爱，我已心满意足，下辈子我还会嫁你。只可惜我得了这个病体质下降，再加上我的年纪也奔40了，不可能为你生儿育女……"

袁焜感动得流下了男儿泪，并一把将她搂在怀里，打断她的话："别说了，珊，今生今世，我拥有你这样的爱已经足够了！"

两人紧紧拥抱……

那边厢，刘倩蓉得知女儿安然无恙，总算安心了。但她躺在床上，依然毫无睡意。她后悔不该打蕾蕾，这样一来，好不容易争取来的母亲形象和亲密关系一下子就黯然失色了。她痛心疾首。

弗兰克劝倩蓉说："我看，都是难以理解的东方文化惹的祸，你早把身世讲给蕾蕾听，就不会发生今天这样的事了。"

"跟你讲过多少次了，还不明白吗？"倩蓉说着。

弗兰克直摇头，恐怕到上帝那儿他也搞不懂，越想越糊涂，还是干脆睡觉吧。

身在客厅的赵达川，突然闻到了小米粥的香味。走进厨房一看，果然见杨晓丹正忙着熬粥，说等蕾蕾醒过来准爱吃。

赵达川感激地说："你真细心。"

杨晓丹朝他看了一眼说："我大事不知道，小事还是会做的。"

达川轻轻拍了拍她的肩："你这是话中有话啊。"

杨晓丹埋怨道："蕾蕾这么大的事，你都瞒着我。"

赵达川坐下，慢慢道来："有几次我是想跟你提，但说不出口啊。这主要涉及袁焜、刘倩蓉的隐私。大家都是有头有脸的人，知道的人越少越好。再说，你和艾珊是好朋友，免得尴尬。"

杨晓丹连连点头，表示理解了。赵达川笑起来："难怪艾珊夸你通情达理、善解人意。"

杨晓丹腼腆地说："本来嘛，人家还担心当不好后妈呢。"

达川一听顿时乐开了颜，立即上前拥抱她："那就表示你愿意嫁给我了？"

杨晓丹用力捶了一下他的后背："你真是个大无赖！"

2

晨光穿过窗帘缝隙，射在房间内。赵蕾迷迷糊糊地睁开双眼，看着熟悉而又陌生的房间，她忍不住哭起来，越哭越厉害。

身披睡袍的赵达川闻声而到，拍着被子哄她。

赵蕾坐起身，双手挽着达川的脖颈，头埋在他的肩膀上，边哭边说妈妈打了她。

达川轻轻拍着她的背："你妈也太离谱了，竟敢打我们的公主。所有人都骂她了，这样的事以后再也不会发生了！"

赵蕾坐在床上，背靠床架，擦着眼泪，赵达川坐在床沿上。

蕾蕾板下脸，问道："爸，你们为什么都隐瞒我的身世？"

达川耐心地说："如果告诉你，一是怕影响你读书，二是怕山东的奶奶知道受不了。你知道，奶奶最疼爱你了，她老人家身体不太好，弄不好会出人命的。"

赵蕾又问："那你们就准备骗我一辈子？"

达川摇头："不，当初准备等你高中毕业，也就是18岁那年告诉你。这是你妈、袁叔叔和我三个人的共同决定，你也不能怪你妈一个人。"

赵蕾点点头。她环顾四周，说道："爸，我的这个房间还是和以前一模一样。"

赵达川点点头："一直保留不变。即使你以后长大成家了，还是这样。"

赵蕾问："那你和杨阿姨结婚了呢？"

赵达川爽直地回答："还是不变，你杨阿姨是一个充满爱心的人，你就放心吧。蕾蕾，你要记住，不管你碰到什么事，这扇门永远向你敞开着，想回来就回来。"

赵蕾热泪盈眶，拥抱赵达川："爸，你真是一个好爸爸！"

达川拍拍她的肩说："你的事，还得向奶奶保密哦。"

赵蕾点点头："你放心，待会儿我就打电话给奶奶，我也有好长时间没跟她联络了。"

赵蕾来到餐厅，见到满桌早餐，肚子更饿了。她喝着小米粥，就着咸菜，吃着肉包子，连连称赞。

达川说这小米粥是杨阿姨昨晚亲手熬的，赵蕾马上道谢。

过了一会儿，赵蕾朝杨晓丹看一眼，说道："杨阿姨，你可真厉害，我爸真的戒烟了。"

杨晓丹说："主要是你爸的意志力坚强。"

赵蕾调皮地说："是爱情的力量吧？"

赵达川忍不住笑起来："这小丫头，什么都懂啊。"

吃完早餐后，杨晓丹又给蕾蕾量体温、测心速、量血压。结果是一切正常，大家也就放心了。

达川将手机递给赵蕾说："打个电话给你妈，让她放心。"

赵蕾马上拉下脸说："我不，住这儿有啥不放心的，根本不用打电话。"

杨晓丹悄悄向达川挥挥手，暗示别再劝了。

过了一会儿，赵蕾提出周末想回他这儿来住，达川一口答应。赵蕾迟疑了一下说："可是，每周回来我都要弹钢琴，但这儿没有……"

达川不以为然地说："那还不是小菜一碟？明天一早咱们一起去买钢琴。"

杨晓丹笑着说："你爸什么都没有，就是有钞票。"

赵蕾对杨晓丹做着鬼脸说："我爸还有你呢！"

达川乐得眉开眼笑，指着蕾蕾："这丫头，越来越会说话了。"

连续数周，赵蕾闷闷不乐。在学校碰到刘倩蓉时，她就像老鼠遇到猫一样逃走。那天中午，倩蓉再也忍受不了女儿的回避，要求艾珊出主意，但艾珊只给了她四个字——等待机会。

每天只能远远地看着赵蕾，倩蓉的心比刀割还难受。

倩蓉晚上回家后更是六神无主，弗兰克劝倩蓉别灰心，蕾蕾毕竟是她的亲生女儿，总有一天会原谅她的。倩蓉半信半疑，弗兰克自信地点点头，将她紧紧搂在怀里。

那天课间休息之际，学生们都在操场上玩耍。倩蓉从远处看到赵蕾一人躲在角落里，面对围墙发呆。

倩蓉马上找到艾珊，指着远处的赵蕾，焦急地说她发现好几天了，这孩子老是一个人待在那儿，傻乎乎的，再这样下去，会不会出事。艾珊认为这倒要引起重视。

刘倩蓉拉住艾珊的手，央求快想想法子救救蕾蕾，孩子可是她所有的寄托啊。艾珊边说边点头离开。

艾珊走到赵蕾身旁，拍拍她的肩问她一个人在这儿干吗，赵蕾低着头说在思考。

艾珊笑着问："思考什么呢？也许大姨能帮你解答问题。"

赵蕾平静地答道："还是让我自己慢慢想吧，我先走了。"说罢，赵蕾快速离开。

艾珊看着她的背影，无奈地摇头。

倩蓉再也按捺不住了，当晚就来到袁家，还特地通知了赵达川，说是四个人开一个碰头会，专门谈赵蕾的事。

他们讨论一番后，达川说他最近也发现蕾蕾周末回家也不爱讲话了，倒是非常喜欢弹琴，每天要弹三四个小时。

袁焜焦急地说再这样闷闷不乐下去，就怕蕾蕾心理上出现问题。艾珊说她特意去查过了，蕾蕾的读书成绩最近有明显上升，有两门主科都拿全年级第一了。达川认为如果蕾蕾真的能化伤心为力量，这孩子可是能成大才啊。艾珊劝慰大家干着急也没用，再观察观察。

最后，倩蓉请求能不能叫小迪帮帮忙，做做蕾蕾的思想工作。达川一拍桌子，表示非常赞赏这一想法，因为两个孩子关系本来就好。袁焜说小迪这孩子比较成熟，像个大哥哥的样子。艾珊说她近日就跟小迪摊牌，但愿这个方法有作用。

3

岳东下班后带上雪儿，开着车奔驰在大街上。与往日有所不同，他的表情有点严肃，这逃不过雪儿的眼睛。

雪儿问岳东是不是不舒服，他摇头。雪儿又问岳东是不是销售部发生什么事了，他还是摇头。雪儿再问是不是研发碰到瓶颈了，他依然摇头。急性子的雪儿忍无可忍，提起嗓门说："这可不是你的风格啊，有话快说。"

岳东吞吞吐吐地说："我爸……"

雪儿打断他的话："你爸病了？"

岳东说："不是！他要做60大寿。"

雪儿哭笑不得："那是喜事啊，你飞回去几天就是了，愁眉苦脸干吗？"

岳东瞄了她一眼："问题是，家里叫我们两个一起回去……"

雪儿一愣。尔后她平静地说："去就去呗。"

岳东激动地说："真的吗？你和我一起去香港给我爸爸贺寿？"

雪儿翘起嘴："本小姐什么时候说过假话了？"

岳东喜出望外，高兴得有点语无伦次。

跑车在路上继续行驶，突然一个右拐弯。雪儿指着路，焦急地说："错啦！你高兴得连家都不知在哪儿了吗？"

岳东嬉皮笑脸地说："这么开心的事儿，不去好好庆祝一番吗？"

雪儿气得用力拍了一下他的大腿："真坏！还好我没心脏病。"

岳东故意大叫："痛死我啦！"

雪儿和岳东来到三里屯酒吧街时，正是华灯初上。两人手挽着手走进一家新开的酒吧，台上乐队正奏着摇滚乐，台下一片热闹。

他俩相对而坐，品尝起法国红酒。岳东依然沉浸在兴奋中，老爸如果知道雪儿要去香港，一定乐坏了。更重要的是，他俩的感情一直处于不冷不热的恒温状态，现在她答应跟他回去，可是质的飞跃啊。无形中，这次机会成了一块试金石。岳东越想越高兴，按捺不住地笑出来。

雪儿"切"了一声说："瞧这件小事把你高兴的。"

岳东说："我还怕你不肯去呢。"

雪儿说："俗话说，丑媳妇总得见公婆。"

岳东眼睛一亮问："那你肯嫁给我了？"

雪儿假装一瞪眼："美死你！我只是比喻而已。"

岳东喝了一大口酒："北京姑娘都像你这么豪爽吗？"

雪儿说："也不是啦，算你中彩了。"

岳东说："那更要好好庆祝了！"他挥手，年轻酒保过来，岳东指着杯子，"再来一瓶'长相思'。"

两周之后，岳东带着雪儿飞到香港。一出机场，就被一辆大奔接走了，开车的是岳家司机。

半个多小时后，车子停在一幢豪宅前。年长的管家发叔马上笑迎上来，边朝雪儿点头边用广东话对岳东说："少爷，都有好几年没见了！"

岳东和他握手："发叔，您还是这么硬朗。"

发叔说："老啦，我想退休享清福，老爷不让我走。"

岳东、雪儿跟着发叔走进豪宅，两个男仆人提着旅行箱紧随。

雪儿走进深宅大院，仿佛回到影视片中常见的上世纪30年代。

发叔带着他俩走进富丽堂皇的客厅，全场哗然。岳东拉着雪儿走向前，向父母介绍。岳东的母亲握着雪儿的手，忍不住夸赞她长得真漂亮。雪儿和大家寒暄着。

岳东的父亲看看大家，操着国语说："你们听，雪儿这才是标准的京片子呢。"

雪儿一愣："伯父，你会说国语啊？"

岳东摸摸头："我也搞糊涂了。爸爸你是什么时候学的？"

岳东的母亲拉着儿子的手说："你都不想想，你几年没回家了？"

岳东的父亲说："这几年我们和大陆的公司有不少合作。想赚人家的钱，不懂国语怎么行呢？我们老两口子特地请人上门教国语，学费可不低啊。"

雪儿听罢笑着说："早知道，我来教你们。"

岳东的父亲连连点头。

岳东逐一向雪儿介绍大家庭成员，大哥一家在香港，二哥一家在英国，大姐一家在澳洲，二姐一家在日本。雪儿向各位点头，笑着说岳家都成联合国了，引得哄堂大笑。

岳东的母亲拿出一条钻石项链送给雪儿，并亲自给她戴上。

岳东的父亲看了看雪儿，又看了看项链，笑嘻嘻地说："好看！老太婆的眼光不错嘛。"

大嫂忍不住说："这样名贵的项链，只有雪儿才称得起。"

雪儿报以微微一笑。

紧接着，雪儿捧给岳东的父亲一幅长轴国画《百鹤图》。这是她请京城名画家特制的，价值不菲。她说："伯父，祝你福如东海，寿比南山。"

岳东的父亲仔细看画："嗯，百鹤栩栩如生，好手笔。"

岳东拿出一部笔记本电脑给母亲，众人有些不解。

雪儿马上说："这是您儿子参与开发的'新芯笔记本电脑'。"

岳东的母亲高兴得合不拢嘴："还是阿东好，记得妈妈是个大网虫。"

岳东的父亲拿起电脑，掂了掂："分量很轻，造型也漂亮，你妈可以24小时不离身了。"

这时，发叔带着六个小孩子进来，叽叽喳喳地拥过来。雪儿拿出六个礼盒，分发给孩子。

岳东说："这里面是游戏机，一个人一个。"

文质彬彬的二哥带着埋怨的口气说："你一回来，就鼓励孩子玩，他们可要读书啊。"

雪儿指着礼盒："二哥，这里面的'新芯游戏软件'是你弟弟亲自开发的，卖得可好了。"

岳东的母亲迫不及待地说："那我也要玩。"

众人捧腹大笑。

一个高个子男孩对岳东说："小叔，要不要比一比谁打得好？"

岳东一拍手："谁怕谁？今晚跟你们玩通宵！"

岳东的父亲说："我看，还是填饱肚子再比吧。"

岳东的母亲会意地朝发叔点了点头。

发叔伸出手毕恭毕敬地说："晚餐早已准备好了，各位请。"

大伙走向饭厅。雪儿挽着岳东的母亲，交头接耳。岳东扶着父亲，谈笑风生……

饭后回到岳东的房间，雪儿总算喘了一口气。

她边整理衣物边说："没想到你们家这么大排场，早知这样我都不敢和你拍拖。"

岳东不以为然地说："香港有钱人多了去了，我们家也就一般吧。"

雪儿停下手说："还一般啊，光佣人就十多个，煮饭的、开车的、剪草的，应有尽有，还有管家。"

听岳东说，他爷爷是做造船业起家的，后来他爸爸又扩充做起了房地产，狠狠发了一笔，公司也在前几年上市了。岳东强调，家里是有钱，但不是他的。雪儿听罢，对他另眼相看了。没想到他平时这么低调，总爱穿那破旧的牛仔裤，一块比萨也能果腹，不像那些张狂的"富二代"倚仗家里有钱，从里到外都穿名牌、没有美酒佳肴不入席，好像全世界都是他们的。岳东靠智慧、勤奋致富，如果能嫁给这样的男人，她会感到很踏实。

几天后的一个早晨，岳东一早把雪儿从美梦中叫醒。一出门，他就开着敞篷跑车飞奔。最终在一个码头停下。雪儿感到有点纳闷，不知他到底搞什么鬼。

岳东提着旅行袋，指向前方海域说："今天咱们出海！我们家的游艇，都好久没人碰了。"

雪儿高兴得跳起来："真的吗？我最喜欢海了。"

阳光明媚，蓝天碧海。远处山峦秀丽，游艇破浪前进。驾驶舱内，上身赤膊、只穿着泳裤的岳东握着方向盘，身着三点式泳装的雪儿站在旁边。

雪儿惊喜地说："没想到，你还会开船呢。"

岳东耸耸肩："这很容易啊，我教你。"

岳东放慢速度，手把手地教着雪儿。

雪儿握着方向盘，紧张地说："你别离开我。"

岳东一语双关："放心，永远不离开你。"

两人眼神默默对视……

晚霞瑰丽，游艇随风漂荡在海上。雪儿和岳东站在船头，好不惬意。

雪儿看着四周景色，如醉如痴。她指着前方，感慨地说："好美啊，像在梦里一样。"

岳东突然单腿跪在甲板上，从裤子后袋里拿出一枚戒指，用颤抖的语调说："这几年，我就像小船漂泊在海上，今天，终于寻找到了港湾。雪儿，你愿意和我携手一生一世吗？"

雪儿一愣，往后退了一步。尔后她点点头，深情地说："我愿意！"

雪儿伸出左手，岳东将戒指戴在她无名指上，说："雪儿，我今天是这世上最幸福的男人！"

雪儿真情地说："我要让你天天幸福。"

岳东站起身，激动地拥抱着她、亲吻着她……

夜晚，五星级酒店餐厅内一片喜气洋洋。台上幕布上写着"岳府寿宴"四个大字，十多桌人正在喝酒。主桌上，岳东、雪儿坐在岳东父母身旁，几个哥哥姐姐坐在一桌，彼此谈笑风生。

席间，岳东的父亲高兴地对大家说："今天借我60寿宴之际，我郑重地向亲朋好友介绍一位贵客，她就是我小儿子阿东的女朋友，欧阳雪儿小姐。"

雪儿立即站起来，向众人致意。

坐在一旁的岳东马上站起来大声说道："各位叔叔阿姨、哥哥姐姐、弟弟妹妹，你们好！我要更正我爸爸说的话，雪儿不是我的女朋友……"

众人一片惊讶声，岳东父母脸色都变了。

岳东抓起雪儿的左手，露出无名指上的戒指，当场宣布："雪儿是我的未婚妻！三个小时之前，她答应了我的求婚。"

一片喝彩，掌声如雷。

岳东的父亲向大伙招招手，笑着说："各位，这个突如其来的喜讯，是我今天收到的最好最贵重的生日礼物。马上加酒添菜，大家开怀畅饮吧！"

众人再次鼓掌，晚宴热闹非凡。

4

芯科不愿重回谈判桌，弗兰克的日子越来越难过。那天下班回家，他像一只无头苍蝇在客厅里来回踱步。

倩蓉递了一杯威士忌给弗兰克。弗兰克喝了一大口，焦急地说："实在不行的话，我只能一个人先回美国找工作了。"

刘倩蓉劝道："跟你讲了好多次了，这是下下策。"

弗兰克提高嗓门："我也想找上上策啊，可找不到。"

刘倩蓉说："但至少要争取上策……"

翌日，刘倩蓉踏着晨光匆匆来到芯科集团，她三步并作两步地闯入袁焜的办公室。袁焜以为又是蕾蕾生事了，叫她坐下慢慢说。

倩蓉开门见山："我来是想求你帮忙的。你们的笔记本电脑再次减价，逼得北京SVT走投无路，实在做不下去了。如果弗兰克的职位不保，我就没法过日子，也会影响到蕾蕾以后的生活……"

袁焜打断她的话："我跟你讲过多少次了，在商言商，别把私人感情掺和进来。"

"我只是求你一件事，尽快和SVT重回谈判桌。不然的话，挨不到收购成功，弗兰克就被炒鱿鱼了。"倩蓉恳求道。

袁焜耸耸肩："那SVT也要有诚意啊。如果他们开价太高，我们只能退出谈判，我们还有收购其他公司的机会……"

倩蓉焦急地上前拉住袁焜的手，打断他的话："焜，那可不行！"

袁焜用力抽回手："你可别乱来，这儿是办公室。"

倩蓉克制住情绪，努力平静地说："收购价钱再商量，我叫弗兰克找沃森谈。"

袁焜点头："好吧，我们这边让我和达川他们好好商量商量，我一个人也做不了主。"

倩蓉说："我相信你会帮我的。"

倩蓉站起身走出去，正好和匆匆进来的赵达川撞个满怀。

达川惊讶地问："怎么是你？"

倩蓉说："不欢迎吗？"

达川挖苦道："哦，是来看蕾蕾的生身爸爸。"

袁焜向倩蓉挥手，示意她快走。倩蓉走后达川坐下，袁焜递给他一杯茶。

达川皱起眉头："一大早，刘倩蓉来这儿干吗？"

袁焜说："我正要去找你。"

达川提高嗓子："她来到底什么事？"

袁焜摊开双手："还不是叫我们尽快恢复谈判。她说弗兰克快疯了。"

达川站起来，愤怒地说："我今天才明白，你对SVT情有独钟就是为了帮刘倩蓉，她是你女儿的亲妈啊……"

袁焜打断他的话："达川，你可不能这样说！"

达川气得把茶杯扔到地上："我说错了吗？我被蒙在鼓里十几年，到现在你还蒙我。老子不奉陪了，你一个人去跟SVT谈吧！"说罢，达川扭头就走。

恰在这时，雪儿拿着财务报表进来。她看到地上的玻璃碎片，惊叫起来："怎么回事儿？是谁摔的？"

袁焜无奈地说："你说，在芯科还有谁有这么大的胆子？"

雪儿冲动地说："肯定是赵董事长，我去和他说理！"

雪儿正准备走，袁焜一把拉住她说："别去！千万不能火上浇油啊，会出乱子的。"

雪儿问："到底发生什么事了？"

袁焜感慨地说："你看，他的倔脾气好了几天又犯了，我真不知道怎么办。"

连续数日，赵达川总是往"京力达"跑，设法回避袁焜。艾珊得知后，马上打电话给达川，劝他忘却个人恩怨，从大处着眼，多为公司前途考虑。

晚上临睡前，艾珊又耐心地做袁焜的工作。艾珊说："达川为你养了十多年女儿，心里有说不出的苦，生你的气应该可以理解。你要有耐心，主动去找达川商量工作。"袁焜会意地点点头。

两天后的傍晚，袁焜特地约赵达川到露天酒吧喝两杯。

一杯酒下肚后，达川爽快地说："我知道你，找我肯定有事，有话就直说吧。"

袁焜说："你说我们两个头儿，抬头不见低头见，这样对立下去，行吗？"

达川拍了拍袁焜的肩膀："我这臭脾气，还希望师弟多多包涵。"

袁焜认真地说："你难道真的要把芯科集团一拆为二吗？那我们合并还有什么意义？"

达川说："我可没说过要分家啊。这一阵'京力达'那边的事可多了。"

酒过三巡，袁焜诚恳地说："SVT都催了好几次了，人家想恢复谈判，你坚决不肯谈，分明是不想再和我共事。"

达川说："我只是想事先搞清楚一些问题。"

袁焜喝了一口酒："我主张收购SVT绝不是为了帮倩蓉，而是为了公司的国际化，这是芯科高层的一致意见。"

达川举起酒杯与袁焜的杯子碰了一下，爽直地说："那就谈吧！"

三周之后，袁焜、赵达川率领团队去旧金山，与SVT展开第三次谈判。

这天傍晚，吉尼斯国际学校操场上一片热闹，学生们三五成群地在玩耍。赵蕾独自荡着秋千，若有所思。

袁迪拿着飞碟走过来说："你在这儿啊，我找你玩呢。"

赵蕾指着旁边的秋千："你先坐一会儿，我正好有事问你。"

袁迪坐上秋千，两人分别荡起来。

赵蕾忽然问："袁叔叔对你好吗？"

袁迪点头："就像亲爸爸一样好，我说什么他都答应。"

赵蕾又问："那你想你亲爸爸吗？"

袁迪感伤地说："再想也没办法，我永远见不到他了。但是我觉得有我现在这个爸爸特别幸运……"

听罢袁迪的一番话，赵蕾默默地点头。

一周后，芯科和SVT的第三次收购谈判又宣告流产。

袁焜回到家，将行李箱放在沙发旁。艾珊感慨地说："唉，没想到谈判这么难。"

袁焜说："没关系，我跟SVT耗上了，我相信总有一天会成功的。"

艾珊笑着说："看不出来，你倒越来越有信心了。"

袁焜苦笑道："但愿好事多磨。"

5

晚餐前，赵蕾独自一人在自修室里做功课。她正被一道平面几何难题苦恼着。

这时，袁焜提了一个包悄悄走进来，他问道："蕾蕾，这么用功啊，同学都去吃饭了，你还在做作业？"

赵蕾一见袁焜，有些惊讶又有些不知如何是好。她问："袁……你，你怎么来了？你不是到美国谈判去了吗？"

袁焜坐在她身旁边从包里拿出几张DVD边说："昨晚回来的，特地给你和小迪送动画片。"

赵蕾拿过几张DVD边看边兴奋地说："都是新片啊！"

袁焜点头："美国也刚上架。你先看，看完再给小迪。"

赵蕾开心地说："到时候，我和他交换着看。"

这时，艾珊和情蓉也来到自修室门口，两人通过虚掩着的门看着里面。

袁焜瞄了一眼桌上的数学题问道："你在做平面几何题吗？"

赵蕾点点头，为难地说："唉，这道题我都想了好几个小时了，还是解不出。"

袁焜拿过题看了看，马上用笔指着三角形底部说："如果在这里加一条斜线呢？"

赵蕾恍然大悟，一下高兴得跳起来，情不自禁地说："爸爸，你真厉害！"

袁焜激动得说不出话来，他不敢相信自己的耳朵："蕾蕾，你叫我什么？"

赵蕾看着他问："你不是我爸爸吗？"

袁焜一把将赵蕾搂进怀里，深情地说："是的，我是你爸爸！一个不称职的爸爸。"

门外的艾珊和倩蓉被父女相认的场面感动得流下了泪水……

几天后的一个周五，袁焜吃完晚餐后躲进书房，竟怀抱吉他弹奏起来。明快的曲调传遍全家，艾珊和袁迪被琴声吸引而来。

艾珊开玩笑地说："太阳打西边出来了，你多长时间没碰吉他了？"

袁焜说："今天很想抒情。"

艾珊莞尔一笑："这几天看把你美的！"

袁迪也笑起来："喔，爸爸的脸，云开雾散。"

艾珊开心地一拍袁迪说："瞧我这宝贝儿子，成语还学得不错呢。"

袁焜拉住他们两人的手说："我得好好感谢你们。蕾蕾认我，你们俩可立下了汗马功劳，尤其是小迪。"

袁迪说："这有什么不好，我白白多了一个妹妹。"

艾珊说："我也多了一个女儿。"

三人爽朗地笑起来。袁焜继续弹奏，越弹越有劲……

翌日晚上，三家人聚集在赵达川家，应赵蕾之邀前来开个碰头会。说实话，六个大人忐忑不安，不知蕾蕾葫芦里卖的什么药。尤其是刘倩蓉，心里更是七上八下的。

大家到齐一阵寒暄后，赵蕾像个小大人似的宣布开会。

赵蕾的语气是从未有过的严肃："经过几个月的思考，我终于理解了你们为啥隐瞒我的身世。"

倩蓉急着问："那你原谅妈妈打你了？是妈妈不好。"

赵蕾点点头："妈，我也有不对的地方。"

刘倩蓉眼含泪水搂过蕾蕾。

赵蕾自豪地说："我真幸运，我有三个爸爸。我决定，以后周末三家轮流住。"众人点头。赵蕾又说，"不过我还有一个要求，希望你们答应我。"

达川说："快说快说，别说一个，十个也答应。"

赵蕾说："我打算到美国读大学。我爸妈都留学过，我也要看看外面的世界。"

倩蓉急了："蕾蕾，你还小啊，妈妈可舍不得。"

达川说："没关系，让她出去闯一下。"

袁焜说："这是件好事，晚留学不如早留学。"

弗兰克插话说："我也支持！"

倩蓉无奈地说："三个爸爸都赞成，我也只好同意了。"

赵蕾马上说："谢谢妈妈！"

弗兰克说："那得要赶快准备SAT考试啊。"

达川皱起眉头不解地看看大家。艾珊忙解释，SAT是各国高中生申请美国名校的重要参考，俗称美国高考，测试阅读、数学、写作三方面能力。环球英语学校就有SAT班。

袁焜想了一下，然后说："我看这样吧，除了马上报读补习班外，艾珊、倩蓉辅导蕾蕾阅读和写作。"

赵蕾指着袁焜，果断地说："爸爸辅导数学。"

袁焜点点头。

刘倩蓉认真地说："蕾蕾，到时你可不要抱怨学习压力大呀。"

赵蕾嘻嘻一笑："我不喜欢你们给我施加的压力，但我可以承担自己挑战来的压力！你们老了，不理解我们这一代人了……"

第二十七章　创造世纪神话

1

在艾珊、刘倩蓉感染下，赵蕾斡旋于"三个父亲"之间，暗中推动双方又进行了两次谈判。可惜，都未成功。一年多时间来来回回折腾了五次，芯科集团和SVT就像热恋中的男女，相互吸引，又吵吵闹闹，有时还冷战，能否终成眷属还是个未知数。

在芯科的高层会议上，袁焜提醒大伙说："谈判远比想象中复杂，各方面的准备工作还要做得细致入微。"

赵达川说："我看这笔买卖就像小孩喝烧酒——够呛，不做也罢。"

雪儿一听急了："公司已经为此花了不少钱，现在处于骑虎难下的状态，只能进，不能退。"

岳东和薛景宁都明确表示，半途而废是不可能的。

袁焜点点头："谈判肯定是要继续的，非要有打持久战的精神准备。"

达川生气地说："我就闹不明白，这么难的事，你们为什么要一根筋走到底呢？"

袁焜说："我们要把困难当作挑战，激发内心无限的勇气，不成功，便成仁。"

"看来，你们个个都是马拉松运动员，老子可没那么多耐力，我去'京力达'开会了。"达川说罢，站起来就走。

众人看着赵达川的背影，无奈地摇了摇头。

达川经过一段时间的深思熟虑之后，准备在"京力达"的基础上另立门户。今儿他特地叫了十来个兄弟来到他在郊外的别墅密会。这些人都是原来科维的人，死心塌地跟着他好多年了，还有几个裁员后自己单干了。

大伙一听川哥要单干了，马上乐开了锅。

大强子兴奋地说家电业油水大着呢，他现在也在做家电生意，这几个月已开始赢利了，手下也有三四十号人马，只要川哥需要，就归他管。

华哥也说他们十几个兄弟被裁员后，在外面做IT小生意也不容易，正准备找靠山呢，这下又可以跟着川哥大干一场了。

赵达川欣慰地点点头。心想，这帮难兄难弟真没白跟自己一场啊，关键时刻见真情。

华哥直截了当问："川哥，你说吧，眼下需要做什么？"

达川打开茶几上的文件袋，慢慢道来："眼下芯科占'京力达'51%股份，我打算集资八千万左右，跟这两家公司买下来做。"达川最后强调，"今天在座的各位只要愿意，以后都是股东。"

大家顿时喜上眉梢。

几天后的一个晚上，赵达川、华哥、大强子在卡拉OK包房内唱歌，还有三个性感女郎陪酒。几个人搂搂抱抱，纸醉金迷。一曲停下，达川手一挥，三个女郎离开。

达川打开文件袋，取出一张纸："我手头就只有五千万现金，还有点儿股票动不了，哥儿们凑了一千万，还差两千万缺口啊，怎么办呢？"

华哥抱歉地说："真对不住川哥，关键时刻我们都拿不出大钱。"

大强子也跟着说："就是，咱们没用。"

达川爽快地说："你们多多少少都拿了，我不怪你们。"

三个人边喝酒边想法子弄钱，但一时也想不出高招，难免有些苦恼。

片刻后，大强子突然拍起脑袋："上个月我碰到一个发小，他就是京城房地产大亨方笑天，他还叫我投资呢，说是转一转手保证20%的回报，我手头没那么多钱，也没搭理他。"

赵达川点点头："方笑天，听说过。前几年我就想碰房地产了，但一直没机会。"

大强子来劲了："俗话说，机不可失，失不再来，这次可不能放过大鱼了。"

赵达川点点头，他认真思考着……

两天后，大强子从中斡旋，赵达川和方笑天在一家高级私人会所见面。

包房内，方笑天一见赵达川就奉承起来："你们芯科可是IT巨头啊。"

达川笑道："跟方先生的房地产相比，咱们是小巫见大巫了。"

方笑天边向达川和大强子两人敬酒边说："你们有意涉足房地产投资可是大好事啊。"

赵达川坦白地说："我们想捞快钱。"

方笑天点点头："那就拿两亿出来，小试牛刀吧。"

赵达川一愣："两亿可不是小数目啊。"

方笑天瞄了一眼大强子："大强子是我发小，破例给你们25%的回报，别人最多20%。"

大强子连声道谢。

赵达川说："这样吧，先让我们考虑考虑。"

方笑天说："事不宜迟，我手头正好有一个20亿的项目，经济适用房，抢手得很。"

达川想了想说："一个礼拜给你回音。"

方笑天站起来，伸出三个手指："就三天。我还有事先走了。"

赵达川、大强子起身相送。尔后，达川向服务员手一挥，叫了声："买单。"

一个男服务员走过来说："您好！刚才那位先生已买单了。"

大强子惊讶地问："那花了多少钱？"

服务员说："八千八百元。"

大强子顿时傻了眼。

赵达川在台底下踢了大强子一脚，镇静地说："好数字，吉利！"

两人走出会所，大强子忍不住问："四菜一汤，怎的就这么贵呢？"

达川说："没见过世面了吧，刚才你差点儿出洋相。今天喝的可是法国极品红酒啊。在这样高档次的会所，那酒就要好几千一瓶呢。"

大强子点头："今儿可算长见识了。"

达川自言自语道："看样子，这方笑天挺有诚意的，出手也大。"

大强子说："就是，他跟我透过底，他很看好这个大项目，也希望咱们早点把钱打给他。"

达川点点头："得赶快想办法弄钱，咱可不能辜负人家的一片盛情啊。"

2

赵蕾最近像着了魔一样，日夜迷上了SAT试题，一有空就扎进去畅游。这个周日中午，刚放下饭碗，她又躲到袁焜的书房里做数学题了。

晚饭后，袁焜走进来。他看了作业，高兴地说："看来，咱们蕾蕾融会贯通的能力很强。"

艾珊悄悄走进来说："那当然，有其父必有其女啊。"她随后对袁焜说，"你对蕾蕾要求太严了，她才来住了几天就给她做这么多功课，吓得她以后都不敢来了。"

赵蕾说："这是我自己硬要做的。"

袁焜认真地说："要拿高分题海战术是少不了的，还得学会举一反三。"

艾珊说："那也得劳逸结合，蕾蕾今天都做了好几个小时的题了。"

袁焜抚摸着女儿的头："好，今天就到这儿吧。"

还没等赵蕾反应过来，艾珊就拉着她的手说："走，咱们弹琴去。"

艾珊和赵蕾坐在一起弹钢琴，气氛温馨。袁焜和小迪在一旁边看边跟着哼唱。

一曲终了，赵蕾突然问："爸，都说你吉他弹得好，我可从来还没听过呢。"

艾珊说："那还不容易，叫他弹就是了。"

小迪迅速拿来吉他，袁焜试了试音，弹奏起来。小迪和蕾蕾情不自禁地哼唱。袁焜停下，惊讶地问："你们都会唱这首歌啊？"

赵蕾说："当然会了，*Falling Slowly*（《慢慢沉寂》），去年还拿了奥斯卡原创歌曲奖呢。"

小迪补充："是爱尔兰电影*Once*（《曾经》）的主题曲呀。"

赵蕾兴奋地说："爸，咱们一起来弹*Falling Slowly*吧。"

袁焜拍手叫好："好主意！这首歌原来就是钢琴和吉他的合奏啊。"

艾珊拉起小迪的手，走到钢琴前："那就你们父女合奏，咱们母子合唱。"

袁焜弹吉他，赵蕾弹钢琴。艾珊、小迪跟着音乐唱起来：

I don't know you,

But I want you,

All the more for that,

Words fall through me,

And always fool me,

And I can't react……

刘倩蓉在感情上也和赵蕾靠得更近了。

那天赵蕾独自一人坐在国际学校餐桌上吃饭。倩蓉端着一个饭盒走过来，麻利地将带来的三文鱼夹给女儿吃。那是她一早起来煎好的。赵蕾边吃边夸新鲜又好吃，并感谢母亲的辛苦。

倩蓉连连摇头说："只要你喜欢吃，妈妈再辛苦也乐意。你现在要准备SAT，更要多吃鱼，补脑的。"此刻，倩蓉突然发现，静静地看着女儿吃饭也成了一种难得的享受……

倩蓉唱着《世上只有妈妈好》来到校长室。

艾珊看着她说："看来你今儿心情不错呀！"

倩蓉一本正经地说："艾校长用词不当，应该说'最近心情不错'。"倩蓉走近艾珊感激地说，"多亏你们帮忙，蕾蕾终于回到了我的怀抱。"

艾珊说："好啦，回家跟弗兰克去抒情吧。"

倩蓉坐下来，说起了正事。为了提高学生的艺术修养，她想成立一个剧社，国际学校嘛主要演英文戏剧，同时也可以提高学生的英语能力。艾珊认为这个主意不错，并建议就由倩蓉来担任辅导教师。

倩蓉乐得眉开眼笑，艾珊却有点为难地说今年的预算里没有这个项目，经费得自行解决。刘倩蓉十拿九稳地说没问题，她亲自去拉赞助。

3

傍晚，一辆名车停在赵达川郊外别墅外。司机华哥下车打开后门，礼貌地请雪儿下车。雪儿跟着华哥走进屋子，大强子已在门口等着。

大强子带雪儿进入客厅，达川向大强子挥手，他马上退下。

达川从沙发上站起来，拍拍手说："欢迎财政大臣光临寒舍。"

雪儿坐下说："你这儿怎么弄得像黑社会似的，有司机、有保镖的，还都穿着清一色的黑衣服。"

达川边泡工夫茶边说："别开玩笑了，都是哥儿们，大多数你都认识。"

雪儿环顾四周说："这地方不错，好歹要好几百万呢。"

达川说："买了好几年了，那时便宜，但没住过。"

雪儿喝着茶，赞不绝口。赵达川泡的工夫茶算得上一流，公司上下都知道，前几年他还专门跟潮州师傅认真学过呢。

两人寒暄一阵后，雪儿问道："赵董事长，特地请司机大老远地把我接来，不是专门来品茶的吧？"

达川说："雪儿，你我是多年的朋友，我就不拐弯抹角了。我现在非常需要你的帮助。"

雪儿马上表态："能为您效劳，是我的荣幸啊。"

达川说："我不想再和SVT折腾了，大伙又不肯听我的，我只有另组公司了。"

雪儿刚到嘴的茶喷了出来。她赶紧用餐巾纸抹抹嘴，惊讶地问："您要分家？"达川点点头。雪儿看看四周："看样子，准备得差不多了，这儿就是总部？"

达川感叹道："万事俱备，只欠东风呀？"

雪儿直截了当问："你需要多少钱？"

达川说："两个亿。"

雪儿惊讶得说不出话来。

见雪儿不说话，达川说："就转一下账，半年之内肯定还钱。"

雪儿说："我可没有权利支配这么一大笔钱。"

达川呷了一口茶："我相信你，总有办法变通的。你可以多分几次转。当然，我也不会让你白做，事成之后给你一千万回报。"

雪儿诡谲地一笑："就怕我没这个福分。"

达川劝道："胆子大一点，机会多一点，还怕没福吗？"

雪儿搪塞着："这么大的事我得好好想一想。"

达川："这事紧急，你最好今晚12点前给我电话。"

华哥开车送雪儿回芯科集团后，雪儿慌张地回到家找岳东商量。他们想要想出个两全其美的高招，既要让袁总知道，又要把赵董事长拉回头。

岳东说袁焜最怕人家卷钱走，当年硅谷的财务经理汤姆就是带着钱逃跑的。退一万步说，撇开他们两人和袁总的私人交情，芯科也倾注了他们共同的理想、共同的奋斗，芯科也是他们的共同财富，两人一致认为要共同保护芯科。

晚上9点左右，雪儿和岳东正坐在餐厅里吃饭。突然间，雪儿透过薄薄的窗帘，感觉外面停着的那辆车很眼熟。两人掀起窗帘一角朝外面眺望，惊讶地发现是赵达川的车。达川坐在里面，还有一个像打手一样的人正往他们这边张望。很明显，事情比他们想象的要棘手得多。岳东二话不说，拖着雪儿的手就往楼上走。

两人在家中商量后决定，先住出去避风头。姓赵的能盯上雪儿，肯定有周密安排。涉及两亿巨款，他们是什么事儿都干得出来的。他俩麻利地把替换衣服放进小背包内，打算马上就走。

东西收拾完，雪儿有些疑虑地问："真的要走吗？"

岳东搂着她，严肃地说："我得保护未婚妻的安全啊，否则，我怎么向岳父岳母大人交代呢？"

雪儿温柔地亲了他一下。

岳东、雪儿临出门时，故意没关屋内的灯，也没走正门，而是蹑手蹑脚从后院的小门溜出去。两人手挽着手，快速穿过一个建筑工地，来到大路旁。事先电话预约的出租车已等在那里，他俩钻进车内。

岳东、雪儿踏入袁焜家门时，已是晚上11点。

袁焜听完他俩的汇报后，再也按捺不住了。他说："扪心自问，我可没什么对不住赵达川的。"

艾珊把袁焜拉回沙发上说："你还是先把事情搞搞清楚。"

袁焜对岳东、雪儿说："我实在感谢你们俩关键时刻对我的信任。"

艾珊说："咱们雪儿对芯科的忠诚度，别说一千万了，哪怕一个亿都买不走。"

岳东果断地说："芯科这艘大船绝不能沉！"

雪儿补充："甭说沉了，连偏离航向都不允许，还要等着收购SVT呢。"

袁焜站起来，深情地说："有你们这样的贴心伙伴，我真是前世修来的福啊！"

艾珊关照雪儿："得想办法先稳住达川。"

袁焜说："赵达川一旦耍起手腕来也是很野的，你们俩一定小心。你们今晚就住这儿。"

艾珊站起来，准备去收拾客房。

岳东说："我们住这儿不妥。待会儿我们就去附近的酒店，对付几天再说。"

袁焜点点头："也好，我们分开住，免得达川起疑心。"

艾珊拉住雪儿的手："等会儿，你们开我的车走。这几天你们最好成双出入，严防发生意外。"

岳东笑着说："那我可真成了24小时的护花使者了。"

袁焜拍了一下岳东的肩膀："雪儿万一有什么闪失，董事会可得找你算账！"

众人笑起来，笑声刺破了夜的宁静。

那边厢，赵达川、大强子和华哥依然守候在雪儿的住宅外。过了12点，雪儿没来电话，赵达川打她手机却处于关机状态，达川感到有点儿不妙。华哥说干脆进去看看，反正灯都开着，还没睡呢。

三人走向屋子。按门铃，却无人出来。大强子拿出万能钥匙，打开后冲了进去。他们把房子搜了一遍，见两辆车都在车库内，却不见一个人影儿。

达川这才醒过来："空城计！咱土鳖斗不过人家海龟啊。"

第二天一早，袁焜一上班就直奔董事长办公室。赵达川放下手上的报纸，镇静地看着袁焜，问道："你没睡好？脸色这么差。"

袁焜瞪着眼气呼呼地说："你就高枕无忧了吗？"

达川装起糊涂："一大早，脸红脖子粗的干吗？"

袁焜责问："明人不说暗话，你到底要那么多钱干吗？"

达川的脸色马上变了，他没想到，雪儿对袁焜这么死心塌地。

袁焜气愤地说："既然想分家，你当初为什么死活求我合并？"

达川说："此一时彼一时喽。"

袁焜说："不就是要你那些股份吗？算给你就是了。"

达川耸耸肩："好啊，最好今天就给我。"

袁焜怒气冲冲地指着他："你以为这是摆水果摊啊，一手交货一手交钱？"

达川说："我等着急用，否则，昨天也不会急着跟雪儿开口借钱。"

"你这叫企图私自挪用公款，犯法的！"袁焜愤怒地说。

达川气急败坏地叫道："奶奶个熊！老子犯哪条法了？"

"你犯了芯科大法！"袁焜气得一拍桌子，文件飞了一地。说罢他掉头就走。

袁焜开车来到酒店，匆匆走进客房，艾珊、岳东、雪儿正等着他。袁焜气呼呼地说赵达川正四处找雪儿呢，并把他们刚才的争执告诉大家。众人听罢，都摇摇头。

艾珊严肃地对袁焜说先要想办法把达川稳住，再慢慢做工作。雪儿也认为要争取达川的回心转意。袁焜生气地说和这样的人共事，就像在身边放了一颗定时炸弹，说爆就爆的。岳东这个人客观地说除了脾气不好之外，各方面的能力还是挺强的。艾珊拉了拉袁焜的衣袖提醒他，越是在这样的时候越是要冷静。经过一番唇枪舌剑后，袁焜当场应允大家他会从长计议，再好好琢磨一下。

当天下午，艾珊火速来到海淀医院，把赵达川的举动告诉了杨晓丹。杨晓丹听后吃了一惊，难怪这几天听达川说忙，原来是在忙分家啊。

艾珊说："男人在事业上有野心是好事。俗话说，好女人能刺激男人的野心……"

杨晓丹打断她的话："但最好的女人还能抚平男人的野心呢。"

艾珊点头："对！还要想办法塑造他们。"

两人会意地笑起来。

夕阳西下，街两边的酒吧刚刚开始热闹起来。音乐声中，赵达川和大强子边走边聊。

达川说："没想到，弄点钱还真不容易。"

大强子劝道："方笑天说，实在没两亿的话一亿也行。"

达川说："我再想想法子吧。"

大强子又说："川哥，方笑天说了，经济适用房目前挺走俏的，但下手就是要快。"

达川回答："这个我知道，时间就是金钱嘛。"

大强子再三提醒："川哥，那就等你好消息了。"

达川拍了一下他的肩膀："放心！我还约了人，先走了。"

华灯初上。达川来到附近一家茶室，艾珊早已坐在里面等他。

艾珊一见达川直截了当地说："我得为袁焜的倔脾气道歉。怎么股份说分就分了呢？当初你们合在一块多不容易啊。"

达川点头："那时，你可出了不少力。"

"就是嘛！你如果单干，那就置咱们多年的交情于不顾了吗？"

达川一愣："说实话，我也不想这样，但形势逼人啊，家电业发展空间大了去了。"

艾珊说："那你们可以继续追加对'京力达'的投资啊。"

赵达川摇摇头："没那么容易，那帮海归条条框框多着呢，他们就知道和那个SVT较劲儿，还是我自己单干爽快。"

艾珊动情地说："达川，我在动手术前怎样跟你说的？"

达川有点不好意思地说："希望我们师兄弟同心，大干一场。"

"那时你可是口口声声答应我的。"艾珊哽咽着说，"我现在病好了，你倒反悔了……"

达川打断她的话："你就别再说了，让我再考虑考虑吧。"

夜晚，达川开车回家的路上，总是想起艾珊方才说过的话，心里七上八下的。

达川一进家门，杨晓丹出现在他面前。他感到既惊讶又纳闷，因为杨晓丹昨天讲好今天值夜班的。杨晓丹撒娇地说是因为想他，跟人家换了班，好好感动了赵达川一把。

达川嗅到小米粥的香味，立即要求来一碗。他边喝粥边感叹："我整天在外面喝酒饮茶，山珍海味，其实都不如这个好吃。"

杨晓丹瞥了他一眼说："那还得看是谁煮的。"

达川笑着说："那当然，我媳妇煮的嘛。"

"整天把媳妇挂嘴边，你还真想要我这个'齐天大剩'？"见达川不解地皱起眉头，杨晓丹解释道，"你没听说？35岁以上的特级剩女被人家称为'齐天大剩'。"

达川一笑说："可在我眼中，你属于'三高女'——高学历、高收入、高智商。"

杨晓丹撒娇地问："那你愿意要我这个'三高'了？"

达川说："还用问吗？这辈子，我讹上你了。"

杨晓丹问："那你得答应我一件事，才肯嫁给你。"

达川拍拍胸脯："别说一件了，一百件也答应。"

杨晓丹笑着看他："你说的，可不准耍赖。"

达川站起来："我顶天立地的大男人，怎么会不守信用呢？"

杨晓丹上前搭住他的肩膀："达川，我就喜欢你这股男子气。你有气魄，你有责任心，你有爱心……"

达川沾沾自喜地说："你还没说呢，到底啥条件？"

杨晓丹平静地说："我请求你，不要和袁焜分家。"

达川惊得跳起来："我的妈呀，你怎么也来说这个？我真晕了！"

杨晓丹拉着他的手坐下，耐心地劝说起来，赵达川不由得点点头。他知道一定是艾珊做了她的工作，这个艾珊真是帮夫帮到家了。

最后，杨晓丹还是不放心地问："你答应吗？"

达川无奈地说："不答应，你就不肯嫁给我，你说，我还有选择吗？"

杨晓丹抱住他亲了一下："你对我，真好！"

4

晚餐后，赵蕾拿起SAT阅读资料请教袁迪，袁迪三言两语就使赵蕾获得了满意的答复。赵蕾佩服地说："你真行，这些我想了半天的问题，你一看就能点破。"

袁迪不以为然地说："这有什么？我是学美国教材长大的，尤其是很小的时候就喜欢看书。"

坐在一旁的艾珊听到两个孩子交谈放下报纸，故意说："咱们小迪如果考SAT，十之八九拿高分。"

赵蕾说："肯定比我高。"

袁迪谦逊地说："我可没把握。"

袁焜也立即放下手中的杂志，顺水推舟："要不，小迪也试试SAT考试？"

"如果拿高分，我也去美国读书！"小迪的话音一落，两个大人抑制不住兴奋，会意地笑了笑。

袁焜说："那太棒了，蕾蕾有哥哥保护，永远不怕被人欺负了。"

四个人商量后决定，小迪明天起和蕾蕾一起上环球英语学校补习，赵蕾乐得直拍手。

袁焜和艾珊回到卧室，高兴地拥抱起来。真没想到小迪会主动提出去美国留学。这可是他生身父母的夙愿啊。

艾珊高兴地说："我想了好几年了都没办法向小迪开口，没想到蕾蕾一句话就成了，太让人惊喜了！"

"好事说来就来了，挡也挡不住啊。"袁焜兴奋地说着。

几天后的晚上，赵达川在客厅里看着电视。杨晓丹匆匆进来摊开手上的晚报给他看，一个醒目的标题映入他的眼帘：《方笑天涉京城经济适用房诈骗案被拘》。

达川接过报纸仔细看内容，惊讶地叫起来："大强子也是跟他同伙的。"

杨晓丹说："是吗？这人我还见过一面呢。"

达川抖了抖报纸说："他原名叫骆志强，上面写得清清楚楚。"

杨晓丹惊讶地说："原来，他们都是骗子啊。"

达川眼含泪水，悔恨不已："我还自称是老江湖，可差点儿一失足成千古恨。

大强子啊大强子，你跟了我几十年，我对你不薄啊，可你为什么要骗老哥呢？"

杨晓丹拍拍他的后背，劝他："你也别自责了。俗话说大难不死，必有后福啊。"

达川一把搂过她说："那天晚上要不是你的苦口婆心，我真得死在他们手上！是你带给我的运气，这辈子真不知道怎么感谢你呢……"

吉尼斯国际学校剧社成立几个月后，在刘倩蓉的张罗下，举行了一场汇报演出。演的是莎士比亚的浪漫喜剧《仲夏夜之梦》，由赵蕾、袁迪担纲主角，这也是当年倩蓉获奖的作品。

那晚，礼堂内座无虚席，袁焜、艾珊、刘倩蓉、弗兰克、赵达川、杨晓丹等人都来捧场。帷幕掀起，露出森林场景。赵蕾身穿16世纪英式长裙，戴着金色假发，窈窕多姿地出现在舞台上。

赵蕾朗诵起台词："既然真心的恋人们永远要受折磨似乎已是一条命运的定律，那么让我们练习着忍耐吧；因为这种折磨，正和忆念、幻梦、叹息和哭泣一样，都是可怜的爱情缺少不了的随从……"

一幕终了，观众热烈鼓掌。袁焜、赵达川他们更是鼓得特别起劲……

曲终人散，他们一大群人来到附近餐厅，庆祝赵蕾、袁迪首演成功。

席间，艾珊忍不住说："蕾蕾演的赫米娅和倩蓉当年真像！"

倩蓉笑着问："是吗？"

达川指着倩蓉和蕾蕾说："母女俩演得一模一样，真是太好了。"

弗兰克夸奖道："小迪也把拉山德演活了。"

袁焜感慨地说："时过境迁，但古老的爱情依然在一代代流传下去……"

酒过三巡之后，赵蕾突然问："请问三位爸爸，你们什么时候再谈判？"

达川一下拉下了脸："蕾蕾，今天高高兴兴的问这干吗？多没劲。"

倩蓉急着说："蕾蕾讲得没错，你们是该重回谈判桌了，都拖这么长时间了。"

杨晓丹也敲起边鼓："就是嘛，早谈早解决，别弄得大家睡不好吃不好的，影响健康。"

艾珊朝弗兰克看了一眼："弗兰克，你认为呢？"

弗兰克耸耸肩："我们SVT早想谈了，但芯科不理我们。"

袁焜对达川说："既然蕾蕾都开口了，咱们就给蕾蕾一个面子吧。"

达川爽快地说："好，马上就谈，谁怕谁啊？"

"三个爸爸对我真好！"赵蕾拍着手跳起来。

众人都笑起来。

连日来，袁焜心情显得特别沉重，这次SVT来谈判，结果还是难以预料。如果还不成功，再这样耗下去肯定会是两败俱伤。

这天晚上，艾珊看着躺在身旁发愣的袁焜放下手中的书说："我看，你们除了要显示实力，还要讲究谈判技巧。要不要在这方面加强一下？"

袁焜问："你有合适的人选？"

艾珊说："中关村什么人才都有，谈判高手不下十个，有几个还参与过世界级公司的并购谈判，我一个好友还认识参加过WTO谈判的人呢。"

袁焜思考后认为，不妨找几个高手给他们的谈判团队上几堂课。艾珊雷厉风行，马上就去打电话联系。

5

时钟指向晚上8点，王宫饭店会议厅内空气依然紧张，芯科和SVT正在举行第六次谈判。

长桌两边的中美人士个个西装笔挺，但脸上都露出倦容。一方以袁焜、赵达川为代表，另一方以SVT的CEO沃森和弗兰克为代表。他们已经谈了两天两夜，价格问题上依然是针尖对麦芒，谁都不肯让步，但从气势上说，芯科略占上风。

事实上，SVT的日子越来越不好过，最近的股价跌得一塌糊涂，创历史新低，北京的SVT行将倒闭，员工纷纷跳槽。SVT明知降低笔记本电脑价格以加重谈判的筹码是芯科的策略，但这样做是在游戏规则之内，SVT是哑巴吃黄连，有苦说不出。

到了10点，谈判还是没有进展，不得不宣布休会两小时。

回到客房，赵达川一见到床马上躺下，袁焜、岳东、薛景宁、傅光兴则坐在沙发上。

达川感慨道："这美国佬太难缠了，都折腾了差不多两年了，两个孩子都该生下来了，干脆别跟他们谈了。"

景宁说："已经走到这一步了，再难也要挺下去。"

袁焜说："如果对收购SVT这样的名牌企业说NO，那就太不明智了。"

岳东和傅光兴都认为，不抓住这样的机会，会终身遗憾的……

半夜12点，大家准时重回谈判桌，休息后个个精神振作。一开始，双方都有诚意，SVT从13亿美元降到12亿，芯科也从8亿升到了9亿。后来，一直僵持不下，谁都不肯再让步。

袁焜和赵达川紧锁眉头，都有些不耐烦的样子。达川突然用中文对袁焜说："算了，咱不买了！"

在座的人都愣住了。

弗兰克听得懂中文，他皱起眉头和旁边的沃森交头接耳，沃森的表情逐渐由惊讶转为平和。弗兰克劝大家心平气和地谈判，希望双方的价钱再折中一下。

时钟指向凌晨2点，袁焜和达川再一次交头接耳后，袁焜环视诸位，大声地说："各位，我们再出一次价，这也是我们的底线，10亿美元。"

沃森和弗兰克互相看了看，然后点了点头。

沃森站起来，伸出手，袁焜也站起来，两人握手。沃森说："成交！"

热烈的掌声经久不息，刺破了夜的宁静。接下去，双方紧张地准备文件，一直忙到清晨6点。

天已大亮，一行人走出王宫饭店的大门，中外记者早已守候在外。以袁焜为首的谈判队意气风发地面对众多记者。袁焜做了一个"V"字形手势，大声地说："10亿美元拿下！"

镁光灯不停地闪烁，记者纷纷涌向袁焜……

阳光明媚，芯科集团大楼前人山人海。

10点整，主持人宣布芯科集团收购SVT仪式正式开始，袁焜和沃森互相交换文件，握手言欢。

沃森对着麦克风，显得有点儿失落："此时此刻，我的心情是复杂的，我们将百年企业卖给了别人，就像把自己的孩子送给了别人一样，内心当然是痛苦的、留恋的，但值得欣慰的是，我们把SVT交给了值得信赖的芯科集团，代表美国精神的

SVT品牌还会一直沿用下去……"

满面春风的袁焜致辞："各位朋友，今天既是芯科集团发展历史上的里程碑，也是一个时代的象征。在中国这块热土上，精彩的故事还会不停地发生……"

掌声四起，一片欢腾。袁焜稍作停顿后宣布，新芯科集团总部设在中关村，新公司的官方语言是中英双语，他本人任董事长、弗兰克任CEO（首席执行官）、赵达川任总裁、欧阳雪儿任CFO（财务主管）、薛景宁任CTO（技术主管）、岳东任SD（销售主管），美国分公司设在原来SVT的总部，由傅光兴任总经理。

掌声又起，弗兰克兴奋地紧握袁焜的手："我们终于盼到这一天。"

袁焜说："中国有句老话，叫作不打不成交，英文就是No discord, no concord。"

此时，袁迪冲上前来扑到袁焜怀里，艾珊也挤过人群将鲜花献给了他。

艾珊兴奋地说："祝贺你的又一次成功！"

刘倩蓉捧着花，带着赵蕾，来到弗兰克旁边。弗兰克边接过花边说："亲爱的，你教我的中文关键时候用上了，而且以后还会继续用。谢谢你！"

倩蓉笑着说："那得给你发一个中文毕业证书。"

芯科成功收购美国标志性公司SVT后，股价上升了30%，袁焜俨然成了IT界的明星。他的创举很快登上了《华尔街日报》《金融时报》的头版新闻，他也应邀出席"中国经济论坛"并担任演讲嘉宾。

那天在"中国经济论坛"的会场上，袁焜巧遇美国"顶尖软件公司"董事长戴思。两人拥抱，袁焜感谢戴思几年前对他的鼓励，戴思希望他们尽快有机会合作。

袁焜突然想起上周看到的新闻，问道："对了，你不是正忙于大笔并购吗？怎么有空来北京呢？"

戴思耸耸肩："再忙也要来啊！拒绝中国就是拒绝财富。"

"对，中国与世界共享财富。"袁焜意味深长地说着。

戴思突然板着脸："焜，我要起诉你，因为你挖了'顶尖'的顶级销售经理傅光兴。"

袁焜拍拍他的手臂："傅光兴可是美国公民，按加州当地法律，员工有选择雇主的自由。"

戴思笑起来："跟你开个玩笑。中国有的是人才，说不定我这次来北京又会发现陈光兴、王光兴，也许比傅光兴还厉害。"

袁焜再次握着他的手说："祝你好运！"

会场上座无虚席，外宾都戴着同声翻译耳机。

主持人介绍完主讲嘉宾袁焜后，袁焜在掌声中走上了台。他说："女士们、先生们，你们好！大家知道，几个月前我们芯科集团收购了美国著名企业SVT，从此跻身世界500强。但是，这并不是我们并购业务的唯一目的。我们最重要的目的在于突破增长的天花板，创造最大化的价值。所以，新芯科集团的国际化不是终点，而是新的起点……"

全场鼓掌，坐在下面聆听的艾珊也跟着大家鼓掌。

袁焜继续说："各位朋友，中国企业急需创新，树立品牌，必须由Made in China（中国制造）逐步向Invented in China（中国创造）转型，而这转型的速度越快越好！"

全场响起了雷鸣般的掌声，艾珊激动得热泪盈眶。袁焜喝了一口水，接着说："我们芯科集团是以数字多媒体芯片为突破口，率先将'中国芯'打入国际市场，实现了几代中国集成电路科技工作者的梦想，是中国电子信息产业从'中国制造'迈向'中国创造'，引领国际市场的重大突破，也是新一代海归在追求自主创新、在追求民族复兴道路上的奋斗成果。"

论坛曲终人散，袁焜带着艾珊来到附近的一座天桥上。此时正是傍晚，他俩的脸庞在火红色晚霞的映照下更显精神焕发。

艾珊鸟瞰远方，似乎依然沉浸在兴奋中："你今天的演讲太吸引人了，坐在我旁边的几个外国人不停地拍手，我的手也拍痛了。"

袁焜说："没想到，这次论坛到处充满了中国元素，真让人激动！现在China（中国）这个字，足以让西方人心跳加速，尤其是商人都想来吃中国这块肥肉。在20世纪，走向美国就意味着走向世界；在21世纪，走向中国就意味着走向世界。"

艾珊点点头，她看着桥下的车水马龙说道："看到中关村，就看到了21世纪的中国。"

袁焜被美国《商业周刊》评为全球50位商业新星后，在留美学生中激起了千层浪，中关村再次成为人们茶余饭后谈论的话题。各路英豪再也不能观望了，纷纷准备探访中关村。全球各地的中关村联络处电话响个不停，每天都有好几批人亲自上门询问回国创业的详情。仅硅谷联络处，在短短几个星期就有100多人报名参加了这一届的考察团，打破了纪录……

那天夜里，北京首都机场国际出口处，比往日更热闹。宋总站在接机的人群中，旁边两个年轻人拉着横幅，上面写有"欢迎海外学子中关村创业考察团"。

人群涌出来，中关村驻硅谷联络处主任马骏匆匆走过来和宋总握手，他说："宋总，您还亲自来接机啊，真是麻烦您了。"

宋总笑着说："你马主任都快包机了，我能不来吗？"

马骏这次带了161人回来考察，他们正好是第100个考察团，所以宋海燕来接机更有意义。

马骏对大伙说："这就是我常跟你们提起的宋海燕总经理。"

"就叫我宋大姐吧。"宋总向大伙挥挥手。

众人纷纷伸出手和宋总握手，"宋大姐"的叫声此起彼落……

第二十八章　携手同心再远航

1

经过几个月中美两地来往穿梭，芯科集团终于完成了收购SVT的所有交接工作。对于袁焜来说，买下SVT不是完成一件大事，而是刚刚开始，所以他很想听听大伙的下一步设想。

上午10时整，新芯科召开首次高层会议。

弗兰克说下一步的工作不会轻松，可以说是"开着快车换轮子"，新芯科要以国际化的心态管理公司，原来SVT的一万名员工才会从心里接受芯科。达川说非要顺利过渡不可，一出乱子股票就会下跌，那可不是闹着玩的。袁焜认为新芯科面前有四道坎儿，那就是客户坎儿、股东坎儿、资金坎儿和文化坎儿。

岳东说在国外还是用SVT的品牌，两年后再采用双品牌，所以客户方面的风险已经被控制了，SVT原来的客户也不会跑掉。弗兰克马上表态说会到美国安排有关活动，和大大小小的投资人沟通，稳住股东的信心。

袁焜说资金链方面的坎儿，倒不是因为收购动用了大笔钱，而是资金运作的盘子大了，必须从原来的70多亿人民币提升到70多亿美元。达川认为在这个大盘子上，一丁点儿风吹草动都会被人按比例甚至超比例放大，新芯科在成本控制上即使有1%的出入，都会耗尽原来芯科全部的利润空间。

运作这样一个大的资金盘子，对CEO、CFO来说，绝对是超级挑战，袁焜问雪儿有没有仔细考虑过。雪儿对大伙说不必为钱的问题担心，除了和康恩保持密切联系外，最近很多有实力的银团都主动找上门来了。弗兰克马上提醒雪儿，在公司最顺利的时候，同样要慎重选择银团。

袁焜最后看了看大家说："两家公司的企业文化能不能很好地融合这是个问题。"

达川说："我认为这不是一个大问题，因为SVT的主管和销售员到目前为止一个都没有换，这就给员工吃了定心丸，只要这些老面孔在，客户就放心了。"

弗兰克说："文化差异肯定是有的，但慢慢会缩小，我会经常去美国分公司和管理层沟通，再说傅光兴的能力也很强，主管那儿的业务不会有问题……"

赵蕾、袁迪考完SAT后，艾珊发起三家人聚会。那天中午，大伙如约来到一家高级自助餐厅。

吃着聊着，几个大人纷纷问两个孩子考试的感觉怎样。蕾蕾说数学、阅读应该不错，写作就吃不准了。袁迪说只要掌握技巧，SAT考试并不难。倩蓉劝说考完就不要再去想了，等成绩出来再说。

袁焜换个话题说："下个周末咱们大家一起去龙庆峡玩，让孩子彻底放松一下怎么样？"

杨晓丹认真地说："依我看，你们两个小家伙睡眠都不够，得先好好补觉。"

艾珊冲着两个孩子点点头："医生的话可一定要听哟。"

这时，赵达川的手机响起来，他接听后脸色大变。原来，电话是达川济南的妹妹打来的。他妹妹告诉他，他妈妈摔了一跤，变成脑溢血，刚接到病危通知。杨晓丹一听二话不说，站起来准备和达川一起回老家。

赵蕾也站起来要求一块去，可达川、倩蓉怕她落下功课，劝她留下。赵蕾急了，哽咽着说："是奶奶把我带大的，奶奶出了这么大的事我一定得去。"

袁焜答应让赵蕾马上去山东看看，如果没什么事先跟杨阿姨回来。艾珊说功课回来再补就是了，她去跟任课老师打招呼。赵蕾点点头，刘倩蓉也只好同意。

达川感动得热泪盈眶："咱们蕾蕾真的长大了，懂事了。"

大伙商量后决定，他们三个人开车去济南，免去在机场等候的时间，会比坐飞机来得快，再说有辆车子带去办起事来也方便。

赵达川、杨晓丹、赵蕾三人回家整理完简单行李后，立即上路了。杨晓丹开着车，赵达川坐在副驾驶位置上指路，赵蕾则坐在后面边听MP3边闭目养神。他们的车很快融入城市的车水马龙中。

快到济南时，夜幕降临了。在达川执意坚持下，晓丹才肯换下由他驾驶。达川开着车，直奔医院。

三个人风尘仆仆来到病榻旁，见躺着的赵母毫无反应，达川叫道："妈，妈，妈……"

赵蕾摸着老人家的手，大声喊道："奶奶，奶奶……"

赵母仍然没有反应。杨晓丹摸了摸老人家的额头，又替她号脉，然后摇了摇头。达川的妹妹在一旁哭泣着。

这时，一位男医生走进来，赵达川立即走上前询问病情。医生摇摇头说脑溢血引起肺部感染，病人本来就有严重的高血压、胃出血，还长期吸烟，再加上70多岁了，身体抵抗力很差，器官已衰竭了。

杨晓丹问医生是否用了抗生素，医生点头，但说一点儿效果都没有。达川马上指着杨晓丹，向医生介绍说是他的未婚妻，北京的医生。男医生和杨晓丹握手，表示同行就更容易理解了。

赵达川、杨晓丹、赵蕾和达川的妹妹四人来到走廊，商量后决定由赵达川一人留下陪夜，三个女人先去旁边一个旅馆住下，明天一早再来换班。

达川回到病房。灯光幽暗的病房内，赵母躺在床上，依然双眼紧闭。达川坐在病榻旁边，抚摸着母亲的手，喃喃自语："妈，您怎么不醒醒呢？您不是想我再找个媳妇吗？我把她给您带来了，但您得睁开眼看看呀……妈，我的好妈妈呀……快睁眼看看吧……"

翌日清晨，赵母仍然闭着眼睛。赵达川坐在病榻旁边打瞌睡，一只手仍抓住母亲的手。

杨晓丹提着外卖盒走进来，蕾蕾、达川的妹妹紧跟其后。见三人蹑手蹑脚起来，达川抬起头来。

杨晓丹询问老人家情况，达川无奈地说跟她讲了一宿话，都不理睬他。赵蕾打开外卖盒，催促达川快吃。达川咬了一口油条，但一点儿胃口都没有。达川的妹妹劝哥哥吃完快去旅馆睡觉。恰在这时，赵母突然睁开眼睛，看向杨晓丹、赵蕾。

赵蕾马上扑上去叫道："奶奶，奶奶，我是蕾蕾！"

赵母嘴角上露出一丝笑容。杨晓丹果断地对达川的妹妹说："快去叫医生。"

达川的妹妹奔了出去。达川马上拉起杨晓丹的手，对着赵母耳朵说："妈，这是您媳妇，也是个医生。"

赵母嘴角再次露出笑容。她用力抬起手，抓住杨晓丹和赵达川的手不肯放。三个人的手紧紧合在一起。

杨晓丹含泪说："妈，您放心，我会照顾好达川、蕾蕾。"

赵蕾又喊："奶奶，我要去美国读书了。"

赵母的脸上涣散着笑容。不一会儿，她的手一松，头歪向一边……

达川立即大叫起来："妈，妈！"

赵蕾也高喊："奶奶，奶奶！"

医生、护士跟着达川的妹妹匆匆进入。医生翻了一下赵母的眼皮，遗憾地说老人家走了。达川、达川的妹妹扑向母亲大哭，赵蕾、杨晓丹也跟着哭起来……

2

晚餐后，赵蕾照例弹起钢琴，艾珊和小迪则在一旁观赏。一曲终了，小迪忍不住对艾珊说蕾蕾弹得越来越好听了，艾珊对着蕾蕾竖起了大拇指。

赵蕾脱口就说："这首歌，还是妈妈教我弹的呢。"

艾珊纳闷地问蕾蕾："倩蓉什么时候学钢琴的？"

赵蕾瞪大眼，认真地说："我的妈妈是你呀！"

艾珊惊讶地问："真的吗？"

赵蕾指着一旁的袁焜说："我叫他爸爸，难道不可以叫你妈妈吗？"

艾珊惊喜地将赵蕾拥进怀里，眼泪抑制不住地流下来："当然可以，我的好女儿！"

袁焜走上前来，眼含泪水地将艾珊、赵蕾搂进怀里。小迪也上来拥在一起。

弗兰克担任新芯科的CEO之后，美国的销售额不降反升。袁焜非常清楚，弗兰克和傅光兴都是功臣，尤其是弗兰克飞来飞去地十分辛苦。

那天上班后，袁焜特地叫来弗兰克，寒暄几句后塞给他一个红包。弗兰克惊讶地问里面是什么，袁焜笑着说是特殊奖励。

弗兰克打开一看，是一张10万元的支票，伸出舌头表示惊讶。袁焜说是从董事长特别经费中支出的。弗兰克举起拳头，笑着说下一次争取拿更多……

弗兰克下班后，特意去了商城。回家时，他提着大包小包进来。倩蓉一看傻了眼，都是女性名牌内衣。

倩蓉惊奇地问："你又做错什么事了用糖衣炮弹来笼络我？"

弗兰克拿出支票在她面前晃了晃，自豪地说："袁焜奖励我的。"

倩蓉一看支票，笑道："他也学会收买人心啦。"

弗兰克把支票交给倩蓉，又摸摸自己的头对她说："奇怪，我最近工作很忙，压力也很大，但这个头痛病说好就好了。"

倩蓉笑着说："这就是中药的神奇啊。它不能马上见效，而是慢慢地起作用。"

弗兰克认真地说："我看，这不是中药的原因。"

倩蓉立刻拉长脸问："你是不是又要否定中药了？"

弗兰克一把将倩蓉搂在怀里："是你的神奇！是你解除了我的心病。"

倩蓉得意地说："心病就得用心药医嘛。"

SAT成绩发榜了，袁迪、赵蕾都拿了高分，并且两人的数学都是满分。

袁焜、艾珊、刘倩蓉马上帮助他俩申请美国大学，两个孩子不约而同地将斯坦福大学作为首选。袁焜高兴得将他俩搂在怀里。

一旁的赵达川幽默起来，说："好嘛，这个大家庭以后得成立斯坦福校友会了。"

一天上午，阳光温煦。袁焜、薛景宁和岳东等人在公司露台上喝咖啡、聊天。

此时，雪儿匆匆走来，挥了挥手上的文件。这可是收购后的第一份财务报表，大家都焦急地等待着。

袁焜接过一看，喜上眉梢，第一季度净利润5亿，比去年同期增长了20%，真是好消息一个接着一个啊！袁焜摸了摸胸口说："芯科员工悬了几个月的心总算可以放下了。"他心想，弗兰克确实有能力，笔记本电脑的国外市场占有率越来越高，这也再一次证明，自己主张让他做CEO是明智的选择……

王宫饭店宴会厅里，红地毯更衬托着喜气洋洋。四周桌子上摆满了美酒和自助餐。芯科的高层和家属们全部在场，个个精神焕发，还特地请来了宋海燕总经理主持会议，曹钟望老先生也应邀而来。

时钟指向6点。宋总向大伙招招手说道："今天，咱们相聚在这里，庆祝新芯科集团三喜临门。一是庆祝袁焜博士当选为中国工程院院士。这个终身荣誉可是中国工程科学技术方面的最高学术称号！"

大家鼓掌，向袁焜道贺。

袁焜向众人点头，说道："有幸当选院士，感到光荣之际又觉任重而道远。我不会当'万事通'、也不会以'权威'自居，我会继续保持低调实干。我要站在更高的起点上，把'中国芯'系列产品进一步推向国际市场。"

掌声后，宋总说："第二喜是'中国芯五号'顺利面世，这个产品将广泛应用于智能型电器中，期望掀起家电业的新革命！"

又是一片掌声。事实上，今年3月日本地震后全球家电芯片短缺，可以说，"中国芯五号"横空出世适逢其时。"中国芯五号"一推出马上就接到了不少订单，尤其是日本的。

在宋总的要求下，袁焜做了即兴发言："各位同仁，昔日的仓库依旧在，芯片依旧卖，'中国芯一号'的精神依然激励着我们。芯科就是要不停推出新产品，只有切实提高自主创新能力，突破行业巨头的技术垄断，争取更为有利的贸易地位，才能进一步加强企业的国际竞争力和抗风险能力，让中国品牌真正融入全球市场。"

宋总接过话头："芯科集团的第三喜是，芯科集团买下了'京力达'的所有股份，由赵达川总裁全权主管。"

满面春风的赵达川向各人招手，说道："可以说，做家电业是我青年时代的一个梦想，今天终于如愿以偿了！本人一定好好干，不负众望。"

杨晓丹看着达川，两人会意地一笑。众人举杯庆贺，热闹非凡。

雪儿走到赵达川面前，相互碰杯。雪儿说："赵总，恭喜您终于梦想成真！"

达川谦恭地说："'京力达'的财务部你得给我去好好整顿。"

雪儿一笑："没问题，这是我分内的事。"

几天后的傍晚，弗兰克主动约袁焜来到高尔夫球场。放眼远眺，绿草如茵，景色美轮美奂。他俩边挥杆边交谈，时而发出阵阵的笑声。

弗兰克不解地问："焜，你当上工程院院士值得庆贺，但当了院士后要开很多会，参与不少行政工作，我担心会分散你的精力，芯科集团也会受影响的。"

袁焜停下球杆看着远方说："到目前为止，芯片仍然是中国第一大贸易赤字的产品，达到1400多亿美元。这对我国来说，不仅是重要的经济损失，也代表着我们电子制造业，甚至国家的安全，都在依赖国外。"

"你是芯科的董事长，不是国家总理啊。"弗兰克不以为然地说。

"中国现在是电子信息产品的制造大国，而不是强国。通过我们的芯片带动中国制造业大幅度提高在国际上的竞争力，这也是我们成为强国的一条快捷方式。我们不仅仅要填补国内空白，而且要赶超国际最前沿的技术，这也是我们新一代海归的使命……"

弗兰克听罢，肃然起敬地说："原来，你的大脑里不仅装着整个芯科，而且还装着整个中国。"

袁焜用力挥出一杆："当然！否则，我们的产品就不会叫'中国芯'了。"

弗兰克看着远方，又以钦佩的目光看看袁焜叫道："又是一个好球！"

金色的晚霞洒满袁家后院，这里宾客云集，一片热闹。

艾珊两手各搭着小迪和赵蕾的肩膀，大声地对众人说："今天请大伙来，有三件喜事分享。一是庆祝我们的一对优秀儿女，袁迪和赵蕾双双入读斯坦福大学，小迪读医科，蕾蕾读工科。"

袁迪看了看杨晓丹说："我要向杨阿姨学习，做一名好医生！"

赵蕾拉住袁焜的手说："我要像爸爸一样，以后当院士！"

雪儿笑着对他们说："好大的口气啊。"

弗兰克向赵蕾竖起大拇指。

达川说："没准，还真能青出于蓝胜于蓝呢。"

艾珊来到薛景宁身旁，指着站在他身边的一个女人和女孩对大伙说："欢迎薛太太带着女儿回到北京团聚。"

景宁感动地说："十天前，我终于告别了'太空人'生活。在艾校长帮助下，我女儿入读了吉尼斯国际学校。"

薛太太向大伙微微点头："感谢各位这么多年对景宁的照顾，尤其是袁总。"

袁焜上前和薛太太握手："弟妹，你就不必客气了。要不要到芯科来工作？"

薛太太："先谢了。不过，我已经在沃尔玛找到工作了，做管理。"

袁焜说："那就恭喜你，有困难尽管开口，我和景宁是铁哥儿们。"

艾珊来到赵达川、杨晓丹身旁说："还有一喜大伙都知道了吧？他们两位领结婚证了。"

倩蓉纳闷地问："我怎么不知道？"

达川笑着说："我都给亲朋好友群发短信了，可你不在我手机联络人里。"

倩蓉板下脸："你是在故意气我？"

杨晓丹劝道："倩蓉，达川跟你闹着玩的，别中他的计。"

倩蓉笑着拉住杨晓丹说："还是嫂子好！"

赵蕾走向前，拉着杨晓丹的手："那我又多了一个妈妈。"

袁迪指着赵蕾笑着说："你是世界上最幸福的人，有三个爸爸、三个妈妈。"

众人捧腹大笑。

芯科研发部内灯火通明，数百人坐在电脑前奋战。袁焜、薛景宁、岳东围在电脑前讨论。

薛景宁看着电脑，突然说："测试成功了！"

袁焜指着电脑，站起来叫道："放在了一块芯片上！"

达川匆忙走过来，纳闷地问："什么一块、两块芯片上？"

袁焜解释："我们把智能的运算，包括未来物联网、云计算所要的重要感知的功能与普通视频的拍摄、压缩放在了一块芯片上，这可是安全防范视频监控数字音视频编解码（SVAC）国家标准啊。"

岳东兴奋地说："一不留意，咱也开创了国际研究新领域。"

达川手一挥："那还了得，赶快去喝两杯！"

3

袁焜、艾珊送袁迪去斯坦福大学注册之前，安排了特殊的旅程，他们三人从北京直飞纽约。

出了肯尼迪机场，他们坐上了黄色出租车。

黑人司机问旁边的袁焜："先生，你们去哪儿？"

袁焜说："请去'9·11'遗址。"

黑人司机说："今天是10周年纪念日，去那儿的人特别多，你们也去赶热闹吗？"

后座上的艾珊指着旁边的袁迪："去看这孩子的生身父母。他们就是在'9·11事件'中丧生的。"

黑人司机看了看倒后镜说："非常抱歉！我可怜的孩子，上帝会保佑你的。"

袁迪说："谢谢叔叔！"

黑人司机大方地说："待会儿，你们不用付钱了。"

袁迪问："为什么？"

黑人司机说："也让我以实际行动，纪念一下你的父母。"

袁焜拍了一下司机的肩膀："谢谢你，可爱的纽约人。"

他们抵达"9·11"遗址时，已是人山人海。原来世贸双子塔之处，已被两个巨大的方形水池所替代。水池内部用灰色大理石砌成，外部则用白色厚纸板紧紧包裹。涓涓水流形成瀑布，在水池四周形成壮观的水幕，清水静静地流入池中央的深井之中。水池上方白色厚纸板下，镌刻着"9·11"遇难者的姓名。

袁焜指着北池说："小迪，那就是世贸大厦北楼遗址。"

艾珊指着南池："那就是南楼遗址了，你爸爸妈妈以前就在那儿办公。"

袁迪说："我去过，但不记得是北楼还是南楼了。"

袁焜摸着他的头："那时你才8岁。"

艾珊悄悄说："我有他们的名片，一直保留着。"

傍晚，他们三人坐出租车来到郊外墓地，艾珊、袁迪手捧鲜花。他们来到李声、罗丽雨夫妇的墓碑前，先献上花，然后三鞠躬。袁焜用纸巾抹干净李声夫妇的照片。三人凝视着照片，陷入沉思。

袁迪的双眼慢慢湿润，心中默默说："亲爱的爸爸、妈妈，十年后我终于重踏美国土地来看你们了。养父养母对我很好，在他们无微不至的培养下，我已健康长大成人，马上就要去加州入读斯坦福大学。我一定努力读书，做一个救死扶伤的好医生。以后每年这个日子，我都会来看你们……"

翌日，他们三个又来到安老院，探望小迪的外公外婆。室内布置得简单而又整洁。

艾珊拉着袁迪外婆的手说："您看谁来了？"

袁迪将礼物放下，袁迪的外婆仔细打量着他："你不是小迪吗？真是又高又帅啊。"

袁迪上前拥抱她："外婆，您好！"

外婆眼泪滂沱："十年了，你终于回来了，回来就好……"

袁焜说："伯母，小迪考上斯坦福大学了，学医科。"

老妇惊喜地看着袁迪："那可是名校啊，多有出息，当医生好。"

袁迪说："外婆，您以后有病了我来给您看。"

外婆点头，然后向袁焜、艾珊鞠躬："感谢你们，把小迪培养成人送进名校，我代表丽雨谢谢你们了。"

袁焜上前握住她的手："使不得，这都是咱们应该做的。"

艾珊拉住袁迪的外婆的手："伯母，伯父在里面休息吗？"

外婆指着柜子上的小遗像难过地说："上次你走后没几个月，老头子就去见丽雨了。"

艾珊哽咽着说："这对伯父来说，也是一种超脱。"

袁焜劝慰着："伯母，别太难过，他们父女俩在天堂相会了。"

说罢向伯父遗像三鞠躬，艾珊、袁迪也跟着鞠躬……

当天晚上，袁焜、艾珊、袁迪三个人飞到旧金山，与刘倩蓉、弗兰克、赵蕾会合。次日，袁焜就带着他们参观斯坦福大学。

那是一个阳光明媚的上午，学校正门大道上每隔五米就是一棵几十米高的棕榈树，格外壮观。

袁焜指着入口处说："这就是你们的学校！"

袁迪情不自禁地说："一棵棵棕榈树，就像一个个高大威武的武士，整齐排列在两旁。"

赵蕾也忍不住说："它们欢迎我们，它们也在保护我们。"

倩蓉惊讶地说："哇！这两个小家伙，刚一到就开始抒情啦。"

弗兰克竖起两个大拇指："应该说，他们对斯坦福是一见钟情。"

众人哈哈大笑。

他们一行六人来到纪念铜牌前。

袁焜指着铜牌上利兰·斯坦福（Leland Stanford）和简·斯坦福（Jane Stanford）的名字说："为了纪念儿子，他们夫妇创办了斯坦福大学。"

弗兰克对两个孩子说："在这里，你们想平凡都很难。你们已经站在了高起点上，能不能把才华发挥到极致，就看自己的努力了。"

赵蕾微笑着说："我会加倍努力的。"

袁迪说："我一定要勤奋读书。"

袁焜意味深长地说："斯坦福夫妇把财富变成了知识，而我希望你们，要把知识转变成财富，靠科技改变世界，为人类发展创造奇迹。"

两个孩子郑重地点了点头。

他们又步入纪念教堂。

袁焜说："据说斯坦福先生因为劳累过度，在睡梦中去世，他的夫人为他建造了这座纪念教堂。教堂正面有四幅精美的壁画，分别代表love（爱），hope（希望），faith（公正），charity（博爱），这正是斯坦福创立者精神的写照。"

艾珊说："孩子们，你们总有一天会明白，回馈社会永远比向社会索取更高尚。"

弗兰克频频点头，刘倩蓉做深思状，两个孩子似懂非懂地点了点头。

4

芯科集团研发部内，数百名同仁站立着，气势壮观。袁焜、薛景宁、岳东、赵达川、雪儿、冯振邦主任、宋总均站在中央。

冯振邦兴奋地说："今天，我代表有关部门宣布，你们芯科集团为主导创立的安全防范视音频编解码标准，正式颁布为国家标准，并开始进入市场推广……"

袁焜心里明白，芯科基于过去十年在芯片领域取得的一系列硕果之后，未来的十年要取得更大的成果，那就是在安防监控、物联网新兴的产业领域里边，利用集成创新的方式，从芯片入手，从标准入手，从而进一步提出一个崭新的安防监控和物联网的系统和产品，这样一种转变在商业模式上也是一个重大的转变。

大家鼓掌之后，宋总说："你们芯科为维护国家安全、社会稳定和安全生产做出了贡献，走出了一条具有中国特色的高科技发展和战略性新兴产业振兴之路！"

吉尼斯国际学校操场上，学生们都在玩耍，艾珊和刘倩蓉难得偷闲谈心。因为两个孩子赴美留学，这对表姐妹最近都深感失落。尤其是刘倩蓉总是魂不守舍的。

倩蓉感慨道："还是当年在加州的那句老话，我们都嫁给了'不回家的人'。"

艾珊说："男人总有做不完的事，爬过一座山又是一座山。"

倩蓉说："他们天生就是征服山峰的，在征服过程中，他们得到了一次又一次的满足。"

艾珊接住她的话说："难道我们女人就不能做到吗？也许有更多的事等待我们去做。"

倩蓉说："最近，我也在考虑这问题。那次在斯坦福纪念教堂前你说的话，让我琢磨了好些天。"

艾珊问："哪句话？"

"'回馈社会永远比向社会索取更高尚'。"倩蓉认真地说。

艾珊笑起来："看来，我们姐妹俩想到一块去了。"

倩蓉急着问："你有什么点子了吗？"

艾珊拉着倩蓉坐在椅子上，和盘托出她的大胆设想："这个学校算是办成功了，我打算逐渐退出，准备介入慈善事业，建立慈善基金会，为偏远地区贫困儿童服务。我认为，中国不缺少管理者，而是缺少慈善家。"

倩蓉听后马上举起手说："我愿意和你一起做。弗兰克也一定会支持的！"

艾珊逗笑着问："凭他对你深深的爱？"

倩蓉摇摇头："不是的，你又拿我寻开心了。弗兰克的父母把南加州凯迪庄园全部捐给了仁爱慈善协会，那个协会是专门帮助穷人和病童的。"

艾珊一拍手说："有了，咱们就建立'仁爱慈善基金会'！"

倩蓉伸出手，两人击掌："一言为定！"

　　袁焜踏着晨光走进办公室，习惯地先打开电脑，收到了纽约安吉拉的E-mail。安吉拉说美国AE家电公司准备出售，问芯科是不是有兴趣。袁焜想，AE可是巨无霸知名企业，怎么突然找买家了呢？

　　他想了半天也理不出头绪，叫来赵达川商量。

　　达川一听乐坏了："我正想做大家电事业呢！机不可失，应该马上行动。"

　　袁焜想了想说："我认为扩大家电业的火候尚未到。"

　　两人产生了巨大分歧。达川临走时扔下一句重话："这件事，由不得你一个人做主！"

　　几天后，袁焜召集高层开会，问大家认为公司到底有没有能力收购AE。

　　达川迫不及待地说："'中国芯五号'的顺利面世，已经掀起了家电业的新革命，'京力达'电器的利润也迅速增长，此时如果收购AE，趁机可以把公司的电器业务做大，走向国际。如果缺钱，咱们可以向银行借贷。"

　　雪儿说："凭芯科的金字招牌，借钱是轻而易举的事，也可以找国外的银行、金融公司合作，现在得先论证收购的可行性。"

　　弗兰克理智地分析起来："AE是美国家喻户晓的品牌，要收购他们得花很多钱。如果成功，确实是发展芯科版图的好机会，但这并不是芯科的强项。再说，芯科的'中国芯'系列产品和'新芯笔记本电脑'的海外市场面临强大的竞争。"

　　岳东说："我赞成弗兰克的观点。芯科产品在美国市场的争夺战，鹿死谁手还不知道。"

　　薛景宁说："目前应该尽力把'京力达'电器做扎实，以后机会成熟了，再考虑走向国际的事儿。"

　　赵达川脸色变了："你们分明就是一边倒地向着袁焜，根本不会考虑我的意见。"

　　袁焜解释："达川，管理一个公司有三个方面最重要，一是公司的方向，就是做什么；二是做事的节奏，快与慢，什么时候该动，不该动，什么时候该硬，该软；三是公司的体系结构，分工和授权……"

　　达川打断他的话："好啦，一说起来就是一大套理论，我不跟你们多说了，我还要去见客户呢，一个星期前就约好了。"说完，他站起来走了。

众人目瞪口呆。袁焜心里更是难受，怎么他的老毛病又犯了呢？真是江山易改，本性难移啊！

次日一大早，赵达川就焦急地来找袁焜。他说："我昨晚一宿都没睡着。收购美国AE家电的事儿，能不能试一试？先委托财务公司查账，如果有利可图就收购，风险太大就拉倒。"

袁焜说："这么大的事，不是我一个人说了算数的。"

达川急了："那些人还不是听你的吗？我是单枪匹马啊。"

袁焜严肃地说："我可没搞一言堂，重大商业决策都是集体讨论的。"

达川板起脸说："我就知道你不肯帮我。"

袁焜耐心地说："企业成长的过程就像是学滑雪一样，一不小心就会摔进万丈深渊。芯科目前的状况确实不错，但这个时候我们还是要保持清醒的头脑，如果盲目地去收购AE，也许马上就会出乱子……"

"你就是不肯给我机会。"赵达川不耐烦地打断他的话掉头就走。

吉尼斯国际学校会议室内，座无虚席。

艾珊向众人宣布：从今开始她逐渐退出吉尼斯国际学校的行政工作，具体由王校长接手。她又宣布，"仁爱慈善基金会"正式成立，由她和刘倩蓉负责，基金会主要为偏远地区贫困儿童服务。

大家鼓掌后，袁焜说："芯科集团为表示对'仁爱慈善基金会'的支持，特捐出50万元。"立即赢得一阵掌声。

袁焜把支票递给艾珊，艾珊感谢芯科集团的慷慨解囊。

尔后，弗兰克说："我有一个好消息告诉大家，美国的'仁爱慈善协会'愿意和我们的'仁爱慈善基金会'建立合作伙伴关系。我想，中美两国人民帮助穷人和贫童、病童的心应该是相通的，爱心也是没有国界的！"

众人再次鼓掌，声音传遍了整座大楼。

5

金秋十月。傍晚的颐和园昆明湖畔，游客渐渐稀少，慢慢恢复宁静。

西望玉峰宝塔，北观佛香高阁，长堤蜿蜒，岛屿错落，湖光山色，相得益彰。

十七孔桥横跨在南湖岛和东岸之间，如长虹架在碧波之上。

袁焜、艾珊、刘倩蓉、弗兰克、赵达川、杨晓丹、薛景宁、曹钟望、宋总、丁柱等人纷纷到来。

薛景宁拉住袁迪和赵蕾惊讶地问：“你们俩都从美国赶回来啦！”

袁迪开心地说：“是雪儿阿姨邀请我们回来做伴娘、伴郎的。”

袁焜感叹道：“两个孩子从美国飞回中国如此轻松，不像我当年为一张国际机票发愁。”

艾珊说：“你那都是老皇历了。时代变了，新一代站到了更高的起点上。”

赵蕾拉起袁迪的手：“快走，我们得去保护新娘、新郎。”

湖面上景色如画，众人都上了游船。

艾珊宣布：“各位来宾，今天咱们汇聚这里举行一场别开生面的水上婚礼，我们不拘刻板的形式，采取中西合璧的方式。这个婚礼由宋海燕总经理亲自担任证婚人，袁焜董事长任主婚人。现在婚礼开始，奏乐——”

在《婚礼进行曲》中，身着白色婚纱的雪儿挽着父亲的手臂登上船，伴娘赵蕾、伴郎袁迪在侧，男女儿童手捧花篮紧随其后。雪儿将长发盘起，透出优雅成熟的气质。

站在袁焜身边的岳东目不转睛地望着向自己走来的雪儿，眼神中充满爱意。雪儿的父亲欧阳先生和雪儿在岳东身边停下来了。

欧阳先生笑着说：“岳东，我把新娘给你带来了。”

岳东谢过之后，艾珊说：“现在把时间交给证婚人宋海燕博士。”

宋总说：“女士们、先生们，各位来宾：今天是岳东先生和欧阳雪儿小姐喜结良缘的日子，在这华灯初放的时候，我作为证婚人感到格外的荣幸。岳东和雪儿，是标准的郎才女貌。俗话说‘有缘千里来相会’。他们志趣相投，在芯科大家庭一经相遇，两颗真诚的心就撞在了一起，闪烁出爱情的火花。他们相爱了，他们的结合是天生一对，地做一双。在他们新的生活即将开始的时候，我希望新郎、新娘互谅所短，互见所长，爱情不渝，幸福无疆！”

掌声之后，艾珊把时间交给主婚人袁焜博士。袁焜宣布新娘、新郎交换结婚戒指。众人看着岳东与雪儿相互戴上戒指。

　　袁焜先问岳东："你愿不愿意以此女人为你合法妻子，与你共同生活在圣洁的婚姻中？你愿不愿意在病中、在平时爱惜她、护佑她、照料她、尊敬她，并摒弃一切，唯以她为依靠，共度今生？"

　　岳东语气坚决地说："我愿意！"

　　袁焜又转向雪儿问同样的内容，雪儿也满脸幸福地回答："我愿意！"

　　袁焜说："我现在宣布你们两人结为夫妇，并希望你们两人幸福！"

　　热烈的掌声久久回荡在昆明湖上。

　　夕阳西下，远山近水，微波涟漪。游船发动了，慢慢向前方驶去。大家边吃丰盛的自助餐边交谈，气氛热烈。

　　袁迪拉住雪儿的手说："雪儿阿姨，你今天是全世界最漂亮的女人！"

　　雪儿说："谢谢！你今天是全世界最帅的伴郎。"

　　赵蕾拉住岳东的手问："岳东叔叔，你什么时候到硅谷看我们？"

　　岳东说："我们先去地中海度蜜月，然后就去硅谷出差。"

　　赵蕾拍手叫好。

　　艾珊向大家挥手："各位来宾，今天的伴娘赵蕾也是小寿星，今天正好是她18岁生日，可谓是双喜，也让我们来好好庆祝一番吧。"

　　这时《生日歌》响起："Happy birthday to you， Happy birthday to you……"随着歌声工作人员推出一个大蛋糕。

　　大家走到台前，围着蛋糕。

　　袁焜拉着赵蕾的手说："在吃蛋糕前，你先默默地许一个愿好不好？"

　　赵蕾许愿后，刘倩蓉向大家挥手："好，大家吃蛋糕吧！"

　　倩蓉问赵蕾："你看，这么多叔叔阿姨出席你的生日派对，开心吗？"

　　赵蕾说："当然开心！谢谢妈妈，谢谢大家！"

　　倩蓉从包内拿出"五月花"号模型递给赵蕾："蕾蕾，这是妈送给你的生日礼物。"

　　赵蕾仔细看着"五月花"号模型说："谢谢妈妈。好漂亮的船啊，上面还刻了我的名字呢！"

　　一旁的袁焜感慨不已地说："这只船陪伴了你二十年，从中国到美国，再由美国回到中国，不容易啊。"

弗兰克耸耸肩："原来其中还有这么多故事，这可是一艘梦之船啊。"

倩蓉淡然一笑，"蕾蕾18岁了，到了该做梦的年纪了。"

赵蕾拿着"五月花"号小船想了想就弯下腰，准备把船放入湖中。

袁焜上前拉住她："蕾蕾，这是妈妈给你的礼物，非常贵重，你要好好保存啊……"

倩蓉打断袁焜的话："我已经送给蕾蕾了，船的命运就由她自己做主吧。"

艾珊劝蕾蕾还是把它带回美国，赵达川也说放在床头多好，每天都可以看到。

赵蕾环视众人，说道："船儿就像鱼儿，离不开水。我希望它在水中驰骋。"

曹钟望夸奖道："蕾蕾真是与众不同，将来一定是个女中豪杰。"

赵蕾把"五月花"号小船轻轻放入湖中，大家鼓掌。

袁迪快乐地叫了起来："'五月花'号起航喽！"

赵蕾指着前方："你看，它开得多快啊！"

雪儿拉着赵蕾的手，岳东拉着袁迪的手，他们看着小船。

一旁的袁焜搂着艾珊的肩膀，艾珊看着小船。艾珊的眼里闪动着泪花："多美啊！"

袁焜意味深长地说："大路终有尽头，而水却通往全球。芯科集团就像茫茫大海上的一条船，希望它不会轻易驻留、停滞不前，而是不断地探索全新的航程。"

在金色的夕阳下，众人目送着"五月花"号小船慢慢地驶向远方……